U0918489

魅丽文化

我宠着呢

墨西柯 / 著

江苏凤凰文艺出版社
JIANGSU PHOENIX LITERATURE AND ART PUBLISHING, LTD

图书在版编目（CIP）数据

我宠着呢 / 墨西柯著. —南京：江苏凤凰文艺出版社, 2020.6
ISBN 978-7-5594-4503-2

Ⅰ.①我… Ⅱ.①墨… Ⅲ.①长篇小说－中国－当代
Ⅳ.①I247.5

中国版本图书馆CIP数据核字(2020)第012931号

我宠着呢

墨西柯 著

责任编辑 李龙姣 张 倩
选题策划 喻 戎
特约编辑 喻 戎 赵 倩
装帧设计 ABOOK-悠悠走
官方微博 @图书出版秒秒米
出版发行 江苏凤凰文艺出版社
南京市中央路165号，邮编：210009
网 址 http://www.jswenyi.com
印 刷 湖南凌宇纸品有限公司
开 本 880mm × 1230mm 1/32
印 张 10.5
字 数 346千字
版 次 2020年6月第1版，2020年6月第1次印刷
书 号 ISBN 978-7-5594-4503-2
定 价 39.80元

目录

CONTENTS

目录

CONTENTS

第一章
“七仙”归来

厕所单间，秦月明站起身的一瞬间觉得眼前一黑，下意识地伸手扶住了墙壁。机场内的广播还在播放，播音员好听的声音却突然变得尖锐起来，刺激得她头痛。

缓了缓神后，她整理好裙子，转身冲水，模样有些狼狈。她在里头短暂地休息了一会儿，让自己调整好状态，才伸出手推门准备出去。

秦月明感觉很累，她已经连续工作了七年，整整七年无休，她不知道她是怎么坚持下来的。她打算等下找杜毅要一袋葡萄糖，她又低血糖了，如果不补充一下，一会上了飞机恐怕会受不了。

然而，刚刚走出厕所单间，她就脚步一顿。厕所内部似乎翻修过了，她进来时明明不是这样的。她记得很清楚，镜子上原本并没有电子显示器，可现在上面显示着温度、时间，旁边还有一块小屏幕，放着某个风景区的广告。她觉得这些东西很新奇，尤其是上面显示的时间是二〇一九年八月三十一日。

秦月明扯着嘴角笑了，这是什么整蛊综艺吗？不是说她性格糟糕，不让她参加综艺吗？

她转身走出去，看到机场大厅，再次愣住了。这手笔也太大了吧？简直不可思议。杜毅不在门口等她，外边等她签名的几个粉丝也不见了，身边的人都跟不认识她似的。

她从包里取出机票，找到所谓的登机口，屏幕上面显示的航班跟她的不符。她再去看周围，都是行色匆匆的陌生人，没有人围过来要她的签名，偶尔有人看向她，似乎也只是觉得她太漂亮了，忍不住多看几眼。

秦月明一直是个美人，娱乐圈公认的美人。有些女孩子是皮囊漂亮，她却是从骨相到皮囊都美，一副古典的模样，仿佛古代衣袂飘飘的仙子。她的眼睛是开扇的双眼皮形状，不算很大，但是绝对不小，一双刚刚好的桃花眼里好像藏了什么故事，整个人美、仙、气质脱俗且耐看。这种女艺人只要一入境，就会让人觉得她完全是为了镜头而生的，三百六十度无死角的美丽使得她像天仙一样。

秦月明环顾四周，发现大家的穿着跟她记忆里的流行风格不符。她从包里取出手机，打开一看，她手机上的时间还是二〇一〇年八月三十一日。

她将手机翻盖盖上，放回包里，然后走向一个人，微笑着问：“您好，我能看一眼您手机上的时间吗？”

那个人看到秦月明，先是一怔，接着从口袋里取出手机，同时说：“其实大屏幕上有时间，和手机上的是一致的。”

秦月明看着他手里那个没有键盘的手机，黑色屏幕用手指一碰就亮了，上面显示的时间的确是二〇一九年。她努力调整自己的面部表情，让自己镇定下来，接着向那人道谢。

说起来，秦月明算是一个谨小慎微的人。她在公司被人妒忌过，在新人期被别人当狗似的使唤过，那些经历让她有了现在的性格与习惯。她到了哪里都会先不动声色地观察周边环境，了解情况后再采取行动。

此时，她心里已经非常不安了，却还在努力让自己镇定下来。不是整蛊，事情可能更荒诞。她往外走的时候看向周围的人，许多人都在玩手机，手机都是那种黑色的小方块，跟她熟悉的推盖或者翻盖手机不同。她不由得疑惑起来，就算是直板手机，可是都没有按键的吗？

秦月明快速往外走，找到一名工作人员，将自己的机票递过去，问道：“您好，请问我的航班起飞了吗？”

女性工作人员接过机票看了一眼，很快回答：“二〇一〇年的航班肯定起飞了啊……”说着，她的声音一顿。

“谢谢。”秦月明伸手想取回机票，工作人员却突然失态地站起来，猛地按住那张机票仔细看。

AZ8467 航班！工作人员惊恐地抬起头看向秦月明，似乎认出了她。

“秦……”过气太久的已故艺人，工作人员一时间竟然记不清她的名字，于是又看了一眼机票，“秦月明。”她本来是恐惧的，吓得鸡皮疙瘩都起来了，却还是出于本能急切地说，“不要上这趟航班！”

她为什么会说出这句话？如果当年能提前知道的话……她真的很想对这趟航班的所有乘客说这句话。这些年，她脑袋里都在想这件事，所以下意识地说了出来。不要上这趟航班！或者……不要起飞！

秦月明被她的神情吓了一跳，赶紧取回机票，颤颤巍巍地说：“哦，谢谢……”她说完赶紧跑了。

秦月明边跑边回过头，看到工作人员扶着桌子站起来，明显被吓得腿都软了，却还是撑着去找其他工作人员。

秦月明跑得更快了，跑到一个角落里，停下来靠着墙壁，取出手机给杜毅打电话。出于艺人的本能，她下意识地不想引起骚动，想先确定情况再说。机械的女声告诉她，这个号码是空号。可是，她明明早晨才跟杜毅打过电话，这个号码怎么会是空号？

秦月明看了看左右，看到有工作人员朝她这边寻来，于是赶紧朝着人流量大的地方走，混在人群里。

这群人似乎是谁的粉丝，手里拿着小灯牌和礼物，等偶像出来。她混进来后起初还担心被发现，结果发现大家都在看向机场内部，这才安下心来。

过了一会儿，她准备离开了，突然听到外围的聊天声。

“这是哪个明星要下飞机？”过来凑热闹的人问。

“没看灯牌吗？路朵颍。”

“没听说过，演过什么啊？”

“演过……”回答的人声音一顿，似乎想了一会儿才接着说，“《吃货的力量》的常驻嘉宾，因为长得像秦月明出名的，人送外号‘小月明’。”

“也真好意思，照着秦月明整容就好意思说自己是小月明，我们秦七仙是庸脂俗粉模仿得来的？”另外一个人愤恨地说。

秦月明人送外号“秦七仙”。她当年演过一部电影，是牛郎和织女的神话故事，她演的就是里面的织女。电影里，旁人称呼织女为“七娘”。因为秦月明的扮相实在太过美丽，在之后的很多年里，微博、抖音、贴吧等等平台上总结古典美人时，必有秦月明演过的织女。她的外号也成了粉丝的爱称——七仙。

秦月明听到对话，还真有点好奇这个小月明长什么模样。自己被人山寨了，心情还是有些微妙。就在她纠结要不要跟着接机的时候，那几个说话的人突然注意到了她。

“对，还没有这个美女像秦月明呢……”其中一个人手一指，这些人齐齐看向了秦月明。

秦月明赶紧低下头准备离开，那个说出秦七仙外号的男生却突然大步跨过来，低下头仔细打量她。

秦月明净身高一米六八，此刻穿着高跟鞋，居然还比他矮一头。她低声开口："抱歉，我现在有点……"

男生兴奋地问："七仙？是你的声音，你是七仙吗？"

什么叫铁粉呢？看过秦月明所有的电影、电视剧，还会反反复复地看，甚至剪辑她的视频发布出来。就算知道那个小月明只是模仿自己的偶像，为了"望梅止渴"，他也想看小月明几眼。同时，他还要监督小月明：你可是借着我偶像火起来的，绝对不可以毁了我偶像的名声。

现在，只需要秦月明说一句话，铁粉就能听出来。

这还是发生变故后第一个认出秦月明的粉丝，她顿时受宠若惊。她抬头看了看对方，一米九几的个子，看起来是个运动系男生，一身运动服，还算是个小帅哥。他身后背着一个袋子，看形状里面装的应该是球。

被秦月明看了一眼，男生赶紧道歉："对不起，对不起……"她怎么可能是他的偶像呢？秦月明已经去世九年了。

"抱歉，我现在遇到了一点麻烦，要签名我们可以偷偷签吗？"秦月明小声对他说。

男生一怔，跟着秦月明去了一个角落，走路的时候都有点不自然。接着，见秦月明从包里拿出一支签名笔，他立即扯了扯自己的T恤。

秦月明点了点头，熟练地在衣摆上给他签了一个名字。

"那个小月明是什么时候火的？"秦月明问他。

"大致是两年前，我们骂过她不要脸，但他们公司就是靠这个来营销的，我们越骂他们越有热度，后来我们就不配合了。"

"现在是什么时间？"

"下午四点……"

"几几年？"

"二〇一九年。"

男生一直盯着她看，突然有点鼻酸，却什么也不敢问，怕突然有了希望又绝望。就算只是假的，能看一会儿眼前的人，他也满足了。

他回过神来，朝来时的方向看，他们刚才的举动似乎引起了其他人的注意，于是他赶紧说：“你先走，这边引起骚乱了，我来挡住。”

最开始大家的注意力都在出机口，没人注意到秦月明，但是现在有人看到她了，就会猜测她会不会是小月明，毕竟两个人还是有点像的。

“哦，谢谢你。”秦月明立即在男生的掩护下离开了。

走出机场后，秦月明将电话打给了自己的闺密蔡思予。

电话响了很久才接通，对方颤颤巍巍地说：“喂，你好……”

“是我啦，我这边好像出现了点问题……”

秦月明话还没说完，就被对方打断了：“秦月明吗？”

蔡思予叫她全名？秦月明真的被叫得一怔。

“对啊，除了我还会是谁？你在搞什么？”

“你……寂寞了吗？”蔡思予声音都在发抖。

“寂寞？”

“嗯，你要是缺什么，我烧给你。”

秦月明一手掐着腰，忍不住蹙眉道：“我没心情跟你开玩笑，我现在在机场，周围非常不对劲。我问你，现在是什么时间？”

电话那头的人抓住了重点：“你在机场？”

秦月明突然蹙眉，听出了蔡思予声音的不对劲：“对，你怎么了？姓池的那个浑蛋又让你演不喜欢的戏了吗？”

“没有，我就是想你了，月明……月明你在机场吗？你不要上飞机。”

“我没有上，我的航班已经起飞了，我现在联系不上杜毅，就想打电话给你问问情况。”

“好，我去机场接你。”

秦月明咬了咬嘴唇，思考了一会儿，最后叹气道：“算了……我就是非常不安，想问你几个问题。”

蔡思予因为外貌不算特别出色，只有身材十分火辣，所以曾经被公司逼着演那些下三烂的电影。她不愿意，就被公司封杀了一阵子。在秦月明的认知里，蔡思予目前的经济条件很差，还要帮家里还债，恐怕连买机票的钱都没有，所以秦月明不会让她过来。

蔡思予的声音终于没那么抖了：“好，你问。”

“为什么我看到的时间都是二〇一九年？”

“现在的确是二〇一九年，你这个臭丫头已经消失九年了。”

秦月明整个人都怔住了，机场四周的景象好像在旋转，让她觉得头晕。她觉得自己似乎被遗弃了，她仿佛是个……被时间遗弃的人。

低血糖后遗症？这情况很糟糕，糟糕得她的心狂跳不止。她忍不住问：“怎么会这样？”

“月明，我现在很慌，我根本不知道这是怎么回事，不知道到底发生了什么，但是……既然你打来电话了，我就想为你疯一次。你待在那儿不要动，我正在用电脑买机票，你要是敢再消失一次，我就跟你拼了！”最后那句话，蔡思予的声音突然拔高了，几乎是吼出来的，把秦月明吓了一跳。

“好，我等你。”秦月明乖乖同意了。

秦月明从包里取出墨镜跟帽子戴上，找了一个偏僻的位置坐下，等待蔡思予过来。她拿着手机思考要不要联系自己的男朋友，想了想还是放弃了。在确定究竟是怎么回事之前，她不想联系任何人，对这个刚刚交往的男朋友，她还没有彻底信任。

她的正对面有一块屏幕，上面不停地播放着各种广告。她看着广告牌许久，甚至能够根据广告里的人出现的频率分析出这个人红不红。

又看了一遍广告里的熟悉面孔，她起身去买了几份娱乐期刊。买期刊之前她还发现了一件事，大家都在用新货币。二〇一〇年，第五套货币刚刚发行，新货币还在和旧货币混用，现在她口袋里的也大多是第四套货币，第五套的只有一张一百元的。她不确定第四套还能不能用，也就是说，在蔡思予来接她之前，她暂时只有一百元可以花。

时间一点一点地流逝，秦月明在机场附近等待了五个小时，终于再次接到了蔡思予的电话：“月明，我落地了，你还在吗？”

电话里蔡思予的声音有点喘，她似乎在一边快速行走一边打电话。

“嗯，我在，我们找一个地方会和。”

“好。”

见到蔡思予的时候，秦月明有些诧异。眼前的人跟记忆里那个二十四岁的蔡思予差太多了，好像一下子成长了很多，看起来是三十岁左右的样子，而且她一身装扮比之前的好了很多。

蔡思予看到秦月明更加激动，眼睛仿佛钉在了秦月明的身上，直直地看着她，看着看着眼圈就红了。

“我的老天爷……”她伸出手想碰秦月明一下，却又快速收了回去。她怕一切只是一场梦，伸手碰到后，眼前这个幻影就会散了。她在秦月明身前捂住脸蹲下身，竟然开始呜咽。

秦月明真的有点措手不及，跟着蹲下去拍了拍她的肩膀：“喂，你在搞什么啊？怎么一下子成熟了这么多？你哭得这么认真，我都没办法感同身受。”此刻的秦月明还迷茫着，心中更多的是不安和慌张，根本无法理解蔡思予的悲伤。

蔡思予快速摸了一把脸，然后伸手拉住了秦月明的手。感受到秦月明掌心的温度，看着闺密依旧是二十五岁的样子，她终于觉得真实了一些，拽着对方往外走：“我们换一个地方说话。”

因为出门太急，蔡思予根本没有带行李箱。她只拿了一个手拎包，包里放了证件，还有应急的现金，不过大多是台币。

此时的秦月明身份尴尬，蔡思予只能用手机租房软件订了一家民宿。民宿只需要提供一个人的信息，用微信跟房主联系后得到房门密码就可以进入。

两个人进入民宿后，秦月明还在跟蔡思予抱怨：“为什么我联系不上杜毅？航班怎么办？我还要去巴黎拍摄电视剧和写真，而且我的行李也在航空公司，现在都没办法取出来。”

“工作无所谓了，这么多年过去了，早就吹了，至于行李……”蔡思予不知道该怎么说，难道告诉秦月明，你已经死了九年了吗？

秦月明说了一下自己的情况，她拍完戏后来到机场，打算乘坐飞机去巴黎，去了一趟洗手间，出来之后就发现周围的事物全部不对劲了。

蔡思予听完点了点头，出神地看着秦月明。任谁遇到这种事都会觉得神奇，距离秦月明给她打电话已经过去将近六个小时了，蔡思予还没缓过神来。面前的秦月明是人是鬼？为什么会发生这么荒谬的事？

蔡思予深呼吸一下，说出了她知道的事：“九年前，你上的这趟航班出了事故，飞机上的人无一生还，所以杜毅还有……你，在我们的认知里已经去世九年了。我一直留着你的手机号码，时不时还会给你发消息，没想到今天会突然接到你的电话，还看到了你。”

秦月明整个人僵在原地，虽然她心里早就有所猜测了，但真的听到这些话还是会觉得难受，自己得知自己的死讯……

“夜停他也出道了是吗？”秦月明问。

“对，他现在很红。”

“你能联系到他吗？”

秦夜停，秦月明的亲弟弟。在她的记忆里，对方还是一个孩子，一个连手机都没有的少年，仔细算一算，他今年也有二十六岁了。之前在机场，秦月明在广告上看到了熟悉的面孔，还不敢相信。紧接着，她去买了一堆杂志来看，越发确定那个年轻人是自己的弟弟。

秦夜停不喜欢娱乐圈，对于她进入娱乐圈也一直是反对的态度，秦月明登机之前还在跟他冷战。这些年究竟发生了什么，才会让这个孩子也进入了娱乐圈？他不再是冷漠得有些凉薄的少年，而是可以对着镜头温柔微笑的男人。

蔡思予打电话给了秦夜停，是对方的助理接听的。蔡思予说自己有急事，助理才表示等剧组休息的时候再回个电话给她。

一等就是一个多小时，她们坐在床上聊天时，秦夜停回电话了。蔡思予打开了免提，听到对方说：“喂，思予姐。”

“嗯，我有件事要跟你说，虽然听起来会很荒谬，但是……你淡定地听我说完好吗？”

“嗯，好。”

“我接到了秦月明的电话，她现在就坐在我身边。”

秦夜停沉默了一会儿才开口，声音微微发颤：“是真的吗？”

秦月明接过手机说：“是我。”

“嗯，你终于回来了。”

这句话让秦月明一愣，秦夜停为什么这么说？

秦夜停接着说：“我在拍戏，如果突然离开会被媒体盯上，产生没必要的麻烦。我在那座城市准备了一栋别墅，门是密码锁，你让思予姐陪你过去。在门卫处登记就可以进大门，地址跟门牌号我会发给思予姐。”

“哦……”秦月明下意识回答。

“别墅的车库里有三辆车，车钥匙挂在墙壁上，你选喜欢的开。别墅里日用品齐全，如果缺什么你就去买，卧室的床头柜上有银行卡，密码是你的生日。”

“好。”

“抱歉，我现在不能立即去找你。”秦夜停道歉。

“你为什么这么淡定？”

“等我见到你了再跟你解释。”

“好。”

“这段时间，你休息一下，我养得起你了，还有……姐，我很想你。”

秦月明突然红了眼眶，秦夜停始终都是她的软肋，一句话就能让她的心立马软下来。

“嗯，好，我知道了。”秦月明回答。

“别怕，没事的。”秦夜停似乎猜到了姐姐此刻的心情。

“嗯。”

“我离婚都有两年了，对方出轨。”蔡思予带着秦月明来到别墅时说道，语气波澜不惊，似乎已经放下了。

九年过去了，很多人和事都发生了变化。秦月明刚刚去世时，蔡思予和秦夜停都是落魄得不行的小人物，连去出事地点的机票都买不起，只能待在家里等消息。那个时候的难过和无力，估计是他们最不想回忆的。

当年秦月明爆红，却没存下来多少钱，多数用来还债了，还有一些钱也在秦月明去世后不知所踪。蔡思予带着秦夜停去秦月明的公司要秦月明的收入，也被人打发走，说那些钱都是对秦月明早期培养的费用，他们什么钱也没拿到。至于赔偿款，在保险公司跟航空公司那边，审核了一年多才到秦夜停手里。

后来，蔡思予参加了选美比赛，因为身材好得了第三名。她渐渐有了工作，演了几部戏的反派。她还做过综艺节目的常驻嘉宾，靠那种很“婊”的人设才能留下。节目播出之后，她多半是被人骂的，但是她也都忍耐下来了。什么重口味的游戏她都会配合，因为她知道，如果连这点特色都没有，她就会被节目淘汰。

再后来，她抓住机会嫁给了一个富商，然后就立即退出了娱乐圈，从此低调地相夫教子。她的孩子今年五岁，留在了富商那里。她现在有复出的打算，不过一直没有行动，现在的收入全靠自己开的店面维持。

“我离婚的时候全靠夜停帮忙，不然我真的要垮了。”蔡思予说着，看向秦月明，“他现在很靠得住，你不用担心他。”

“我就怕他为了我做什么傻事，尤其是他之前的语气……他明明是一个非常不喜欢娱乐圈的孩子，这些年他是怎么过的？”

“你突然从九年前过来，这种伪科学的事肯定需要解释，他这么淡定就是解释得出来，我也好奇得紧。”

“他会不会做什么极端的事？”

“杀人放火能让你从九年前回来吗？”

“应该不会。”

“所以你在担心什么？”

“我……”

“你就趁这个时间休息一下吧，你之前真的太累了。”

秦月明点了点头，环顾这栋别墅，觉得非常舒服。这个小区远离市区，里面的房子都是独栋别墅，院子很大，园林设计得很有艺术感。别墅与别墅之间都隔了很远，她站在院子里都看不到旁边的别墅。别墅的设计也很有格调，是她喜欢的风格，很适合度假。

秦月明在十八岁那年正式出道，出道前，她已经被培训了六年。那六年里她既要学习文化课程，还要练习舞蹈、武术、表演等等，她甚至记得形体课老师训她时严厉的样子，还有巴掌拍在她背上的疼痛感。

出道后，公司似乎想在短时间内将他们投资的钱赚回来，让她演戏，甚至轧戏（艺人在同一时间内接拍很多戏），不停地轧戏。初期，她演的角色大多是龙套、配角，她一年拍摄了二十余部戏，被主角踩过手指，做过恶毒女配被主角扇巴掌。后期她有了名气，可以做主角了却依旧轧戏。她一年拍十三部戏，到处飞，就算在途中也不能休息，要看剧本、背台词。她不是过目不忘，而是被逼得必须快速记住台词，或许这也是她的本事。

可是现在，她突然没了名气，周围的人不再认识她，也没有经纪人催着她去工作。秦月明坐在沙发上，长长地呼出一口气，心想，趁机休息一阵子吧。

蔡思予坐在她身边，伸手将她揽到自己怀里，说：“这阵子我都陪着你。”

“你不需要去忙店里的事？”

“不用，反正我也不懂，全交给别人去办了。我要看着你，绝对不能再让你消失了。”管他科学不科学，闺密回来了，她就算怕鬼也要陪着。

剧组的杀青宴上，主角、导演跟几个投资商在一个包间里吃饭，其他工作人员和没有名气的角色则在外间聚餐。此时，导演带着投资商出去，把不错的新人介绍给投资商，导致房间里只有男主角江云开和女主角潘言翡两个人。

江云开正在吃东西，突然听到潘言翡对他说："云开……"

"客气了，叫我江哥就行。"

"江哥，电视剧都拍完了，我们还没加微信好友呢。"

"其实加跟不加没什么区别。"江云开一只手拿着手机，另一只手拿筷子吃饭，眼睛盯着手机，看都不看她一眼。

这种状态已经持续几个月了，从拍戏开始就是这样。江云开很少跟其他人接触，大多数时间都在玩手机游戏、看剧本，其他时间也是一个人坐在保姆车里看相声和综艺节目，笑得跟犯病了似的。他就是不跟其他人沟通，尤其是女性工作人员。

"怎么？你不用微信吗？"潘言翡不死心地问。

"不是，我这个人懒，打字都嫌累，从来不用微信聊天。"江云开说着，继续盯着手机。

"哦……"潘言翡说完，放下筷子叹了口气，"我胃小，吃得少，现在都吃不下了，一会儿如果有人来敬酒可怎么办啊？"

江云开扭头看了看她，接着将她面前的菜转到自己面前："没事，我吃得多。"说着，他继续大口吃饭。

"那一会儿喝酒的时候……"

"我开车来的。"

潘言翡盯了江云开半晌，真的不知道该怎么聊下去了。这家伙是真的百毒不侵？还是靠实力单身？

吃完饭后，潘言翡喝得有点多，想找人扶着，刚伸出手就看到江云开后退了两步，嫌弃得不行："你可别吐我身上啊。"

"我没有想吐，就是走不稳。"她委屈巴巴地回答。

"给你助理打电话。"江云开说完又后退了一步。

潘言翡拿出手机联系助理，接着对江云开说："外面怎么这么冷啊，我都没有外套，冷死了。"说着，她看向了江云开。

江云开侧头看了看她，居然还批评教育上了："你说你都挺大岁数了，怎么这种事心里都没点……没点数呢？能不能给你妈妈省点心？你看看我，穿得多，多暖和。”

说完，江云开就大步流星地下了楼。

潘言翡看着他的背影，忍不住小声骂道：“这家伙是傻子吗？”她怎么就挺大岁数了？不就比他大三岁？还没到三十好吗！会不会说话！

江云开坐在车上玩手机，没多久助理鸭宝就跑上了车：“江哥，有好事。”

“假期给我申请下来了？”江云开无精打采地问。

“不是，我们收到消息，有漂亮女孩去了秦夜停偷偷买的别墅，好像是金屋藏娇！这个料要是爆出去，秦夜停不脱一波粉才怪呢！”

江云开一听，眼睛都亮了。

秦夜停，江云开的头号对家。本来吧，他们两个人是真的没什么联系，但就是掐上了，掐了三年多，还掐得不可开交、远近闻名。

江云开今年二十四岁，主攻歌手，是一个男子组合的C位（核心位置）。他因为有一张无论做错了什么事都会被人原谅的帅脸，所以就算风评一直不太好，也是当红的流量小生。至于秦夜停呢，今年二十六岁，主攻演戏，电视剧、电影真演了不少，听说最近接的戏都在冲击大奖呢。

江云开还在演偶像剧时，秦夜停就已经转型演大制作影视剧了，两人应该是八竿子打不着的关系。然而，他们就是对付上了。在旁人看来，他们是因为年龄差不多，又是现如今的两大墙头，所以在人气方面有竞争，特别是广告代言方面有争夺。

但是江云开自己知道究竟是怎么一回事。一档节目里，主持人问他喜欢的女生是什么类型的，他想了想后回答是秦月明那种类型的。结果好巧不巧，节目播出那天是秦月明的生日。

秦夜停就是一个疯子，一提他姐姐就炸，别说还碰上他最悲伤的时候。自那以后，他就盯上江云开了，黑了江云开一波。

江云开也不是个能受气的，自然回击了，加上当时他们在抢同一个代言，梁子就此结下了。江云开录节目的时候真的没多想，就是单纯觉得秦月明长得好看，以后找对象就得找这么漂亮的。再加上秦月明都去世几年了，说她总比说别人好，不会出现绯闻。

秦夜停的恨意来得凶猛，令江云开郁闷不已，最可气的是，只要深挖，江云开的过往处处有“黑料”。据说，他读书的时候是校霸，进入娱乐圈之后因为脾气不好，就被黑“耍大牌”。他从小娇生惯养，一次拍摄，因为条件艰苦、水土不服，他上吐下泻，又被黑“太金贵、搞特殊”。他的黑料一波接一波，公司都公关不过来，让他不得不谨言慎行。

最近两年，他说话都不敢放肆，要控制微表情，防止被拍到不妥的表情做文章，也不敢吸烟、喝酒、泡吧。碰上女孩主动搭讪，他都躲得远远的，生怕是秦夜停安排的，真靠近了说不定就又是一个大新闻。

他从小被家里保护得很好，没经历过什么大的挫折，秦夜停就是他人生中最大的一个坎，让他把生活过得仿佛在历劫。

可秦夜停就像一个机器人，江云开使劲挖了这么久，竟然挖不出来什么黑料来。他又像一个工作怪物，没有朋友，没有亲人，无牵无挂，见人就微笑，没工作了就躲起来，跟没有三情六欲似的。

江云开被秦夜停接连黑了几次都没法反击，气得跳脚，这回总算抓到秦夜停的把柄了。

“回国！立即给我订机票，我要亲自去办这件事！”江云开大手一挥。

“别了江哥，您要是不亲自办或许还能好点。”

“瞧不起谁呢？”江云开没好气地问，又扭头嘟囔，“秦夜停都有女朋友了，我还没有呢，我长得不比他好看啊？我怎么就找不到女朋友呢？”

“实在不行就跟秦夜停握手言和吧，这样下去您不得疯了？”鸭宝小声问。

“最起码得让秦夜停吃一次亏，不然我心里不舒坦，提起他我就来气，弄得我连他姐姐生日、祭日、哪天得过大奖都倒背如流！”

“唉，简直就是飞来横祸。”

“我长这么大还没谈过恋爱呢，说出去谁信啊！”江云开越发暴躁了。

他上学的时候家里管着，刚出道的时候，舅舅是他的老板兼经纪人，管他也管得严，现在秦夜停又管着他，他招谁惹谁了？他好想谈甜甜的恋爱啊！

蔡思予指着电脑屏幕上江云开的照片，叮嘱秦月明：“这个人你以后绝对要绕着走。”

“怎么了？”秦月明不解。

“他是你弟弟的对家，他们的粉丝动不动就掐，在饭圈（粉丝圈）战斗力都是极强的，每次一对掐就能上热搜，好多艺人都没这两家粉丝有热度。况且，这个江云开就是标准的蝴蝶男。”

“你说凤凰男什么的我能理解，但是蝴蝶男是什么意思？”

“就是个花花公子，每天打扮得花枝招展的，跟花蝴蝶似的，飞翔在花花世界之中，花心得不行。你看他这张脸，一看就是一年能交十多个女朋友的类型，看这身材，啧啧……”

秦月明听着觉得好笑，忍不住笑出声。

“你笑什么？”蔡思予问她。

“你怎么能这么说别人呢？看你的身材不也是……但是事实上，你是个贤妻良母。”秦月明说着，还戳了戳蔡思予的胳膊。

“也是。”蔡思予点了点头，不过还是补充道，“不过这个江云开真的是遍地黑料，你在他微博里发一条评论骂他，都能被点赞成热门评论。”

秦月明拿着平板电脑继续看：“夜停的对家啊……长得还挺好看的。”

“也就只是长得不错，还有家庭背景不错。他舅舅是国内一家大型娱乐集团的总裁，他父母也是经商的，是不少人想巴结的投资大佬。”顿了顿，蔡思予又补充，“哦，还有身材不错。”

两个女人对视一眼，同时开始坏笑。

秦月明看着平板电脑，又忍不住感叹：“真的有挺多变化。”

蔡思予不得不感叹秦月明的接受速度，短短几天时间，她就会用智能手机了，扫码付款或者绑定账号都不在话下。还有就是，她每天看看微博，就能分析出娱乐圈的一些趋势。

“你……都不问问钟嵘的事情吗？”蔡思予欲言又止。

钟嵘是秦月明的男朋友，在秦月明的认知里，他们还只交往了一个月。

“其实你一直不提他，我就已经猜到了。”秦月明扯着嘴角苦笑。

说起来，钟嵘是她第一个男朋友，在她状态不好时陪伴过她，她被他的执着和温柔感动了，因此真的走心了。跟他交往后，她也没什么时间，两人只约会过一次，连牵手都只在桌底下偷偷牵了几分钟，纯情得不像话。

“他要订婚了，就在两个月后，已经发了请帖，我有收到。”蔡思予低声回答。

“他的未婚妻是什么样的女孩？”秦月明问。

"二十二岁，挺漂亮的，这么年轻就订婚也不知道怎么想的。"

秦月明叹了一口气，心一瞬间揪紧了，立马闭上眼睛调整心情。她的男朋友要订婚了啊……

第二天，秦月明早晨起来，听到家里有人谈话。她兴奋地下楼，以为是秦夜停回来了，结果居然是有人过来送货。

见她下楼了，蔡思予对她解释："夜停怕你觉得闷，所以把自己养的狗送来陪你了。"

"哦。"

送货的人都没进门，是蔡思予将狗牵了进来，一条毛茸茸的阿拉斯加犬。这条狗是真的毛茸茸的，身上的毛特别茂盛，走的时候浑身毛都在抖动。

秦月明伸手摸了摸它的毛，手感不错，又感叹道："你的主人一定非常喜欢你吧，把你打理得这么漂亮呢！"

"猜猜它叫什么。"

"旺财？"

"叫奔月。"

秦月明"扑哧"一声笑了。

"你主人怎么回事啊，连个电话都不打给我，微信消息也不回，视频电话也不接……"秦月明叹了一口气，下一秒，奔月突然过来拱了她一下，接着依偎在她身上，还挺亲近她的。

"夜停也很忙的好吗？他会亲自来跟你解释的，你继续休息，我去给你做好吃的。"蔡思予说着就朝车库走，"我要开你的法拉利去买菜，嚣张一下，你陪奔月玩吧。"

"好的，路上小心。"

蔡思予出门了，秦月明看了看奔月带来的玩具，又看看奔月说："我带你出去玩吧？"

奔月立即"汪"了一声。

秦月明牵着奔月去别墅园区，起初遛得好好的，后来奔月突然加速，力气极大。秦月明试图用狗绳拽住它："奔月，不许跑。"

然而奔月不听她的，玩命狂奔。秦月明瞬间没有了仙气，被它带着狂奔，模样狼狈至极。

江云开看着蔡思予开车出了别墅区，白了鸭宝一眼："这就你说的金屋藏娇？"他跟在这里有房子的好友打了招呼，在门口登记了，门卫才放他进来，结果进来后就看到了蔡思予。

蔡思予，秦夜停姐姐级别的人物。跟秦夜停有交集的人极少，难得的几个都是跟他共过患难的，他红了之后就没有什么社交了。整个娱乐圈都知道秦夜停对自己姐姐生前的好友非常照顾，也非常尊敬。

江云开心想：如果是蔡思予的话，来秦夜停这里暂住一点毛病都没有，这值得他专程从国外回来？

"不对啊，我们的人说是非常漂亮的年轻女孩……"鸭宝忍不住嘟囔。

江云开撇了撇嘴，想骂人，又忍住了，气冲冲地朝好友的别墅走。走到半路，他突然听到了女孩子的尖叫声，回过头就看到一条阿拉斯加犬"牵"着一个人冲了过来。

女孩看到旁边有人，急切地说："狗！狗！"

江云开觉得莫名其妙，废话，他还看不出来是狗啊？他正纳闷呢，然后就看到女孩在他面前踉跄了一下，眼看就要摔倒，他连忙伸出手去。

秦月明被奔月带得真的要"上天"了，终究追不上它，摔在了柏油路上。与此同时，她看到路边的那个男生一把抓住了狗绳，控制住了奔月。

鸭宝看江云开气不顺，怕江云开不爽了揍他，离这位爷有点远，结果就看到这位爷动作潇洒地牵住了狗，根本不管摔倒的女孩。那个女孩一看就摔得很厉害，头发遮住了脸，半天没爬起来。啧啧，就这样还纳闷自己为什么找不到女朋友呢？人家英雄救美，他心里只有狗。

江云开一直没理趴在地上的秦月明，反而看着奔月，逗弄道："这狗不错啊。"

秦月明摔得很疼，没心情回答。

"我没时间，你自己遛吧。"江云开说完，俯下身将狗绳递给秦月明。

江云开和鸭宝往回走，鸭宝回头看了看，看到奔月好似无情的杀手，拖着趴在地面上的秦月明往前蹭，愣是将秦月明拖动了一下。

鸭宝忍不住问："这人不会摔出什么问题了吧？"

"手还有劲拽狗绳呢，能有什么问题？"江云开头也不回地走了。

等江云开走远了，秦月明才狼狈地爬起来。奔月终于老实了，坐在一边一脸无辜地看着她。她看着江云开离开的方向，忍不住嘟囔：“江云开？巧合？”

她刚才从头发的缝隙中注意到对方是江云开，所以才没立即起来。眼下的疼痛让她没心情想别的，只能一瘸一拐地牵着奔月回去。

江云开坐在别墅里跷着二郎腿喝着茶，突然就站了起来，激动地道：“鸭宝！刚才那条狗像不像秦夜停的奔月？”

鸭宝从厨房里出来，立即拿出手机打开秦夜停的微博，翻出了奔月的照片：“确实像。”

“刚才那个女的……是谁？你看出来了吗？”江云开紧张兮兮地问。

“没，头发遮着脸，就看出来皮肤挺白的。”

“你没多看几眼吗？”

“都摔成那样了，我真没眼看，全程就关注您徒手抓狗的英姿了。”

江云开在客厅里走来走去，忍不住暴躁起来。这秦夜停的女朋友都出现在他面前了，他却走了，这叫什么事呢？那人都帮秦夜停遛狗了，这关系还用说吗？秦夜停真的有对象了！

“是时候展现真正的技术了！”江云开一拍巴掌。

“您要杀进去？”

“你能不能稍微动动你的脑子？保持它全新你还能高价回收咋的？”江云开恨铁不成钢地道。

江云开打开了自己的行李箱，从里面取出一个盒子。盒子里是一架巴掌大小的无人机，飞起来的时候声音不大，上面还有一个摄像头。别看摄像头个头不大，像素却极高，是江云开花了大价钱买来的。

他捧着无人机出了门，鸭宝赶紧跟着。

江云开在秦夜停别墅附近找了一个隐蔽的地方，拿出无人机开始操作，然后就注意到自己的头顶多了一把遮阳伞。他看向鸭宝，压低声音骂道：“你生怕我不被发现是吧？”

“您被发现问题大不大我不知道，您要是被晒黑了，我的问题就大了。”

“滚开。”江云开骂道。

鸭宝收起了遮阳伞，江云开终于操作无人机去了秦夜停别墅的院子。

“江哥，转头。”鸭宝再次说。

江云开刚刚转过头，就被鸭宝喷了一脸的防晒喷雾。他烦躁地继续操作无人机，鸭宝还凑过来拍了拍他的脸，让防晒喷雾均匀一点。之后，鸭宝还敬业地给他喷了脖子跟手臂，他只能认命地忍了。

秦月明换好泳衣，涂好防晒霜，然后走到泳池边。奔月还在泳池里来回游泳，柔顺的毛在水面上漂浮着，整个身体看上去像一个飘逸的毛球。

秦月明游了一圈之后上了岸，拿来浴巾披在肩膀上，脚还在泳池里荡来荡去。

是奔月先注意到的无人机，看着天空“汪汪”直叫。秦月明跟着看过去，也注意到了那架小型无人机，然后，她站起身走进了别墅。

没一会儿，她再次走了出来，手里拿着一个弹弓，瞄准无人机。无人机操控者似乎知道被发现了，操纵机器上升，然而秦月明瞄准它打了出去。一击即中，无人机瞬间掉落下来。

秦月明走过去，俯下身拿起无人机走回了别墅。奔月也跟着走了进去，边走边甩毛上的水，甩了一地板。

“这是什么？”蔡思予问。

“无人机，现在都这么小了啊？”

“无人机？有狗仔发现你了？”蔡思予吓了一跳，赶紧给秦夜停发消息，她退出娱乐圈五年了，这些事情还真不知道该怎么应对。

“应该是江云开，我在院子里遇到他了，夜停的对家还真挺有意思的。”秦月明将无人机丢在茶几上。

“这小子还真是阴魂不散……真人帅吗？”蔡思予的重点居然是这个。

“我没看清，就看出了腿超长。”

“腿肯定长啊，身高一米八八呢！”

秦月明坐在沙发上帮奔月擦毛发，问蔡思予：“我们能看到这里面都拍到了什么吗？”

“被你打成这样了，真不知道能不能修好，我找人问一下吧。”蔡思予拿着无人机走了。

秦月明笑了笑，没在意。

看到设备屏幕瞬间花了，江云开“啊”了一声，心疼得要命。不过意识到被对方发现了，他没多留，赶紧带着鸭宝逃了。

回到别墅里，江云开捧着设备上楼，同时告诉鸭宝：“联系我舅舅，给我盯紧秦夜停！”

“好的好的！”鸭宝连连应声。

“顺便给我买点东西回来，我快饿死了。”

“开车到市区得四十分钟，您得等我一会儿。”

“去吧。”江云开的注意力全在设备上，想导出影像来，之后发给他舅舅，让舅舅去操作。

到了楼上，他把设备连上电脑，开始播放视频。他们回到别墅时天已经开始黑了，等江云开将视频整理好，天就完全黑了。他想看看秦夜停的“金屋”里藏的“娇”漂不漂亮，于是放大画面去看视频里的女孩。

“啧啧，这身材……”江云开看了个轮廓就忍不住感叹了。

视频里，秦月明正在游泳，就算是用无人机随意拍摄的，都能看出她身材极好，这胳膊这长腿这美背，也难怪秦夜停能看上。然而，游泳的时候总是看不到脸，视频播放到秦月明坐在岸边抬头看向无人机时，才终于能看到脸了。

江云开点了暂停，放大画面想看看脸。他凑近屏幕看了看，先是觉得眼熟，紧接着就跳了起来。真的是跳，他弹跳起来，整个人跳得老高。与此同时，他还大叫了一声，撞翻了椅子，摔在房间的地板上，又狼狈地往后退。

电脑屏幕上还是秦月明美丽的模样，江云开已经吓得魂都要飞了。这不是金屋藏娇，这是荒郊野外藏了个鬼！

视频什么的江云开都不管了，他在屋子里狂奔，想找到自己的车钥匙，却发现鸭宝开着他的车去市中心给他买东西了。他只能拿出手机打电话给鸭宝，让他赶紧回来。紧接着，他冲出别墅大门朝小区门口狂奔，想找到保安，这样也比一个人待着安心。

狂奔途中，他遇到了一个正在夜跑的女孩，女孩朝他看了过来。

“啊啊啊！我的妈呀！”江云开又一次跳开了，一下子蹦得老远。

秦月明也被江云开吓得一哆嗦，第一次见到一个人能够被吓得几乎飞起来，身轻如燕，跳起老高，然后又摔在了她面前。当然，这人比白天的她摔得还惨，简直就是高空坠落。

江云开吓得腿都软了，竟然站不起来，越看秦月明越觉得害怕，只能爬着远离她，一边爬还一边哽咽着叫道：“妈妈……闹鬼了……妈妈……”

秦月明看着江云开在她面前狼狈地爬进了草坪里，忍不住跟过去问：“你没事吧？”

“你别过来……你不过来我就没事。”

“哦，我不动。”秦月明立即回答。

“我现在道歉还来得及吗？”江云开问的时候都哭了，是真的哭了。

他从小就胆小，最怕妖魔鬼怪之类的事。他家里的房间很大，他晚上睡觉就会觉得害怕，于是经常哭着去找爸爸妈妈一起睡，爸爸妈妈就给他买许多娃娃。看着一堆娃娃围着他，他就觉得更恐怖了，经常被吓哭。

长大之后，他要面子，没提过这些事，但胆小的毛病还是没变。这一次他是真的被吓到了，去世了九年的人就站在他面前，还跟他说话，他没被吓得尿裤子已经非常不错了。

“你怎么道歉？”秦月明问。

“我不该对您不敬，被采访的时候，我是真的觉得您漂亮才说您是我理想型的，没有冒犯的意思……”江云开害怕的时候说话还挺利索的，要是不哭就更好了。

秦月明一听就乐了，站在江云开不远处，看着他浑身发抖地往外爬，还觉得挺有意思的：“你觉得我漂亮啊？”

“对，漂亮，您就算变成了鬼也挺漂亮的。”江云开继续道歉，就跟口述忏悔书似的，“我不该心存恶念，想报复你弟弟。虽然你弟弟真的挺不是东西的，但是我不该惹他，我以后都离他远远的，我公开向他道歉，我忏悔。”

江云开不敢看秦月明，只想逃走。但是他太害怕了，腿软得不行，半天都没爬出多远。

“无人机是你的吧？”秦月明问他。

“对，我错了，我不该干这么不道德的事，视频我绝对不会公布的。我就当什么都没发生过，您别缠着我了行吗？”江云开哭得一把鼻涕一把泪的。

“这样啊……不过你不用害怕，我不是鬼，我是人。”

“您别幽默了行吗？死了九年了还这么健谈，您做鬼的心态也挺好啊。您要是缺什么了就跟我说，我给您烧一栋别墅，顺便给您烧俩帅哥行吧？您应该找钟嵘啊，动不动就拿你炒热度的是他，不是我啊，我以后不惹秦夜停了。”

秦月明脸上的笑瞬间淡了。不过，看到江云开被吓成这样，她还是先把那件事放下，走到他身边取出手机，打开手电筒，说：“你看，我有影子，我是人。”

江云开没力气爬了，壮着胆子侧过头去看秦月明。他先是看了看秦月明身边清晰的影子，然后又看了看秦月明。两个人四目相对，江云开狼狈不堪，秦月明眼里全是无辜的意味，还故意摆出一副友善的样子来。

江云开趴在草坪上，秦月明蹲在他身边，伸出手用手心盖住他的额头，又说：“你看，我有体温，真的是活人。”

江云开不哭了，看了秦月明半晌，似乎终于信了。他一想起自己刚才的样子就气得不行，想发泄却又顾及她是女生，最后只能气呼呼地拍了一下她的鞋面，力道也不算重。

接着，他坐起身来揉了揉自己的腿，刚才吓得腿都抽筋了。

秦月明蹲在他旁边一个劲地笑，引得江云开没好气地看了她好几眼。

夜里清凉的风吹拂着草地，吹来一阵草木清香。秦月明的头发被风吹了起来，她随手挽到耳后，继续看着江云开。夜色里，她美得像个仙子。

“你是秦夜停找来做他姐姐替身的？他觉得你跟他姐姐很像，所以找你做女朋友？这家伙有恋姐情结？”江云开语气不善地问她，都不称呼“您”了，变脸之快让秦月明大开眼界。

秦月明不知道该怎么说，怕说自己是秦月明会再次吓到他，想了想后回答：“我不是他女朋友啊。”

“啧……”江云开臭着一张脸，想骂人，又觉得丢人，半晌还是什么都没说。

秦月明从口袋里取出纸巾，帮江云开擦了擦脸上的眼泪。刚才他趴在草坪上蹭脏了脸，成了花猫脸。

江云开立马躲开了，指着她警告道：“刚才的事不许说出去。”

“你是练过轻功吗？一下子就飞起来了，超厉害的。”

“你、你……”江云开居然不知道该说什么了。

秦月明又笑了，笑得前仰后合的，半天停不下来。

江云开气急败坏地站起身来，拍了拍身上的尘土，对她凶道：“你大晚上出来干什么？吓人啊！”他终于不怕了，但是奶凶奶凶的。

秦月明跟着站起来，无辜地说：“我夜跑啊。”

“夜跑披头散发的？”

“房子里没有发绳。”

江云开觉得自己今天太丢人了，羞得耳朵通红，气急败坏地往外走，走了两步又回头瞪了秦月明一眼。

秦月明依旧是一脸无辜的样子，被瞪得委屈巴巴的。

江云开又走了回去，走到她身前说：“伸手。”

秦月明伸出手来，江云开从自己的手腕上拽下一个发绳给了她，颜色是简单的黑色，没什么花样。他的头发也有点长，练舞的时候会扎起来。

给了发绳之后，他就气鼓鼓地走了。

秦月明看了发绳半晌才抬手将头发扎起来继续跑步，跑了一段，又忍不住“扑哧”一声笑了。弟弟的对家……怎么看起来不太聪明的样子？

秦月明在短短的几天内承受了太多。

先是突然发现自己到了九年后，接着又得知自己和杜毅的死亡消息。杜毅陪她的时间不算长，他只是出国时被公司派来的临时助理。但是他人突然没了，要说秦月明心里不难受，一定是假的。

接着，她又得知自己的男朋友要订婚了，听到这个消息她还能保持良好的心态，真的是因为早期心彻底凉过，才能冷静地承受这种大风大浪。

现在回到家里，她终于下定决心去查前男友这九年的动态。她看着前男友的综艺节目，越看越觉得心寒。

她终于知道钟嵘是个渣男了。钟嵘在她去世后就单方面公开了恋情，是的，那时她已经没办法回应这段恋情了。

在她出事后，钟嵘或许是真的很难过，媒体采访她的故友时，他哭着公开了他和她的关系，还发布了合影作为证据。后期，他的举动就有些变味了，他发现，只要一提起秦月明，他就能获得一些关注。所以，钟嵘上综艺节目时总会提起她，说些两个人的交往细节。

其实他们两个人在一起才一个月，约会也只有一次，钟嵘居然编造出了那么多虚假的事，还到处说，话里话外的重点都是他们的感情有多好、他有多专情。

钟嵘成功地立了一个专一的人设，事业因此一下子飞上云霄，说出来的事却越来越离谱。他总是不经意地在节目里提起她，说她是如何倒追他的，他当时是因为感动才答应跟她交往的。他们交往的事其实挺隐蔽的，公司的人不知道，就连蔡思予也是突然知道的，不清楚具体情况。

秦月明是那种很有原则的人，即便有人追求她，她也会保守秘密。她不觉得被人追求值得炫耀，也不会去问闺密该怎么应对。她自己很有主意，不需要别人参谋，即便别人来劝说她，她也不会轻易动摇。

所以，她去世之后，钟嵘说什么就是什么，没有第二个人知道具体的真相。

钟嵘的人气是在秦夜停红了之后渐渐衰退的，他出现了负面新闻，接着消沉了一阵。他不死心地再次参加一档回忆类节目，依旧是回忆秦月明。那档节目让他有了点热度，但那次之后跌得更惨了，因为他前脚说永远都不会忘记秦月明、会永远爱她，后脚就曝光了恋情。

秦月明合理怀疑，是秦夜停那小子看不下去了。她是秦夜停的姐姐，知道秦夜停是什么性格——看似沉稳却性格很刚烈，睚眦必报。

她合上笔记本电脑深呼一口气，突然就没有失恋的难过感觉了，原来放弃一个人只是一瞬间的事。或许她根本就没有那么爱钟嵘，只是因为初恋突兀地结束有些难过罢了。

这时候，房间的门突然被敲响，秦月明还当是蔡思予，走过去打开门就看到门口站着成熟了的秦夜停，她的身体僵硬了一瞬间。

秦夜停乌黑的头发松松软软地搭在头顶，他长着一张娃娃脸，明明二十六岁了却还可以去演学生。他的五官是无可挑剔的，稍微打造之后也可以完美地驾驭古装剧，是一个标准的翩翩公子，唇红齿白，温润如玉。

秦月明感觉自己依旧在跟秦夜停冷战的氛围里，并没有九年未见的思念感，所以此时有点尴尬。她抬手拢了拢头发，问道："你拍完戏了？"

秦夜停点了点头，然后突然伸手将秦月明拽到自己怀里，紧紧地抱着她。

她靠在秦夜停胸口，拍了拍他的后背："又长高了。"

"我好想你。"秦夜停哽咽着说。

"抱歉，让你担心了。"

"之前是我太任性了，我怕你进入娱乐圈遇到坏人，你那么漂亮，他们会图谋不轨。而且我不想让你为我牺牲太多，我当时不懂那么多，只是一味地怪罪你，是我的错……"秦夜停吸了吸鼻子，开始跟姐姐道歉。这些话在他心里存放了九年，却无处去说，这些懊恼与悔恨便折磨了他整整九年。

“我都明白。”秦月明低声回答。

“真的进了这个圈子，经历过你所经历的，我就知道你有多不容易了，是我太天真了……”

“我有好多话想问你，我们先坐下说吧。”

“我不，我要抱着姐姐。”

秦夜停很少撒娇，他是一个有些冷漠的人，很少跟秦月明很亲近。秦月明还有过些许美好的童年时光，秦夜停则从未有过。他从记事起就是家里最糟糕的时期，所以秦月明也理解他的性格。

奔月这时突然扑了过来，扑到秦夜停身上，兴奋得摇尾巴，使得秦夜停不得不松开了秦月明。

秦夜停带着姐姐去客厅聊天，这样奔月也能有地方玩。

“这阵子我的经纪人居然跑到剧组去看着我，说是生怕我谈恋爱。”秦夜停坐在沙发上，歪着身子靠着椅背，似乎十分疲惫。

他的身材纤细修长，体型偏瘦。艺人在镜头里看起来体型正常，其实在现实中都很瘦。秦夜停和秦月明都是天生就很瘦的体型，还是头小、脸也小的那种。

秦月明这段时间还看了弟弟的影视作品，发现这小子演技还不错。采访她也看了，他都是笑呵呵的，一副暖男的模样，好像生了一双天生的笑眼，一看就性格非常好。

然而，他现在坐在这里，眼中没有半点笑意，薄薄的嘴唇抿着，只在看向秦月明时眼中才会有点温度。

“合同规定了不许谈恋爱？”秦月明问他。

“不许，而且我的合同还有一年到期，但我没有续约的意向，所以……”秦夜停说着耸了耸肩。

“你签了几年？”

“十年，今年是第九年。”

“你不是不喜欢娱乐圈吗？”

“我不是不喜欢娱乐圈，我只是不喜欢你在娱乐圈待着。”

“为什么你对于我突然出现在这个时间的事很淡定？你知道些什么？”秦月明认真地看着他。

“哦……”秦夜停似乎才想起来，随口回道，“我找了一群疯狂的科学家，研究时间裂缝的事，让他们在你死亡前把你拽到现在这个时间来。”

秦月明蹙眉问：“这怎么可能？”

“最开始我也觉得很扯，认为他们是在骗钱，但是挺多富商都在尝试，还投资了这个研究项目，我就也跟着投资了。没想到，现在真的成功了。”

“成功的情况多吗？”

“你是第一个。”

秦月明走到弟弟身前，伸手钳住他的下巴：“你知道吗？你撒谎的时候不敢看我的眼睛，就像刚才那样。”

秦夜停终于看向了姐姐，然后露出一个极其不自然的笑容：“你能不问这些，只是继续好好地活下去吗？”

“不能！”

秦夜停调整了一下坐姿，抬手揉了揉自己的头发，叹了口气，说：“好吧，我承认情况确实挺糟糕的，你知道了估计不会高兴。”

“说吧。”秦月明已经做好心理准备了。

“在你回来的一瞬间，我就已经负债累累了。”

秦月明一愣。

秦夜停从自己的行李箱里拿出一份合同，翻开给秦月明看。这份合同上的金额真的是天文数字，秦夜停前期的投资不算多，但是有条款写明，如果研究所真的将人带了回来，他就要支付巨额的研究费用。这个费用……简直可以要了一个普通人的命。

秦夜停随便算了算，说：“我要保持如今的人气，不停地工作十几年才能还清这笔债。”

还有就是，那个研究所不是本国的，不接外国人的单子。所以秦夜停特意移民到了那个国家，如今户籍已经不在本市了，这也是他最怕姐姐不高兴的一点。

研究所坚持的原则还有一点，就是必须是已故之人才可以进行实验，不可以找来年轻的自己，不然会造成两个本质一样的人存在于同一时空的伪自然现象。投资者想带回来的人还必须是自己的亲人，签合同时必须出示亲属证明。万一有商人投机取巧，将著名画家带回来了，让他们继续画画，岂不是很糟糕？

这个研究所曾经将时间裂缝的研究公开过一阵子，很多人都将其当成天方夜谭，毫不理会。还有人觉得这种发明会扰乱自然秩序，反对过一阵子，却也无用。

只有秦夜停这种疯子才会去入股，还付出了这么多。

“这段时间你为什么回避我？”秦月明问他。

“因为我的经纪人一直盯着我。我在你老东家呢，如果我们没有找好后路被他们发现了，你又要被找回去、被他们吸血了。还有就是……我不想让你看到我疲惫的样子，因为我以前看到你那副样子时真的很心疼。”

“就这样啊……”秦月明突然如释重负。

秦夜停有些不解，拿起合同指着上面的数字说：“就这样？你好好数数小数点，是英镑啊！”

“我们是穷过来的，还怕这个？我一直担心你是做了什么极端的事情，比如出卖灵魂之类的。”秦月明低头摆弄自己的手指。

“不会，我都不许你做这些，自己又怎么会去做。”秦夜停说着，凑过来拉住她的手，“最开始我真的没想过会成功，但是这成了我最大的信仰。为了赚钱让你回来，我就会更加拼命、更加努力地工作，也终于有坚持下去的理由了。姐姐，这个世界上，我只有你一个亲人了，这些年……我过得不好。”

这些年我过得不好，我很想你，努力奋斗也许能让你回来，这是让我坚持下去的信仰。

秦月明坐在沙发前捧着合同，光着的脚叠在一起，因为精神紧绷，大脚趾不自觉地翘着。她又重新数了一遍数字，接着拿着手机计算汇率。连续计算了三次之后，她陷入了长久的沉默。

“这个打击真的很大。”蔡思予给秦夜停倒了一杯饮料。

秦月明刚刚还完债还没轻松一年，就突然到了九年后，要偿还更多的债务了。

“最近你好好安慰她，我怕她想不开。”秦夜停叹了一口气。

两个人一起担忧地看着秦月明。

许久后，秦月明才说：“我还不如死了算了呢……”

秦月明考虑再三，还是决定回到娱乐圈。

“出道前我做了那么多努力，怎么甘心就此放弃？”她抱着膝盖说。

最开始，秦月明进入娱乐圈是为了还债，真正出道后，她发现自己也是有野心的，想演出更多、更好的作品。在娱乐圈奋斗的这个过程就好像是在玩一个游戏，她的账号一点一点地累积经验，她终于成满级大神了，却突然被封号了。曾经的天王、天后级别的巨星卷土重来，需要顶住巨大的舆论压力，需要足够的勇气。

秦月明不想辜负那些等待她的粉丝，在机场遇到的那个男粉丝，她至今都记得他看她时的眼神。他明明想哭，却还是努力朝她微笑。能拥有这种粉丝，她何其荣幸？

秦夜停抿着嘴，最后点了点头："我支持你的决定。"这回他不会再任性了，他会尊重姐姐的决定。

"谢谢你。"秦月明朝他微笑。

蔡思予却还是很担忧她的未来："你有没有想过你已经过气这么久了，突然回到娱乐圈能不能跟上他们的人气？单说在京市，艺人、网红、模特之类的人就是以万为单位计算的，不是几万，可能是十几万、几十万！"

"我知道，你不觉得我'重生'这种事非常离奇吗？就算只靠这个噱头，也足够我上一阵热搜，甚至可能是热搜头条。这波热度利用好了，我就有可能东山再起。"

蔡思予又说："如果你真的复出，你的老东家可不会轻易放过你，你如果不签他们，他们说不定会耍什么花招。现在夜停要解约，他们也疯了一样地盯着夜停，恐怕不仅仅是盯着恋情吧，主要是盯着夜停有没有跟哪家公司联系。"

"我要找到一家新公司做我的靠山，怕就怕在我找到靠山之前，我回来的消息就被曝光了。就算夜停会努力保护我，也会存在一些漏洞。"

秦月明说了有可能曝光的原因：第一，她在不明情况的时候惊动了机场的工作人员；第二，她遇到了一位粉丝，没有否认身份；第三，江云开也遇到了她。

"机场那方是最不想上热搜的，尤其是你身份敏感，他们更不希望曾经的事被再次曝光，所以就算发现了不对劲也不会主动提起，更别提查监控视频了。"秦夜停托着下巴跟她分析，"至于你的粉丝，这是一个不确定因素，但是我刚才上网查了一下，近期并没有出现这方面的微博，说明你的那个粉丝也守口如瓶，说不定在等你自己出现。"

"那就只有江云开了。"蔡思予喝了一口水。

"对，不过他嘛……"秦夜停提起江云开就忍不住扯着嘴角笑。

"怎么？"秦月明忍不住问，她对这个男人可真是印象深刻。

"跟他对阵，我都觉得没意思……"秦夜停说完就开始摇头，语气不屑。

"但是如果他真的曝光了，我们也需要提前做好充分的准备。"秦月明觉得还是需要谨慎一些。

秦夜停拿出手机来，直接给江云打了语音电话。

秦月明震惊地看着弟弟，他居然还有对家的微信号？也是厉害。

江云开很快接通了，骂骂咧咧道："秦夜停！你别太得意了！"

"我没得意。"

"这次我就先放过你，你让那丫头嘴巴严一点。"

"嗯？"

"她没跟你说？"

秦夜停看向秦月明，秦月明摇了摇头，表示自己确实有事情没说。

"哦……那谢谢你了。"

"滚滚滚！听见你的声音就烦！"江云开说完就挂断了电话。

秦夜停将手机放在一边，看向秦月明说："他这么说了就不会做什么了，虽然他是我对家，但我得承认，他不是说一套做一套的人。不过，你们怎么了？"

秦月明摇了摇头，笑道："没什么。"

江云开挂断电话，伸手拿来酒杯又喝了一整杯啤酒。

"江哥不开心吗？"南云庭坐在一边跷着二郎腿，问得特别不走心。

江云开没好气地白了他一眼："说请我吃饭，怎么还带了一个人？"

"帮我打掩护！这要是单独出来吃饭，不得被狗仔队偷拍？有你在还可以说是朋友聚会。"南云庭说完就扯着嘴角笑，又看向正在点菜的女孩。

南云庭是江云开组合里的成员之一，别看他们的名字里都有个云字，其实真的只是巧合。这小子平时跟江云开关系最好了，知道江云开的偶像剧杀青了，就招呼他过来请他吃饭。

江云开一进来，就看到里面还坐着一个女生。这个女生江云开看着也眼熟，想了一会儿就想起来她是最近回国发展的一个女团的成员。她叫杜拾瑶，是从练习生里摸爬滚打出来的，形象也是流行女团的风格，长得挺漂亮，二十岁出头。杜拾瑶为人挑不出什么毛病，性格也不错，最近人气挺高的。江云开都不知道这两个人是怎么认识的，怎么就一起吃饭了？

南云庭凑到江云开身边小声问："是不是很漂亮？"

"嗯，金发大波浪，真招你这种渣男喜欢。"

"对对对，你就喜欢秦夜停姐姐那种类型的，然后被秦夜停疯狗似的追着咬了这么久。”

“别提了……”江云开又喝了一口酒。

秦月明好看是好看，但是他都不敢看了。最憋气的是，熟悉江云开的人就没有一个不知道他喜欢秦月明。谁让他跟秦夜停掐得太厉害，他的这个喜好被传播得异常广。

杜拾瑶跟秦月明完全是两种风格。杜拾瑶年轻有朝气，是如今最受欢迎的长相。秦月明则是精致脱俗的长相，跟个仙女似的。一个是烈焰般的玫瑰，一个是寒冰般的昙花，各有各的美。

“啧啧，自己花里胡哨的，结果就喜欢清新脱俗的……”南云庭嘟囔。

“好看好看！”江云开最受不了别人拿这个跟他开玩笑，让他没想起来秦月明有多好看，就想起秦夜停有多可恶了。

“云开哥哥，你喜欢吃什么啊？”杜拾瑶拿着菜单看了一会儿，问江云开。

“客气了，叫江哥。”

“江哥！”

“他们家的鱼好吃……”

南云庭轻咳一声：“你给我收敛一点。”这里的鱼是按两卖的，一两的价钱就上了四位数。

“我能轻易给人打掩护吗？”江云开扬眉问道。

南云庭又咳了一声，小声骂骂咧咧，却还是看着江云开跟杜拾瑶一起点菜，点得他肉疼。

吃完饭后，几个人坐在一起聊天。江云开拿着手机玩游戏，旁边的两个人聊得热火朝天。

“江哥还在呢！”杜拾瑶小声提醒南云庭。

“不用管他，没看到他戴着耳机吗？”

然后，两个人一起看向江云开。

江云开只得当成什么都没听到，继续玩游戏，单排游戏玩得肆无忌惮。屏幕上有人叫他大神，让他打开好友审核，他不理，也不开语音。

这时，他听到南云庭对杜拾瑶说：“你的眼睛真漂亮，就像深夜里的星星。”

江云开差点吐了，杜拾瑶却笑得挺开心的。

走的时候，江云开在南云庭身边小声说：“还像天上的星星，你恶心不恶心？”

“你懂个头！电视剧里这么夸完就‘一夜荒唐’了。”

“你别太过啊……”江云开小声提醒，接着又回头看向杜拾瑶，“我送你回家啊？”

江云开一般不提这种事，只要提了，就是为了坏南云庭好事，气得南云庭偷偷拧他手臂。

“可你喝酒了啊！”杜拾瑶回答。

“这你就不懂了吧？一瓶酒对我来说就是饮料，我喝十瓶都不会醉。”

“酒量这么好？”

“那是，我新提的法拉利，坐一下试试？”

“好啊。”

南云庭一看就急了，压低声音说：“江哥，你别闹了行吗？”

“哥们一生一起走，谁先脱单谁是狗！”

“汪！”

江云开忍不住笑了，掏出钥匙给南云庭：“半路给我扔下去，我这车新提的，没记者认识。”他本来就是故意逗南云庭的，要是真的酒驾那还得了？

“行。”南云庭这才笑了。

江云开的车是四座的法拉利GTC4，江云开上车后就猫在了后座，半路下了车。

南云庭助理的车跟在后面，鸭宝就在那辆车上。江云开拉开车门上车，刚坐稳就听到鸭宝说：“江哥，头儿叫你去公司。”

“我一年的假期就这么三天，还让我去公司？”

“你去看看？”

江云开无奈地靠着椅背，算是妥协了。鸭宝赶紧让南云庭的助理开车去公司，生怕江云开半路反悔。

江云开的经纪公司是他亲舅舅开的，别看两人辈分差得多，其实年龄就差三岁。他都不知道该说姥姥老当益壮，还是自己妈妈晚婚晚育。

他当初一意孤行，拒绝接手家里的百亿资产，想进入娱乐圈，家里作出的唯一让步就是让他进入舅舅的公司，因为舅舅会管着他。他舅舅也拿着鸡毛当令箭，把他管得特别严，总把他搞得特别烦躁。

他刚走进办公室，刘创就将合同摔在他面前：“又吹了一个！你能不能让我省省心？”

江云开翻了个白眼，坐在椅子上不愿意说话。

“你说说你，徒有人气，却没有公司敢用，生怕哪天你又闹出一个大新闻就被封杀了，到时候他们就只能干瞪眼。”

“那我也没看我假期变多啊，行程还不是一点都没少？”

“还不是我努力争取来的！”

“啧。”

“最近我在给你谈一档真人秀，争取来了两个名额，你想跟谁一起去参加？”刘创终于开始说正事了。所谓的两个名额，就是他们公司可以去两个艺人。

江云开回答：“南云庭。”

“不行，和他的档期撞了，而且我想安排一个女的去。”

“那没了。”

“你看唐栖咋样？也是一个挺有意思的小姑娘。”刘创不死心地问。

“不行。”

“她算是合适的艺人里最努力的一个了。”

“对，她确实是一个很努力的小姑娘，很早就目的明确，专门去房价高的小区附近看大爷、大妈跳广场舞，还特意打扮成大爷、大妈喜欢的那种类型。还有，她不是空手去的，带了个电蚊拍。人家跳广场舞，她就在旁边帮忙电蚊子，孝顺得跟她是那一群人的亲孙女似的。结果她对象没拍着，却被一个热心肠的大妈介绍做了模特，之后才来我们公司的。”

刘创听完都愣了，他是真不知道这件事。江云开则是碰到了来探班的大妈，听大妈自己说的。

“可这也不影响你和她一起参加真人秀啊？”刘创说。

“她是秦夜停的粉丝，秦夜停因为我跟我们公司闹得水火不容，她丢了一个能跟秦夜停合作的角色后，就不理我了。”

“呃……”

“那你想带谁去？”

“没有候选人。”

“我要来两个名额就是为了让其中一个人照顾你，怕你在真人秀里出了什么事没人帮你圆场，你怎么就不懂我的良苦用心呢？”

“那你随便安排一个吧。”

刘创也有点头疼，想了想后对江云开说：“实在不行你在实习生里挑一个，也不着急，这几个月敲定就行。最近公司也要招新艺人，目前只有你们组合人气够，其他艺人不是在走下坡路，就是不准备续约，要自己开工作室，公司急缺一个能跟你们组合媲美的艺人。”

“那你把秦夜停签过来，然后雪藏他。”

“秦夜停有的是公司想签，最不会考虑的就是有你在的公司。”

“想超过我有点难，哥是无敌的。”江云开干脆坐在刘创的办公桌前，打开电脑搜索秦月明生前的照片。他仔细看了看，又回忆了一下他遇到的那个女孩子，真的很像啊……

“跟谁自称哥呢？”刘创也走过来看电脑，看到秦月明的照片，惋惜道，“她演技是真的好，演什么像什么，长得也是真漂亮，很有辨识度，可惜了……”

江云开又看了一会儿，最后还是没说关于秦月明的事，而是说：“我要回家了，我怕我们家的猫想我。”

“它不挠你就不错了，还想你？”

“瞧不起谁啊？”江云开刚走出门就遇到了唐栖，顺口问了一句，“一起去参加一档真人秀，当固定嘉宾，去吗？”

唐栖见到江云开就后退了一步，接着气急败坏地吼了一句：“我是你永远都得不到的爸爸！”

唐栖气鼓鼓地扭头就走，都不去刘创办公室了，江云开忍不住回头问刘创：“刘创，你公司里的艺人是不是都有病？”

“叫舅舅！”刘创不爽地道，“人家要是真有病要进医院，你也是他们的邻床！不管病情严不严重你都得把氧气罩戴上，不然我怕你们对骂，在病房里说起群口相声！”

第二章 她是真漂亮

秦夜停在助理的陪同下走进了饭店的包间，助理站在门口询问服务员是否已经点餐，得知没有后又跟经纪人联系，最后自己来点餐。做生活助理就是这样，既要知道秦夜停的口味，又要知道经纪人的喜好。

秦夜停换过好几个助理，并不是因为他太难相处，而是因为他红得太快了。最开始他还是新人，团队的工作人员也都是新手，全程都以秦夜停是秦月明的弟弟为噱头，努力宣传秦夜停。结果秦夜停演第一部剧就小火了一把，团队一下子就跟不上速度了，有点新闻就措手不及。之后，团队便换了一批人。

再后来，秦夜停的一部剧、一部电影都口碑爆棚，他还凭借那部电影拿了最佳男配角的奖项。他一夜爆红，团队又换了一批人，现在的助理就是那次换的。

经纪人倒是没换，只是对秦夜停越来越重视。最开始，大家都觉得他只能借着姐姐的名声小红一把，没想到他会成为大地娱乐的一哥。整个娱乐圈在人气方面能跟他媲美的明星，怕是只有江云开这个黑红流量小生了。

秦夜停的经纪人叫田泽，正是秦月明之前的经纪人。秦月明去世后，他就看中了秦夜停，毕竟秦夜停长相出色，还有秦月明这个姐姐作为噱头。当时的秦夜停还是一个学生，没有经济来源，赔偿金也迟迟未到手，生活成了问题，面临辍学，田泽软磨硬泡之后便将他签了过来。

十年的合同在娱乐圈算是一个长约了，现在过去了九年，秦夜停的人气已达顶级，公司自然不愿意放手。经纪人今天和秦夜停见面，就是为了挽留他。现在的秦夜停不是愣头青了，他们便准备走“动之以情”的路线。

田泽走进来时，秦夜停正在看书，他便顺口问：“在看什么书？今天怎么戴眼镜了？”

“趁着没工作想重新考研。”秦夜停随口回答。

田泽有点尴尬，轻咳了一声。

当初因为进入娱乐圈，秦夜停放弃了考研，甚至连毕业也因为缺课太多而不太顺利。最近秦夜停没有续约的想法，公司就干脆扣下了他的很多资源。甚至有些剧本明明是奔着秦夜停来的，他们却努力推给公司的其他艺人。对方实在不同意，他们才会给秦夜停。

秦夜停也不在意，反正他铁了心不会续约了。

田泽坐下之后，开始跟秦夜停打感情牌：“你姐姐去世后，我们公司做的事的确让人寒心，你对公司最初的印象不好我也能理解，但是我扪心自问，我对你和秦月明都算不错了。在你们姐弟最落魄的时候，公司救了你们两次。”

第一次，是秦月明姐弟快生存不下去的时候，大地娱乐签了秦月明。第二次，是秦夜停无依无靠的时候，大地娱乐签了秦夜停。

“其实当时有其他公司也要签我，你知道我为什么没去吗？”秦夜停头都没抬，只是随口问他。

“为什么？”

“欺负过我姐跟思予姐的人现在过得如何，你要不要仔细回忆一下？”秦夜停露出一个温和的笑容，却让田泽背脊一寒。

田泽对于秦夜停的为人自然是了解的，如果不是看到秦夜停如今的人气很高，秦夜停离开后他很难再带顶级的艺人了，他也不想继续带秦夜停了。这人养不熟、心肠狠，但是旁人都觉得他好得不得了。

田泽不自觉地抬手擦汗，从包里拿出一份合同，继续打感情牌：“你姐姐的合同我带来了，你自己看一看，并不是我们压榨她，合同里真的是这么写的。当初合同不是我签的，你姐姐准备出道了才被分到我手里，签合同的人……你比我更清楚他现在的处境。”

秦夜停伸手接过合同，低头去看。

田泽还要继续说，手机却突然响了，他立马起身走到窗边接电话。已故艺人已经到期的合同，他并不会看得太小心。

秦夜停扶着眼镜框，镜框里隐藏着一个微型摄像头，一按即可启动。他对着每一页合同拍照，在最后几项条款那里看了许久。

合同上写着：“如果艺人没有主动提出解约，合同会自动续约一年。如果艺人连续三年没有给公司带来任何收益，合同自动解约，艺人还要赔偿培养金，带来影响的还要加倍赔偿。合同到期之后，艺人优先与公司续约。”

将所有页面都拍完照，秦夜停将合同丢在桌面上，对田泽说：“我会自己开工作室。”

田泽挂断电话后又坐了过来：“你让我把合同带来，说要看过合同后再决定，就是这样的决定？”

“你要跟我走吗？”秦夜停问。

这个问题其实田泽也不是没考虑过，但他最后还是摇了摇头：“算了。”他知道秦夜停对他的印象很差，毕竟他是压榨过他们姐弟的经纪人。

秦夜停又说：“把提前解约的协议签了吧，再给我一份我姐姐的，我不想她已经去世这么久了还挂在公司名下。”

秦月明的解约合同田泽不在意，他只是觉得秦夜停对于秦月明的事真的太在意了。他不想再招惹这个疯子了，但秦夜停想解约他还是要劝一劝的。

一顿饭吃完，秦夜停还是没有续约的意思，田泽也就不劝了，答应第二天去公司签合同。

第二天一大早，秦夜停就到了公司，还召集了自己团队所有人。

协议签署完毕，他坐在办公室里看着其他人，沉声道：“我已经确定不会续约了，你们现在就可以去联系公司的其他艺人，有合适的就转过去，我都理解。”

如果不主动提前联系艺人，他们就容易被分给新人，或者不好相处但身边缺人的艺人。秦夜停也知道他们不容易，所以提前告诉他们。

秦夜停说完，这些人就沉默了，似乎在等他继续说。

“我会成立一个工作室，花一年的时间去准备，目前连雏形都没有，所以……不太有底气邀请你们，你们……”

他话还没说完，就有人应声：“秦老板，我跟你走！”

接着很快有人跟着应声，他的小团队里最后有四个人决定跟着他离开。

秦夜停对着他们微笑道：“感谢。”他的笑容暖暖的。

秦月明跟老东家大地娱乐的合同不是秦月明亲自签的，当时秦月明和秦夜停的监护人是小叔，小叔将秦月明送去大地娱乐做练习生，签合同时秦月明没有看过条款。她的小叔也不懂，所以出道后才发现合同里有很多霸王条款。

秦月明至今都不知道自己合同里的详细条款，看着秦夜停打印出来的合同，不爽地道：“真够恶劣的。”

“我作为你的代理人，替你签署了解约协议，这样也算是解决了一部分后患。合同我也交给律师了，他们会提前做好一切应对。”

他们只是怕老公司胡搅蛮缠，说秦月明合同没到期就去世了，现在回来了，要继续回老公司做满缺的那几年。那么不合理的条款，秦月明要是继续工作下去，心态都会炸裂。

“我太了解大地了……”蔡思予坐在沙发上吃草莓，厌恶地道，“他们之前完全是靠无耻赚钱的。”

“我知道，我解约后会有一堆黑料出现，复出也会被黑。”秦夜停抓着奔月的毛，给它挠痒痒，随口回答，“不过，他们最好老实一点，不然……”

“我觉得你的‘不然’最好写在备忘录里，一定会用到的。”蔡思予十分笃定。

秦月明坐在电脑前浏览网页，秦夜停凑过去问：“在看什么？”

“我在观察你给我推荐的那些经纪公司，顺便浏览一下他们旗下的艺人，再分析这些艺人的作品跟本人风格，分析哪家公司是定位最准确的。”上一次的签约太草率了，这次她想谨慎一些。

“如果你觉得有合适的，我们可以试着联系一下。”秦夜停干脆坐在桌面上，摆弄着手机。

奔月绕着他们两个人转圈圈，兴奋得不行。

“不，我要等他们来联系我，这样我们才更有底气谈条件。而且，他们敢来就证明他们分析过利弊，敢跟大地这种无赖公司斗一斗。”秦月明充满自信地回答。

秦夜停笑着说：“好，那就按你说的做。”

微博热搜榜突然空降了一条热搜——秦夜停关注，点进去就能看到娱乐博主的截图，说秦夜停新关注了一个微博账号，那个账号还叫“秦月明”。

秦月明去世时微博刚刚兴起，所以她并没有开通。而现在，微博已经成了一个很大的娱乐平台，她的名字也被同名的人注册了。

秦夜停派助理买下了这个微博名，改掉原名后立即用秦月明的名字注册了新账号。秦月明的微博里没有一条动态，头像是一个咧嘴大笑的卡通图像，只关注了秦夜停和蔡思予两个人的账号。

娱乐博主这条微博下的评论褒贬不一。

妄北：“钟嵘翻车后我就特别厌烦这些人拿秦月明做营销，想让秦月明不得安宁吗？秦夜停当初不就是借着他姐姐的名头火起来的？真没看出来他有多在意他姐姐。”

距离：“据说秦夜停和秦月明关系不好，在她出事前，两人很久不来往了？秦夜停这回又来搞情怀了？真是洗不白了。”

顶你的肺：“秦夜停有新剧要上映了？”

妖瞳百魅：“把自己姐姐名字的微博号买下来，并且关注一下，这又怎么了？这么点小事也要嘲讽一下，看来黑粉真的很闲。”

柠栀：“秦夜停本来就是无污点的正能量艺人，一直专注于慈善事业。”

过期关系：“谢谢这个热搜，一个新账号一天涨了七万粉了。”

小丫子：“哥哥真的是一个非常努力的艺人，并且有拿得出手的作品，演技也是大家都认可的，大导演都愿意跟他合作。而且哥哥很在意粉丝的心情，不炒cp，不搞人设，没有不良习惯，这么多年被人狠命地扒也没扒出黑料来，这还不够吗？”

这条热搜并没有引起太大的关注，热度最高时也才在热搜榜中游的位置，没过多久就被挤下去了。秦夜停的粉丝是后发现的热搜，赶紧赶来控场，局面也稳住了。

跟着关注秦月明微博号的大多是秦夜停的粉丝，还有一部分是秦月明曾经的粉丝，他们关注这个空号也算是为了保留一个念想。

然而，第二天中午，秦月明这个微博号居然更新了一条微博：“分享视频。[视频]”

点开视频就能看到秦月明漂亮的面孔，就算没有开滤镜，肌肤也是无可挑剔的牛奶肌。她对着镜头微笑，说：“大家好，我是秦月明，或许这件事听起来十分离奇，但是我回来了。”

秦月明发布视频的当天上午，江云开的新剧正好开机。

在圈内，江云开人送外号“炮楼”，因为他就是一个行走的嘴炮（形容一个人讲的道理让人无言以对）达人，看谁不爽就喷谁。近几年总被秦夜停攻击，他才消停了一点。

结果，到新剧组的第一天他就不爽了，因为剧组没经过他的允许就安排了他和女主角的一些暧昧场景。

上香结束，江云开看向女主角，问道：“你同意了？”

“我也不知情。”女主角摇了摇头，一脸无辜地看着他。

他都没说什么事女主角就回答了，让他哭笑不得：“哦，你不知情，那你还一个劲地往我身上靠？你知不知道我粉丝战斗力有多强？”

“你绯闻那么多，还差这一次？都是宣传手段罢了，我对你真人又不感兴趣。”女主角还不高兴了，任谁被江云开这么嫌弃心里也受不了。

她最开始的确想过跟江云开炒 cp，江云开给人的印象就是一个不太安分的人，之前也和别的女明星传过几次绯闻，算是个专业户了吧？只要是跟江云开传过绯闻的人，就没有一个没引来关注的。虽然最开始女方会被江云开的粉丝攻击，但那种关注度是有目共睹的。还有就是……江云开长得帅，人气也高，家庭背景更是惊人。如果真的能跟这样的人在一起，也挺好的。

结果开机第一天，江云开就臭着一张脸，让女主角心里难受了。

“我告诉你，想跟我传绯闻可以，但最后的结局必须是女方出轨。我还可以对着镜头哭，让你最后热度满满，热搜头条我给你买，连买一星期。”江云开嫌弃地说了一大段话，接着就去了自己的化妆间。

女主角看着他离开，气得情绪半天没平复下来，这人一点绅士风度都没有！

之后的记者采访，江云开也特别不配合。

记者问：“您的绯闻女友众多，请问哪一个才是真的？”

江云开歪嘴一笑，样子有点痞：“的确挺多的，每次一传绯闻我都得去百度查一下是谁，才能把脸和名字对上号，之后就要努力回想很久，或者问我助理，我才能想起我哪天遇到过她。”江云开没说，他最生气的其实是一个名字跟很多人的脸都能对上号，所谓的绯闻女友都长一个样，有时候他还会认错人。

记者又问：“本剧的女主角呢？”

江云开回道：“哦，她啊，毕竟今天见过面了，还是记得她是谁的。”

女主角的表情登时不好看了。

刚开机就闹得非常不愉快这还是头一遭，采访结束后，江云开坐在休息室里气得吹胡子瞪眼的，看谁都不爽。

鸭宝走进来问他：“江哥喝点什么？”

“随便！”

鸭宝边走边想该买什么，又取出手机给刘创发消息：“江哥生气了，该怎么办？”

刘创：“他脾气来得快去得也快，让他怎么开心怎么来。”

鸭宝：“好的。”

没一会儿，鸭宝就拎着两瓶啤酒回来了。

江云开看着墨绿色的啤酒瓶，脸都绿了：“开机第一天我就喝酒？”

“你不是最喜欢喝酒了吗？喝了酒之后好去吵架。”

江云开咬着牙，站起身来敲鸭宝的额头：“干得漂亮，加工资！”

“真的？”鸭宝一喜。

“呸！趁我没动手赶紧滚。”

“好嘞。”鸭宝立马准备跑。

“等会儿，要杯咖啡，加冰加糖。”

“好的好的。”

鸭宝出去没一会儿门就又开了，江云开还当鸭宝有什么东西忘记拿了，结果一回头看到周若山，他就乐了。

周若山是他组合的成员之一，但是风格自成一派。他们组合成立初期有五个人，都是十八、十九岁的少年，各个颜值都不错，身材也都是纤细修长的。那时候大家都有点中二，就用英文名字做宣传，好像多高大上似的。后来周若山接了一部硬汉类型的电影，为了好好拍摄就拼命健身，成了肌肉男。

这部电影宣传时用的是周若山的中文名。前几年他们组合是歌红人不红，发型也杀马特，很多人都不知道组合里的成员分别叫什么名字。周若山在组合里的形象又跟电影里那个圆寸头的硬汉完全不同，大家愣是不知道是同一个人。周若山之后还爱上了健身，肌肉型男的模样一直没变，后来接的戏也都是打斗类的。

结果有一次，他们组合举办演唱会就闹了一个大笑话。

演唱会当天，有条关于现场动态的微博火了：“周若山成为朝九晚五组合演唱会的特邀嘉宾，唱满全场。”

这条微博还让他们组合火了一把，为此，江云开他们笑了几年还没停下来，主要笑的是微博下面的评论。

经典评论 1：“那个手持双枪救走兄弟的硬汉居然是混男团的？”

经典评论 2：“我总怕周若山跳舞跳到一半突然开始举铁，或者在中国风的歌曲里突然要起双节棍。”

周若山见桌上摆了啤酒，乐道：“知道我要来，你特意准备的？”他把一束花递过去，又说，“花给你的。”

“对对对，你喝吧。”江云开连连点头，接过花束，看着被精心包裹的西蓝花，也说不出是个什么心情，他今天是跟绿色干上了？

周若山也不客气，拿起一瓶啤酒，在桌角一按，瓶盖就开了，接着干脆对瓶吹。

“你刚才的采访我看了，又一个热搜预定，你就等着之前跟你传绯闻的那几个小花的粉丝掐你吧。”周若山喝了一口酒，接着就开始翻零食，还真在江云开包里翻出了一袋薯片。

“我最烦那些跟我瞎传绯闻的，尤其是跟我公司都没商量过就直接传的。把我当跳板也跟我客气客气啊？她们火了，我倒成渣男了，真当我没脑子？”

“谁让你人气高人还不太聪明？”周若山拿出手机说，“来，让我看看你上热搜没。”

江云开懒得理，看着啤酒有点馋，但最后也只是抓了一把薯片。

结果，周若山突然吼了一嗓子：“我的天！”

江云开被吓得身体一颤，薯片撒了一地，惊恐地问：“你别吓人行不行？”

周若山没搭理他，只是点开一个视频，接着立刻响起一个声音：“大家好，我是秦月明，或许这件事听起来十分离奇，但是我回来了。”

江云开听到这句话立马凑过去看手机，看到画面里秦月明的脸，他眼睛都直了。不是因为她漂亮，而是看到已故之人突然发了视频，还说自己回来了，这算是怎么回事？

秦月明在视频里讲述了她的事情。她先是说突兀地发现自己来到了九年后，接着联系到了自己的弟弟，才知道弟弟投资了研究所，让她能够从时间夹缝里走出来。事情的确离奇，她自己也觉得很荒唐，然而事实就是如此。她甚至在视频里坦言，她跟弟弟因为她的归来，瞬间负债累累，同时调侃道：“我第一次知道我的命这么值钱。”

视频播放结束，两个人都捧着手机没有回神。这个时间化妆师应该来给江云开化妆了，居然也没来，一切都仿佛静止了。

门外突然传来惊呼声：“不是吧！”

“天啊！”

“有点吓人，看得我起了一身鸡皮疙瘩！”

“这是诈尸吗？”周若山问江云开。

“我……我见过她……”江云开咽了一口口水，想起秦月明看着他的样子，突然心惊胆战的，话都说得不利索了。

“你见过？”

“对，前几天见过她，我以为是……”江云开瞬间怀疑人生了。

周若山赶紧问：“是人吗？”

“有影子，有温度……还有……她是真漂亮。”

真人不作假，没有修图、化妆，是真的漂亮。漂亮得他分不清当时疯狂的心跳是因为害怕，还是因为她。

微博热搜榜出现了带“爆”字的热搜，还是连续三条，分别是：秦月明归来、时间研究所、秦夜停负债。微博卡顿了五六分钟，好多人慕名去看秦月明的视频，都打不开，小图标一直在旋转，就是刷新不出来。

不出所料，秦月明的视频一发出来就成了热搜头条，然而恐慌感却大于惊喜，还有就是质疑。不是欢天喜地的欢迎，而是非常混乱的质疑。他们早就预料到会如此，知道特意压制会适得其反，便没有控评，任由网友们议论这件事。

故人何以：“我第一个想法居然是诈死，借炸死退出娱乐圈捧弟弟出道，还被人怀念着，现在混得不好，准备重回娱乐圈才搞出这么一件大事，我觉得我的智商受到了侮辱。”

黛画生花：“我现在一看到秦月明就害怕，难道只有我一个人这样吗？”

恶必有天收：“有人说秦月明的样子根本没变，看起来还是二十五岁，拜托你们动动脑子好吗？现在的女艺人哪个显老了？逆生长的大有人在。”

你找碴啊：“为什么要吵架？秦月明没有死不该高兴吗？”

我弃疗：“看到这个消息我心里一喜，已经去世的妈妈有可能回来了，然后我就去研究所的网站看了看价格……好吧，如果我临死前能赚到这些钱，我也想复活妈妈。”

皇者何畏：“如果真的是这样，那些富商岂不是可以在临死前签署合同，死后再让科学家从时间裂缝里拽出年轻的他？这样他就是不死之身了。”

很快，一些官方证明出现了。首先是航空公司发布消息，确定在二〇一〇年秦月明真的登机了，甚至有二〇一〇年机场的监控视频。当年出事后，机场的监控视频就已经作为特殊资料存档了。这一次公布的视频里，有秦月明去洗手间的片段，甚至还有粉丝在洗手间附近要她签名的画面。接着公布的监控视频是二〇一九年的，屏幕上有时间，还能看到秦月明从厕所里走出来时慌张却故作镇定的模样。

两个视频里，秦月明身上穿的衣服完全一样。诡异的是，机场最近几天内都没有秦月明进入洗手间的记录，洗手间又只有唯一一个出入口，她不可能从别的地方进入。

接着，时间研究所发布了声明。他们是乐意发布声明的，这证明了他们研究项目的成功。他们首先声明，秦夜停真的跟他们签署了合同，时间是在五年前，并且支付了前期的研究费用。合同里的条款也写明了，只有成功了才需要支付后期的巨额费用。如果成功了，对方将要支付将近四十亿的研究费。

发布声明的当天上午，研究所跟秦夜停达成了分期付款的协议，要求是秦月明要定期去研究所让他们查看状态。

在大家惶恐地议论此事时，又一条热搜出现了——秦月明粉丝召集令。

最初发出这条微博的博主是一名排球运动员，微博内容很简单，却一下子成了热门。

张止天："紧急召集秦七仙的粉丝，现在她需要我们。之前我等她，现在我等你们。"

在网上闹得最厉害的时候，秦月明他们三个人正在研究怎么还债。

秦月明回来之前，秦夜停还算是个帅气多金的男人，存款不少，房产也有一些。秦月明回来后，秦夜停一瞬间负债累累，现在已经开始让助理帮自己卖房子了，车子也打算卖了，能还一些是一些。

"抱歉，让你承受这么多。"秦月明看向弟弟，多少有些愧疚。

"之前是你来承担家里的债务，明明自己只是一个小女生，却全都扛起来了，现在就由我来承担。而且对我来说，负债没有关系，我更受不了没有你的日子。"秦夜停对着姐姐微笑，是她不熟悉的自然又纯粹的笑容。

"我手里还有三千万，也先还了吧。"蔡思予看着秦月明列清单，在一边说。

"我不能用你的钱。"秦月明毫不犹豫地拒绝了。

“当初那个老家伙为了跟我离婚，给了我五千万和我断绝关系，并且让我放弃孩子，我开店和日常生活用了一些，现在还剩这些。你欠着我总比欠着外人好些，我不要利息。”

秦月明停下笔来，扭头看向蔡思予，语气有些不好：“你的前夫是不是欺负你了？”

“出轨的男人分手时能有什么好态度？倒也谈不上欺负。”

“可是不让你见孩子这就很过分了。”

“孩子也不算我养大的，感情也不算深。”

秦月明将笔丢在桌面上，转动椅子面对蔡思予：“你跟我说清楚，到底是怎么回事？”

“你先管好你自己的事吧，要分清轻重缓急，我的事急不来。”蔡思予又将她的椅子转了回去。

秦月明看着账单就觉得非常发愁，又拿来手机看最新的消息，看了一会儿居然笑了起来。

张止天发出召集令后，秦月明的粉丝真的被组织起来了。初期，每个粉丝都要进行验证，需要回答对几个问题，且速度够快，并且态度端正才会被张止天拉进群里。接着，群里其他人帮助张止天验证其他的粉丝，在几个小时内就召集百余个死忠粉。

这些粉丝似乎在群里达成了一致，他们劝解网友时不吵架、不生气，就是跟你讲道理。还有就是发出一些段子类的文章，让原本态度偏激的路人渐渐缓和。

沉迷于仙：“我试着思考了一下这项发明被胡乱利用的后果……和珅先生回到现代后观看了多部影视剧，看到自己成了反派人物，情绪激动，现在已被警方控制。李白先生回到现代的当天，引来大批学子游行抗议，觉得他写诗太多且需要全文背诵，影响了他们的身心健康。不过大家可以放心，李白先生已经被严密地保护起来了。牛顿先生看到国内武侠片里的人物到处飞，气得用汉语骂人，百人围观了牛顿先生的语言天赋。四大美女见面后意见不一，杨玉环女士因为身材丰腴竟被孤立……呃，幸好时间研究所有限制。”

万人迷杜小姐：“我跑去跟秦月明的粉丝吵架，吵得非常没意思。我说艺人得拿作品说话，她的粉丝兴高采烈地给我发了二十多个作品的名字，还热情地问我需不需要资源？我质问他们不是该支持正版吗？他们居然说秦月明的作品目前还没有收费的。我问他们秦月明哪里好，他们在下面聊起来了，最可气的是有一对男女还因此加了微信号，没多久后说他们在一起了？我到底是去骂架的还是去做好人好事的？”

米歇尔·李：“天知道我经历了什么……我是一家广告公司的文案，今天整整写了一下午关于秦月明的稿子。我现在脑子混乱，自己都不知道自己在写些什么了，错别字都不想检查了。谁能想到……我们公司年近四十、不苟言笑的老总居然是秦月明的死忠粉！秦月明复出的消息发布一个小时后，他就在公司组织了一个小团队开会，内容就是如何维护秦月明。当老总站在我身边戴着眼镜、用严肃的口吻问我如何给偶像打榜时，我的内心是崩溃的。”

贺浅居凉评论这条评论：“你那算什么，我们合作的那个案子本来在商议代言人，秦月明复出后，你们老板给我们老板打了一个电话，佛系（看淡一切的人生态度）安利了半个多小时后，他们决定代言人就选秦月明了！”

米歇尔·李回复了一个“笑着哭”的表情包。

玉米好好吃：“不要惹秦月明的粉丝，他们有可能是你的班主任，别问我是怎么知道的，我发在朋友圈的动态已经删了，我的班主任还在单独检查我的家庭作业。”

秦月明点开热搜去看，热度已经从“爆”变成了“沸”，后面还跟着一条新的热搜——秦月明佛系粉丝。

“为什么我粉丝的画风跟其他明星的不太一样呢？”秦月明觉得好笑。

“夜停的粉丝大多是十几岁、二十几岁的女孩子，战斗力惊人。你的粉丝……坚持这么多年的都是三十多岁的了，都到了脱发、发福的年纪，不想战斗了，就佛系了呗。”蔡思予笑着说。

娱乐圈很多事都没有秘密，秦夜停卖家产的事情被曝光了，原本因为房子急于出手，助理还有点怕卖不出去，结果居然很快就卖出去了，并且价格非常合适。助理跟对方聊了之后才得知，买房子的人有一小部分是真的想买房子，比如学区房，房源刚挂上系统就有人抢了，中介公司奔走相告。

大部分买房子的人则是秦月明和秦夜停的粉丝，其中秦月明的粉丝最夸张，跟助理吵了起来，助理颤抖地说：“老总，真不能再加价了，不然媒体曝出去会说我们老板哄炒房价、哄骗粉丝……”

“那就这样吧，然后中介费我多给点。”老总态度坚决，“中介费你收一点就行，记得帮七仙还债。”

“好好好。”那么多钱，助理拿着都觉得烫手。

“买了房子能帮我要到七仙的签名吗？”老总问完，居然羞怯地笑了。

助理出了一后背的冷汗：“能……”

秦月明等了两天，大地娱乐那边都没什么动静。这天，她跟着蔡思予去赛车场时，却看到了自己的绯闻。

一条莫名其妙的热搜突然出现，秦月明翻着翻着，很快就品出来一些事情。

最开始只是一个粉丝突然想到江云开说过秦月明是他的理想型，于是将采访画面的截图放了出来，还配上了一句话：“突然就想到了，他们两个人的名字合起来还是‘守得云开见月明’，莫名觉得有点萌。”

评论里的人也大多是在开玩笑：“你的这对 cp 比伏黛（伏地魔和林黛玉）还神奇。”

这条热搜就是“守得云开见月明”，点开微博就可以看到几十条转发和评论。下一条热搜的转发和评论超过了三位数，点赞几十万。显而易见，“守得云开见月明”是买上来的热搜。

“为什么会有人买这种热搜？”秦月明看着手机，微微蹙眉。

蔡思予也有点生气，缓了一会儿才解释：“江云开这个人最讨厌炒 cp，之前跟他炒 cp 的女方流量上来了，却把他搞得一身臭，他就特别排斥这种事。你发视频的那天，江云开还跟剧组闹了一次，很多人都知道。”

“也就是说，大地出手了？”

“嗯。”

最近秦月明的消息霸屏，一次两次还好，次数多了就会让人产生厌恶感，会影响路人缘。原本关于秦月明的言论已经在往好的方向发展了，现在又出来这样一条热搜，给人的感觉就是秦月明为了复出疯狂炒热度，反而容易糊。

跟江云开捆绑上，江云开的粉丝还知道江云开不喜欢这种事，肯定会来攻击秦月明。江云开的粉丝本来就和秦夜停的粉丝不和，现在一定会加上一个姐姐一起喷。

还有就是，江云开的公司真不是个善茬，秦夜停的资源被江云开的公司抢了几次，让秦夜停吃了些亏。江云开又是个驴脾气，要是真发微博申明了，肯定会让秦月明这边下不来台。

大地娱乐深知这些，于是将他们这对冷门的 cp 搞上了热搜，就是为了让秦月明复出困难。说不定再发酵两天，大地娱乐就会来跟秦月明谈条件了。比如，只要秦月明回大地娱乐，他们就帮忙摆平这件事。

果然，如今的微博风向再次走向偏激。

卿尘：“# 守得云开见月明 # 那些佛系粉丝怕是要失望了，九年过去了，你们的天仙要下凡来勾搭流量小生了，这位绝对是近期人设崩塌得最离奇的明星。”

龙霸天：“求这对姐弟放过我的偶像吧，他最不喜欢被炒 cp，尤其是跟一个比他大十岁的老阿姨。”

梦昼初：“这对 cp 本来就是一个网友自己喜欢的，又不是七仙去倒贴江云开了，两个人没有任何交集，怎么就吵起来了？”

萌量不足：“真是搞笑，你们自己的偶像公开说他和秦夜停的关系还可以，结果名字都叫错了，还关系不错呢？你们的偶像黑料都堆成山了，抢资源的事我们就不提了，说真的，我们姐姐真的不愿意跟这种人捆绑炒绯闻。”

念你如初：“# 守得云开见月明 # 这条热搜明显是买的，有点脑子的人都能猜到是谁买的，秦月明为了复出真的是拼了。”

拒昧：“只有我一个人觉得秦月明长得不好看吗？”

原本，秦夜停的这辆法拉利要卖掉，秦月明还没怎么开过，有点舍不得，想开去赛车场跑两圈。现在看到这条热搜，她只能将车停在一边，看着手机，沉默不语。

这时，赛车场又开进来几辆车，都是豪车超跑，估计也是过来跑两圈的。

秦月明抬头看过去，就看到一辆法拉利里走出来一个人，大步流星地往看台方向走。

“江云开！”秦月明跟蔡思予一起惊呼出声。

秦月明想了想，打开车门下去：“我亲自去跟他说。”

“别啊……万一身后跟着狗仔呢？”

“我小心点。”秦月明特意从观众席内部绕过去找江云开。

她从通道走出去，刚巧听到江云开和另一个人聊天的声音。

“怎么，怕了？”一个男生问他。

“怕个头！我就是心烦，这都是什么破事儿？”江云开暴躁地回答。

“呵，凭你那两下子就不应该跟着过来，还跟小飞打赌两百万，有意思吗？要是不比，这钱你可就要直接给他了。”

“给就给，我差这点钱？”

“行，我跟他说去。”那个男生说完就走了。

江云开正不爽呢，拿着手机酝酿着该不该做点什么，突然注意到一个人影靠近他，于是吼道：“都说了我直接给钱！”

“如果你赢了，是不是能赚到两百万？”

突然听到女生的声音，江云开赶紧抬头，看到秦月明后又被吓了一跳。

秦月明发现江云开的身体是真的挺灵活的，被吓到之后，居然又直接蹦了起来，上了一级台阶。秦月明看着他，没忍住笑出声来。

“你……你……”江云开是真的怕她，话都说不利索了。死了九年的人突然复活了，还大半夜的出现在他面前，他不怕就怪了。

“我帮你比，到时候钱我们三七分，我七你三。”秦月明这样说。

“啊？”

“要不四六也行。”秦月明对着江云开微笑，笑得像下凡的仙女，江云开却看得心惊胆战的。

秦月明和秦夜停的父亲是赛车手，后来出了事故不能开车了，就自己开了一家汽车维修的铺子，偶尔接一些赛车改装的工作。秦月明经常接触赛车，并且很有天赋，如果不是家里出现变故，恐怕她会成为一名职业赛车手。

江云开的表情变幻莫测，似乎在迟疑。他看了看左右，接着站起身来往通道里走：“过来。”

在外面还是有被其他人看到的风险，他身边常年有狗仔跟着，但他们这行人开车速度快，没多久就将人甩开了。赛车场的范围内也不会让其他车辆进入，却也不能太放肆。说起来，还是秦夜停让他变得这么谨慎的。

“你怎么在这里？”江云开进入通道后，拽着秦月明将她塞到门后，然后用手撑着门，看着站在角落里的她。

秦月明前阵子在网上看过“壁咚”，但是没看过男生将女生塞进门后“咚”的。她抬起头来，发现江云开在用后背帮她挡着监控摄像头。

“出现在赛车场难道是来逛街的？”她问江云开。

“你跟着我来的？”

“我比你先到。”

“你们这种死而复生的人是不是有什么超能力，能未卜先知？”

“不会。”

“我最讨厌跟别人捆绑炒绯闻，你选错人了。”

“不是我买的热搜。”

“我看起来很好骗？”

“你听我跟你解释……”秦月明还要解释，突然听到通道外面有人喊江云开。

“江哥怎么了？不敢比了啊？那可别赖账啊，把钱转过来，我现在就送给我女朋友买包。”外面的那个男人说话阴阳怪气的，满满的挑衅意味。

江云开狐朋狗友多，很多都是纨绔和富二代。但这位不是江云开的朋友，而是跟他们家在产业方面有些敌对关系的。两个人还在一个圈子里混，只要一见面必定互怼，谁也不服谁。

秦月明听完后小声说：“四六。”

江云开看着秦月明，有点纳闷，再看向外面，就看到那些人要过来了。他们要是看到秦月明了，他可就解释不清楚了，于是他立马说：“比！你现在就回去开车准备，我上个厕所马上就过去。”

“还真不怕死……”那些人笑着离开了。

“你赶紧滚吧！我去比赛。”江云开信不过秦月明，并不打算跟她多聊，准备自己去比赛。

“五五开也行，相信我吧，我是赛车手级别的。”

“你们家吹牛是不是祖传的？”

“输了的话钱我出。”

江云开停住脚步看向秦月明，扯着嘴角笑笑，突然觉得有意思了：“行，我把车开过来，你找机会上车。”

“好。”

江云开也不知道找了一个什么理由，真的把车开过来了。那群人则聚集在另一边，吵吵嚷嚷的，似乎在分饮料。

秦月明一直蹲在垃圾桶旁边，躲在监控盲区。车子开过来，她快速跑过去上了车。江云开坐在副驾驶座，看着秦月明像模像样地盯着他车子的中控（中央控制系统）看。

“你是真复活了，还是隐藏了九年？”江云开还真好奇这个。

“准确地说是从九年前来了现在，并非死而复生。”

秦月明将车子开到等候区，有人过来敲车窗，秦月明没开。江云开是艺人，坐的所有车从外面都看不到里面，倒是不用担心。那人等了一会儿，站在车外说规则，说完之后，秦月明按了按车喇叭示意可以了。

有人大笑道：“江哥怎么回事？这回气得这么严重，脸都不露了？”

“江哥是怕小飞带来的网红黏上去吧，他现在看到女的就跟看到毒蝎子似的，怕得不行。”

“当个艺人混得跟和尚似的，有意思吗？我就不信他没碰过那些小花。”

之前说规则的人似乎客串了裁判的角色，站到位置上举起旗子，接着示意比赛开始，还开了发令枪。

秦月明倒是没含糊，开车直接飞了出去。

真的是飞，江云开只能吐出一句脏话，然后就扶着椅背惊恐地看着前面。

秦月明开车就跟不要命似的，法拉利在赛车场里呼啸而过，那些还在谈笑的人都看呆了。这群富二代飙车，无非是仗着自己的技术还可以，而且车子改装过了，在速度方面有压制。

江云开的这辆车是新提的，为了能带自己团队的人，还特意买了四座的，没有改装，在比赛方面本来就不占优势。再加上江云开有专属司机，自己不常开车，开车的水平也只是“会开”。结果小飞看到江云开的法拉利就使激将法，江云开还气得真答应了。

小飞开车时还想着，这次要让江云开下不来台，毕竟江云开让他挺不爽的。人家家世背景跟他差不多，但是颜值比他高不少，导致大家更喜欢跟江云开来往。

结果，车子刚刚启动，他就发现江云开简直是不要命了。他开了一会儿就发现无论如何也追不上，再去看江云开车子的行驶轨迹，他渐渐咬牙。这哪里是技术不行啊，这种漂移的技术跟胆量，是他之前见过的职业赛车手都没有的。

“这……这是要爆缸了吧？”看台上的人忍不住惊呼。

“胡说！法拉利爆缸总共就发生过三十六次！”

“挺懂的啊。”

“刚查的。”

几个人说话的工夫，赛车场又来了一群人。他们看比赛看得正入神，自然也没搭理，新来的人则是跟着坐在一边围观比赛。

“江哥这次是在玩命啊。”

“小飞不但输了，还快被超圈了。”

“完了完了，真追上了。”

“超车了……我的天！”

“我们小飞选手气急败坏地将车停了下来……”

在车里，秦月明扭头问江云开：“他这是不比了？”

江云开有点想吐，捂着嘴没回答。

秦月明又问：“我们算是赢了吧？”

江云开点了点头。

秦月明将车子开过去，将车窗打开一些，伸出手竖了一个中指，然后就将车子开远了。夜色里，大家分辨不清那只手是不是江云开的，只能看出司机的嚣张气焰，引得后来的那批人大笑不止。

秦月明将车子开进维修区，笑着问江云开：“我刚才有没有展示出你的嚣张态度？”

江云开刚缓过来一些，接着就被秦月明逗笑了：“你很了解我？”

“作为弟弟的对家，确实认认真真地了解过。”

“哦？”江云开忍不住挑眉。

“就是因为了解过，所以才不会跟你炒 cp，做这种自讨没趣的事。”

这回，江云开脸上的表情才正经了一些。他没有立即回答，而是在车停稳之后下去，将卷帘门拉下来，回头看向秦月明。

秦月明似乎对这里的维修器械十分熟悉，将他的车架起来，自己躺在躺车上滑进去看：“我刚才似乎听到了什么东西划过车底盘的声音，我看看。”

江云开一听就急了，赶紧走过来。男人都爱车，看到自己的爱车被人踩几脚就难受得要命，更何况听说自己的新车被划了底盘。

他过来的时候，秦月明两条纤细白皙的长腿露在车身外。然而，江云开看都没看一眼，拉着她的脚踝就将她拽了出来，并且一用力让她滑出去老远。

秦月明好不容易扶着墙壁稳住躺车，错愕地看向江云开，却看到他单膝跪地俯下身去看底盘，紧张兮兮地说：“没漏油吧？”

江云开还是第一个将她推出去这么远的男人，她惊讶得没来得及回答。

这时，有人走了进来，笑着说："小哥车开得不错啊！"

江云开被吓了一跳，然后就看到一个瘦高的男人从门口走进来，不由得汗颜。他刚才把卷帘门拉上了，没看到旁边还有一扇正常的门，人家推开门就进来了。

"你谁啊？"江云开问他。

"著名相声演员霍里翔。"

霍里翔跟江云开个头差不多，但是特别瘦，体重估计连一百二十斤都不到。他穿着印着虎头的夸张潮牌 T 恤，脖子上戴着一条链子，短裤下露出来的小腿居然还穿了一双长筒袜，花里胡哨的，这到底是个什么魔鬼穿搭？

江云开愣了一下，接着问："有事？"

"就是看你车开得不错，想认识认识，说真的，我还真没见过几个业余车手有这种水平，有空咱们来一次……"霍里翔突然注意到一边刚刚站起身的秦月明。

"啊！啊啊啊！"霍里翔叫出来的这动静，都不像人有的了，他看着秦月明，连连后退，"妈妈！我的妈咪！急急如律令啊！"

看着霍里翔撞倒了一个架子，模样比他还狼狈，江云开反而笑了起来，心理平衡了。他走过去将门关上，扶着门对霍里翔说："你要是将今天看到的事说出去，我就让她把你带走。"

"不不不……惹不起，告辞！"霍里翔说着就要走。

江云开偏不让霍里翔走，按着他的肩膀，接着对秦月明说："说说你的理由，不然咱们今天没完，正好有个证人来证明咱们是真的没事。"

霍里翔都不敢看秦月明，居然还有心情贫嘴："没完？你们人鬼情未了吗？小哥好胆量。"

"你嘴怎么这么碎？"江云开问他。

"就靠这个养家糊口呢。"

江云开如今已经做好了心理建设，虽然看到秦月明的第一眼还会打怵，但是后期就无所谓了。他坦然地看着她，问道："可以说了吧？"

秦月明知道江云开是想避嫌，找一个算是圈子里的人见证一下，总比两个人相处强。至于这个人嘴巴到底严不严，他根本不在意，说不定热心市民霍先生还能帮忙评评理。

"行，我也叫个朋友过来，这样人更多。"秦月明微笑着用手机发消息。

没一会儿，蔡思予也过来了，进来后看了江云开好几眼。

江云开被看得不明所以，但秦月明明白，她们姐妹私底下没少看美女、帅哥，长得好看的都会多看几眼，还会偷偷看别人的衣服、包包好不好看。像江云开这种颜值的，蔡思予就算到了姐姐的年纪，也愿意多看两眼饱饱眼福。

秦月明走到车前检查江云开的车，同时说了事情的来龙去脉。她修车的模样十分娴熟，而且美女修车的画面自然是绝美的。然而，她说出来的事情却十分恶劣，江云开一边听一边蹙眉。

旁听的霍里翔原本被秦月明吓得不行，听到后半段就忍不住感叹了："好家伙，你们圈子里挺乱的啊。"

江云开看了霍里翔一眼，又问："大地娱乐这么不地道？"

"现在已经好多了，我刚出道那阵子他们还让我去拍一些不三不四的写真集呢，我就是因为不同意才被雪藏的。"蔡思予反向坐在一把椅子上，手臂搭着椅背。

江云开点了点头，竟然笑了："知道秦夜停这些年过得这么不好，我还挺开心的。"

"没办法，我们落魄时也没有办法选择。"秦月明也不避讳这些凄惨往事。

"如果我反过来攻击你们，就如了大地娱乐的意？"江云开手托着下巴问她。

秦月明点了点头："对，还会让我处境难堪，想找经纪公司都很困难。这样大地娱乐就会来找我，摆出一副救世主的姿态，让我去他们公司。"

"那我该怎么做？撤热搜？"

"我也想撤掉，可惜我最近真的……事发突然，我还没有想到应对办法。"

霍里翔终于再次开口了："你们欠了几十个亿的事是真的？"

秦月明颓然地点了点头。

"这得还到重孙辈了吧？"霍里翔惊讶得嘴巴都歪了。

"我们会努力还债的。"

江云开问："因为缺钱才想帮我比赛？"

"对。"秦月明直接承认了。

"行，我帮你要钱去，等着。"江云开说完就走了出去，估计是打算找人数落一番后再把钱要过来。

蔡思予看江云开走了才对秦月明说："你刚才那副架势，我还当会爆缸呢！"

"我最开始以为那小子有两下子呢，结果那么菜，爆缸是不可能的，不然还得赔车。”

霍里翔站在旁边看着她们，问秦月明：“车是你开的？”

“你可别跟其他人说！”秦月明赶紧叮嘱他。

“不说不说，我怕你把我带走，再说我也不认识他们。”

蔡思予这回才正眼去看霍里翔，对秦月明说：“原来他不知道？我还当他是江云开的好朋友，也知情呢。”

秦月明回答：“路人。”

“哦……”

霍里翔不服，再次强调：“我是著名相声演员霍里翔。”

“哦哦哦，你好。”蔡思予面露微笑，语气却一点也不真诚。

没一会儿，江云开回来了，对秦月明说：“我给你转账，告诉我账号。”

秦月明报的是秦夜停的卡号，江云开特别嫌弃，谁能想到他有朝一日会给对家转账呢？

“给你转了一百五十万，算是三七分了，看你可怜。”江云开大度地说。

“嗯……不过三七分是一百四十万。”

“咋的？再退给我十万？”

“算了，谢谢惠顾。”

没一会儿，秦月明就收到了一条消息，是秦夜停发来的：“江云开转钱给我，是怎么回事？” 她马上打字回复：“开车赢的。”

秦夜停：“你跟江云开比？”

秦月明：“帮他比。”

秦夜停：“离他远点，他不是什么好人。”

开了一圈车，自己释放了压力，还赚了一百五十万，秦月明忍不住笑出声来。那种开心不是作假，她还欲盖弥彰地用手机挡着脸。

江云开看着传说中的秦七仙财迷的样子，觉得好笑，又被她的手机吸引了注意力：“翻盖手机？”

“哦，我的手机卡还没办法放到新手机里，所以还在用这个。新手机只用来上网，里面没卡，上网还只能连 Wi-Fi，或者思予给我开热点。”

“我突然信了你是从九年前来的了。”

江云开抬了抬下巴，指了指车的方向：“我这车没什么毛病吧？”

“就是有点划痕，没有其他问题。”

“那就行，我走了，你们多等一会儿再走，懂吗？”江云开让秦月明将自己的车停好，接着开车离开了。

霍里翔看着江云开离开，忍不住嘟囔：“真够帅的。”接着他又回头看向秦月明，“不死仙姑，加个微信？”

“不死仙姑”是键盘侠给秦月明起的外号，本来是有讽刺意味的，但是霍里翔叫出来就觉得挺逗的。霍里翔倒不是对秦月明感兴趣，或者是想巴结个话题人物，只是单纯地觉得她开车开得不错。

秦月明举起自己的翻盖手机晃了晃。

霍里翔只得放弃了：“告辞。”他抱拳一举，接着就离开了。

江云开不太想和那群人混在一起，独自开车离开了。等进了自己别墅的车库，他拿出手机登录了自己的微博。

他们的微博都有追星软件盯着，什么时候上线、上线多久都会被粉丝看到。他一般是先登录小号，觉得可以的时候才会切换到大号。

他登录账号后，找到了那条“圈地自萌”的微博。这个博主也挺无辜的，本来只是随意萌了一对 cp 而已，结果就被攻击了，私信还被人轰炸了，现在似乎有了删微博、废号的想法。他还看到博主发了新微博道了歉，申明自己不是营销团队，只是自己奇怪的萌点被大家发现了。

他找到那条被买了热搜的微博，点开图片看，是自己被采访时的画面。那时的他还没被秦夜停攻击过，正当红，说话的时候都眉飞色舞的。他给那条微博点了一个赞，接着退出了账号。

艺人的一个赞真的会引发网民的很多猜测。很多看热闹的人都知道江云开的脾气，这家伙在开机当天就能闹得整个剧组尴尬，对一个毫不相识的人能有什么好态度？

不少人都等待这个不招人待见的人做一件招人待见的事，结果江云开反手就是一个赞，你说让人慌不慌？江云开的粉丝为他战斗了一个多小时，他们的正主居然给这条微博点了一个赞？

老司机们苦苦等待，想等到江云开发声，结果什么都没等到，江云开的微博账号又下线了。江云开粉丝团的名称是“老司机”，非常莫名其妙吧？他的粉丝这样解释：有云盘，有云养猫，也有云开车。云开车的都是老司机，所以他们都是老司机。

这个粉丝名被江云开嫌弃了许久，愣是没废掉。

江云开多次评价："这什么破名字？能不能正经一点？"

粉丝回答："物以类聚，人以群分，什么偶像什么粉。"

江云开点赞的事发酵后，站姐（明星应援站的女性管理者和经营者）开始组织，让大家先冷静下来，还提出了三个要求：第一，不要配合对方炒作；第二，他们还不知道江云开是什么态度，别轻举妄动；第三，江云开老是处于风口浪尖，粉丝不能再给他招黑了。

粉丝们又开始轰炸江云开的经纪公司，还有经纪人和助理的微博，让他们认认真真公关，维护他们的偶像。

这回算是正式惊动刘创了，刘创被江云开这次的处理方式弄得云里雾里的，打电话问他："你什么意思啊？"

江云开将遇到秦月明以及秦月明说的事跟刘创说了，末了加了一句："人家怪可怜的。"

"也就是说秦月明有找经纪公司的想法，而这个公司要有胆子跟大地斗一斗？"刘创居然在江云开的只言片语里抓住了这个重点。

"啊？"江云开特别纳闷，"还有这层意思？"

秦月明跟他聊天时对公司的事也只是随口一提而已。

"跟大地斗不是我们公司一直在做的吗？"刘创冷笑。

刘创到秦夜停别墅的那天，秦夜停家里的三辆跑车全都被卖了，他们正在查询该买什么样的车，要性价比高还适合艺人带团队的。

刘创来之前做的准备还挺充分的，他将一份草拟的合同放在秦月明面前，接着简述他们公司的优势和可以给秦月明开的条件。

秦月明看了看合同，又跟刘创谈了她自己的一些需求。

她问："公司给配车吗？"

"嗯，有保姆车。"

"公司安排宿舍吗？"

刘创还真愣了一下："宿舍？"

他们公司有宿舍，不过都是新人练习生住的地方。宿舍就是在居民楼买下的几间房，收拾出来，床铺还是上下铺，一个三室的房子里就能住六个练习生。稍微好一点的房子也有，但是给秦月明这种咖位的明星住，似乎……不太合适。

刘创看了看他们住的这栋别墅，说：“有宿舍，不过条件恐怕没你们这儿好。”

“这个无所谓，能住就行。”秦月明不在意这点，继续看着合同嘟囔，“这样的话，这栋房子也可以卖了，车也不用买了。”

“那你的想法是？”刘创问。

“我再考虑一下。”

“这是自然，我们随时保持联系，你要是关于细节有什么想法也可以联系我，我立刻处理。”

等刘创离开后，蔡思予才从角落里走过来，跟着秦月明看合同。两个人对视一眼，得出一个结论：刘创这家公司真的是财大气粗。

刘创给出的条件是近期跟秦月明接触的经纪公司里最好的一个，并且对方也是真的硬气，对大地娱乐根本不打怵。他们虽然是新公司，但是背景强大，许多影视片的投资大佬都是公司的股东。刘创这个人在圈内的评价也不错，他是北方人，为人豪气，不像大地娱乐那样总喜欢在背地里捅刀子，做事称得上光明磊落。

他这家公司的风格和大地完全不同。要是艺人真单飞了，刘创还会帮助艺人开工作室。单飞艺人要是出事了，他也会出手帮忙，所以他在圈内人缘极好。

“其实之前江云开给微博点赞让事情缓和了不少，反而让大地那边吃了瘪，你要是真去了这家公司，遇到江云开也不会太尴尬吧……”蔡思予跟她分析。

秦月明知道蔡思予指的是江云开和秦夜停的尴尬关系。

“两个幼稚鬼打架而已，也算是不打不相识了。”秦月明倒是不在意。

蔡思予点了点头，接着问：“慈善晚会你要去吗？钟嵘和他的未婚妻会去。”

秦月明迟疑了一下，还是回答：“去。”

慈善晚会的举办时间是十月五日晚上。

此时，秦月明归来的风波已经散去了不少，江云开点赞后，两个人捆绑 cp 的热搜也逐渐沉下去了。没有大地娱乐的营销，两位主角也没有后续动作，这个话题也就此带过了。

原本秦月明不在慈善晚会的邀请名单之中，但是邀请方后期将秦月明归到了秦夜停女伴的范围内，秦月明便也有了去慈善晚会的资格。

秦月明看着自己原来的晚礼服，再看看蔡思予的表情，就知道这些礼服都不合适了。秦月明的物品虽然被密封保存了起来，但是九年过去了，这些衣服还是有了岁月留下的痕迹，颜色都淡了。还有就是款式，真的不符合现在的审美，只有一件旗袍勉强算是其中最不显旧的。

这时，秦月明的手机突然响了，是刘创发来了消息。

刘创："我这边有熟悉的服装设计公司，可以去帮你量身定做礼服，并且保证在晚宴前做出来，不知道你需不需要？"

刘创："就当是交个朋友，礼服会记在公司账上。"

秦月明看着手机消息，再看看自己的旗袍，最后坐下来给刘创发消息："一个合格的团队多久能给我配置齐全？"

刘创："按照你提出的要求，部分人员需要外聘，只要你点头同意，我可以在一星期内配置齐全。"

秦月明："晚宴当天我会带着笔去。"

刘创："好，我带着合同和百分之两百的诚意去。"

刘创的公司名叫"玖武娱乐"，他当时自己创业，想起个霸气的名字，打算叫"九五之尊"，整个娱乐圈唯他独尊。但是股东们不乐意，觉得太中二了，就改成了现在的名字。

最开始秦月明的确在考虑每个公司的定位，还有就是对艺人的照顾，后来考虑的就是债务问题了。她不能让弟弟一直被这些债务压着，她得努力赚钱，能还一些是一些。他们卖了许多房产跟车之后，还欠着三十一个亿！

所以，在刘创邀请她之后，她就去研究了刘创的公司：拥有一线资源，宣传到位，这家公司是"财大气粗"四个字可以概括的。刘创给她让出来的收益比例极高，甚至还有保底收入。这种保底收入会让公司不得不给她最好的资源，不然他们就会赔。

这种架势已经证明了玖武娱乐现在真的需要她，足够的重视，就能保证让她得到足够的资源，之后也有能力偿还债务，三年的签约时间也算合理。

这一次，秦月明刚刚确定要参加晚会，刘创就发来了消息，秦月明便顺着台阶下了。

慈善晚会当天，江云开穿戴整齐了也没等到刘创出来，不由得气势汹汹地推门走进去问："刘创你够了没？啊？磨磨唧唧的干啥呢？"

他们都约好了一起去参加慈善晚会，为此江云开还特意去刘创隔壁那套房住了一晚上。这一片的房产都是刘家的，刘创和江云开一人一套房。

"你对我说话能不能客气点？我是你舅舅！"刘创看到江云开就生气。

刘创还在化妆，他平时爱吃甜食，还抽烟、喝酒、熬夜，皮肤状态不如江云开，化妆的时候有点卡粉，化妆师还在处理这个问题。

"我是你爸爸！"江云开在刘创面前向来没大没小，说完就要坐下，然而下一秒就立正站好了。

"你是他什么？"施黛走进来问。

施黛是江云开的姥姥，刘创的妈妈，别看年纪不轻了，气质却是极好的，年轻时的美貌还能看出来。

"没有没有，我开玩笑呢！"江云开赶紧解释。

刘创坐在一边忍不住"扑哧扑哧"地笑，把脸上的粉都吹开了。

"我还当你要谋朝篡位呢！"施黛冷哼了一声。

"哪儿能啊。"江云开说完就去扶施黛了，表现得格外殷勤。

"说到底他还是你的长辈，长得没有你好，说也说不过你，你就让着他一点，让他快乐地活着不好吗？"施黛语重心长地说。

刘创当即"啧"了一声："我听着怎么这么不对劲呢？"

江云开忍不住笑了。

"怎么就不对劲了？你看看跟你一般大的人，二胎都生了。上次的晚会，我看到你徐阿姨是带着孙女去的，把我给眼馋的……"

"别催我行不行，你怎么不催江云开？"刘创不服。

"他妈都不着急，我着什么急？不过刘创我告诉你，你妈我着急！想在临死前看到我孙子！"施黛说着直拍自己的大腿。

"我没空……"刘创怕了。

"你看看你一天到晚都在忙什么呢？这都是些什么……欸，这小姑娘长得不错。"施黛拿起文件夹，看了看里面夹着的海报。

刘创最近的重点工作就是把秦月明挖来公司，这长相、这演技，还有刚归来时的关注度，错过了他绝对会后悔。桌上的文件夹里都是秦月明以前的海报，还有影视剧的资料。秦月明同意签合同后，他就开始给她张罗资源了，最近就是在帮她规划定位。

刘创坏笑道："这个不行，她是江云开的理想型，我正努力把她挖到公司来呢，让江云开近水楼台先得月。"

江云开也凑过去看，再看看施黛看他的眼神，忍不住问施黛："姥姥，你得分清轻重缓急，是亲孙子重要还是重外孙着急？"

"江云开你个浑蛋！"刘创当即大骂出声。

"别搞得像我糟蹋你了似的。"

"重外孙也行啊……"施黛突然笑了起来，"我也不是不催你，只是因为说不过你，所以……"

"姥姥，你组织那些豪门贵妇一起跳跳广场舞不行吗？你看上哪个广场了，我给你买下来，保证修建得跟舞台似的！"

"这小姑娘确实漂亮。"

江云开将施黛手里的资料拿走了，还说："我三十岁之前是不可能结婚生子的，你还是催刘创去吧，我走了。"江云开立马开溜，出门才发现自己居然把文件夹给顺出来了。

秦月明最近的关注度很高，很多人想单独采访她，但是她都没有接受。

这次的晚会，是她"死而复生"后第一次公开露面，闪光灯顿时闪得很是混乱。秦月明早期就训练过，就算闪光灯对着她一直闪，她也不会频繁眨眼，还能泰然地保持微笑。

她和秦夜停即将离开时，突然有人喊她："秦月明，单独来几张。"

秦月明侧头看向秦夜停，秦夜停扶着她将她送到中间的位置，接着便退到一侧等着她。

其实这种两个人一同出场、其中一个人却被要求单独留下的情况有点喧宾夺主，会夺了秦夜停的风头，但秦夜停并不在意，还挺理解的。他看秦月明的眼神不像弟弟看姐姐，倒像是老父亲欣慰地看女儿。

看到时间差不多了，下一位艺人也要上场了，秦夜停便伸出手来。

秦月明被秦夜停扶着离开，等走到没有镜头环绕的地方，秦夜停小声说：

“你要尽可能地绕着钟嵘和他的未婚妻走，媒体盯着呢，别因为这个再带出什么花边新闻。”

“好，我心里有数。”

他们入座后许久，玖武娱乐的人才入场，算是压轴登场。

慈善晚会施黛也来参加了，她算是这场晚会中最大的一位大佬了。她和丈夫平日里就会做慈善事业，这场晚会捐款最多的人也是她。主办方还要求施黛讲话，出场的时候也给足了他们排场。施黛入场之后自然也是气场全开，挽着刘创的手臂走过来，江云开跟玖武娱乐的艺人也在这种氛围下隆重登场。

因为施黛在，再加上玖武的背景，当天的大合影玖武的艺人都是站在最显眼的位置。

在场不少艺人、经纪人、制片人也需要巴结施黛女士，她走近时，其他艺人都会站起来跟她问好，施黛坐下之后他们才会跟着落座。

刘创和江云开一左一右坐在施黛身边，这是全场最好的位置，他们想看谁都很方便。秦月明和刘创对视后还向他点了点头，似乎已经将他当成未来的老板了。

刘创小声嘀咕：“忘记给她配首饰了。”

江云开回头看了看秦月明，问刘创：“她自己没有？”

秦月明无疑是美貌的，她去世九年，早期的作品依旧时不时在电视上播放。大家能够记住秦月明，只是因为那几部作品吗？不是，还是因为她漂亮的模样。

一个女艺人的颜值一旦得到认可，大家一提起她的名字就会想到“漂亮”两个字。

秦月明穿着一身量身定制的礼服，因为时间匆忙，并没有如何精细加工，却仍旧不失优雅。这身礼服价格不菲，毕竟刘创真的非常有诚意，想给秦月明一个良好的印象。然而，秦月明找遍家里都没找到能够搭配的首饰，干脆就这样来了。

“她最近真的穷得厉害，不然我也签不到她。而且，她身边连个助理都没有，没办法去租首饰，这样过来也正常。”刘创回答。

“秦夜停呢？”

“秦夜停的团队就剩几个人了，根本忙不过来。”

施黛坐在两个人中间，听他们聊天，忍不住问：“聊得这么欢，需不需要我给你们让个位置？”

“不用，您不坐中间我们容易打起来。”江云开回答。

等工作人员召集众人合影时，江云开路过钟嵘身边，注意到钟嵘一直在注视秦月明。他也看了看秦月明，发现她有故意避开钟嵘的意思。

见到钟嵘要朝秦月明走过去，江云开突然握住他的手臂，低声问：“怎么？又缺热度了？”

钟嵘被江云开这举动弄得一愣，微微蹙眉道：“这恐怕不关你什么事。”

“她以后是我们公司的艺人，你要是敢搞什么幺蛾子，你说那个姓刘的会怎么对付你？”江云开说完后松开了钟嵘，理直气壮地站到合影的C位。

这个慈善晚会有很多环节，流程中期秦月明就去了刘创预留的VIP室，秦夜停则被单独叫去接受采访了。

秦月明推开门走进去，发现这个房间有一个大大的落地窗，能看到一楼大厅里的其他人。她在一楼偷偷抬头看过，从楼下倒是看不清楼上的样子。

她正往下看，突然有人走到她身边，递给她一杯果汁，嘴里还在哼歌：“白月光，心里某个地方，那么亮，却那么冰凉……”

她扭头看向江云开，心想这个男的还真挺有意思的。不过江云开的声音非常好听，清澈又干净。

她也不隐藏情绪，端起果汁看向钟嵘，喝了一口，结果酸得忍不住蹙眉。心里隐隐有些难受，不过可以压制住，她转过身走到沙发边坐下，问：“刘创呢？”

“马上过来。”江云开也走过去，坐在三人沙发的一角，坐下后就把皮鞋脱了，一个劲地活动脚趾，看来是觉得楼下太拘束了，特意上来放松一下。

没一会儿，刘创就走进来了。看到江云开的架势，他过来的时候顺势将江云开的鞋踢得老远，接着一本正经地坐在秦月明斜对面，将合同放在她面前：“你再看看？”

“干什么？”江云开看着自己的鞋，刚想骂人就看到刘创郑重其事的样子，便只撇了撇嘴起身去捡鞋。

秦月明拿起合同仔细看了看，接着又跟刘创谈了一些细节问题，刘创表示可以加在补充协议里。他发语音给自己的助理，没多久助理就把补充协议送了进来。

秦月明又看了好几次协议才算是完全放心了，签上了自己的大名。

刘创看到她签字，开心得差点露出后槽牙狂笑，不过为了在新员工面前保持

“霸总”的形象，还是忍住了。等秦月明拿着合同优雅地走出去，刘创立马飘了：“咱们公司即将出一个影后！一个巨星！我有信心！”

“牛！”江云开竖起大拇指，接着强行把刘创的鞋脱下来，作势要扔进卫生间的马桶里，最后被他抱住了大腿。

秦月明拎着袋子走出去，正在思考合同是不是有点显眼，另一间VIP室突然走出来一个人。那个女孩看到秦月明，脚步一顿，愣了一下就越过她想离开。不过，女孩最后似乎还是沉不住气，又转过身看向她。

“装白莲花真的超恶心欸！你知不知道你突然回来会给其他人带来困扰？”女孩的声音很甜美，甚至有点嗲。她看着秦月明时脸上的神情满是厌恶，对秦月明的态度也十分恶劣。

秦月明看向她，认出了她是谁。秦月明看过钟嵘未婚妻的照片，对方长得还算不错，不过没什么特色，在娱乐圈里真的不算出彩。她叫俞清儿，本来也不算红，在很多影视剧里都只演了小角色，难得在一部电影里做了女主角，那部电影还爆冷，网络评分惨不忍睹。

“我并不认识你。”秦月明看向她，淡然地回答。

“呵，我不相信你完全不知道我的事。”俞清儿走过来站在秦月明面前，盛气凌人地说，“我根本没有插足你们两个人的感情，现在却搞得好像我是小三一样，你就默不作声看着我被人攻击是吗？”

秦月明回来之后，受影响最大的恐怕就是钟嵘了。她回来的消息刚上热搜，钟嵘也跟着上去了。去钟嵘微博评论的网友真的是什么都敢说，几乎将钟嵘骂成了娱乐圈第一渣男。

俞清儿的微博也连带着被人攻击了，甚至有人说她是小三，搅乱别人的感情，现在正主回来了，她就该赶紧退位。劝分手的评论最多，说钟嵘这种男人不适合谈恋爱。

俞清儿最近真的特别烦，觉得秦月明特别会装白莲花，大家都同情秦月明，好像自己就是个大坏蛋。尤其是秦月明一直默不作声，让她更加恼怒。

“抱歉，出现这样的事是我没有预料到的，不过在我看来，如果真出事了，该出面维护你的应该是你的恋人，而不是我。于情于理，我帮你说话都不合适，说了反而显得我更加白莲花。当然，如果你的恋人之前没有做出那些让人作呕的事，你们还能被骂得轻一些。”

“你看，你露出原本的样子了吧？他回忆你怎么了？还不是你追的他？”

“我从未追求过他。”

俞清儿先是一怔，接着就冷笑起来，对秦月明的印象差到了极致。未婚夫的前女友，仅仅是这个身份就够让人讨厌了，更何况这个前女友还给她带来了那么大的负面影响。而且，她的思维早就已经固定了，钟嵘说那些话说了太久，很多人都认定了是秦月明苦苦追求钟嵘，钟嵘被感动，他们才在一起的。

其实谁追谁都无所谓，但是钟嵘故意炫耀，还用她来炒热度，这种行为秦月明十分厌恶。她猜测俞清儿或许真的不知道内情，便叹气道：“抱歉，给你添麻烦了，对于你的遭遇，我确实完全不知情。”

秦月明回来还不久，不知道微博网友只要看到这些八卦就喜欢到处问候一遍。而且她一直在回避钟嵘的事，也没有去看过俞清儿的微博，确实不知道这些事。她想了想，觉得自己应该跟俞清儿道歉，不过公开发声就算了，那样只会适得其反，现在的她只要一个操作不当就会引起网友的反感。

俞清儿双手环胸，微微抬起下巴，趾高气扬地看着秦月明。她感觉自己赢了，硬是不让秦月明走，还说：“秦月明，现在的娱乐圈跟九年前完全不一样了，我知道你的性格，你这种性格在娱乐圈真的不吃香。你没有人脉，没有背景，只有秦夜停，但秦夜停最近一年都会被打压得很厉害，想重新红起来，难咯……”

俞清儿觉得自己彻底胜利了，正想离开，却听到秦月明微笑着说：“那总比从来都没红过的强吧？”

这句话刺痛了俞清儿，她回头怒视秦月明。秦月明依旧是一脸云淡风轻的微笑，淡然地继续说：“感谢你的忠告，但是我觉得我很好。”

她在微笑，她一直在微笑，似乎完全不在意。她看着俞清儿，仿佛在看一个小丑，真正强大的人是不会把蝼蚁的挑衅放在眼里的。

俞清儿从未预料到秦月明会有这种气场，在钟嵘的描述里，秦月明不该是这样的人啊？

“你且看以后吧。”俞清儿发狠说完这句话，然后快步离开了。

秦月明回头看向隔壁的VIP室，微微垂下头回忆。她刚才往下看的时候，看到钟嵘身边坐着俞清儿，俞清儿起身后走向了洗手间的方向，此时却出现在了这里。俞清儿说出这句话似乎很有底气，预示着她将来会有很好的资源。那么，隔壁 VIP 室里的人会是谁？

江云开跑到吸烟室里，左右看了一圈都没找到熟人。他今天没带烟过来，刚要出去就碰到有人进来，是南云庭。

“我就猜你会过来。”南云庭递给江云开一根烟，接着和他并肩走到角落里，“这种场合我最不愿意来，想给微信号的却一个个都没带手机，只能给我报微信号码，真当我的脑子是计算机啊？”

“你少认识几个小姐姐能憋死？”

“交朋友而已！想什么呢？”

他们那个组合现在是四个人，周若山除了举铁就是拍戏，直得不能再直了。另一个成员长着一张面瘫脸，小小年纪就是老干部画风。所以四个人里头就江云开跟南云庭聊得来，他们两个人凑在一起，一个轻浮一个纨绔，准没好事。

“你是不是看秦月明不顺眼？”南云庭超小声地问。

“怎么了？”江云开挑眉。

“我刚听说有人要坑她一把，都不用我们动手。”

南云庭知道江云开的臭脾气，不愿意被人捆绑，说不定已经烦透了秦月明，就想说出来让他也开心开心。刘创想签约秦月明的事，公司现在还只有江云开和刘创知道。

“怎么坑？”江云开问。

“她来了慈善晚会，但是名下一分钱捐款都没有。这个消息要是发布出去，就会有人骂她一毛不拔还想蹭红毯，想复出想疯了。”南云庭吐了一个烟圈，痞笑着说道。

“她回来的时候慈善晚会已经截止捐款了，秦夜停估计也问过，但是举办方已经不收了。”

“黑子可不管你有什么理由，只要能黑她，他们就兴奋至极。再说了，秦月明最近是话题人物，有要糊的征兆。”

江云开狠狠地吸了一口烟，有些出神。他想跟刘创说这件事，却发觉自己没带手机。

接着，他扭头看向南云庭，问：“你觉得我是爱管闲事的人吗？”

“不是啊。”

江云开将烟头摁灭，说了一句话就出去了。

南云庭有点没听清，仔细回忆才发现江云开说的是：“我还真是！”

他是什么？爱管闲事的人？

第三章
你本来就很可爱

江云开走出吸烟室没多远，就看到秦月明的衣摆在眼前闪过。他下意识地跟过去，看到她被钟嵘拽进了楼梯间。

江云开回头看了看，这里是采访室附近，估计秦月明是来找秦夜停的，结果被钟嵘强行拽走了。他站在楼梯间外面，犹豫着要不要跟进去，听到钟嵘说话的声音传了出来。

“以前的事情是我不对，我跟你道歉，我那都是被逼无奈。”钟嵘特别认真地跟秦月明解释。

“但是你同意了那样的炒作手段，对着镜头满口胡言的也是你。”

“是公司让我这么做的，他们发现这样有热度，就写了很多稿子给我，让我背，定性是你追求的我。我知道这样做不对，但是我就算这样说了对你也没什么影响，我还能有热度……”

“我不想听这些了，你还有其他事吗？”秦月明一听钟嵘的话就觉得头疼，非常不想再跟他扯上关系了。

“你能不能别对媒体说？尤其是不要让清儿知道，不然她会很伤心。”

“让她知道当初是你追求我三年，她就会很伤心？”

“不，我是怕她对我做过的事感到失望。”

秦月明冷笑道：“你还知道你做过的事会让人失望？”

“你应该理解我啊！我曾经帮过你那么多次，你就帮我一次行不行？刚才你伤害清儿的事我就不计较了，我理解你的心情，也希望你别打扰我们两个人。”

秦月明看着钟嵘，感觉自己的脑袋都要炸开了。九年前看着还算顺眼的男人，现在已经成了一个中年人，发际线后移，身材也臃肿了一些，双下巴若隐若现，显得有些油腻。

再听听他的这些鬼话，像什么样子？是俞清儿主动来跟她挑衅，而且她从未想过打扰他们两个人。明明是这两个人对她纠缠不休，现在反而来求她放过他们？

“钟嵘，你恐怕真被你公司的那些稿子洗脑了，我没有你想象中那么在意你，甚至没有想纠缠你的意思。我只希望你不要再来找我了，也不要再什么事都往我身上扯，试图引起关注度，不然你别怪我不客气。”秦月明强行压下心里的怒火，故作镇定地说了一大段话，其实她的拳头已经握紧了，恨不得下一秒就给钟嵘一个暴击。

“OK，我答应你。”

“至于你的女朋友，如果她不来招惹我，我也不会主动去跟她说话，也请你管好她，不要让她到处咬人。”

“你什么意思？你当清儿跟你一样吗？清儿是我见过最清纯的女孩子，你骂我，我认，但是你别侮辱她行吗？”钟嵘居然生气了。

这个男人的翻脸表演真是够精彩，在秦月明的记忆里，钟嵘前些日子还对她深情款款，现在就为了另一个女人指着她的鼻子骂，面目狰狞。

江云开终于忍耐不住了，走进去说：“要点脸吧。”

钟嵘回头看到江云开，不由得一阵厌恶：“又是你？早就听说过你没礼貌、不尊重前辈，现在看来是真的。”

“你算什么前辈？一个舔着前女友脚后跟混日子的人，现在却对着前女友骂骂咧咧的。原来你之前采访的时候说的都是假的？一个男人怎么能无耻到你这种地步？”

江云开走过来挡在秦月明的身前，让钟嵘都不得不退后一步。他身上的痞气很重，让人下意识地瑟缩起来。

“这与你何干？”钟嵘刚才的气焰全没了，只能逞强反问。

“你这种男人就适合干城市绿化去，脑子里全是天然肥。你要是有点脑子，就该闭门不出一阵子，躲得好好的。但你要是再这么扑腾下去，我们就公开所有真相，到时候让你看看，你全世界最纯洁的未婚妻会不会像圣母玛利亚一样原谅你，跟你继续谈你那神圣的恋爱。”

“你这个人真的没素质。”

“你感谢秦夜停吧，在他的磨炼下，我已经练就得不说脏话了。要是在几年前，我绝对能骂蒙你，滚！”江云开说完就摆了摆手。

钟嵘气得发抖，最后还是离开了。

江云开回头看了看秦月明，气得脸都红了。

“我说，你吵架怎么跟撒娇似的？”秦月明骂人的腔调简直就是偶像剧模式，江云开听得直着急，干脆出来帮她骂了。

“我没有在撒娇欸！我真的超气的！”

江云开看着秦月明的样子，居然看笑了，鼓励似的点了点头，学着她的语气说：“超凶欸！好可怕哦！”

秦月明被他搞得哭笑不得，却还记得道谢：“不过，谢谢你。”

“客气啥，都是一家人。”

“一家人？”

“对，一家公司的。”

“哦……那我先走了。”秦月明准备离开，却被江云开拦住了，他跟她说了捐款的事。

“其实捐款的事我跟弟弟有联系主办方，主办方的工作人员一直说要问问领导，结果直到今天也没告诉我们结果，现在看来可能是故意拖延。”

“又是大地娱乐使诈？”

“我不能确定，但是也不排除。”秦月明想了想，又问他，“我们之前的VIP 室隔壁是谁的房间？”

“VIP 室的主人不是固定的，不知道谁在用，我只能确定一点，就是只有主办方的大客户才有资格上楼。楼下那些普通艺人都不能上去，咖位（娱乐圈地位）高、捐款很多的才有资格。”

“所以俞清儿是没有资格的？”

“你的白月光都没有资格，更别提这个十八线小明星了。”说到这里，江云开才回过神来，“会不会是俞清儿因为被你连累，找了什么大人物报复你……不过她一个十八线认识这种人，却不用来搞资源，而是设计你？”

“可能是刚认识不久，估计后面也会有资源。”

“我怎么突然觉得你的白月光头上有点绿呢？”

“能不能别这么称呼他？”

“不是白月光，是渣滓。”江云开一跺脚，又开始学她说话了。

秦月明白了他一眼。

“你说，要不要让那个钟嵘知道，他心中无比纯洁的女朋友有猫腻？”江云开还挺想看热闹的。

“不要，我更希望他们两个人百年好合、子孙满堂。”

江云开笑了。

“放心吧，我来想办法。”江云开走向门口，确定没有其他人才走出去。

秦月明在里面又等了一会儿，也走出去了。

慈善晚会即将结束时，施黛会上台讲话。

“姥姥！”江云开走到施黛身边，特别殷勤地说，“我替你去讲话吧。”

“这是正经场合，你上去满嘴跑火车可不行。”

“我是多正经的人！”

“怎么？这是有什么事？”

“确实。”

施黛看了看江云开，居然真的同意了，将自己的发言稿给了他：“如果你能脱稿演讲就由你来，上台前我检查。”

江云开看着这么多字就觉得眼前一花，他上学时就是学渣，拍剧时台词只能记一下大概的意思，一半正常说，一半自己临场发挥。好在他拍的偶像剧也不需要太严谨，都通过了。

他看着稿子深呼吸，接着真的开始背了。施黛等了一会儿，又看了看他认真的样子，突然好奇他到底要做什么了。

工作人员过来通知施黛上台致辞，她优雅地说：“我让我的外孙上去说，你带他去准备吧。”

工作人员用对讲机询问了之后，带着江云开到了指定的位置。

临上台时江云开还在看稿子，上台后便将稿子给了工作人员，到了台上还挺淡然的。他有很多舞台经验，并不怯场，侃侃而谈，虽然漏了好几句，但是别人不知道原稿是什么样的，还真让他蒙混过关了，挑不出任何毛病。

他今天的西装属于高级定制，风格稳重，适合这样的场合。他俊朗的面容在大屏幕上居然看不到任何瑕疵，举手投足间尽显魅力。

刘创问施黛：“他上去干什么？”

“不知道，自告奋勇，挺反常的。”

“那还让他上去？”

“难得他主动求我，我好奇他要干什么。”

江云开已经背完稿子上的内容了，开始临场发挥：“今天呢，我们玖武娱乐也有一件喜事，就是刚刚回归的秦月明签约了我们公司。”

刘创一听就下意识坐直了，心里暗骂：干什么？通稿都没准备呢！

不过这个消息还是引得全场哗然，在众人看来，秦月明最不可能选择的公司就是玖武娱乐了。

“刚才他们谈合同的时候我一直在旁听，签约后，秦月明说的第一件事就是希望可以在现场捐款，虽然她现在的情况非常……”江云开说着耸了耸肩，一副你们都懂的样子，接着又说，“不过，她还是坚持在慈善晚会最后的时间段，捐款五百万元，公司也是支持的，所以非常感谢秦月明女士的善举。”

江云开上台后，秦月明就已经预料到了什么，看见镜头对准她，便保持微笑，表现得落落大方。

江云开做了最后的总结便下了台，他落座后，刘创皮笑肉不笑地对着镜头，小声问他：“这五百万公司出？我没谈这个啊。”

江云开随口回答：“我出。”

其实他心里可难受了：你怎么就那么爱多管闲事呢？还指望你对家给你发面锦旗吗？

刘创想了想，说：“我来吧，就算第一波宣传造势了。”

“行。”江云开毫不犹豫地答应了。

刘创有点无语。

秦夜停坐在秦月明身边，等到快散场时，其他人都起身准备离开了，他伸手握住了秦月明的手。

姐弟二人对视，秦月明看出了秦夜停询问的眼神，说：“回去跟你说。”

姐弟二人急着出场，这时，突然听见有人说：“全场都在找你，结果你真是个大忙人，完全找不到，原来是跟玖武签约去了。”

来人还未到跟前，声音就已经到了。

秦月明看过去，看到了一张熟悉的面孔：“胡导演。”

秦月明跟胡导演是旧识了，早期她跟对方合作过两次，那时胡导演都是副导演。胡导演对拍戏很有想法，只是年轻的时候没有名气，缺少机遇。

后来，胡导演跟一个大佬闹翻了，大佬让他拍一部影片，要看起来是文艺片，实际上是低俗电影。胡导演看了剧本后“魔改”了一番，改成了纯文艺片。结果文艺片太深奥了，上映后并不卖座，让大佬气得不行。

不想招惹这位大佬的人都不敢跟胡导演合作了，外加这部影片爆冷，让大家觉得这个导演恐怕不太行，胡导演就此低迷了一阵子。但是秦月明看了这部电影的完整版，发自内心地感叹胡导演的水平之高。电影真的很精彩，至少她看了三次还会泪如雨下。

因为剧情太多，那部电影疯狂剪辑后还有三百二十五分钟，这在当时的电影界算是超长影片了。最后在各方的压力下，不得不删减成一百二十分钟，结果这个版本很多人看了后都觉得云里雾里。

在胡导演最困难的时候，秦月明答应零片酬做女主角，跟他拍新电影。当时秦月明还有其他戏要拍，为了配合胡导演，路费跟团队的费用都是她自费的，解决了胡导演的大难题。不过胡导演当时真的拮据，秦月明去世时，因为后期制作经费不足，他们拍的电影还没有上映。

秦月明刚回来不久，自顾不暇，还不知道胡导演的近况，现在突然看到胡导演，觉得他的胡子多了不少，看上去气色不错。

“刚知道你回来的消息，我高兴得吼了好几嗓子，把周围的人都吓坏了。我立马想办法联系你，可是连续几天都联系不上。”胡导演走过来看到秦月明好端端的，发自肺腑地高兴。

“那阵子记者太多，我们三个人都断了和外界的联系。”秦月明不好意思地回答。

“我都懂，你现在在风口浪尖上，不过知道你要来晚会……”胡导演从自己的口袋里掏出一张银行卡，递给秦月明，“片酬，我给你留到了现在，密码是你生日。”

“当时不是说好了没有片酬吗？”秦月明十分意外。

“当时有口头约定，说是如果有收入，我们按比例分。后来确实是有收入的，你拿着吧，我知道你现在的情况，这都是你应得的，不用客气。”

“好，谢谢导演。”秦月明伸手接过银行卡，放进自己的口袋里。

“我最近有一部电影在试镜，主角试镜已经结束了，不过我给你开个绿灯，你在其他角色试镜的那天过来，这个号码牌给你。”胡导演就跟哆啦A梦似的，又从口袋里掏出一张卡片给秦月明。

其实知道秦月明回来的消息，胡导演高兴得两天没睡着觉，怎么想怎么觉得秦月明适合演女主角。原本他们已经决定女主角在两个小花里选了，秦月明一回来，他突然就决定联系她试试。

可惜，这段时间他都联系不上秦月明，知道她会来参加慈善晚会，就将这些东西都带来了。慈善晚会前半场，宾客都要坐在座位上，好不容易可以走动了，秦月明却突然不见了，他听了江云开讲话才知道她是跟玖武娱乐签合同去了。这不，直到散场他才有机会来跟秦月明打招呼。

“您这口袋里可是装了不少东西。”秦月明笑着说。

“要是装得下，剧本我都会塞进口袋里。”胡导演爽朗地大笑，接着又问，“留一个能联系到你的联系方式？”

“我加您的微信吧，回去我给我姐姐注册一个微信号。”秦夜停立即说。

“好好好。”

他们三个人交谈着往外走，途中不少人都将目光投过来，毕竟秦月明突然归来真的很稀奇，胡导演又是大导演了，她刚回来就能跟这样的大导演并肩同行，可见未来的星路必定可观。

都快到门口了，胡导演还拉着秦月明在说自己的新电影，一抬头就看到还有一行人在等秦月明。胡导演看到刘创，立马说：“我给秦月明的试镜机会你可不能给我辞了。”

“肯定不会啊！”刘创也特别会做人，见什么人说什么话。

“给我安排好了，剧本我今天晚上再给你发一份。”

“我肯定在电脑面前等着。”刘创做了一个OK的手势。

胡导演大笑着离开了。

刘创这才有机会跟秦月明说话：“其实还有很多事需要规划，我们明天会召开紧急会议商定，到时候我派车去你家里接你。”

“安排一间宿舍给我吧，我打算把那栋别墅卖了。捐款我会还给你的，我已经债多不压身了。”秦月明倒是不想占便宜。

“无所谓，就当第一波宣传了，你看我的脸。”刘创指着自己的脸说，“看见没？写着‘人傻钱多’。”

秦月明笑了笑，秦夜停则冷冰冰地说："没必要欠着人情。"

江云开立马"啧"了一声："不识抬举。"

场面顿时一僵。

施黛原本在不远处坐着，此刻突然走过来，拉着秦月明的手来回打量她，微笑着说："欢迎你来我们家。"

"嗯？"

"来我们家公司。"

"谢谢您。"秦月明说得特别客气。

施黛将自己脖子上的项链取下来，给秦月明戴上："这么看就好多了，男孩子开公司就是不仔细，以后我得提醒他。"

"这太贵重了。"秦月明肯定是要拒绝的，这条项链光看着就知道价值连城。

"以后就是自家人了。"施黛看着她，越看越喜欢，笑得嘴都合不上了。

秦夜停看着施黛笑得跟黄鼠狼似的，觉得自己家的小鸡仔被人惦记了，立马将秦月明拉过来，客气地说："感谢，我们还要先回去处理一些事，告辞。"他说完拉着秦月明就离开了。

看着秦月明离开，施黛不由得感叹："这个小舅子有点难搞定啊……"

刘创有点无语，看向江云开。

江云开吞了一口口水："路见不平拔刀相助。"

"胡导演现在人送外号'胡三爆'。"秦夜停坐在车上跟秦月明说。

"这个外号挺野性的啊。"

"爆是爆炸的爆，因为他拍的三部电影连续大爆，他在娱乐圈已经是神话一样的导演了。"

"这么厉害？"

秦夜停点了点头，继续说："你主演的那部电影是在你去世一年后上映的，当时可能有缅怀你的意思，很多人都去看了，结果发现电影真的非常好看。电影院紧急加场，这部电影一路逆袭，后来就成了口碑之作，还打破了票房纪录。"

秦月明忍不住兴奋地道："我有眼光吧？我就知道这部电影能行。"

"很多人都说，如果那年你没出事，影后的奖杯绝对是你的……"说到这里，秦夜停仍旧觉得有些遗憾。

“人各有命，我或许注定会错过一些事，好在我现在回来了。”

“后来，胡导演的第二部作品再次大爆，打破了上一部电影的票房纪录。很多人都说这部电影是沾了3D技术的光，票价更高，所以才能超过上一部电影，论经典还是你那一部好看。结果，胡导演第三部电影再次大热，第二次打破他自己创下的纪录，这回再也没人说他了，现在他也成了著名导演。”

“是金子总会发光的。”

“其实他感谢你是正常的，你在他最艰难的时候帮了他，第一部电影如果不是因为你参演，最开始都很难引起关注。他对你也是真的非常欣赏，一次访谈时提起你还哭过。那场面，真的是猛男落泪。”

秦月明去世后，提起她的人不少，钟嵘让人厌恶，胡导演却是情真意切。他是真的欣赏秦月明，也是真的把秦月明当成恩人。娱乐圈就是这样，只要你出名了，周围的人都捧着你。然而真正刻在他们记忆里的，是他们在底层摸爬滚打时欣赏他们、帮助他们的人。

秦月明笑得特别开心：“说真的，这样突然到了九年后，看到你们都这么成功，我居然还蛮开心的。”

“可是你却被时间遗忘了，你当年那么红。”

“娱乐圈的人不是固定的，艺人都有衰老、过气的时候，珍惜好黄金期，留下好作品才是最重要的。等年纪大了再去回忆，哦，我曾经辉煌过，也挺刺激的。”

秦夜停看着姐姐，有点心疼，再次拉住她的手：“你现在腹背受敌，复出的路非常难走，稍有行差踏错……”

“我都懂的。”秦月明回握弟弟的手。

回到家里，秦月明小心翼翼地整理好自己的礼服，放进盒子里，就连首饰也放得好好的。收拾好行李，她坐在床上查询了一下胡导演给的那张卡的账户金额，突然站起来往外跑。

秦夜停还在地下一楼健身，被尖叫的秦月明吓了一跳，捂着胸口问她：“怎么了？”

“五千万！他给了我五千万片酬！这么多的吗？”秦月明异常兴奋，她当年的片酬真的没高到这种境界，层层剥削后，分到她手里的没多少钱。

“其实按照当年的票房分成的话，分个几千万到你手里也算是正常的，不过我觉得胡导演可能是看到你最近情况不好，自己多加了点钱进去。”

秦夜停没说，在他最困难的时候，胡导演同样困难。后来，胡导演发达了，就有人就爆料秦夜停和秦月明关系不好，胡导演对秦夜停的态度就非常不好了。

如果没有这个谣言，说不定这些年胡导演也会对秦夜停不错。不过秦夜停觉得无所谓，只要胡导演对秦月明好就行。他宁可负债累累也要救姐姐，侧面验证了他们姐弟的关系不需要任何人质疑，他就是特别在意他姐姐。

“天啊，我感觉欠了好大的人情，现在他的意思是还要我做女主角，这样是不是有点过了？我只帮了他一次，他对我的照顾太多了，反而让我觉得有点心虚。”秦月明是那种有人对她好、她就会对人家好的人，但是如果对方对她太好了，她反而会惶恐，思考要怎样才能把人情还回去。受太多恩惠的话，她会不安。

“收着吧，你要是退回去了，或者拒绝试镜，我估计胡导演会更加失落。而且，他也是公私分明的人，注重作品，邀请你就是真的觉得你合适。”秦夜停回答完，继续健身。

“哦……”秦月明美滋滋地拿着手机，蹲在一边计算卖了房子后，再加上这五千万，他们能还多少钱，算完之后就高兴得笑出声来。

秦夜停听着她“嘻嘻嘻”笑个没完，无奈地笑了笑，他以前怎么没发现自己姐姐是个财迷？

秦月明跟江云开传了莫名其妙的绯闻后，不但没闹翻，秦月明还签约了玖武娱乐，这是所有人都没有预料到的。

玖武娱乐是一个什么样的公司呢？业界内其他竞争公司都会用三个字来形容它——臭流氓。刘创是大佬的儿子，他们公司里人气最高的艺人是江云开，他们两个人还是亲戚。

在这样的背景下，他们的资源自然没话说。营销不行？公关不行？他们有钱！挖人！团队不专业？公司富二代不干正事？他们有钱！挖人！他们公司的不少员工都是高薪聘请过去的，还都是业内响当当的人物，很多家娱乐公司都被玖武娱乐挖走过人才。这还没完，资源他们也抢得厉害。

现在秦月明要一个小团队，刘创又开始“耍流氓”了。秦月明来公司的时候，刘创正因为抢了一家公司的王牌宣传，跟对方公司的老板发微信对骂呢。她来了之后，刘创立马将手机扣在桌面上。

“胡导演的新电影我看了，这部电影承担的压力非常大，因为之前三部电影连续大爆，让很多粉丝非常期待他接下来的电影。如果这部电影票房不理想，可能就是演员背锅。不过，这的确是一个值得争取的资源。”刘创将剧本放在秦月明面前，“胡导演亲自派人送过来的。”

刘创又说：“剧本我昨晚看了一下，觉得还不错，是大制作，不过主要是男主角们的戏份。”

这是一部以男性角色为主的电影，并且题材还挺另类的，敢拍就是大胆。

在位的皇帝已经年迈，开始修建自己的陵园，大家都知道那位年轻美貌的贵妃是要去陪葬的，议论纷纷。

几位皇子钩心斗角，其中有一位看似平庸的皇子一直在避讳朝政，实则在操控全局。他的目标不是皇位，他只是看中了贵妃，想让贵妃脱离殉葬的结局。然而他隐藏的心思渐渐被发现，其他皇子便暗杀他。命在旦夕之际，他在将士的掩护下逃走，去寻贵妃。然而他没想到，贵妃居然是另一位皇子的饵，那位皇子亲自设伏将她囚住。

男女主角在夜色下交谈，男主角靠口才说服了女主角放走他，女主角却没有逃。结局是男主角在皇帝去世后带人去了墓穴，想从预留的通道带走女主角，两个人逃了一段路却又被人追杀，最后女主角推走了男主角，自己留下了。

这个女主角亦正亦邪，戏份不多，人设却十分出彩。

刘创又拿出一些资料：“还有一档真人秀，我想让你去做固定嘉宾。这档真人秀是新策划的，我归类了同类型真人秀的视频资料，你可以先看一看。为了让你熟悉真人秀的模式，我会先给你安排两档热门真人秀去做流动嘉宾。”

秦月明打开文件夹看了一眼，问：“和江云开一起？我们关系尴尬，一起去会不会有炒作嫌疑？”

“有点脑子的人都能看出来你们根本不可能，两个根本不搭的人，除了名字哪里配了？你不用在意，真人秀里江云开会用实力证明他为什么单身。”对于这点，刘创特别相信江云开。

“其他几位嘉宾确定了吗？”秦月明又问。

“节目组保密了，不过那些人估计说了你也不认识。”

“你能帮我一个忙吗？”

“什么？”

“我想把蔡思予安排进去，她的综艺感也蛮强的。”

刘创回忆了一下蔡思予，似乎是秦月明的好友。

刘创问：“她……现在在哪家公司？”在他的印象里，好久没有蔡思予的消息了。

“她现在没有经纪公司，后期会签约我弟弟的工作室。”

“我们公司就要到了两个名额，不过我可以帮忙争取，毕竟……这个节目的金主爸爸是我二叔。”

这样安排的话，秦月明的安全感就强一些了。蔡思予有综艺经验，玩得起放得开，虽然爱说荤段子，但是会照顾她。如果六位嘉宾里有三个是彼此熟悉的，那还挺好的。

“这个嘉宾……是那个小月明？”秦月明在看另一份资料。

“嗯，热搜预定。”刘创回答。

“这样曝光度太足会不会适得其反？”

“在黑红方面我们是专业的。”刘创居然不以为耻反以为荣。

秦月明在刘创的办公室里看剧本，刘创则接了一个电话，起身去另一个房间接着跟对方公司老板对骂去了。

过了一会儿，江云开推门走进来，还背了个包，包里有一只猫。看到秦月明，他问：“我儿子呢？”

“你……都有孩子了？”秦月明吓了一跳。

“我是说刘创。”

“打电话去了。”这两个人的关系有点复杂啊，秦月明是真不懂他们现在的时尚。

江云开将包放在桌面上，把里面的猫拎出来，摸了摸猫毛，温柔地说：“爸爸要去剧组了，好久不能回来，你就先跟傻哥哥玩几天，乖哦。”

秦月明本来在看剧本，听到这话忍不住瞥了江云开好几眼。这人反差也太大了吧？不可一世的纨绔居然是个猫奴？

江云开拿着手机对着猫咪录像，结果手机没拿稳砸在猫脸上了。猫咪直接跳起来给了他一爪子，身手矫健，叫声犀利，简直是“猫中豪杰”。

江云开抬手捂脸的样子像极了一个表情包——被妈妈打了的孩子，他委屈巴巴地看着猫，说：“你居然打我，咱们掰了，没法和好了。”

秦月明被迫围观了大型“绝交”现场，当即“扑哧”一声笑了。

刘创走进来看到江云开在跟一只猫吵架也不惊讶，反而过去拦着他，一副拉架的姿态：“别别别，看在我的面子上，你就别跟孩子计较了行吗？”

“我平时对它那么好，它说动手就动手！”江云开不依不饶的，还打算跟猫理论。

“今天是我们月明来公司报道的第一天，大喜的日子，别闹事儿。再说你马上就要跟它分开了，别吵架，父子没有隔夜仇，别打孩子。”

秦月明看着这两个人唱双簧，再看看猫，猫全程都没理他们，泰然自若地舔着爪子。

过了一会儿，江云开总算消气了，骂骂咧咧地走了，似乎是要去剧组了。他走之前都没再跟秦月明打个招呼，不过他们也确实不熟。

见江云开离开了，秦月明问道：“去剧组怎么还这么悠闲？”

“他在剧组闹得挺不愉快的，也不愿意看到那群人，今天的戏在下午，就没急着去剧组。”

“我们今天的工作内容就是商量之后的规划吗？”

“团队人员还没全，营销团队的员工刚刚上岗，我让他们制定方案了。得给他们一点时间，等团队组建好了我们再详谈。你现在可以将你的具体想法和要求用文字形式发给我。”

刘创说着起身坐到电脑前，想了想，又问她：“你会用电脑吗？”

秦月明有点无奈，她只是从九年前过来的，又不是从八十年代来的。她从包里拿出自己的笔记本电脑，开机后对刘创说：“其实我也写了一份规划，发邮件给你吧。”

刘创看着她淡然的样子，忍不住问：“你真的是从九年前过来的？”这件事实在太让人好奇了，他能忍到这个时候才问真的是极限了。

秦月明笑了笑，已经有点懒得解释了，反问道：“我会为了搞一个大新闻欠债几十亿？”

刘创“哦”了一声就去看文件了。

任务安排完毕后，刘创联系了他的助理，接着对秦月明说：“我们开始今天的工作吧。”

“嗯，好。”秦月明看到他起身往外走，便跟了出去。

刘创先是带着秦月明在公司里转了一圈，接着又带她出门："我们先去吃午饭，然后再去看房子，如果房子确定了之后还有时间，你就带着公司的造型师去买衣服。"

秦月明先是愣了一下，紧接着就继续保持淡定了。她想象过财大气粗的玖武娱乐会不按常理出牌，结果刘创还是让她意外了。她在玖武娱乐上班的第一天，没有被培训，而是跟刘创聊了些未来的计划、说了说梦想。

吃了午饭出门，刘创又在不错的地段给她买了一套公寓，当场付款，接着就把钥匙给了她："搬家我会安排人帮你，你收拾好你的贵重物品就行。"他又对身边的助理说，"这几天你跟着她。"

"好、好。"刘创的助理都有点磕巴了，本来挺干练的一个小伙子，见到秦月明也紧张得说不出话来，全程都没跟她对视几眼。她实在太漂亮了，漂亮到会让人下意识没自信。

刘创带着秦月明到了商场，刚刚晚上八点，店里居然没有多少人了。听说是刘创来之前特地跟商场沟通过，让商场提前关闭。

秦月明来时穿的是高跟鞋，走了一天有点累。刘创先是包了一个鞋店里所有最新款的鞋子，让她选一双合脚的穿上。接着到了楼上，他不看衣服的样式，只看风格，风格只要秦月明喜欢，整家店的衣服就都按她的尺码来一件。

"这张卡你拿着。"刘创给了秦月明一张卡，"限额是五百万。"

秦月明只是看着刘创微笑，没有接。

刘创怕她误会，解释道："你在卡里使用的钱都会从你日后的收益里扣，我只惯你这一次，今天的服装费我来出，没有下次。"

秦月明这才接了过来。

三天后，秦月明就搬完家了，留在东州的"遗物"也全部送过来了。新公寓在一栋高楼里，二层复式结构，"样板间"式的笼统装修，她来了之后自己换了密码锁。听说这里治安不错，同小区还住着其他艺人，房价高得惊人。

蔡思予处理自己店里的事去了，秦夜停也还有工作要处理，秦月明之后的工作就都要由她自己来处理了。

刘创为她准备的团队也成型了。她不喜欢身边人太多，只要了一名生活助理，这个助理还会负责平日里的拍照工作、简单的宣传文案，还会担任司机，另外还有一名造型兼化妆师。听说江云开的助理更加全能，还要负责化妆，不过……人好像不太聪明。

秦月明问她的新助理幺儿：“为什么鸭宝会是江云开的助理呢？”

“因为鸭宝骂不跑。”幺儿大笑着回答，同时帮秦月明整理放在桌面上的文案资料。

“江云开经常骂人？”秦月明站在客厅的落地镜前问。

她的造型师心心似乎跟她衬衫的褶皱干上了，给她调整了半天。

“何止骂人啊，据说脾气极其恶劣，我还见过江云开薅鸭宝头发呢，薅头发你懂吗？就是拽头发。”幺儿说着还摇了摇头。

“那鸭宝也怪不容易的。”

“鸭宝工资高啊，比我多一倍呢，江哥年底给的红包也厚，他那工资哪是助理啊？简直就是公司高层了。”

“所以我们也要努力，年底拿到厚厚的红包。”秦月明笑眯眯地说。

“你就放心吧，公司会大力捧你，资源肯定是优先给你挑，还会给你争取更好的。”

今天，秦月明要去参加胡三爆新电影的试镜。主要演员的试镜很早就结束了，主要男性角色的演员也已基本确定。今天去试镜的主要是配角，有些角色出现的镜头恐怕只有几十秒，胡三爆却依旧要亲自选人。也正是因为这种习惯，他们今天才能够看到秦月明的试镜。

试镜的号码牌还挺有讲究的，秦月明的外号是“秦七仙”，胡三爆给她的试镜牌就是七号。她这些天看了剧本，今天特意选择了宽松一些的衣服，猜想试镜的时候也许会跳舞。她早期做练习生时学过中国舞，刚巧剧里就有女主角献舞的片段。

“还是低调一些吧。”秦月明本身不是一个高调的人，最近的曝光又的确有点多，她想安稳一段日子。

“好。”心心拿来一条丝巾缠在她脖子上。

新造型师其实挺好的，平时话不多，还不是那种特别挑剔的性格。但是她有一个毛病，受不了自己的艺人包得像个粽子。秦月明只想戴口罩、帽子出门时，都会看到心心为难的样子。

秦月明只能妥协，点了点头说：“你在家里等我吧，我过去不用做造型。”

“需要随时补妆啊。”心心身材瘦瘦小小，却能瞬间拎起巨大的化妆盒。

秦月明只能道歉：“抱歉，我想戴口罩和帽子。”

心心看了她半晌，叹气道：“那你试镜前我再给你整理发型和妆容。”

幺儿和心心的性格差异巨大，两个人都是刘创挖过来的。

幺儿因为跟之前的艺人闹翻了，就在家里待业。她本身没做错什么，会被开除是因为替团队里其他人说话。

幺儿之前跟的是一名女艺人，女艺人算是圈里的大花了，今年三十四岁，早就结婚了，还有一个孩子，却一直对外宣称自己单身。结果她隐婚的消息突然被曝光了，一发不可收拾，大花就觉得是团队里的人出卖了她。

她先是检查了所有人的通信设备，还找私家侦探去查他们，胡乱怀疑后就对一个女孩出了手。那个女孩头磕到了大理石窗台，伤口缝了五针。然而，后来却有证据证明，根本不是那个女孩的问题。跟了多年的艺人像是完全变了一个人，这一次几乎波及了整个团队，幺儿为此跟艺人争辩了几句，就被一并开除了。

刘创找到幺儿的时候，幺儿还觉得有点不可思议，她还以为她完了，估计没人敢用她了呢。毕竟因为这种事失业的人，旁人都会觉得他们会不会真的做过些什么，就不敢用她了。但是秦月明知道这件事，依旧用了她。

至于心心的过往就更加简单了。她原本也是造型师，之前做过的红毯造型无一失败，甚至有两个造型还大热了，成了当天的热搜。

但是心心的性格真的太闷了，还不会为人处世。娱乐圈乱，造型师的圈子也乱，心心不愿意别人碰她，收到房卡也从来不去。同水平的造型师因为走了其他的“路子”地位稳了，就开始打压心心。被人一再针对，心心接到的工作就渐渐少了。

心心原本是不做私人造型师的，因为收入会比以前少，而且不自由，如果艺人忙就得跟着艺人到处飞。她之前是想休息就休息，想工作了就接几个工作。但是后来她又慢慢烦了那种模式，被刘创的电话连续“轰炸”了两天后，也来了秦月明的团队。

幺儿开着公司配的保姆车，带着两个人，一路上嘴巴就没停过：“我听说胡导演的新戏很早就在做准备了，原本剧本什么的都写好了，就连拍摄地都踩点完毕了，结果剧本没批下来，又大改了一次。”

“最近审核的确挺严的。”

“这种题材也就他愿意拍，我看着题材就觉得吧，这次想破纪录很难。现在的人都喜欢看 3D 影片，喜欢看打打杀杀。这种片子也许不卖座，但是可以成为经典，也许还能拿奖。”

“这还是我回来后第一次试镜呢，多少有点紧张。”

“你们也算是旧识了吧，应该没问题的。”

“还是要看试镜结果。”

“也对，电影质量最重要，要是真拿到角色了，也是我们靠实力得来的。”

几个人到了试镜地点附近，才发现试镜还没有正式开始，而且不可以带朋友或者助理进去，幺儿和心心都不能跟进去。

秦月明让她们在车里等自己，自己走了进去。

心心还是忍不住交代：“头发弄一下，帽子会压变形的。”

“好的。”

入场后，秦月明先去了洗手间。她习惯在进入正式场合前先解决所有问题，比如上厕所这种事。她打开厕所单间的门，发现里面没有挂钩，她的包包还不能背着。她迟疑了一下，还是将包包放在了洗手池的边缘，然后才走进单间。

这时，有两个人从旁边的两个单间里走出来，洗手的时候有一个人看到了秦月明的包包。秦月明的包包上方是磁性吸扣，两侧微微张开，可以看到里面的东西。

那个女孩伸手将里面的试镜卡抽了出来，接着快速走了出去。

另一个女孩是她的朋友，看到这一幕赶紧跟了出去：“你干什么啊？”

“没了这个卡片她就不能试镜了，这样我们还能少一个对手，今天试镜的女性角色就那么几个。”女孩边说边拉着朋友狂奔。

她们今天试镜的电影男性角色偏多，女性角色非常少，会出现在女厕所的就是她们的竞争对手。

秦月明走出来洗手时，特意拿下帽子整理了一下自己的发型，然后拎着包往外走。

到了试镜的等候区，有人在检查号码牌，秦月明在包里找了一下，却没找到。她走到一边打电话给幺儿，幺儿十分确定她在秦月明下车前检查过号码牌。秦月明又找了一遍，还是没找到，只能取出手机给胡三爆发消息。

胡三爆等了许久都没等到秦月明过来。为了让秦月明试镜，他特意叫来了制片人和投资方，想证明他选择秦月明不是因为私人感情。但是工作人员叫七号叫了三次都没有人进来，胡三爆不由得有点失望。

试镜的新人出去时，制片人夏燕还问胡三爆："秦月明是什么意思？这么好的机会不要？"

"估计她是不想欠我人情，觉得我想直接安排她进组，对其他人不公平。"

"她也算是你的故友了，还不了解你的为人？而且，这么好的本子也放弃，只能说明她没眼光。"

胡三爆本是个性格挺豪爽的人，此时也有点沉默了，导致后面的试镜都非常严肃。

这时，一个女生走进来，看起来还挺紧张的。原本以为配角试镜只有制片人和选角导演把关，没想到胡三爆本人也在。前面试镜结束的人都从通道另一边离开了，他们根本没有机会交换信息。女生从自己的口袋里拿出试镜号码牌，放在桌面上。

胡三爆瞥了一眼号码牌，不由得蹙眉问："七号？"

"哦！我拿错了。"女生说着又拿出另一个号码牌，放在选角导演面前。

"你怎么会有两个号码牌？"胡三爆压低声音说。

"是……是我朋友的……"

"你朋友叫什么？"

女生支支吾吾。

"到底怎么回事！"胡三爆干脆低吼一声。

他这种性格的人，心情好的时候会放声大笑，但是心情不好的时候骂人也骂得凶，甚至有男艺人被胡三爆骂哭过。胡三爆外号也可以改成胡四爆，第四爆是脾气。

女生立马被吓哭了，断断续续地说了自己做的事。

"不成体统！就你这种品行，以后就算真的出名了，也早晚会完！从现在开始，你就进入我的黑名单了。"胡三爆说完就站起身来，走到一边去看自己的包。

他试镜之前会将手机调成静音，现在拿出来才发现有几通未接来电和几条未读消息。他立马走出去，到了等候区就听到等待试镜的人发出一片惊呼声。不过，没有人敢上来搭讪，他们都能看出胡三爆心情不佳。

胡三爆在人群里寻找，最后走到通道的检查区，看到一个女孩在走廊边上席地而坐，手里还拿着一部翻盖手机。就算她戴着帽子，胡三爆也能看出是秦月明，好看的人，就算只露出脖颈都好看得不像话。

“秦月明，你还真是不让人省心。”胡三爆看到她后心情终于好了些，但还是说话带刺。

“我不小心把试镜号码牌弄丢了。”秦月明赶紧站起身跟他解释。

“试镜还得我亲自带你进场，你这排场可真大。”胡三爆边说边朝工作人员示意，带着秦月明进去试镜。

秦月明原本很想低调的，但是现在以这种形式入场，肯定会被其他人注意到。

果然，有些眼尖的人认出了秦月明，立刻惊讶地道：“秦月明！”

“活的！”

“秦月明不可能来试镜配角吧？”

“她现在没什么人气了，估计是个配角。”

“她和胡导演是旧识，不会是配角的。”

“女主角还没定吗？”

“现在看来……估计是秦月明了……”

很多艺人想上热搜需要买，但是秦月明……还真没买过，今天就又上了一次热搜。秦月明的团队刚刚组建完成就开工了，而且还是大工程。

秦月明进入试镜的房间便对其他人道歉，仔细解释之前的事，态度非常真诚。

“事情我们已经知道了。”夏燕说，“下次小心一点。”

“好的。”秦月明将包包和帽子放在一边，然后开始进行自我介绍。

“我是玖武娱乐的秦月明，身高一米六八，体重四十四公斤，今年二十五岁……”秦月明的介绍词一直都是这样，将最基本的资料放在最前面说。

“二十五岁？”胡三爆双手环胸，微微挑眉。

“对啊，二十五岁。”秦月明坦然回答。

“一九八五年出生，今年二十五岁？”

“我说的二十五岁是指我活了二十五年，还是二十五岁的身体，如果非要说自己是三十五岁的话，这就有点牵强了。”秦月明回答，她知道之后对她年龄的质疑还会有很多，然而哪个女人愿意接受自己突然老九岁的事情呢？

胡三爆笑了笑，问道：“你打算怎么试镜？”

这个问题问她？秦月明知道胡三爆不能表现得太亲切，她又是胡三爆亲自请来的人，旁人看在他的面子上不能为难她。所以，这个度就很难把握。

秦月明也算理解，首先讲了自己对这个角色的看法，接着就介绍自己的优势：“我学过几年中国舞，当初为了演古装电影还专门学习过古代的礼仪、仪态。而且，我个人的形象非常符合这个角色。”

“怎么符合了？”胡三爆又问。

秦月明想了想，虽然有点羞耻，但还是说了出来：“或许……是符合祸国殃民的那种设定吧。”

胡三爆看到秦月明自己都有点不好意思了，笑了笑，抬手示意道：“继续。”

试镜依旧是自由发挥，这种方式最让人无所适从，好在她已经不算新人了，点了点头就继续了。秦月明先是跳了一段舞，她本身就是一个很有气质的女生，身上自带仙气，跳舞的时候更是若仙若灵，舞姿非常动人。

舞蹈结束后，她缓了一口气，看向对面的人，发现胡三爆正在跟夏燕小声说话，便说：“我再演一段戏吧。”

“好。”夏燕抬手示意她可以开始了。

自己选择试镜片段，秦月明没有选择情绪大起大落的戏，选的是其中一个小片段。

戏中，男主角去给父皇请安，当时女主角也在。女主角告诉他皇上已经睡了，他担心父亲的身体，坐到床前探望。贵妃坐在一侧调香，皇上每夜都要闻到她亲手调制的熏香才能睡着。男女主角在这期间有一段眉来眼去的戏，这个度要掌握得很好，太露骨就过了，太含蓄了，观众就发现不了猫腻，细节才能彰显实力。

试镜结束后，胡三爆在本子上写了什么，然后头也不抬地说：“我就不送了。”

“好，再见。”

等秦月明出去了，胡三爆放下笔，对夏燕说：“怎么样？我就说她合适吧？”

“明明可以直接决定的，非得试镜。”

其实有些演员只要导演点头了，不用试镜就可以直接决定。

“流程还是要走的，她刚复出，不能给她添麻烦。”

夏燕想到候选的两个小花，知道那两位都不是好惹的主。这回试镜，胡三爆也是为了尽可能不给秦月明添麻烦。处理不好，就是秦月明抢了别人的角色，说出去不好听。

秦月明试镜胡三爆新戏的消息很快就传了出去。然而，光是试镜怎么能吸引广大网民的眼球呢？媒体曝光这个消息后，立马出现了拉踩的情况，说秦月明复出后力压两位小花，拿下了胡三爆新戏的女主角。这是大忌，立马惹怒了两位小花的粉丝，他们纷纷跑去微博攻击秦月明。

“肯定是那两个人得到了消息，立马出手了。”幺儿拿着手机愤愤不平地道。

“这么快？”

“那两个小花都不是什么善茬，这个角色又是她们非常需要的，明明竞争对手只有对方，她们也暗地里撕了好几次了，没想到现在又多出一个你。估计她们刚刚得到你试镜的消息就开始散播谣言，不是为了确定你的试镜结果，而是为了让你惹怒粉丝。你如果得到角色了，就会被骂，如果没得到，就会被嘲。”

秦月明揉了揉太阳穴，皱眉道：“是我的错，我太不小心了，下次号码牌这种东西我一定随身携带。”

“迟早的事，只是早知道和晚知道的区别而已，就算你今天没出事，过几天他们得到了消息还是会这么干。”

“公司怎么处理？”秦月明问。

“已经在控制局面了，你只需要回去泡个澡，说不定明天就风平浪静了。”

秦月明也不管了，回到家里就去浴室泡澡了。她泡完澡走出浴室，看到幺儿坐在沙发上拿着手机奋战。幺儿没主动说，她也就没问，打开冰箱门想喝点酒，却发现冰箱里都是矿泉水和果汁。

她刚刚搬过来，东西确实没备全，估计幺儿也不知道她喜欢喝酒。她拿出一罐果汁，走到阳台上望天，想缓解一下心情，却突然发现有水珠滴在自己手臂上。她抬头看了看，发现棚顶居然有一串水珠，似乎是楼上的阳台漏水了。

她将手里的果汁放下，走到客厅跟幺儿说：“楼上的阳台漏水了。”

“啊？”幺儿正忙着写通稿，闻言立马放下手机去看了看，接着说，“我打电话给物业问问。”

幺儿打完电话才知道楼上的房子也是刘创买的，于是又联系刘创的助理，得知那套房子江云开偶尔会去住，现在房子里没有人，他们也不知道房子的密码。

江云开被很多私生饭（艺人明星的粉丝里行为极端、作风疯狂的一种人）盯着，各处房产附近都会有粉丝，他用刘创的名义买房也是无奈之举。

“你先忙吧，我联系刘创试试看。”秦月明对幺儿说。

“好的。”幺儿又拿起手机开始奋斗了。

秦月明也没有什么事做，给刘创发了消息后，刘创发来一个号码，还有一条消息：“你联系江云开。”

秦月明不知道搜索手机号就可以加微信好友，拿起自己的翻盖手机给江云开发了一条短信。江云开并未立即回复，她没着急，拿出面膜来准备敷脸。

差不多过了一个小时，手机才响起提示音。她拿来手机看了一眼，是江云开回复的短信：“短信？”

秦月明回复：“是啊，你能处理一下你阳台漏水的问题吗？”

江云开：“我真的很少跟人发短信联系，在哪里输入内容都得特意找一下。”

秦月明：“抱歉。”

江云开：“应该是我忘记放水了，你先上楼把泳池里的水放了吧，之后我让鸭宝联系人去维修一下。”

泳池？秦月明抬头看棚顶，江云开在她家楼上弄了一个泳池？

江云开大大方方地把房门密码告诉了秦月明，秦月明猜测，看江云开那不聪明的样子，他所有房子都是这一个密码。

看到幺儿正在忙，秦月明便自己整理了一下，套上外套，把脸挡得严严实实的，出门走楼梯上了楼。到了江云开的房子门口，她输入密码打开门进去了。

这个小区是距离玖武娱乐最近的高档小区，不过这里的房子江云开很少过来住。就算如此，江云开也将这里好好地装修了一下。他还不按套路出牌，将楼上连着的三户都买了下来，打通中间，修改了一下户型，让这里成了一个很大的复式公寓。最离奇的恐怕是他还在客厅的位置弄了一个泳池，泳池一半在室内，一半延伸到了户外，阳台那边布置成了看起来没有边际的样子，非常奇特。

泳池里的水果然没有放，秦月明研究了一会儿才弄清楚如何放水。看着水一点一点地排空，她依旧觉得江云开的这个设计真的非常……坑爹。她正好住在楼下，真漏水就是她遭殃。

这时，手机又响了，她打开一看，是江云开发来的短信：“我冰箱里有酒，你随便喝，就当是赔礼道歉。”

看到这条消息，秦月明忍不住扬了扬眉，走到厨房，打开冰箱看到里面放着满满的啤酒，心情突然就好了很多。她拿出一罐啤酒，打开喝了一口，手机又响了。

江云开："家里还有零食，放着可能会过期，你要是不嫌弃，也拿走吧。"

秦月明按照江云开指示到了影音室，发现里面真的有很多零食，看数量就不是一个人吃得完的，估计是朋友来这里聚过一次，是那时候留下的。

秦月明又发了条短信过去："你的影音室不错啊。"

这间影音室的设计同样独特，墙壁上的图案充满了撞色的感觉，张扬大胆，总而言之，就是花里胡哨的。不过这种遮光的设置非常好，拉上窗帘后就能做到完全遮光，增加观影感。大屏幕更是一看就十分清晰，估计效果不输电影院。

江云开："你可以在那里看电影试试。"

秦月明："那我就不客气了。"

秦月明还真的在里面找起了碟片，在碟片架底层的位置找到了三部她主演的影片。看了看封面上自己的照片，她还忍不住感叹：当时的妆容真的有点傻气。

她看到其中一部正是她主演的胡三爆的那部电影，立即产生了好奇心。当初口碑爆棚的电影，据说她的表现差点就能拿影后，她还真想看一看。

她开始看电影，还特意拿来几罐啤酒放在茶几上，手里捧着零食。

江云开又发来一条短信："我家 Wi-Fi 的密码是 ××××××，我们能用微信聊吗？"

秦月明从口袋里取出新手机，输入网络密码后，按照江云开教的加了他的微信号。

江云开的微信名叫"我唱歌挺好听的"，秦月明心想，这个人好像真的不太正常。

月："加上了。"

江云开发了一个"嘻嘻"的表情包。

月："你好。"

江云开又发了一个"黑人问号脸"的表情包。

"怎么一个劲地发图啊？"秦月明忍不住嘟囔，江云开怎么用微信就不好好说话了？

这时，江云开发来一条语音："我懒得打字啊，姐姐。"

秦月明也跟着回语音："我在你的影音室看电影呢。"

江云开：“看的什么？”

秦月明：“我主演的《或许》。”

江云开：“你还挺自恋的。”

秦月明：“我都没看过呢，突然过去了九年，生命里出现了空档，只能慢慢补上了。”

江云开：“看开点，九年前很多动漫都刚开坑，你现在可以直接看《火影忍者》《银魂》的大结局，《海贼王》也有几百集，等都不用等，多牛？”

秦月明：“听你这么说，我心情突然就好了。”

江云开：“你的热搜我看了，心情复杂。”

秦月明：“我并不想上热搜。”

江云开：“我能猜到是怎么回事，那两个抢角色的小花其中一个跟我传过绯闻，当初就是靠着跟我炒 cp 才有了后面的热度，借机接了不少戏，就是踩着我上去的。”

秦月明：“会不会连累到你？”

江云开：“无所谓，死猪不怕开水烫。不过，你的团队看起来不太专业的样子啊。”

秦月明：“什么？”

江云开发了一张截图发过来，是秦月明工作室的微博发表的声明。

秦月明的公关团队这次的辟谣方式很耍宝，说秦月明知道自己上了热搜时惆怅地问他们能不能撤掉热搜。团队的人说明了撤热搜的费用后，秦月明选择了放弃，因为她实在没钱。声明中还说，秦月明只是参与了试镜，最后的角色名单还是要等官方公布，这是这条微博唯一有用的内容。

结尾则是：“秦月明团队资金紧缺，且并不想支付加班费用，所以今天晚上就不会再有其他声明了，工作人员下班了，如果还有其他问题，明天工作时间再解答。”

幺儿他们那么忙碌，不是换小号去控评，就是在团队里发文案。很多看似是粉丝的微博博主都会第一时间发出长长的评论，那都是提前写好的，然后安排粉丝去点赞，成为热门评论。前排的评论都控制好风向了，后面的评论就能很好地引导了。

于是就有了这些评论：

“这是我见过的最不专业的团队，一心一意想着赶紧下班。”

“突然有点心疼秦月明，想众筹给她请一个更专业的团队，玖武娱乐不是很有钱吗？”

“看到秦月明这么穷，我算是确定她真的没钱买热搜了。”

“天仙真的下凡了，为什么我反而觉得她更好亲近了？我发现我的偶像比我还穷。”

这次公关真的不专业吗？工作室发那条微博的目的就是解释秦月明只是去试镜而已，最终结果还是得等官方公布，还暗示了秦月明是真的穷得没有钱买热搜，她真的是从九年前过来的。这种方式不但不会让人觉得讨厌，反而会让人觉得有点可爱。

秦月明：“编的。”

江云开：“玖武又见稀奇洗白方式，这么写不会灭了你的仙气吗？人设崩塌。”

秦月明：“是我自己要求的，与其让虚假的我哪一天突然幻灭，不如一点一点地渗透我的真实形象，我想接地气一点。”

这是秦月明自己写的计划，她发现大地娱乐之前给她的定位太高了，她跟粉丝的距离感很强，总是亲切不起来。她应该改变一些，她不是什么天仙，只是一个普通人。

江云开再次发来语音：“那我是不是那种先被黑到最惨，然后粉丝一点一点地对我改观，渐渐发现我还挺可爱的明星？”

秦月明：“你本来就很可爱啊。”

江云开发了一个“吃惊”的动态表情包。

屏幕里还在播放电影，她扮演的角色出现，男主角对她一见钟情，目光有点愣。她发现之后似乎并不在意，嘴角扬起。她的眼神里都是戏，灵动又美好。

秦月明吃了一块薯片，又喝了一口啤酒，还放肆地打了一个酒嗝。

戏里男主角的演员叫池闫，外貌不是特别帅，但是身材比例非常好，人非常有味道，非常耐看。秦月明还记得池闫是她推荐的，当初他只是在其他戏里跟她合作过的男四号，不够帅是硬伤。但是他的戏不错，秦月明跟他搭戏时发现了这一点。

那个时候他还在剧组里受欺负，秦月明帮助过他几次，还就给他介绍了胡三爆这部戏。正是因为这部戏，他后来成了影帝，一飞冲天。

看着屏幕里的池闫，秦月明突然想，如果这九年她都在，现在会是怎样？

秦月明的行程并没有想象中那么满，刘创并不急于给她安排工作，还是会仔细筛选送来的本子。

其实秦月明现在的关注度很高，想采访她的娱乐自媒体比较多，大家都很好奇这个跨越了时间的人。然而刘创并没有立刻给她接这些采访，他想保持大家的好奇心，这样秦月明的高关注度还能持续一阵子。

秦月明近期的工作是做两档真人秀的流动嘉宾，其中一档是《吃货的力量》。传说中的小月明就是《吃货的力量》里面的常驻嘉宾，原名路朵颖。值得一提的是，朝九晚五组合的肌肉男周若山也是常驻嘉宾之一。刘创觉得小月明跟秦月明同框会引起关注度，周若山也能照顾秦月明，所以才接了这个真人秀。

秦月明的电影目前只有胡三爆那一部，电视剧方面倒是联系了一部古装大制作，属于大女主电视剧，背景是唐代，她要争取的角色是上官婉儿。

还有就是一个杂志封面的拍摄。这个杂志对封面人物要求很高，玖武娱乐也只有朝九晚五组合才有分量去做封面人物，还是在最辉煌的五人时代。刘创能够拿下这个资源，还是答应了杂志做秦月明的独家专访，对方思量许久才答应。

目前能够确定下来的代言只有两个，一个是秦月明的铁粉开的公司，指定了要秦月明代言，费用非常合理，合理到刘创看到数额就答应了，生怕对方反悔。另一个是化妆品的代言，代言时间一年，算是试水。此外，其他商家都在观望秦月明的带货（明星等公众人物对商品的带动）能力。

拍摄杂志封面的前一天晚上，秦月明临时接到通知，原本确定的单人封面改为双人了。是杂志方的领导临时改变了主意，觉得秦月明现在徒有关注度，但是固定粉丝不多，怕她一个人镇不住场子，所以反悔了。刘创跟负责人谈了许久才算是缓和了下来，但是需要有人来救场，江云开就被临时叫来了。

“其实就是故意的，这家杂志仗着他们名气大，没少干缺德事。江哥现在人气高，都可以上单人封面了，他们居然要双人的，过分……”幺儿正在给秦月明整理随身携带的东西，不由得吐槽。

“这些事都很常见，我也不是新人了，你不用安慰我。”秦月明倒是挺淡定的，她还是新人的时候，被人欺负得更加厉害，临时反悔还倒打一耙的事也经历过。

心心拿着化妆箱追着秦月明跑：“我给你化个淡妆，不然没法出门。”

秦月明坐下来问："时间改到什么时候了？"

"六点就要到，江哥下午要拍戏，十点三十就得出发回剧组。"

江云开在剧组拍戏，一般下午到晚上都有他的戏。这次被临时叫过来，听说他早晨四点就从剧组出发了。来不及买票，鸭宝直接开车带江云开过来。

"又欠人情了。"秦月明嘟囔。

"这也是公司的安排。"幺儿看着她们的物品，思考有没有忘记带什么。

走出电梯到了地下停车场，三个人快速上了车往摄影棚赶。

到达摄影棚的时候，秦月明走进化妆间就看到江云开躺在椅子上，化妆师在给他化妆。她看了看江云开，小声问："睡着了？"

"对。"化妆师回答。其实这个角度化妆真的很累，不过化妆师也知道是他们领导突然给人家添麻烦，自然不能说什么。

秦月明坐在旁边，接着就有工作人员递来采访稿。她认认真真地看了起来，同时有人帮她整理头发、化妆。

过了一会儿，江云开醒了，睁开眼睛看着造型师，问："你这是化妆还是给我开颅呢？手这么重。"

"抱歉。"

江云开调整椅子坐起来，扭头看了看秦月明，似乎起床气还没消，并没有跟她打招呼。

他化妆化得早，发型也比秦月明的好整理，所以造型设计比秦月明早结束。等化妆师出去后，江云开对鸭宝勾了勾手指："给我来块巧克力。"

"不能吃了！你的体重快到警戒线了！"

"我都要瘦成皮包骨了！"

"你骨架大，压秤，现在粉丝都叫你江滚滚了。"

江云开特别不开心地道："上次走红毯拍的照片是角度问题，我今天早上称的还是六十八公斤，赶紧给我一块。"

"不行，你再要我就告诉刘总了！"

"我吃巧克力你都告状？"

"对！"

"你跟在我身边，我才是你老板，你跟他告状？"

“刘总发工资啊。”

江云开气得不行，翻白眼望天。这时，他的手机响了一下，他拿出来看了一眼，发现是秦月明发来的消息：“这次给你添麻烦了。”

江云开扭头看看秦月明，又看看手机。上次她发短信就够稀奇了，这次她就坐在他旁边，还给他发微信？江云开打字回复：“跟我说话丢你人咋的？”

秦月明没看懂这句话的顺序和句式，只能明白大概的意思，于是回复：“也不是，毕竟有其他人在。”

江云开侧头去看，果然看到秦月明在躲化妆师的视线，心想她真够小心的。

江云开：“其实公司当初谈的是我一个单人封，你一个单人封，因为你的比较急，又怕热度过去，所以把你排在前面了。”

江云开：“但是他们贼啊，你人气不稳，我黑料多，所以突然改成双人封，用的是还那个快被人遗忘了的 cp 名头。”

江云开：“我今天来一穿衣服，感觉这叫一个合适啊。我们的衣服是搭的，说明他们根本就是早有预谋，跟你没什么关系，躲不过去，我也是完成工作。”

江云开：“看完了吗？”

秦月明偷偷看完消息，回复：“嗯，看完了。”

然后，她看到屏幕上的消息突然消失了，吓了一跳，赶紧打字问他：“为什么你可以控制我的手机？我这里的消息不见了！”

江云开看着屏幕，“扑哧”一下笑出声来。鸭宝看到江云开这样，吓了一跳，立马抱紧他的包，生怕江云开想到了什么主意抢巧克力。

江云开：“有一个功能叫消息撤回。”

秦月明仔细看了看手机，果然有撤回的提示，不由得有点不好意思：“抱歉，我不知道这个。”

江云开：“你新手机里有卡了？”

秦月明：“没，幺儿给我开热点呢。”

江云开：“什么时候去办张新电话卡不行吗？”

秦月明：“我身份证还没办下来呢。”

江云开：“原来如此。”

杂志的拍摄主题似乎也跟秦月明突然回来有关。原本秦月明化复古港妆居多，她长相精致又带着仙气，有种让人迷恋的韵味。不过，她这次突兀地尝试了现代妆，夸张大胆，衣服也是镭射样式的棒球外套，配上短裤，彩色的腰带在腿边晃来晃去。脚上穿着一双印着奇怪图案的潮袜，配上一双板鞋。秦月明照了照镜子，觉得自己有点不正常。

“这被雷劈过的发型。”江云开站在秦月明身边，看着镜子里的她，扯着嘴角笑，似乎有点幸灾乐祸的意思。

江云开比秦月明高二十厘米，骨架大，看起来就是标准的倒三角身材。其实现实里的江云开就是那种脸小的男生，身材比例很好，腿长得离谱，人也很有气势。上一次走红毯不知道怎么拍的，居然把他拍成了一米七的样子，人也扭曲了，看起来像是发福了。

江云开今天的造型是复古的。单边金丝边的复古款圆框眼镜连着眼镜链，固定在右眼的位置，头发拢到头顶成了背头，身上的衣服也是民国时期的复古西装，里三层外三层。他明明是个桀骜不驯的男生，这样打扮之后竟然真的有种禁欲系的感觉。

为什么说两个人配套呢？杂志要拍的就是时代的冲突感，两个人都颠覆了形象，场地都是特意布置的。秦月明一个复古美人被打扮成现代叛逆风，江云开一个时髦少年被打扮成具有复古感的男人，两个人站在一起格格不入，偏偏还要融合在一张照片里。

两个人拍摄时根本没有站在一起的镜头。比如江云开坐在一家咖啡馆里喝咖啡、看报纸，秦月明则在隔壁音像店里听音乐。或者两个人面对面，中间却隔了一面镜子，江云开调整领带，秦月明凑过去涂口红。

他们唯一有点交集的镜头，是江云开站在巷子里，秦月明在二楼露台用力拽绳子，而楼下的江云开只是单手去拉绳子。

拍摄完毕后，秦月明和江云开一起接受采访，其中还有视频采访。秦月明看过采访稿了，对自己突然来到这个时间的经历、感受等问题一一进行了纸上的回答，这些都会发布在杂志上。

两个人一起被采访的是花絮，记者问的问题都是临场发挥的。

记者问江云开：“刚刚知道秦月明回来的时候，你是什么心情？”

江云开拿着话筒苦笑着回答：“其实我在她发微博公开之前就见过她一次，反正我当时是吓坏了，以为闹鬼了。”

记者又问：“她不是你的理想型吗？你为什么会被吓到？”

江云开回答得理直气壮：“一个去世九年的人突然出现在你面前，你是该害怕还是该欣赏她的美？”

记者问秦月明：“那你见到江云开的时候是什么感觉？”

秦月明想了想后回答：“就是觉得他身轻如燕。”

记者又问：“为什么会是这种感觉？”

秦月明说：“因为他吓得飞起来了。”

江云开坐在旁边大笑出声，就连记者都笑场了。

采访结束后，江云开一边往化妆间走一边脱西服外套。

秦月明进入化妆间的时候，江云开穿着西装马甲，一手解扣子，一手拿起杯子喝水，喉结滚动。她本来想退出去让江云开先换衣服，结果退到一半又停住了，看向江云开。

这个摄影棚是为了这次拍摄临时搭建的，拍摄场地是大手笔，但化妆间只有一个，所以秦月明和江云开需要共用。

化妆结束后，化妆间里的灯改成了仅可照明的昏暗小灯，橘黄色的灯光洒在江云开白皙的皮肤上，给他的皮肤渡上了一层暖色。他喝水时下颚呈现出柔和的曲线，高挺的鼻梁弧度恰到好处，鼻尖托起了一抹暖光，侧脸完美到让秦月明都忍不住多看一眼。

江云开注意到秦月明在看他，侧头看过去，用眼神询问她干什么。

秦月明笑了笑，目光在他身上扫了一圈，说道：“腰还挺细的。”她说完就跑了。

江云开愣了一会儿，扭头问鸭宝：“她是不是在撩我？”

“直男就是这样，看到漂亮女生多看自己一眼都觉得她喜欢自己。”

“说什么胡话呢！我是直男吗？”江云开反问。

鸭宝立刻看怪物一样地看向江云开。

江云开赶紧改口：“呸！我是那种自恋的直男吗？”

江云开换衣服、卸妆的速度很快，出来的时候鸭宝追着他给他喷防晒喷雾，看起来仙气缭绕的。当时秦月明正靠着墙吃苹果，他们出门的时候，她正把嘴张到最大，努力到双下巴都出现了。

秦月明和江云开对视一眼，下意识闭上了嘴。

“苹果好吃吗？”江云开问她。

“还可以。”

江云开伸出手来，对她勾了勾手指。

秦月明看向幺儿，幺儿赶紧从包里拿出一个苹果递给江云开，同时说：“包里还有香蕉。”

江云开没要，随便应了一声后就走了。

秦月明走进化妆间脱掉棒球外套，随手搭在椅子上，幺儿跟在后面念叨：“我第一次近距离见到江哥，也不胖啊，简直太帅了，气场好强。”

“镜头真的会把人拉宽，有时候镜头里的自己完全没有现实中的自己漂亮。”

“所以我见到你的时候就觉得惊为天人，你镜头里的样子就够仙了，本人更仙。”幺儿又开始夸秦月明。

杂志的制作周期都很快，尤其是这种娱乐时尚类杂志，晚一个月恐怕就会落伍。秦月明和江云开这期杂志，拍摄后半个月内就会上市。

采访的花絮视频很快就在微博上发布了，自然成了热门。

评论里极为热闹：

痘肤西施：“哈哈哈哈，我特别好奇江云开吓到飞起来的样子是怎样的！”

哎呀哈哈哈：“光看造型差点没认出来秦月明，不过江云开这次的造型真的很帅，有斯文败类的感觉。”

哆啦A萌：“身轻如燕江滚滚，这个惊吓真的是真情实感了，哈哈哈哈。”

易睡品：“我现在怀疑#守得云开见月明#一开始就是炒作，从江云开跟剧组闹翻就开始布局了，当时秦月明可能就在和玖武娱乐签约了，现在这两个人就是玖武娱乐推的cp。”

谁还不是宝宝了：“两个人完全没有cp感。”

雾以泪聚：“第一眼看到秦月明的造型还接受无能，再看看居然觉得好帅，如果不是她，其他人根本驾驭不了这种造型。”

开开不是滚滚：“看到哥哥和这个老女人捆绑在一起我就好难受，不搭的两个人硬被安排在一起，心疼哥哥。”

不久后，秦月明的粉丝后知后觉地出现了。并非是秦月明的粉丝出来跟江云开的粉丝开撕了，而是有人截了秦月明粉丝群聊天记录的图。

群成员前面还在聊孩子上幼儿园的事，后来突然提了秦月明和江云开的事。

群友1：“私以为七七跟江家娃娃不太合适。”

群友2：“有可能是公司的安排，两个人聊天的时候看起来并不熟，客客气气的。”

群友3：“既然是公司的安排，我们也不能责怪七七。”

群友1：“事已至此，我们就努力去发现江家娃娃的优点？”

群友4：“江云开个子确实挺高。”

群友5：“长得也不错。”

群友2：“笑的时候很好看，人也开朗。”

群友1：“我心里还是不太舒服，恐怕真的把七七当女儿看待了。”

群友4：“看开点，女儿大了终于有绯闻了，做家长的是会有点落差，但这都是孩子的成长。”

群友5：“下次看到江家娃娃被黑，我们也说两句吧。”

群友2：“怎么说？”

群友4：“你们不了解他，他其实特别好，虽然我也说不出他哪里好，但是就是好。”

群友1：“就像女婿，虽然自己也觉得自家白菜被猪拱了，但是也听不得别人说自己女婿不好。”

这条微博发布后，评论再次热了起来。

青青头上草：“秦月明的粉丝真的是粉圈的一股清流，一群老干部聊怎么养女儿，果然都是十几年的老粉啊。”

米老头：“江云开的粉丝表现得就好像他们主子受了多大的委屈似的，是江云开先说他理想型是秦月明的好吗？”

九重云月：“我承认我是七仙的粉丝，我也觉得两个人不合适，所以努力说服自己他们是cp，然后淡定地看着他们逢场作戏。等他们各自恋爱后，我也会发微博抽奖庆祝他们解绑。”

就在网上的消息越来越热的时候，江云开和秦月明微博互关了。值得一提的是，秦月明的微博只关注了五个账号：秦夜停、蔡思予、刘创、江云开、微博小秘书。

秦月明在看电视剧剧本，突然收到了江云开发来的消息：“江家娃娃？”

看来他也围观了热搜。

秦月明：“看语气估计是位长辈。”

江云开：“你的粉丝都是我长辈？”

秦月明：“可能是的。”

下一秒，江云开居然打来了视频电话，秦月明吓了一跳，拢了拢头发才接通。

她刚接通就看到江云开凑近镜头，伸出舌尖给她看：“我吃苹果的时候咬到舌头了。”

秦月明目瞪口呆地看着屏幕，真不知道该说什么。

“你搁哪儿呢？”江云开拿着手机走到沙发上坐下，看着屏幕里的秦月明。

“我哥？我只有弟弟。”秦月明客客气气地回答。

然后江云开就开始大笑，笑了半天都停不下来。秦月明只能在屏幕里看到他笑得模糊的脸，觉得这个人有点莫名其妙。

她尴尬得不知道该怎么办，江云开终于说了自己打视频电话的目的：“我粉丝战斗力挺强的，你别太在意。”

“嗯，其实我没有关注这些，最近都在看剧本。”

“我是怕他们把你这个从远古来的小怪物吓到，你以前没被人这么攻击过吧？”江云开问。

九年前，网络兴起还不久，没有太多平台。秦月明知道会有负面的声音，但是不会像现在这样，所有的闲言碎语都扑面而来。她能直接看到别人对她的评价、诋毁，许多言论都不堪入目，让她心里难受。

“我也被批评过，但是没这么直接。”秦月明苦笑。

“我没办法帮你说什么，有时候发太多关于你的事还会适得其反，引来更多攻击。明明我们只是正常工作，根本没多少交集，却还是会被攻击。最惨的一次是我参加一个综艺节目，跟一个女艺人搭档做游戏，那个女艺人就因此被攻击了，从那以后我就注意跟很多人保持距离了。”

江云开其实也挺无奈的，但是他没办法控制，有时候远离反而是保护。

“我也是老艺人了，不怕这个，你不用安慰我，道理我都懂。”秦月明没有江云开想的那么脆弱，确实没把那些言论太当回事。

“那就行，我怕你被骂傻了。”

“我发现你人蛮好的欸。”

“你亲爱的弟弟怎么发现不了这个！”

秦月明听出了他语气中的不悦，笑着解释：“其实他不坏的。”

“这话你自己信吗？他坏不坏没有人比我更清楚！”

这下秦月明自己都没底气了。

“行了，不跟你聊了，我去洗澡了。”江云开说着就起了身，手机被举了起来，似乎是他伸了个懒腰。

秦月明在屏幕里看到了他乱糟糟的房间，最醒目的是床上有一个胡萝卜模样的玩偶，长长的，估计是睡觉的时候抱在怀里的。

“晚安。”秦月明说。

“嗯，挂了。”江云开说完就挂断了视频电话。

秦月明看着屏幕，觉得江云开这个人很神奇，他平时给人的感觉似乎带着距离感，但是又有点自来熟，还愿意帮她。

这时，江云开又发来一条消息：“我微博关注你了。”

秦月明特意登录微博，找到了江云开的微博点了关注。

洗澡的时候，江云开站在花洒下面刷牙，微微歪着头，突然自言自语：“是素颜吗？”

他仔细回忆，觉得秦月明真的挺漂亮的，除了没做头发，似乎和平时见到的没有太大的区别。哦，口红也没涂，但是蜜桃色的嘴唇也挺好看的。

因为在刷牙，他声音含糊：“大晚上给一个女的打视频电话，是不是不太礼貌？”真发愁，他很少跟女生聊天，微信好友里难得有个女的，都不知道该怎么聊天。

第四章

假笑男孩江云开

秦月明的身份证补办需要经过各种审批，有些审批还得本人到现场，拍照、填写各种资料，至今仍旧没办下来。主要是一个人合法死而复生的事还真是头一遭，审批人员也是蒙的，很多审批文件他们还要重新写文案。

要去录制真人秀了，秦月明现在不能坐飞机不能坐高铁，就只能由助理开车送她去拍摄地。幺儿提前一天开车带着他们的小团队出发，累得不行了之后就换秦月明来开车。

“老司机？”幺儿坐在她身边问，同时还在用微信向统筹询问一些事。

“嗯，就是驾照过期了。”

“还是我来开吧……”

到了下一个服务中心，幺儿就又上阵了。

秦月明对幺儿说：“我想吃个冰激凌。”

一路都在低头看手机的心心突然抬头，说出三个字：“不可以。”

秦月明看了看心心，再看看幺儿，乖巧地回答：“好的。”

幺儿都被秦月明逗笑了。按理来说，秦月明也是大红大紫过的人，性格至今还这么软，真是少见。她当初还怕会不好相处，没想到人这么亲和。

秦月明到达录制地点后，工作人员给她一块板子，让她写出自己的特征。特征需要写五条，以此暗示她的身份，想不想让其他人猜出她的身份就看她自己的主意了。如果想暗示得明显一些就写鲜明的特征，不想就写含糊点。

这五条特征要一条比一条明显，她还真想了很久。注意到已经有摄像师在她身边开始拍摄了，她于是问：“录制已经开始了吗？”

“是的。”

秦月明的团队真的是风尘仆仆赶来的，昨天开车开到晚上七点，途中住了一天酒店。第二条早上四点再次出发，刚刚到达地点就直接进行拍摄。秦月明什么都没说，完全配合。

她拿着提示板想了好久才开始写，结果写了一下就突然反应过来："我写字是不是露馅了？"

自然没人回答她的问题，她只能继续看着板子思考。她又想了许久，才陆续写出自己的提示：第一，女；第二，能文能武；第三，刀枪棍棒；第四，姐妹众多；第五，我回来了。

她将提示板交出去后，录制的人才出去，她也可以开始化妆、做造型了。节目组给他们安排了统一的衣服，等分配完队伍后会让他们穿上那个队伍的外套。为了方便活动，秦月明专门穿了轻便的运动鞋。

刚开场，工作人员就把她安排在了一个密闭的小空间里。她站在里面的时候，听到了其他人的询问声，应该是其他嘉宾也被安排在了同样的小空间里。

有一个女孩问："有人在吗？"

秦月明不知道可不可以说话，左右看了看，发现没人应声，便也不应声。她知道这个节目有四位固定嘉宾，其中就有"小月明"路朵颖和江云开组合的队友周若山。每期请来的流动嘉宾也是四位，每一期的出场方式都不一样。

不久后，固定嘉宾出场了，秦月明能够听到外面的声音了。

周若山问："我们的嘉宾是在这四个蛋壳里面吗？一会儿他们会破壳而出？"

路朵颖看了看，忍不住笑道："我们多聊一会儿，他们是不是就要在里面多待一会儿？"

"你就坏吧！"周若山赶紧转移话题，"节目组依旧小气得不行，一会儿他们看到自己从这么简陋的蛋壳里出来，肯定恨不得钻回去。"

一般参加节目的嘉宾名单都是保密的，但是刘创担心秦月明不熟悉，就提前告诉了周若山，让周若山多照顾照顾她。周若山现在心里只急着将秦月明拉进自家的队伍里，不然真的不方便照顾。

固定嘉宾需要完成一系列小游戏，胜者才能先选队友。

周若山非常认真地完成了任务，接着撕掉了四位流动嘉宾的第一条提示，分别是：长发及腰、女、而立之年、貌若天仙。

周若山看完就蒙了，这是三个女的？还是都是女的？"貌若天仙"是秦月明吗？她应该不是这种自夸的人吧？那是“长发及腰”？

接着，工作人员撕掉了第二条提示：小仙女、能文能武、诗词歌赋、绝世佳人。

周若山看着就忍不住嘟囔：“四号可真够自恋的，我就没见过比我云庭妹妹更貌若天仙的。”

周若山的队友叫谭麦，看着提示也忍不住笑了：“‘能文能武’和‘诗词歌赋’还挺配的。”

路朵颖蹦起来道：“我要选‘能文能武’，做任务应该非常厉害吧！”

周若山摆了摆手赶人：“你们输了，不知道吗？我们先选。”

根据比赛规则，看到提示能够猜到对方身份的队伍会得分，但是被猜到身份的人会导致之后的队伍扣分。也就是说，如果猜中了身份还要他，就没有得分。如果猜中了身份不要他，留给对方队伍，就会得到两分。

“这些提示太损了，能猜到什么啊？”路朵颖噘着嘴看着提示牌。

这时，工作人员又撕开一条提示：嘎嘎嘎、刀枪棍棒、一米八五、自恋。

周若山指着提示牌，忍不住问：“‘女’！‘能文能武’就算了，还‘刀枪棍棒’？吓不吓人！”

“不过第一个是谁我心里有数了，我知道一个人笑起来声音是‘嘎嘎嘎’的。”谭麦说。

“‘一米八五’应该是身高，所以三号是男生。”周若山跟着说。

工作人员提醒道：“这一轮你们要选择队友了。”

周若山想了想，觉得男的可以排除，刀枪棍棒也可以排除，这两个根本不像，剩下的两个肯定有一个是秦月明。

谭麦凑过来跟周若山说：“‘嘎嘎嘎’一准是林诺，不要选她，肯定会被猜出来，我们选谁？”

“那就‘自恋’和‘刀枪棍棒’？”周若山立马改了主意。

“别，我们选个确定是男生的，做任务也轻松一些，选‘一米八五’。”

周若山也不敢表现出太明显的目的，想着秦月明应该不会写‘自恋’这种提示，于是点头同意了。

能不能选中全靠蒙，选完队友后，最后两条提示同时揭晓。

第四条提示：大概是爱吧、姐妹众多、低音炮、电影三部。

第五条提示：嘟嘟脸、我回来了、我在等你、飞侠。

他们现在就想猜对方队友的身份，结果看到第五条提示就一起凑过去说：“怎么回事？‘我回来了’和‘我在等你’这两个人是商量好了吗？这是在对话？”

谭麦突然觉得自己吃了狗粮：“这是一对情侣吗？”

路朵颖也说：“我也觉得。”

节目组导演说：“好，现在给出你们的答案。”

谭麦指着一号嘉宾的蛋壳说：“这是林诺！她参演的新剧是小说改编的，小说原名就是《大概是爱吧》，女主角特别爱嘟嘟脸。”

谭麦和林诺认识，刚说完名字，蛋壳里面就传出了“嘎嘎嘎”的笑声，十分魔性。接着她又猜出四号是最近比较火的一位谐星，有点胖，一共演过三部电影，在最新的那部电影里扮演了飞侠的角色。剩下的两个人就不好猜了。

路朵颖说：“‘刀枪棍棒’真的很难猜，而且我也想不到有什么作品是这个名字。”

队友思考道：“可能是对情侣？”

路朵颖又说：“男生是低音炮，身高一米八五，女方能文能武？”

队友大笑不止，这样的情侣真的很难猜。

导演在数倒计时了，路朵颖简直要崩溃了，一个劲地蹦，还在大叫：“难道刚刚开局我们就丢了四分？”

“物以类聚。”谭麦耸肩，似乎觉得这些不太聪明的人都聚在一起了。

被猜到身份的两位嘉宾首先出来，果然是谭麦猜到的那两个人。队友相见，他们还互相嫌弃了一番，不过最后还是表示欢迎，将话题转向他们的新戏，也是一波宣传。

还在等待的是秦月明跟另一位男嘉宾。

路朵颖还冲过去准备开蛋壳：“我倒要看看，能文能武，还能耍刀枪棍棒的女孩子什么样！”

秦月明的蛋壳是路朵颖打开的，“小月明”跟秦月明近距离见面了。秦月明看到路朵颖的表情垮了一下，接着又很快扯着嘴角笑，只是笑容不太自然，显然这位“小月明”不知道她会来参加真人秀。

“天啊！”谭麦看到秦月明，立马惊恐地捂住了自己的嘴，看模样是真的吓了一跳。

周若山则是松了一口气：“让我们欢迎秦月明的到来。”

谭麦调整了一下心情才能冷静地面对秦月明，接着询问：“‘姐妹众多’说的是七仙可以理解，可是为什么要写‘刀枪棍棒’？”

“因为我曾经演过一部电视剧，演的角色是将军的女儿，能文能武，刀枪棍棒样样精通。”

“我知道，我还看过，上小学的时候看的。大概是零几年的电视剧了吧，练习棍法的时候还有‘嘿’‘哈’这样的配音。”谭麦说，“但是你不提起的话我真的想不到，毕竟是十几年前的电视剧了。”

周若山也跟着问：“所以隔壁是秦夜停吗？”

秦月明回答：“我猜是池闫。”

谭麦再次惊呼：“我的天啊，我们节目组的经费这么足吗？”

池闫现在的咖位已经算是天王级别的了，毕竟是两度拿到影帝奖项的人，演技得到了众人的认可。他之前难得参加了一个综艺节目，身份还是导师，此外便再没参加过别的综艺节目了。

这种节目池闫过来都有点掉档次，所以众人都难以置信。

在大家的注视下，池闫从蛋壳里慢慢走出来，对着所有人微笑。下一秒，惊呼声再次爆棚。

秦月明看着已经成熟了许多的池闫，微笑着说：“我回来了。”

池闫目不转睛地注视她，用低沉而富有磁性的声音回答：“好久不见。”

这个时候大家才反应过来，周若山说：“是《或许》里的台词！”

“天啊，我要哭出来了……”谭麦居然一瞬间泪目了。

周若山问：“你们第五条提示是商量好的吗？”

秦月明摇了摇头：“不，我只是突然想到这句台词符合我现在的情况，其实我连他现在的联系方式都没有。”

池闫温柔地微笑：“嗯，我也只是利用了台词。”

池闫的目光在秦月明身上转了一圈，他知道现在是在镜头下，什么也不能做，否则随便一个小举动就会被人抓住。明明他也是老油条了，面对什么样的情况都能泰然自若，这一次却有点失态，目光舍不得从秦月明身上移开。

明明是已经离开的人，却这样再次出现了，天知道他刚听到这个消息时是怎样的心情。现在她就在他面前微笑，他感觉自己的心脏都要跳出来了，又疼又高兴。

他不喜欢热闹，自己住的地方都很偏僻，旁边有海，有沙滩。他甚至不喜欢跟其他人交谈，习惯沉默，但是看到秦月明后就按捺不住地心潮澎湃了。

曾经女神一般的人物，高高在上，明明会对他微笑，他还是会觉得他们两个人的距离遥不可及。所以他十分理智，从来不会痴心妄想。在她去世后，他想过很多次，如果他当初勇敢一些就好了，说不定可以……

他曾经不止一次在失眠的夜里开车去秦月明的墓地，在墓前一坐就是一整夜。他觉得很惋惜，那么好的一名女艺人，坚强又善良，那么漂亮还那么年轻，怎么就突然去世了？还有就是……她笑起来那么甜，他怎么都忘不掉。

他好几次看到钟嵘的采访，都忍不住想，秦月明当初是怎么看上这个渣男的？是眼瞎了吗？

他的确不接真人秀，甚至谢绝了很多一线资源。事实证明，那些资源后来都没什么水花。他对剧本挑剔到极致，连采访他的媒体他都会慎重选择，有不实报道的媒体一律谢绝。谁都没想到，这样的一个人居然来了这种吵吵闹闹的真人秀。

如果没有谢绝慈善晚会，他说不定会早几天见到秦月明。但是他错过了，就只能以这种方法再次见到她。没错，他在暗中了解秦月明的动态，知道秦月明会来之后，才同意来这期节目。最开始林诺问有谁在，他知道那不是秦月明的声音，根本没理，他只在意秦月明。

他仔细看着秦月明，她还是他记忆里的样子，一点都没变。

“我已经三十岁了，你还是二十五岁。”池闫抬手摸了摸秦月明的头发，接着小声问，“我可以抱一下你吗？”

“可以啊。”秦月明大大方方地答应了，跟池闫礼貌性地拥抱了一下。

周若山的队友谭麦还算有点小聪明，跟她一起来的女嘉宾林诺就有点傻乎乎的，直接感叹道：“那小月明岂不是比真月明还大两岁？”

路朵颖的别称里还有一个“小”字，就是因为她比秦月明晚出道，也年轻。然而现在的秦月明还保持着二十五岁的样子，路朵颖却已经二十七岁了。

路朵颖在秦月明出来后就有些沉默了，她现在的心情可不算太好。秦月明回来之后，她的日子也不太好过，每次看到秦月明上热搜，都觉得胸口堵着一口气，吞不下去又吐不出来。

当初，她的眉眼有那么一点像秦月明，却不算太像。为了出道，她就要了点小聪明，去医院做微整形了。她自然是照着秦月明整的，恢复后跟秦月明还真有七分相似。

公司里的练习生太多，她当时只是其中非常普通的一个，就是靠着容貌像秦月明出道的，出道后的通稿也是围绕像秦月明这一点来写。

然而，她出道后就开始被秦月明的粉丝攻击，后期她自己有了名气，抵制的声音少了，却也没断过。她发现，真正出道后，秦月明的名字就仿佛是魔咒，时常在她周围响起。

她无论做什么都会被人拿来跟秦月明比较，比如她演了一部电视剧，就会有“演技比秦月明差远了”“哪里有秦月明好看”“僵硬的整容脸”这些弹幕。

最近秦月明回归了，就开始有人时不时跑到她的微博叫嚣：“正版回来了，盗版是不是该让位了？”

还有人过来问：“整容脸敢跟正版站在一块吗？”

她早就厌恶秦月明的名字了，想着等以后出名了，有自己的作品了，就可以摆脱“小月明”这个称呼。然而，秦月明回来了。

打开蛋壳的一瞬间，她就呆住了。天仙的称呼……不是作假，她瞬间自惭形秽，心脏剧烈地收缩了一下，就好像遭到了重击。她心里有一个声音在说：你永远赶不上这个女人。

路朵颍强撑着微笑道：“在我心里她还是前辈，我是看着她的作品长大的，偶尔被说长得像秦姐姐，都会觉得超开心。”她还是叫秦月明“姐姐”，对年龄这点并不承认。

秦月明看向路朵颍，说：“感谢。”

秦月明对路朵颍没有任何感觉，只要路朵颍不惹她，她就不会去难为路朵颍。大家都是艺人，能互相理解最好，她懒得计较太多。

“你们两个人已经很多年没见了吧？”周若山问秦月明和池闫。

“的确有九年多没见了，在她出事的半年前，我们曾经匆匆见过一面。”池闫点头回答。

“在我的概念里，我们只是半年没见面。回来之后，我联系的第一个人是蔡思予，因为我根本不知道夜停的联系方式。她见到我哭得不行，我却没那么感同身受，更多的是恐慌。”

池闫居然有点生气：“小没良心的。”

“抱歉，让你担心了。”

池闫叹了一口气：“之后再跟你算账。”

嘉宾都出场了，就要分组完成任务了。

周若山带着他们上车，周若山来开车，谭麦坐在副驾驶座。

秦月明跟池闫坐在后排，引得谭麦频频回头看："没想到这么多年过去了，还能看到《或许》的两位主角坐在一起的画面。"

周若山也说："对，当年《或许》上映的时候真的是口碑爆棚，听说胡导演看完剪辑后哭了几天，差点抑郁，从那之后就改拍动作片，再也不拍文艺片了。"

其实文艺片真的很难卖座，大家去电影院都喜欢看大制作，比如有精彩特效的，或者惊险动作片，或者爆笑喜剧。文艺电影似乎只适合拿奖，票房总是比不过其他类型的电影。

《或许》这部电影是真的意外，最后评分到了九点零，至今还被奉为经典，池闫也是因这部电影一炮而红。

"感慨确实挺多的，现在她都跟小朋友传绯闻了。"池闫说。

提起这个，秦月明直捂脸："杂志封面只是工作。"

周若山赶紧帮忙解围："月明姐跟江云开根本不搭，两个人的画风都格格不入。我们公司要是真炒 cp，炒我跟月明姐都比炒江云开跟月明姐靠谱。我们老板也是这么觉得的，不然也不会在之后还安排他们一起上真人秀。"

谭麦都看不下去了："你怎么还刨活儿呢？"

"江云开吧……唉。"周若山提起江云开就想叹气。

谭麦问："你叹什么气啊？"

周若山解释："我们能不能不聊这个让人不开心的人？"

一车人都笑了起来。

周若山再次缓和气氛："我跟你们说一个江云开的料，一般人不知道。"

谭麦大手一挥："说说说，我说不定会跟着上热搜，混个脸熟也行啊！"

周若山一边开车一边说："江云开笑的时候都是闭着眼睛的，咱也不知道为啥，咱也不敢问，尤其是他大笑的时候，肯定是闭着眼睛。但凡是拍到他睁着眼睛微笑，就算笑得眼睛弯弯的，那也是在假笑。"

秦月明听完后下意识闭着眼睛笑了一下，忍不住问："为什么啊？"

周若山回答："他说他控制不住，就是个人习惯吧。"

谭麦也试了试，然后说："热搜预定——假笑男孩江云开。"

秦月明扭头看向池闫，朝他闭着眼睛大笑。

池闫原本觉得这个话题挺无聊的，结果看到秦月明笑的样子，自己竟然跟着笑了，笑容里带着温柔和宠溺的意味。

在车上，他们谈论的主要是跟食物有关的话题，毕竟这档真人秀是以食物为主题的。真人秀的主旨是宣传国内的传统美食，接受的邀请不一定是大饭店的，也有具有地方特色的饭店的。节目组的工作人员会亲自去饭店试吃，同时采访顾客，确定真的好吃才会去那里拍摄。

身边是熟悉的人，秦月明也能放开一些，主动说："我超级喜欢吃鸭脖，而且喜欢吃辣的。"

池闫说："这点我知道，我跟她合作过几次，拍摄的时候经常看到她一个人坐在角落里吃鸭脖，面前放着一饭盒的鸭脖骨头。她还会邀请我一起吃，我吃一口就喝了半瓶矿泉水。"

谭麦问："那么辣吗？"

池闫回答："对。"

秦月明说："最近我吃鸭脖就吃得少了，开始省吃俭用。大概六天前，我才买了一些鸭脖回家里吃，每块都要仔细吸好久。"

周若山有点难以置信："有那么困难吗？我们老板很大方的！"

秦月明摇摇头道："就是下意识想节省一点，我真的欠了太多债务了，他也不能帮我偿还几十个亿。"

池闫立刻表示："下了节目我带你去吃。"

秦月明做了一个 OK 的手势："好的，蹭吃蹭喝我还是很开心的。"

"那我就定期投喂。"

谭麦回头问："月明姐食量大吗？"

秦月明认真地回答："不算特别能吃，就是一般人的食量。"

秦月明他们到的第一站是一家地方特色餐馆，他们要在这里完成任务，才能得到今天的菜谱。几个人到了之后，就被安排了各自的任务。

秦月明没办法帮忙搬菜，也不会切菜这些活，只能去做服务员。她站在门口，有点犹豫："我出去做服务员会不会吓到人？"

池闫站在她身边，看着她问道："因为太过美貌，所以怕惊呆众人？"

"不是……其实很多人还是没办法接受我回来的事，他们觉得非常恐怖。"

“其实你不用在意这个，你是一个活生生的人，完好地站在这里，没有值得害怕的地方。”

秦月明还是有点犹豫，在店里要了一个一次性口罩戴上了。

池闫看着她小心翼翼的样子，有点心疼，微微蹙眉，可是他和周若山要负责运菜、采购的工作，不能一直留在这里。

这家店不大，因为价格便宜，味道又特别好，成了本地的一个特色店。很多外地旅客都会慕名而来，店里更是各种口音都有。秦月明自我感觉普通话还是可以的，但是应对其他口音就不行了。点菜的时候，一个大爷说的是地方话，她好半天才弄懂。

“服务员，帮我把酒开开。”一个大哥递来一瓶啤酒。

秦月明将点菜的本子夹在腋下，一只手拿着瓶子，另一只手一个手刀，瓶盖直接飞了出去。

大哥看得目瞪口呆的，感叹道：“大妹子这是练过啊？”

“我也很爱喝酒。”秦月明笑着回答，然后就拿着本子去厨房报菜名了。

过了一会儿，秦月明走回来，突然来了几个人围住她。之前那个大哥递给她一瓶酒，说：“再开一瓶，就像刚才那样，‘咻’的一下。”

旁边还有人拿着手机准备录像。秦月明再次一个手刀，将瓶盖砍开。她就好像江湖卖艺人，居然引来了一片喝彩声。

“美女有点像秦月明。”突然有人说了一句。

秦月明没说什么，赶紧往上扯了扯口罩，往厨房走。再次走出来的时候，她就听到了他们的议论声。

“好像是电视台录节目吧，这么多摄像的，有一个专门跟着她跑。”

“是小月明吧？”

“绝对是秦月明，说话的声音我听得清清楚楚，我看过她演的电视剧。”

有人见她回来，凑过去问她：“你回来之后，身体有没有什么不对劲？”

秦月明能够看出来问问题的人没有恶意，于是回答：“没有。”

“那你这情况稳定不？会不会又突然回去？”

秦月明也不太确定：“这个我也说不好，毕竟我是第一个成功案例。”

之前说地方话的大爷一拍大腿，感叹道：“回来好啊，当初就是太可惜了。”

其他人也附和道：“对，这么漂亮的小姑娘，演技还好，早早就没了多可惜。”

“你以后要定期去医院检查身体，别马虎了。”

“这个技术以后能普及不？”

“我妈妈喜欢你，当初你去世，我妈妈还哭了好久呢。”

一个又一个的问题抛出来，秦月明听得有点混乱，随便回答几个问题后便继续工作。

她回到厨房，帮忙做菜的谭麦问她：“你应付得了吗？”

秦月明点了点头：“我突然发现他们的反应没有我想象中那么差，多半只是好奇。”

周若山和池闫也采购回来了，双料影帝居然沦落到去搬运蔬菜，也没有半句怨言，还挺能干的，毕竟也是苦过来的人。

池闫放下菜对秦月明说：“你都活生生地站在这里了，他们还能让你再回去不成？再说了，现在能引起公愤的都是做错事的人，你什么也没做错，付出了那么多只是为了活着。想活着有错吗？并没有。”

秦月明突然觉得心里暖洋洋的，她之前真的很担心以这种方式回来不会被大众认可，甚至怕引起恐慌，或者被抗议，现在看来并没有。

“把口罩摘下来吧，继续去点菜。”池闫说。

谭麦赶紧说：“我去传菜也可以。”

秦月明摇了摇头：“我不会做菜，平时基本不进厨房。”

谭麦感叹道：“你好幸福啊，我从小就被家里赶去厨房帮忙，就算不做菜也要刷碗。”

秦月明又说：“我是那种特别讨厌的姐姐，会欺负弟弟。夜停刚刚懂事，我就让他去厨房里帮忙了，我自己就不会去。”

谭麦对秦夜停的事非常好奇，问道：“那秦夜停长大了之后不会报复你吗？”

“他刚刚长大我就出事了，我回来之后他跟我说，他过得并不好，其实我心里也挺难受的。”秦月明叹了一口气，“这次我要加倍小心我这条命了，太值钱了。”

秦月明说完就笑着走了出去，池闫一直看着她，看到她干得还算得心应手才放心。

“我突然觉得秦夜停好可怜。”谭麦皱眉说。

池闫说：“其实当年他们姐弟就是彼此依靠，秦月明突然出事，秦夜停差点就疯了。在那之后，我跟秦夜停见过几次面，他确实过得不好。”

因为第一轮游戏输了，路朵颖的队伍被安排去了另一家店。路朵颖和队友路过秦月明他们那家店时，看到了节目组的工作人员，便准备偷偷进去看看他们的任务完成得怎么样了。

路朵颖看到秦月明他们的外套挂在换衣间的墙壁上，便伸手去掏外套的口袋，同时对着镜头解释："我要看看他们有没有在途中收到积分卡。"

周若山的手机放在口袋里，但设置了密码锁，根本打不开。路朵颖将其放了回去，结果在另一件外套里找到了一部翻盖手机。这种手机没有指纹锁或者密码锁，打开后就能使用。

路朵颖立马猜到这部手机属于秦月明，想找到一点秦月明的黑料。反正秦月明现在处于危险边缘，稍微有点事就会被人黑。

于是，她自顾自地说："节目组会给她发信息提示任务吧？"她说着就开始翻秦月明手机的短信信箱。

许久没用这种手机，路朵颖用得不太顺手，误打误撞打开了语音信箱，一个男人的声音从里面传出来："月明，我不知道你不接我电话是没收工还是不想理我……"

"怎么关啊？"路朵颖佯装慌乱地看着手机屏幕，却始终没有退出信箱，而是继续听。

语音还在继续："我追你也追了三年，总是处在特别卑微的位置，我们现在连朋友都做不了了吗？"

路朵颖的队友立马抢走了手机，将翻盖盖上后把手机放回衣服口袋里，似乎觉得路朵颖做得有点过了。明明盖上盖子就可以了，根本不用摆弄这么长时间！

路朵颖有点诧异，因为她听出了男人的声音是钟嵘的，这条语音短信说……他追了秦月明三年？不是秦月明倒追的钟嵘吗？

回去的途中，路朵颖心中越发难受，她察觉自己好像反而惹祸了。她在心中谋划，不知道能不能说动节目组，这段不要播出去，钟嵘那个女朋友可不是什么善茬。

秦月明他们做完任务后拿到了食材：浓汤，一份菜谱。

她不太懂饮食方面的事，看着菜谱问："招牌菜的菜谱给我们了，他们的秘方不就泄露了吗？”

池闫依旧一脸温柔，指了指谭麦怀里的坛子，说：“其实精华全在那份浓汤里，那才是独家秘方，不会外传。他们给我们的菜谱，上面写的其实就是后续需要加什么蔬菜，这些蔬菜你在吃的时候也能吃出来。”

秦月明这才恍然大悟，睁圆眼睛“哦”了一声。

池闫看着她的模样就忍不住笑：“以前怎么没发现你傻乎乎的。”

“我以前是你的前辈！比你大四岁呢。”

“结果现在我比你大五岁。”

“造化弄人啊……”

“天道好轮回，苍天饶过谁？”

上车的时候，谭麦跟周若山嘟囔：“你发现没？只要月明姐在，闫哥的目光就没离开过她。”

周若山不以为意，取出车钥匙，说：“他们那是多少年的交情了？就是久别重逢的战友，我看到死而复生的人也愿意多瞅两眼。”

谭麦“哦”了一声，心里却在吐槽：真是钢铁直男，那么明显都看不出来。

到了抢夺食材的时间，工作人员又公布了奇葩的游戏规则。他们需要和队员场外连线，让场外的人帮忙说出几种食材，如果说对了，才会对他们有帮助。

周若山是今天的临时队长，取出手机想了好久，给一个人打了视频电话。这个电话许久没人接听，周若山又打了另一个人的，依旧是无人接听。他没办法，只能再换一个人。最后这个视频电话终于接通了，那头居然是江云开。

江云开懒洋洋地道：“有事吗？”

“我在录节目，需要你帮个忙。”周若山对着视频解释。

“你是觉得我是你好友里最聪明的一个，所以才打给我的吗？”江云开果然对自己颜值非常自信，听说在录制节目都没慌张，原来只露出一双眼睛，现在居然露了全脸。

“实不相瞒，我第一个电话打给了余森，他没接。”

视频里的江云开挑眉问：“第二个打给了我？”

“第二个打给了南云庭。”

“我现在挂电话还来得及吗？”

“你瞎闹啥呢？咱们试着配合一下，全组合最不聪明的两个人凑在一起了，也是命运。”

“好气啊……”

这时，谭麦凑过来打招呼了：“嗨！江哥，我是谭麦。”

江云开礼貌性地回应：“你好。”

秦月明也凑过来问：“我要跟我的绯闻男友打个招呼吗？”

江云开看到秦月明还挺意外的：“你也去参加那个为了吃东西不择手段的节目了？”

秦月明点头：“嗯。”

其实要是她和江云开真有点事，秦月明也不敢这么说。而且，江云开连秦月明的行程都不知道，这哪是情侣该有的样子？

池闫不想跟江云开有什么联系，但是其他人都打招呼了，他也只能跟着说：“你好。”

江云开看了好几眼才认出池闫，接着回答：“池老师，你好。”

在一边围观的林诺突然高声说：“江哥的微信超级难加！”

江云开只听到了声音，便问：“谁在说话？”

林诺立刻跑过来说：“我！”

江云开也认出来了：“哦哦哦，你啊。”听语气，显然他和林诺不熟。

林诺突然控诉起来：“我和江哥也是拍过一部剧的，主演之间要配合宣传嘛，我就想加江哥的微信好友，没想到被拒绝了，江哥说他的手机只用来订外卖。”

周若山安慰林诺：“你没必要在意，江哥的微信好友只有亲戚和我们组合里的几个人，估计还有一些玩得很好的兄弟，别的就没了。”

林诺难以置信地问：“江哥的朋友圈里是有不可告人的秘密吗？”

周若山再次摇头：“他只在半年前发过两条动态，一条是说要召集人开黑（玩游戏时用语音交流或者面对面交流），第二条是发那条两个小时后发的，说要找不坑的人开黑，还缺两个人。从那以后他就再也没发过动态了，我也不知道他那天究竟经历了什么。”

江云开在视频里叹气：“往事莫要再提。”

旁听的秦月明这时才意识到江云开的微信那么难加，但是江云开加了她啊。

池闫注意到秦月明跟江云开似乎真的不熟，也不是特意避嫌，而是真的没什么话说，心中暗暗舒服了一些。

根据游戏规则，周若山要在视频这边形容食材，江云开看着周若山的动作，猜测是什么食材。然而两个人毫无默契，周若山在一分钟内比画得浑身是汗，江云开蹙眉深思，却没猜出什么靠谱的答案。最后，他只成功猜出了一个。

周若山有点受不住了，走过去对着视频质问："你是如何以这种低智商保持高人气的？"

江云开的嘴巴更毒："那你是怎么把胸肌练出下垂感的？"

周若山差点砸手机，江云开看到他气急败坏的样子，笑得见牙不见眼。

秦月明探头看了一眼，说了一句："还真是闭着眼睛笑。"

谭麦跟着感叹道："笑的时候露出来的小恶魔牙好可爱啊。"

等周若山挂断视频，秦月明才问："我注意到你给江云开的备注是无耻老贼，他知道吗？"

周若山回答："知道，他给我的备注是人猿。"

谭麦："人猿太贴切了！哈哈哈哈，那其他两个人呢？"

周若山："南云庭是不孝竖子，余森是糟老头子。"

秦月明："感觉你们组合感情好好哦。"

周若山掐着腰摇头叹气："好什么好，早晚因为江云开太蠢而解散。"

解散这种事一般的组合都不敢提，但是朝九晚五组合不一样。

有一次采访，记者让他们展望未来，江云开拿着话筒回答："不展望了，说不定哪天就解散了，他们几个的老脸我都看腻了。"

当时江云开还被网友批评过，说他有意单飞。

后来有一次出专辑，余森也说："这说不定会是我们组合的最后一张专辑。"

粉丝们狂哭啊，感怀啊，闹啊，哭着喊着不要解散，后来就被他们搞得麻木了。

专辑出晚了，粉丝们就说："趁着还没解散，赶紧出新专辑吧！"

团综没出，粉丝们就猜测："是不是又在闹解散？"

粉丝还弄了个微博账号，名字是"朝九晚五今天解散了吗"。那个账号每天发的微博都是"没有"，而且账号已经存在两年了，他们组合始终没解散，账号的微博始终没断更，也是够无聊的。

另一支队伍场外连线的对象就非常厉害了，居然猜对了四种食材。周若山气得直骂江云开，随口蒙几个也能蒙对啊，这家伙就盯着他看，气死人了。

这时，有人给周若山打了视频电话过来，周若山接通后说："已经没事了。"

余森"哦"了一声，接着就把电话给挂了，绝不拖泥带水。

南云庭也给他回消息了，是条语音消息："咋了咋了？"

秦月明就坐在周若山身边，问他："你们组合的人都是北方人吗？"

周若山摇了摇头："实不相瞒，我和南云庭、余森都是南方人。但是呢，开局一个北方人，几年后一窝北方人。"

到了食材抢夺环节，积分高的优势就显现出来了。周若山组合的游戏难度都比路朵颍组合的低，不过他们少了三样食材。最棘手的还是最后的食材，只有一份，两组需要做同一个游戏去抢夺。

普通关卡全部通关后，节目组上了一个大型的跑步带。跑步带的速度调到了八档，他们需要在这个速度的跑步带上前进三米抓到前方的食材。

周若山觉得这个项目危险系数挺高的，就主动要求自己先去，算是探路。

秦月明也没争，看到周若山上去后在边缘的位置狂奔，但就是前进不了，笑得眼泪都要出来了。

周若山挑战失败后，另一队去尝试，同样没有成功。

"我来试试看吧，我发现个子高的更不稳。"秦月明主动脱掉了外套，准备上场。

周若山和池闫都有点担心，池闫劝她："我来吧。"

秦月明摆了摆手道："你知道的，我没有那么弱。"

秦月明上场后，跑步带动了起来。

周若山有点经验了，在旁边提醒她："先稳住速度，再试着前进。"

秦月明微微点头，觉得自己适应了后便开始加速，真的在缓缓前进。

谭麦激动得大叫起来。

其实想在这个跑步带上加速真的很难，坚持跑步状态就已经是极限了。秦月明跑得也有点吃力，但还是咬牙坚持，最后发狠地加速，接着干脆扑向食材，一把拽下食材倒在跑步带上。

池闫早就在一边等着了，连忙伸手把秦月明拽了下来，又把她稳稳地放在旁边防护的软垫上。两人的体型相差很多，显得池闫拽出秦月明拽得轻而易举。

林诺看得目瞪口呆："这是拼了命了！"

谭麦看到秦月明没事才放心，扭头跟林诺炫耀："你有为一个人拼过命吗？

我们月明姐为了香菇拼过命。”

秦月明站起来拎着香菇晃了晃，还真有点嘚瑟。

池闫有点生气，拍了一下她的后脑勺，她才老实下来。

后面的一轮游戏，他们再次见识到了秦月明的拼命劲。

节目组把食材挂在单杠上，那个单杠还超出了常规的高度。池闫尝试着跳跃去抓都没抓到，路朵颍脱下鞋去砸，结果食材没砸到，还差点砸到工作人员。

秦月明站在一侧分析高度，问节目组：“只要能把它弄下来，不是用手弄的可以吗？”

“不可以用道具。”

“我不用道具。”

秦月明让周若山站在一个位置，俯下身双手撑着膝盖。她后退几步，助跑后撑着周若山的后背，跃起一个后空翻，用脚将挂在单杠上的东西踢了下来。食材“啪”的一声落地，摔碎了，显得异常委屈。

“真的是能文能武！”谭麦下意识鼓掌。

“好！”周若山跟着叫好鼓掌。

秦月明还笑嘻嘻地道谢，一副拿了冠军的架势，向他们挥手示意，接着捧着食材给节目组，让他们换成完好的。

下一轮游戏是用飞镖扎气球，用有限的飞镖刺破气球最多的队伍获胜。

秦月明第一个举手：“我来。”

周若山都习惯了：“你又练过是吗？”

秦月明点了点头：“跟你形容我怕你觉得我在吹，做完之后你就明白了。”

秦月明拿来一个防护板，让周若山在一侧挡着，这样飞镖不至于飞出去误伤别人。接着，她站在板子的一侧仔细看了看气球的分布。

林诺看得目瞪口呆：“不是吧……这是要扎一排？”

林诺没有猜错，秦月明站在板子的一侧，丢出一枚飞镖，一排十个小气球齐齐破裂，整个场面顿时失控了。

另外一队惨叫连连，周若山激动地朝着秦月明喊道：“秦哥！你是我哥！亲哥啊！”

谭麦词穷了，失控得“啊啊啊”大叫，叫得嗓子都不太舒服了，又咳了一下说：“我强烈要求秦哥留下来做我的固定队友，充当我们队伍的外挂。”

秦月明看着剩下的九枚飞镖，说：“其实这一百个气球我一个人就可以全部解决。”

节目组也被吓到了，立马改了规则：“秦月明只能用一枚飞镖，剩下的其他人来。”

谭麦又气又好笑：“秦哥是第一位让我们节目组改变规则的女人。”

林诺崩溃地问：“有用吗？你们已经扎了十个气球了！再随便扎两下我们就没办法超过了！”

谭麦又笑了。

公共食材基本上被秦月明以惊人的方式拿到了，对另一队来说堪称碾压。

这期节目录到最后是周若山的队伍赢了，录制结束后，节目组邀请他们一起去吃饭。

秦月明有点累了，却没有拒绝，跟着节目组回了酒店。她先是回到酒店的房间里洗漱，换上宽松的衣服后，便扑倒在床上，给秦夜停打电话报平安。

秦月明第一次录制真人秀，秦夜停还挺担心的，让她录制结束后就跟他打电话说一声。

听秦月明说完录制的过程，秦夜停低声问：“池闫也参加真人秀了吗？”

“对，他真的成熟了很多。”秦月明躺在床上休息。

“他跟你说什么了吗？”

“没有，不过等下要去一起聚餐。”

“有件事我得告诉你。”

“好，你说。”

秦夜停语气不太好，勉强算委婉：“池闫原本有一个圈内女友，两个人平时都很低调，时不时有新闻爆料他们在一起，他们也从不回应。但是，前不久他们分手了……”

秦月明知道他应该不是无缘无故提起这些事的，于是问了重点：“他们什么时候分手的？”

“你在微博发布回归视频后不久。这些年池闫对我还算照顾，我也算是他圈子里的人，所以知道他分手的事。他曾经跟我要过你的联系方式，我说你没有微信，而且状态不好，就拒绝了。”

“哦……”

秦夜停没有多说，相信姐姐自己也能明白。如果池闫对秦夜停很照顾，秦月明归来后，池闫作为秦月明的老友，秦夜停不会不给他联系方式。这就说明是有某种原因在，秦夜停才没给。可能是秦夜停知道池闫对她的态度不一般，不想让她被牵扯进池闫的分手事件里，不然就会招黑。

秦月明刚刚回来，池闫就跟女朋友分手了，这个时间的确有些巧。而且，一向不怎么参加真人秀的池闫，突然和她参加同一期真人秀，这也有些巧。她开始回忆今天拍摄的情况，忍不住苦恼起来。

心心过来敲门，秦月明打开门就看到她带着化妆箱。

“你让幺儿告诉节目组，我突然有点不舒服，晚饭就不一起吃了。”秦月明拒绝了化妆，有点疲惫地拢了拢头发。

“需要帮你准备什么吗？”

“我就是太累了，先睡了。”

“好的。”心心不擅长照顾人，既然没有要求，她就真的离开了。

秦月明回到房间，躺在床上，关掉灯钻进被子里，感觉真的糟糕透了。

这晚，朝九晚五组合的微信群里很热闹。

南云庭：“白天什么情况啊？”

周若山发语音解释了今天的节目录制。

余森：“哦。”

江云开：“秦月明第一次参加真人秀，表现得可以吗？”

周若山：“牛！我想认她当大哥。”

江云开发了三个问号。

南云庭：“很少看到你对谁这么服气。”

周若山：“对，她能文能武，刀枪棍棒样样精通，还会后空翻，一枚飞镖能干掉十个气球。”

江云开：“孩子傻了？”

周若山：“节目播出后你就懂了。”

秦月明最近工作少，懒洋洋地睡到了第二天午后，醒来洗漱完，就联系心心和幺儿过来帮自己搭配衣服和化妆。

幺儿进入房间就为难地看向秦月明：“我已经跟池老师说了你不舒服，他还是等到了这个时间，你不见他一面就离开还是有点说不过去，要不要见他一面？”

其实幺儿也算聪明，秦月明性格软，轻易不会推掉一起吃饭的事。睡觉前，池闫的助理来联系幺儿，软磨硬泡了许久询问秦月明的身体情况，今天还留到了这个时间，幺儿就猜到秦月明是不想见池闫了。

秦月明坐在椅子上对心心说：“化日常的淡妆就可以。”

幺儿不敢说什么了，只是坐在一边等候，不再提池闫了。

过了一会儿，池闫的助理又发来消息，问他们什么时间走。

秦月明问幺儿：“这里有什么可以聊天的地方吗？最好不要太封闭。”

幺儿自然懂，秦月明和池闫不能在太封闭的场合偷偷摸摸见面，不然会有绯闻，他们需要一个能坦坦荡荡地说话、不被人偷听的地方。

“我出去看一看。”幺儿立刻走了出去。

秦月明化完妆后不久，幺儿就回来了：“酒店健身房有休息室，那里人不多，环境还可以。”

秦月明点了点头：“收拾东西吧，我们带着行李过去。”

秦月明带着行李去就摆明了自己的立场，她不会久聊，要立即离开。

池闫看到秦月明的架势，装作不在意，微笑着看着她说：“我都没有你的联系方式。”

“我还是用之前的号码，微信号也是那个号码。”

“哦……好的。”

“我要回去了。”秦月明想就此告别。

池闫眉毛都不挑一下，继续温和地问：“你最近都会在内地发展？”

“嗯。”

“如果需要帮忙，你可以联系我，我有存款，可以帮你偿还债务。”池闫约她的目的就在这里。

秦月明摇了摇头：“我不想欠着你的，这会让我们两个人的关系发生改变。朋友之间只要有债务，就无法做到毫无芥蒂了。”

“我不在意。”

“我在意，我一直将你当成自己的晚辈，当成很好的朋友，我不想我们的关系有变化。”秦月明是在暗示，她不想改变自己和他的关系。

她没有挑明，给彼此留着面子。池闫也是个聪明人，估计可以听懂。

池闫微微低着头，心脏都揪成了一团。昨天秦月明突然不来聚餐，他就猜到了些许原因，今天她的举动更是验证了他的想法。他猜测一定是秦夜停跟她说了什么，他可以理解，是秦夜停想保护姐姐，是他自己太心急了。

看到秦月明要起身离开，他冲动之下脱口而出：“我难道还不如钟嵘吗？”

“他是渣男，但是我不想你也是！曾经那么好的一个人，为什么要做出这么糟糕的事？你知道我有多生气吗？”秦月明站起身，头也不回地走了。

幺儿愣了一下，赶紧追上她。

透过休息室的窗户，池闫看到秦月明穿越了器材区，大步流星地离开，途中还戴上了墨镜。那副墨镜他见过，正是她拍摄电影时戴的。他侧头去看自己买回来的麻辣鸭脖，自嘲地笑了。

秦月明回去后，拍了两个代言产品的广告，就没有其他工作了。电影的角色还没定下来，她参加了电视剧的试镜，目前还没有消息。

这期间她还看了电视剧的剧本，因为是大女主戏，女主角戏份很多。台词她都仔细看了，甚至圈出了一些重点，仔细琢磨主角的心态。

晚上，秦月明收到了刘创发来的消息：“电视剧的剧本就别看了，我给你联系其他的戏。”

秦月明知道这句话就意味着她没有争来资源，心里失落了一下，却还是问：“知道女主角是谁了吗？”

刘创发来了语音，语气很糟糕：“俞清儿。”

秦月明先是愣了一下，然后突然想起了俞清儿的自信，还有那个 VIP 室里神秘的客人。连刘创都抢不来角色，看来这位大佬也是一个非常有实力的人物吧？真没想到，玖武娱乐也有碰壁的时候。

她丢掉电视剧的剧本，拿起电影的剧本，发现台词她都已经背下来了，脑子里也早就模拟了各种场景，现在开机她就能立即入戏。

下一档真人秀要一个星期后才开始录制，这期间她彻底没有工作了。复出之路果然没有那么平坦，就像杂志方预计的那样，她目前空有关注度，没有足够的固定粉丝，更多资源方还只是在观望她。

她一个人坐在沙发上放空自己，坐了两个小时后就起身上楼睡觉去了。

幺儿也是闲，也在旁边跟着坐了两个小时，还发了一张照片给刘创。刘创发消息问幺儿秦月明的情绪怎么样，看到秦月明的照片就开始内疚了。他当初吹得那么厉害，结果现在却是这样的处境。

秦月明也不闹，什么都不说，就是独自失落而已。她这样的举动反而让刘创更过意不去了，气得在自己的好友群里发消息："把最好的女艺人资源通通给我！我谢谢你全家！"

第二天一大早，秦月明就起床了，先是自顾自地晨练，正常吃完早饭后就开始挑选衣服。

幺儿和心心就在旁边看着，有点担心。

秦月明看着她们这样就觉得好笑："你们干吗呢？我是老艺人了，经常有被抢资源的事。没事儿，今天我要去公司。"

心心立马去帮秦月明搭配衣服，还帮她化了美美的妆。

幺儿开车送秦月明去了公司，陪着她上楼。

秦月明之前跟着刘创参观公司时，听说公司里有培训新人的教室，每天都有培训课程。她逛了几个教室，看到有演技课就敲门走进去了。

演技老师看到秦月明后格外客气："秦老师。"

"别叫我老师，我是过来旁听的。"

演技老师都愣了，看着她找了角落里的位置准备坐下。

教室里的新人惶恐地站起来跟秦月明打招呼："月明姐。"

秦月明刚要坐下，只得又站起来和他们打招呼。

其实公司里的人都知道，刘创那架势是把秦月明当一姐来培养的。所以，对于公司的一姐，他们都会客客气气的。这个圈子里的前后辈意识很强，公司又专门培训过，他们都懂得规矩。

秦月明真的是来听课的，这么多年过去了，表演形式也许会发生改变，所以她想过来听听，不能把基本功落下。过程中，她专心致志地听课，没有插话，格外认真。

上了一天课后，时间已到傍晚，公司很多部门的人都下班了。秦月明去休息室接了杯橙汁，喝了几口，接着就靠在懒人沙发里拿出手机连公司的网。

这时，江云开推门走进来，手上还拿了一根烟。看到秦月明，他动作一顿。

秦月明跟他对视一眼，问他：“电视剧拍完了？”

人家都主动跟他打招呼了，江云开就将烟放进了烟盒里，到果汁机前接了一杯橙汁，说：“没有，明天这里有新剧的宣传会，我就回来了。刘创找我聊点事，非得让我来公司，结果我来公司了他还在开会。”

“你无聊的时候都会做什么？我整日都没事做……”秦月明靠在懒人沙发里嘟囔，声音柔柔的，带着些许抱怨。

“睡觉，我严重缺觉。”

“我之前连续工作了七年，突然这么闲反而不适应了，是不是有点不知好歹？”秦月明问他。

“对于艺人来说，闲下来就是一种不好的征兆。”江云开喝了一口橙汁，看着秦月明可怜巴巴的样子，叹了一口气，问，“你会玩游戏吗？”

秦月明摇了摇头。

“我建个新号带你，你下载游戏。”江云开端着橙汁在旁边坐下，反正也要等刘创散会，不如就教秦月明玩游戏。

江云开玩游戏在圈里是出了名的厉害，还有人说他是被娱乐事业耽误的电竞选手。不仅如此，像无人机这种小玩意他也喜欢摆弄，都玩得可厉害了。那次如果不是轻敌了，他的无人机也不会被秦月明击落。

秦月明下载好游戏，跟着江云开注册账号，由于手机卡还在翻盖手机里，她就用新手机操作，用翻盖手机收验证码。注册之后，她进入新手教程页面。

她玩了一会儿，基本熟悉操作了，问江云开：“你叫什么？我加你好友。”

“偶尔带妹（实力比女生强的男生带着女生组队一起玩）。”江云开回答。

“好没品……”秦月明嘟囔着加他好友。

秦月明的账号名是“月”，江云开见了，不服地问：“你有品？”

两个人组队进入了游戏，为了方便教秦月明，江云开坐在她旁边，这样能直接看到她的手机屏幕。

“就按新手教程那样玩，敌人多的时候放大招，能带走一个是一个，其他的交给我。”江云开拿着手机叮嘱。

“好。”

游戏真正开始后，他就看着秦月明直接冲了出去。

“你一个脆皮（血量少、防御能力差的游戏角色）往前面冲？回来配合我。”江云开赶紧叫住她。

“哦。”

两个人玩了一会儿，江云开感叹道：“悟性不错，你是第一次玩游戏吗？”

“这个游戏是第一次玩，我以前玩游戏机、电脑游戏比较多，手机游戏嘛……”

“我看到你的翻盖手机就知道了。”

江云开带着秦月明玩了两局后，秦月明就开窍了，玩得非常不错。

江云开前期就做好了心理准备，没想到玩到第三把的时候，秦月明信心满满地说：“放心吧，你跟在我身边就行，掩护我。”

“哦……”江云开腹诽，我要是不冲，你想输吗？

他还真听话地掩护了，一直跟在秦月明身边，没想到秦月明玩得还真不错，甚至会指挥他。他摸了一次鱼，他们也赢了，秦月明还拿了MVP（最优秀的选手）。

江云开看着手机，想着可能是对面太菜（弱）了。于是他们继续玩，江云开认真玩游戏，人头（游戏角色的生命值）没抢过秦月明，MVP是秦月明，精彩回顾还是秦月明。以往玩游戏，名场面都属于他，这次他居然被一个新手打败了。

“这个游戏不太难。”秦月明抱怨了一句，喝了一口橙汁。

“那杯是我的……”江云开指了指橙汁，提醒她。

“抱歉。”秦月明赶紧放了回去。

江云开看着两个纸杯边上都有淡淡的口红印，叹气道：“你都喝了吧。”

江云开有点不服，换了一个姿势，说：“新手区就是没难度，我借你一个号，你去高段位打一打就怕了。”

“好，我试试看。”秦月明点了点头。

秦月明登录游戏后，看到她用的游戏账号名是“我跳舞挺好看的”，江云开的则是“我唱歌挺好听的”。

“情侣名？”秦月明觉得自己发现了大八卦。

“我是组合里的Main vocal（主唱），你用的账号是我们组合里的Dancer（舞者）的，就是南云庭。”江云开回答。

“周若山是什么？”

“他是Rapper（说唱歌手）。”

“最后一个人是队长咯？”

江云开停顿了一下，接着说："原本我们的队长另有其人，但是他单飞了，我们就没再选队长。余森也是 Dancer。"

秦月明"哦"了一声，跟着江云开进入游戏。

江云开发现秦月明根本不用他指挥了，便干脆靠在沙发里开始哼歌。他唱着一首深情的情歌，声音如天籁一般，就在秦月明的耳边回荡，秦月明竟然听得耳朵痒痒的。

江云开认真唱歌的时候还挺有味道的。这个人无论性格多糟糕，无论黑料有多少，只要坐下来静静地唱歌，就会让人想原谅他。如果他用这种声音说情话……会更要命吧？

秦月明有点分神，血条被对方打掉大半才回过神来，还好江云开掩护得及时。他似乎早就习惯了被队友坑，救场那叫一个快，下手那叫一个稳，给人一种安全感。

秦月明跟奶妈（治疗师，可以为队友恢复血量的职业）靠拢，把血加回来后认认真真地玩。

"不错啊……"江云开停止唱歌，感叹了一句，他已经很久没有碰到和他配合得这么好的队友了。

之前他觉得不错的队友还是职业选手，不过人家要专心训练，不能经常跟他一起玩。江云开要是玩游戏玩得不爽，说话就很毒，所以除了南云庭，没几个人愿意跟他玩。

这时，有人敲了敲休息室的门，接着开门说："江哥，刘总散会了。"

"我打完这一把。"江云开回道。

打完这一局，秦月明起身说："我也回家了。"

"嗯，再见。"

晚上十点，秦月明躺在床上追剧时收到了江云开发来的消息："玩游戏不？"

月："你明天不是有活动，并且严重缺觉吗？"

我唱歌挺好听的："当代年轻人怎么可以在十二点前睡觉？这可是对年龄的亵渎！"

月："那就玩两局，还用之前的账号？"

我唱歌挺好听的："我帮你跟我朋友要了一个账号，以后这个账号就送你了。"

秦月明登录账号，看着"我泡妞挺多的"这个名字，有点嫌弃。

她打开麦克风后问："这个游戏可以改名字吗？"

江云开回答："改名卡两百元。"

买鸭脖都心疼的秦月明立马拒绝了："那算了。"

过了一会儿，又有人上线了，一个是"我跳舞挺好看的"，一个是"我说唱挺厉害的"。

周若山上线后就跟秦月明问好："亲哥！"

南云庭："嚯？都这么亲切了？"

周若山："嗯，有机会我要去跟亲哥学飞镖。"

秦月明："好呀。"

南云庭听到秦月明的声音就浑身舒坦，这温柔的御姐音，听着就美美的："这也就是刘总不让吃窝边草，不然我……"

江云开："滚！"

南云庭："好嘞！"

秦月明没懂，问："怎么了？"

江云开："别理他，他脑子有毛病。"

南云庭："对，江哥说得对。"

周若山急了："我亲哥是你能染指的？"

南云庭不想再招惹这两位了，赶紧转移话题："怎么安排配置？"

江云开："周若山当奶妈。"

周若山："我不想当奶妈。"

江云开："你太菜了。"

周若山："亲哥呢？"

江云开："她是你哥。"

他们分配好之后，第五个人上线了，名字叫"一点也不"。这个名字直接否了其他几个人的名字，看起来特别奇葩。

江云开："余森你赶紧的。"

余森："哦。"

五个人进入了游戏，秦月明上手特别快。

她白天就跟江云开配合过，有经验了，加上她之前也玩过网游，很多事跟着做一遍就懂了。别看她是新手，但是游戏玩得真不错。

玩游戏之前，其他几个队友都觉得江云开是想带妹，毕竟他们也听说了秦月明最近情绪有点低落。没想到真的玩了，才发现秦月明水平不错。

江云开："九点钟补人。"

秦月明："好。"

简单沟通后，他们完美配合，绝不拖泥带水，也不会有多余的惊呼声。

南云庭："我之前带一个妹子玩游戏，全程只能听到她的惊呼声，游戏结束后耳朵里都是回音。"

江云开："提起她我就来气，那种水平玩什么游戏？玩会儿《暖暖》不好吗？"

当时是江云开陪着南云庭带那个女艺人的，结果越打越生气。江云开之后遇到那个女艺人都没什么好语气，女艺人见到江云开也打怵。

南云庭："你这种男人就不适合谈恋爱，你以后要是有女朋友了，不带女朋友玩吗？"

江云开："不带，还能哪儿都有她？"

南云庭："我觉得你就是个耙耳朵（怕老婆的男人），以后肯定对你女朋友言听计从。"

江云开："呸！我会让她知道什么叫北方大老爷们。"

秦月明："过来帮我一下。"

江云开："好，周若山你干什么呢？"

周若山："我听你吹牛呢，马上过来。"

一局结束后，秦月明成了 MVP，精彩回顾是秦月明一个大招带走对面四个人的画面。

南云庭都震惊了："厉害啊亲哥。"他也开始跟着叫哥了。

又一局开始后，南云庭看着自己的血量飞速变少，都有点放弃了，然后就看到一个人冲了过来，用一顿神仙般的操作带走了对面的两个人，第三个人还成了残血状态。

周若山跟着过来，帮南云庭加上血。

南云庭看着秦月明迅速回去保持队形，忍不住嘟囔："厉害啊，我感觉亲哥在带我们呢。"

秦月明："为什么我觉得是四个人在游戏？"

余森难得开口了："打得不错。"

秦月明：“谢谢。”

严重缺觉的江云开玩得很兴奋，玩到凌晨两点才恋恋不舍地表示要下游戏了。

秦月明也跟着下了游戏，紧接着就收到了南云庭和周若山的微信好友申请，是江云开在群里推送了她的微信名片。她同意了之后，两个人都发来了消息。

我说唱挺厉害的：“亲哥，赶紧睡吧，不然对皮肤不好。”

月：“好的，晚安。”

我跳舞挺好看的：“以后你也是我亲哥！”

月：“受宠若惊。”

我跳舞挺好看的：“你手速多少？”

月：“没测过。”

我跳舞挺好看的：“我估计是一百四十以上了。”

月：“有时间我测测看。”

我跳舞挺好看的：“行啦，你早点休息吧，要玩游戏就叫我哦。只要我有空，随叫随到，听从欧内酱（姐姐）吩咐！”

南云庭发了一个“眉眼猫咪”的表情包。

月：“嗯嗯，晚安。”

秦月明开始觉得游戏好玩了。第二天，她照旧去了公司，上午上了形体课，下午跟着上演技课，晚上回到家里后自己单排（一个人进行排位赛）游戏，想试试其他的角色。

玩了两局游戏后，她收到了秦夜停的消息：“在做什么？”

月：“我在玩游戏。”

秦夜停：“什么游戏？”

让秦月明意外的是，没一会儿，秦夜停也登录了这个游戏，还加了她为游戏好友。

爷：“怎么起这种名字？”

我泡妞挺多的：“别人给我的号，改名居然需要两百元！”

爷：“我给你转账，你把名字改了。”

我泡妞挺多的：“不用了，玩着挺好的。”

两个人一起进入了游戏，毕竟是姐弟，有着一样的基因，打了几局之后战绩都不错。这时，有人发来了组队邀请，队长是秦夜停，他直接同意了。

系统提示：“‘我唱歌挺好听的’加入了队伍。”

秦月明愣了一下。

江云开进来就开麦了：“玩游戏怎么都不叫我？”

秦月明：“时间很早，只有我一个人是闲人，怕你们在工作，就没叫你们。”

江云开：“队友是谁啊？我要开变声器不？”

秦夜停：“我。”

场面瞬间一静，气温似乎瞬间达到了冰点。

秦月明：“你们能不吵架吗？”

江云开没听：“你名字还挺狂，自称‘爷’？”

秦夜停：“想打成‘夜’字，打错字了，将错就错。”

江云开：“傻……”

秦夜停：“你找死？”

江云开：“一对一 PK（对决）一场？”

秦夜停：“来。”

秦月明顿时只觉得头大。

江云开真和秦夜停 PK 去了。秦月明不愿意看他们掐架，干脆退出了游戏。事不关己高高挂起，反正他们掐架也不是一天两天的事了。他们作为对家，居然加了对方的微信，偶尔还会聊天，虽然聊着聊着就会骂起来，但这真的挺稀奇的。江云开的微信又是非常难加的，这关系……秦月明都忍不住啧啧称奇。

秦月明下楼给自己洗了一个香瓜，刚咬了一口就收到了江云开的消息：“他就是一个渣渣（无价值的事物）！”

月：“他是我弟弟欸，你当着我的面这么说他不好吧。”

我唱歌挺好听的：“下回背对着你说。”

秦月明发了一串省略号过去。

我唱歌挺好听的：“刚才我就是大意了。”

月：“所以你输了？”

我唱歌挺好听的：“我下次不会了，不过他也是血皮（血条被打得只剩一层皮）了。”

月：“那你也很厉害啊。”

我唱歌挺好听的：“他就是怕我了，才不敢再打了。”

月：“嗯嗯。”

秦月明继续啃香瓜，顺便应付这个幼稚鬼。

这时，秦夜停也发来消息：“女主角找我对戏。”

月：“这么晚对戏？”

秦夜停：“去公共区域，放心。”

月：“好的。”

她和秦夜停结束聊天，江云开还在絮絮叨叨地吐槽秦夜停：“你说，你们姐弟的差距怎么这么大呢？”

我唱歌挺好听的：“你要是他那张臭脸，我从一开始就不会帮你。”

我唱歌挺好听的：“我这个人对事不对人，虽然我看不上你弟弟，但是不至于连同你一起讨厌。”

我唱歌挺好听的：“你干啥呢？是不是用智能手机打字慢啊？你发语音也行，我现在在自己家呢。”

秦月明又啃了两口香瓜，因为手是湿的，不方便打字，于是发了一段语音：“哦，家里网不太好，我刚收到消息。”

我唱歌挺好听的：“那你上来蹭网啊？我现在在你楼上呢，我家网好。”

秦月明放下手机抬头看向天花板，明明什么都看不到，却还是觉得有点神奇。刚刚她才暗暗提醒过弟弟注意影响，这会儿就有男生邀请她去“蹭网”了。秦月明多少被池闫的事情刺激到了，而且她在近几年内真的没有恋爱的想法，对于这种事还是有点敏感的。

她用语音回复：“你不在泳池放水我就谢谢你了。”

我唱歌挺好听的：“你不说我都忘了，我这边修过了。上次聚会有女的，头发堵了水管才会这样，现在没问题了。”

秦月明刚想着他私生活还挺混乱的，就又有一条消息发过来了：“南云庭带来的，不关我事。”

月：“哦。”

在这之后，江云开消停了一阵，秦月明刚打算继续追剧，突然听到门铃响了。

她站起身打开对讲机，看到是江云开，吓了一跳，赶紧打开门问：“你来干什么？”

“虽然你可能不信，但我真的只是随手买的。”江云开拎着两盒鸭脖给她。

秦月明诧异地看着鸭脖，问：“你怎么知道我爱吃？”

“周若山跟我念叨的，我突然馋了，就买来做下酒菜，刚才跟你聊天才想到给你送点过来。”

“哦……谢谢，你等一下。”秦月明拎着鸭脖跑回去。

江云开纳闷地看着门，没多久秦月明就又跑了出来：“送你两个香瓜。”

“哦。”江云开愣愣地接过香瓜。

“晚安。”秦月明说完就将房门关上了。

江云开看着被关上的门，瞬间蒙了，这是在……避嫌？这个小区住的艺人多就是因为治安和私密性好，根本不用担心被偷拍。秦月明这么小心谨慎，反而让江云开猜测他是不是被人讨厌了？他真的没多想。

进入电梯的时候，江云开还边照镜子边说：“这么帅，我自己都拒绝不了，秦月明挺有自控力啊……”说着，他还对镜子抛了个媚眼。

第五章
就猜你喜欢

新一期《吃货的力量》预告一发出来就引起了全网的沸腾。

不知从何时起，网上兴起了一股怀旧风。秦月明回归初期，大家会恐慌，会议论这种非常规现象。等预告片出来后，引起全网沸腾的则是曾经的那部经典电影，因为两位主角再次同框。

预告里有秦月明和池闫对话的片段，几乎引发了全网的怀旧感。她回来了，他还在，他们两个人还能站在一起，这简直像极了幸福。

两天后，第一期节目播出了。路朵颖做了工作，她翻手机的片段并没有被播出来。

整期节目播放完毕后，网民对秦月明的议论风向突然改变。

一位著名的毒舌博主发布了这样一条长微博："看到很多人黑秦月明，我就搞不懂了，别把流量明星的那股作风安在早期的实力派演员身上好吗？首先我问你们，秦月明她做错什么了吗？她没有做错任何事，三观没有问题，性格也挺不错的。她只是复活了！花了几十个亿！你要是能拿出来，你也可以让你的七大姑八大姨通通复活。人家身负巨债不过是为了活着！秦月明想活着！秦夜停想让他唯一的亲人回来，有错吗？没有！再说秦月明和江云开，拜托你们动动脑子想一想好不好？哪家公司会传这种绯闻？秦月明刚回来一个月，回来后发现时间过去了九年，自己的男朋友有了未婚妻，她已经非常难受了，然后就去传自己和一个小鲜肉的绯闻吗？这 cp 传得生硬！牵强！没脑子！"

这条微博底下的评论也很精彩。

笙笙："江云开什么脾气？对自己公司的同事也不会惯着，却去给那条微博点赞，为什么？因为他知道秦月明是无辜的，不想秦月明被攻击。"

温柔顾词："原本是被秦月明和池闫重聚吸引，去看了新一期《吃货的力量》，居然被秦月明圈粉了。前期我对她还没什么感觉，在她开啤酒后就觉得眼前一亮，紧接着就被她那神仙体能惊呆了！听说秦月明拍戏从来不用替身，看来是真的了。”

感情废物：“# 秦夜停 # 啊啊啊，好心疼哥哥！我们这些年都在陪哥哥，可是哥哥过得依旧不好，幸好姐姐回来了。以后姐姐也是我们的姐姐，我要去帮姐姐护驾，不许欺负我们秦家姐姐！”

婧麒：“去对比下秦月明和小月明的脸吧，高低立见。”

疲惫不堪：“每次看到秦月明被黑我都着急，团队那么不专业，粉丝干什么去了？去掐架啊！我一个路人粉都恨不得上阵帮秦月明说两句，那么招人喜欢的女艺人，怎么就沦落到被骂呢？”

归期：“粉丝群里的仙班们都非常无奈，打字速度比不过年轻人，碰到圈内用语还得百度一下是什么意思，最难过的是仙班们都不大熬夜了，你们忘记曾经定闹钟偷菜的日子了吗？”

秦月明的粉丝叫“仙班”，是位列仙班的意思。以前喜欢秦月明的粉丝在九年后都已经长大了，虽然后期因为作品吸引了一些新粉丝，但是没有新作品加持，现在流失严重。

《吃货的力量》播出后，秦月明再次吸了一波粉。

秦月明之前很少参加综艺节目。她这个人不是那种会讨好人的性格，不主动接话，有时碰上爱抢话的嘉宾，如果不是主持人主动问她问题，她会就静静地坐一整期，所以之前的公司给她安排的综艺节目就很少。

这一次的真人秀，秦月明的表现依旧是不争不抢，有人问她问题她才回答。镜头一直跟着她，她觉得不好意思还会对着镜头微笑。但是她做任务时认真的样子真的太吸引人了，看了节目的人都能发现她是真的在拼了命地做游戏，不矫情不做作，不抢戏不戏精。

相较之下，所谓的小月明动不动就尖叫，有时还会一个劲地蹦，看起来就像一个疯子。还有就是两个人真的出现在一个镜头里时，就能看到他们的不同。后期加工过的脸和纯天然的脸还是存在一定差距的，尤其是路朵颖看起来像是比秦月明老了十岁，这也是奇景了。

不管网友如何议论，秦月明依旧没有上微博看消息。

这天，秦月明照旧去公司上课的时候，刘创跟着听了一会儿。等其他人下课了，两个人才坐在教室里聊天：“这一次《吃货的力量》反响很好，你的真人秀邀请一下子多了，还有一些其他的综艺。至于影视资源，我给你联系了两部现代都市剧的大 IP，团队都非常不错。”

秦月明点了点头：“我可以看看剧本吗？”

“可以，跟我来。”刘创站起身，带着秦月明往自己的办公室走。

途中，有工作人员匆匆赶过来，凑到刘创耳边说了什么。

“什么采访？”刘创蹙眉问道。

“就是猎狐娱乐的明星快问快答。”

刘创伸出手，工作人员立即将手机递给他，给他看那个视频。刘创看完之后低声骂了一句什么，然后侧头看向秦月明。

秦月明微笑着说：“我听到了一点。”她看起来还挺淡定的。

刘创将手机递给她，让她自己看。

视频的内容是猎狐娱乐对俞清儿的采访，记者问了一些犀利的问题。

记者问：“你最看不起娱乐圈的哪种行为？”

俞清儿是这样回答的：“就是那种虚报年龄和身高的啊，说自己一米八，结果拍照的时候差不多跟我一般高，还得我脱掉高跟鞋配合。还有那种虚报年龄的，明明都三十多岁了，硬要说自己二十几岁，还装嫩。拜托，你自己去看看你的护照好吗？自己多大岁数心里没有谱吗？”

这段视频看似没具体针对什么人，却让人觉得俞清儿在含沙射影。这个时间点太巧了，秦月明的节目刚刚播出，里面就有他们谈论年龄的环节。然后这段采访就出现了，采访的主人公还是秦月明前男友的未婚妻，这就非常敏感了。

这个采访视频下面还被人带节奏了，好多水军账号齐齐黑秦月明，说秦月明老女人装嫩，三十四岁就是三十四岁，说什么二十五岁呢？

秦月明看了之后，抬头问刘创：“你知道上次慈善晚会我们签合同的那种 VIP 室，都有哪些人可以进去吗？”

刘创不明白她为什么突然提这个：“怎么了？”

秦月明将自己知道的事情说了。

刘创扯着嘴角冷笑道：“我说呢，一个十八线怎么拿到那个角色的。”

秦月明又说了一件事：“后来我加了谭麦的微信号，谭麦跟我说了一件事，不知道……”

“说了什么？”刘创赶紧问。

秦月明指了指办公室：“我们进去说，顺便把剧本给我。”

当天晚上，视频网站上出了会员至尊版《吃货的力量》。这个版本一般比电视上播出的长，有很多被删减的镜头，不过播放量是比不过普通版本的。

然而这次出现了意外，至尊版的点击量爆炸，同一天还出现了一条带“爆”字的微博热搜——钟嵘语音短信。

仙班的粉头张止天当天发布了微博：“真当我们仙班没人了吗？该让你知道知道，你爸爸还是你爸爸！”

林诺和谭麦是好友，两个人都超级喜欢秦月明。女孩和女孩之间存在的不只有嫉妒，还有一种对漂亮女孩毫无抵抗力的本能。尤其是秦月明这种漂亮得和天仙似的人，平时不争不抢，能力还那么强。谭麦对秦月明的印象超级好，怕秦月明嫌弃，问微信号的时候还问得很小心，没想到秦月明真的加了。

谭麦在《吃货的力量》里也是常驻嘉宾，自然认识剧组不少人，间接性地知道了一件事，就是路朵颖翻了秦月明的短信，短信内容她也知道了一个大概。谭麦知道这件事后就和秦月明说了，秦月明并未在意，因为她觉得这段不会播出来。

事实证明，这段的确没有播出来。她也没有在意，这种事没什么难以理解的，真的播出来她也会被波及，到时候又得上热搜。她上热搜上到害怕了，所以不播也挺好的。

秦夜停的微博上基本没有关于秦月明的消息，其实他很想帮姐姐助阵，或者让自己的粉丝去帮，但是秦月明都拒绝了。

秦月明最近能低调就低调，小心谨慎，不犯错误。越是在风口浪尖上，就越要夹着尾巴做人。你的爆红已经让很多人眼红了，就不要再被其他事波及，以免引起新一轮的攻击。

秦月明不想惹事，但是不代表她怕事。俞清儿却似乎飘了，有了靠山之后，从秦月明的手里抢到了女主角的角色，觉得自己还应该再加把火。秦月明的话题热啊，她就总是看秦月明不顺眼，被问问题的时候特意那样回答。

秦月明好不容易挽回了一些局面，就再次被黑，俞清儿见了高兴得不得了。

可是她没想到，钟嵘一转眼就上了热搜头条。钟嵘不是喜欢热度吗？这回热度来了，还爆了。

路朵颍翻秦月明手机的这段视频被许多大V（有影响力的微博博主）转发，就好像在比谁的速度更快似的。这些微博下面的评论都被玖武娱乐带稳了节奏，在控制范围内。

晚上十二点了，玖武娱乐依旧灯火通明，“不专业”的团队没有一个人下班。既然俞清儿不会做人，那么秦月明他们就教俞清儿做人。

热门评论1：“其实谁追谁没什么大不了的，爱情最初都是靠其中一方努力的。但是在女朋友去世后满口胡言，随口胡编已故之人是如何倒追他的，以此来博取关注，这真的不是‘渣男’两个字能形容的了。”

热门评论2：“所以不是秦月明倒追钟嵘三年，而是钟嵘死缠烂打追了秦月明三年？渣男！女朋友去世后你怕是在口述你的妄想录呢？”

热门评论3：“从钟嵘哭着说不会忘记秦月明，扭头就被曝光恋情后，我对这个人的印象就差到了极点。现在看来这个人真的是烂到了骨子里，他怎么好意思？如果秦月明不回来，他的假话怕是会被传到坟墓里。”

热门评论4：“心疼七仙，回来后男朋友有了未婚妻，又知道了男朋友胡乱编故事，这就够心寒的了，那个未婚妻还在采访里偷着骂她，我想一想就恨不得说脏话！”

热门评论5：“镜头放大后就可以发现路朵颍是一个劲地在翻信箱，估计她本来以为可以给秦月明增加点黑料，没想到剧情反转了，路朵颍这个赝品也算是戴罪立功了。说路朵颍是帮秦月明鸣不平、故意放出来的，你给我醒一醒！你看看一整期路朵颍的表现，她一点也不欢迎秦月明。”

秦月明很少发微博，甚至很少登录账号，她发的唯一一条微博依旧是公布自己回来的那个视频。原本这条微博就已经有着爆炸性的数据了，结果当天再次多了一波数据，不少网友过来跟她道歉。

秦月明的微博粉丝原本只有四百多万，《吃货的力量》播出后就持续涨粉，今天再次以肉眼可见的速度增加，此时已经到了八百多万。

与此同时，去钟嵘和俞清儿里骂人的网友也不少。

俞清儿平时发的微博需要买水军，转发、评论才能到四位数。仔细观察她的微博就能发现，发布后半个小时内，只有两位数的评论，转发寥寥无几，半个小时后就突然成了四位数。

结果现在，她那条最新的微博评论数超过了三万，点开一看，内容惨不忍睹。

网友1：“明明是自己找了一个渣男订婚了，硬要说渣男的前女友年纪大，还骂人，拜托！你先去看看你的男人好吗？自己找了一个什么玩意儿心里没谱吗？”

网友2：“你怎么好意思说人家年纪大？人家就是二十五岁，看体能和容貌就能看出来，听声音也能听出来。人家明明是二十五岁，你凭什么按头让人家说自己三十四岁？”

网友3：“就算她是三十四岁，也比你好看！比你仙！比你有实力！你就是一个糊穿地心的十八线！”

网友4：“你知道的，我们只劝分，你要是分手了，我们对你的印象还能好一点。算了，看你暗中骂人的样子，印象就无法好转了。”

钟嵘那边的应对措施就有点绝了，他删掉了骂声最高的那条微博，关闭了评论功能，也关闭了私信，接着再也不登录微博账号，看起来比谁都洒脱。然而现实里究竟是怎么样，估计也只有他自己知道了。

秦月明的粉丝大多很佛系，而且都不太关注娱乐圈。他们这个年纪的人，早就没了那么多胜负欲，打开微博全是“哈哈哈”，难得有一个感叹词还是“我的天”。她的粉丝在群里不是聊育儿经验，就是分享植发心得，结果，这一天他们也没睡。

他们大概是这样一种态度：我可以说我的娃不好，但是我的娃不能被外人给欺负了。

秦月明这次受的委屈真的是太大了，被钟嵘那个渣男杜撰故事那么多年，现在反转了吧！前男友的未婚妻来骂他们的娃了，不反击吗？打榜！给我打上去！牛不是靠吹的，而是为了让别人知道你真的牛。

内地明星势力榜上，最开始秦月明排在第四页的七十六位，指数只有57.90。有了《吃货的力量》和这波热度加持，再加上秦月明粉丝的努力，她的排名一路飙升。第二天一早，她就升到了十四名，指数是68.31。

秦月明的粉丝还有一个特点，就是打榜质量高。为什么这么说呢？因为仙班混了九年之后，身份都有所不同了。

拥有百万粉丝的作家是秦月明的死忠粉，原本不想引战，但是见偶像被欺负到头上了，也开始帮忙打榜，并且放话：“帮我给 # 秦月明 # 打榜，我加番外，哪本书随便你们点。”

CV（配音演员）大神发微博说：“不就配‘啊哈’嘛！先起个头，其他的帮我给 # 秦月明 # 打榜之后，我双手奉上。[视频]”

剪辑大触：“# 秦月明 # 一人饰多角，《神龙怒》全员。[视频]”

美妆大触：“# 秦月明 # 仿妆，做仿妆的时候发现，她演的每个角色的眼神都是不一样的，神仙演技，不得不服。”

某 CEO（首席执行官）：“请问怎么投资影视作品？能让秦月明 ## 带资进组的那种。”

三分钟后。

某 CEO：“抱歉，刚才弄错了，是 # 秦月明 #。”

后来，这位 CEO 终于在评论的引导下学会了微博编辑功能。

张天止：“昨天开众筹给 # 秦月明 # 买鸭脖，结果一不小心众筹了六百二十四斤，现在有点苦恼是该一次送，还是该分批送，这些是不是够七仙吃半年了？”

当天中午十二点二十三分，秦夜停发微博了：“# 秦月明 #。”

紧接着，秦夜停的粉丝也开始帮秦月明打榜，要求只是让秦夜停多发自拍。

当天晚上八点十四分，秦月明逆袭成第三名，指数 82.72，简直是光速，前无古人后无来者，堪称经典。值得一提的是，第一名是江云开，第二名是奚图，第四名是秦夜停。

江云开还在围观微博上的动态，笑嘻嘻地看着手机，眼看自己就要被超过了也不着急。娱乐圈已经很久没有这种大型的阵仗了，看着还挺有意思的。

鸭宝取来防晒喷雾，对江云开说：“江哥，该去见粉丝了。”

江云开放下手机，闭着眼睛屏息，被鸭宝灭火似的喷了半天防晒喷雾，然后走了出去。

剧组外围长期会有粉丝聚集，最近的粉圈都挺有组织纪律性的，不会给剧组添麻烦，都是找不妨碍拍摄的地方待着。而且他们会为偶像准备食物，这些食物江云开有，剧组其他工作人员也是人手一份，以此来提高剧组对江云开的好感度。江云开会定期出去看看他们，跟他们打招呼，顺便收收礼物、签签名，方便的话还可以合影。

江云开走到粉丝身边，立马听到了粉丝的惊呼声。

“老公！你今天心情好不好？”粉丝问他。

江云开伸手取来一个签名板签名，同时回答：“别乱叫，信不信我给你一个脑瓜崩（指关节弹脑袋）？”

“江哥，你要是心情不好我们今天就乖一点。”

江云开点了点头：“嗯。”

这就是暗示了，粉丝们立即小声互相提醒：“江哥心情一般，今天别惹他。”

江云开正在签名，突然有个粉丝挤开另一个粉丝，将签名板递了过来。

江云开抬头看了她一眼，问道：“挤什么挤，着急让我看看你多胖？”

那个粉丝似乎也有点不好意思，徒劳地解释：“我体重都没过百！我不胖！”

江云开将签名板递回去，对那个粉丝勾了勾手指。

那个粉丝愣了一下，不安地走到他身边。

江云开今天穿的是阔腿裤，他直接拎起裤腿站在那个粉丝身边，跟她比腿的粗细。那个粉丝穿的是紧身牛仔裤，一下子就能看出来，她的腿简直比江云开的粗一圈。

最可气的是江云开的腿不但细，还又直又长，小腿干干净净的，没有太多腿毛。什么是公开处刑？这就是公开处刑！

那个粉丝捂着脸跑开了，结果又被江云开拽了回去：“签完再跑，排队去。”

“谢谢江哥……”

签名签得差不多了，江云开跟她们合影。

他对着镜头微笑，拍完后准备离开却被粉丝叫住：“江哥，你又假笑！”

这把江云开给气的。《吃货的力量》播出后，不但秦月明成了风云人物，江云开假笑的热搜也在榜单上挂了一阵子，紧接着就成了一个梗。现在只要江云开微笑没闭眼睛，就会被人调侃是假笑。

他一回头就看到这群粉丝一齐闭着眼睛笑，笑得跟一群向日葵似的。他先是愣了一下，紧接着就被逗得大笑出声，这回真的是闭着眼睛笑的。他似乎不想被人发现，还特意用手挡住了眼睛，可惜还是被看到了，还有人录了下来。

江云开看似性格暴躁，也有点盛气凌人，但是真笑的时候真的超级魔性，还有治愈能力，让人看到了心情就会跟着好起来。

江云开的粉丝跟一般的粉丝不太一样，热衷于逗他，或者看他笑，都是超级无敌可爱的。

最后，江云开摆了摆手道："别学这个，走了。"

粉丝们齐齐跟他道别。

江云开回到保姆车里，坐下之后拿出手机给秦月明发消息："你粉丝挺有意思啊。"

月："我即将超过你了。"

闲人就是闲人，居然秒回。

我唱歌挺好听的："无所谓，我已经连续三个月第一了。"

月："我弟弟人气如何？"

我唱歌挺好听的："之前我们是交替着拿第一，但是后来他不怎么更新微博了，我就稳坐第一了。那个奚图是后杀上来的，一部剧爆红。"

奚图是一个少数民族的男生，今年二十二岁。大学毕业典礼时，他作为代表上台讲话，视频被人传到在网上，他因此走红，后来还被星探看中了，进了娱乐圈。

因为有少数民族的基因，奚图看起来有点混血的感觉。他的皮肤很白皙，白到了一种病态的程度，头发和睫毛都是深棕色的。传说他有轻微的白化病，身上的汗毛是银色的，头发和睫毛要定期染色，但是这个说法一直没有得到认证。

但他的颜值是真的高，睫毛纤长，眼睛是深棕色的，配上那么白的皮肤真的显得超级精致，又少年感十足，这种类型的男明星在目前的娱乐圈真的很少见。

他只演了一部电视剧，结果一部剧就爆火了。平日里十分冷淡的男艺人，在剧里扮演痞气的男主角居然一点违和感都没有。有颜值、有演技，他一下子就火了。

这个月，奚图的粉丝正准备给他冲第一呢，结果不但没打过江云开，还被秦月明反超了，粉丝都要气死了。

月："我的粉丝好有才华啊，你听这个声音。"

秦月明发了一条语音消息过来，江云开听了几遍，就听到了"啊哈"两个字，是最近很火的一段动漫的配音，特别诱惑的那种。

江云开又不服了，打开语音："啊哈。"

江云开这声"啊哈"居然比那个CV的还诱惑，秦月明许久后才回复了一个"Good（厉害）"的表情包。

俞清儿简直要疯了，砸了她和钟嵘房子里的东西，歇斯底里地闹了一天。

“你怎么能这样？你知不知道我因为你脸都丢尽了？你为什么要编故事吹牛啊！你这种分手后就说前女友坏话的男人真的是差劲透了！”俞清儿气得脸颊通红，整个人都在发抖，因为砸东西运动过度，还有些喘。

“是公司安排的，我只是按照公司的安排去做。再说了，那个时候秦月明都死了，谁知道她还能再回来？”

俞清儿什么都听不进去，她这些年都没有这么丢脸过。原本以为自己是受害者，现在呢？最丢脸的人居然成了她！她的未婚夫拿去世的前女友蹭热度，还编故事，他在视频里炫耀、卖弄的样子现在看来简直恶心又油腻！

现在全网都在攻击她。最恶心的前男友案例，是她的未婚夫。最讨人厌的前男友的现女友案例，是她自己！他们两个人都成了典型。

“分手吧！我最不能接受你这样的人。”俞清儿不想再忍受了。

“清儿，你应该是最懂我的人，你知道我有多难受。我当初是真的思念她，是你陪我走过了那段最艰难的日子，不是吗？我离不开你的！”钟嵘赶紧拉住她的手。

俞清儿抬手就给了他一巴掌：“我现在只觉得你虚伪、恶心！”

“不能分手！如果现在分手的话我就彻底完了。”

“所以你挽回我只是想让你的情况不至于变得更糟糕是不是？”

“不，我是爱你的！我离不开你，你原谅我好不好？我保证以后都一心一意对你，不会做出让你伤心的事。”钟嵘说得涕泗横流，甚至跪下来求她。

“你这是干什么啊？”俞清儿崩溃地大哭，拉着钟嵘让他起来，看上去有点犹豫了。

“清儿，你是我的全部，你知道的，我永远爱你。我是你的，我的命都是你的，你原谅我好不好？”

俞清儿坐在一边哭：“你滚！让我一个人静一下。”

“你不要发微博，什么都不要做，我这边会想办法的，好不好？”钟嵘怕她冲动之下做出什么事情。

“我又不傻！”

钟嵘松了一口气，退出了房间。

俞清儿在房间里静坐了一会儿，收到了一条微信。

南市旅游顾问："那部剧的女主角没戏了。"

俞清儿："不是已经确定了吗？合同都签了啊！我们可以起诉他们违约。"

南市旅游顾问："你还嫌不够丢人是不是？"

俞清儿："我又没做错什么。"

南市旅游顾问："你本来就镇不住这个角色，全靠我卖人情和投资才签下来。现在闹成这样，人家不用你了也正常。"

俞清儿："难道他们要重新去找秦月明吗？"

南市旅游顾问："她确实撑得起这部剧，现在剧方低声下气地去求玖武娱乐也正常。"

俞清儿："没有其他办法了吗？"

南市旅游顾问："你觉得我会为了你再做什么？"

俞清儿不够资格，她甚至能想到对面的那个人此刻说话都在强忍怒气。她又开始在心里骂钟嵘了，都是他这个浑蛋惹的事，结果却害了她。想到最后得意的居然是秦月明，她恨得牙痒痒。

俞清儿："可以安排路朵颖和秦月明一起进组吗？"

南市旅游顾问："你还是不死心。"

俞清儿："我只是好奇，她们谁会愿意放弃机会。"

别看路朵颖在真人秀里的人气还不错，但她的影视作品很少，因为她的演技真的不太好。每次她参演的作品一出来，她都会被攻击演技不如秦月明。渐渐的，剧组也不愿意找她拍戏了，怕还没开机就会被评为烂片。

俞清儿算是带资进组的，因为最近这件事，剧组本来就不太想用她，现在干脆找个借口不让她演了。投资人也不能再做什么了，俞清儿还不够资格让这位大佬拉下脸面去求人。

但是，让大佬安排路朵颖进去演个小角色还是可以的。就让路朵颖和秦月明在剧组里互相膈应吧，而且，路朵颖不会就此老实的。

收到剧组的消息时，刘创正带着秦月明参加一个饭局。他们最近敲定了一部都市恋爱的电视剧，今天就要跟制片人、导演、投资商等人一起吃饭，算是一种应酬。

这个剧组是十分看好秦月明的，对刘创也十分客气，所以这个角色算是板上钉钉了。

到了酒店之后，秦月明跟着刘创走进预定的包间后就看到了奚图，那双眼睛实在太有特点了。奚图也看了一眼秦月明，秦月明先是动作一顿，接着对他微笑。

奚图对她点了点头示意，算是问好了，此外再没有其他的举动。

奚图的经纪人是一个矮胖的男人，走过来跟刘创握手时，手腕处露出了一截文身。

“刘总！这次我们可是要合作了。”经纪人大笑着说。

“你好你好。”刘创没记住他叫什么，于是只是友好地问好。

“刘总亲自带艺人？”

“对，我还是朝九晚五和秦月明的经纪人。”

“都是顶级流量。”

“我们月明要走实力路线。”

经纪人赶紧改口：“是是是，秦老师是老前辈了，接下来合作的时候带一带我们图图。”

听到“图图”这个称呼，奚图轻咳了一声。有一个动漫人物就叫“大耳朵图图”，奚图很抗拒这个称呼。经纪人没管他的小小抗议，继续积极应酬。

奚图签的那家公司不算大，对于奚图的爆红，他们也是十分意外的。奚图这位经纪人也是非常努力了，积极为他争取最好的资源。

玖武娱乐过来谈这部剧是非常淡定的，毕竟他们是投资型公司，剧方都想巴结。但是奚图公司小啊，就飞出了这么一个“凤凰”，底气稍显不足。

刘创跟秦月明介绍剧方的人，秦月明全程谈吐大方，但是话不多，主要交给了刘创，有人问她问题，她才会回答几句。

刘创坐下之后看了看奚图，接着感叹道：“如果主演是这两位的话，那这部剧的颜值真的是没话说了。”

“对对，人气和流量都是数一数二的了。”经纪人立即接话。

想让奚图拿下男主角，就要一再强调奚图现在的人气，还有就是在第一部戏里的表现。所以，经纪人找到话头就赶紧接一句。

“您贵姓？”刘创问经纪人。

经纪人这才想起来忘记做自我介绍了，立即说：“我叫张达群。”

“哦。”

剧方也算是有诚意，制片人客客气气地说："既然我们都聚到一起了，不如就谈一谈档期的问题，还有，你们看过剧本了吗？"

一直沉默的秦月明突然开口了："可以改剧本吗？"说着，她从包里取出了剧本。

剧本秦月明全看过了，觉得有疑问的地方还用彩色的笔圈了出来。她找到第一个地方，说："这里，女主角处理事情的方式有点不符合人设。"

剧方的几位人员都愣了，这就……步入正题了？

刘创立即干咳一下："这个先不着急……"

结果奚图也取出了剧本："剧本确实还有问题，我看剧本的时候查了一下，很多地方的剧情似乎不符合这个行业的常识……"

张达群赶紧拽了拽奚图的袖子，提醒他住嘴。奚图奇怪地看着他，小声说："放心吧，我特意去问了教授，保证修改的地方是正确的。"

导演看到他们这举动，先是愣了一下，紧接着笑了起来："二位这是都认真研究过剧本了啊，挺好、挺好。"

导演是个干瘦的中年男人，皮肤黝黑，脸上褶皱很多，笑的时候就显得牙特别白，估计是经常在剧组经受风吹日晒。

秦月明扭头去看奚图："你连这方面都研究了啊？"

奚图老实回答："也没多少工作，就认真地看了剧本。"

张达群赶紧解释："就是选剧本非常谨慎！也不是完全没有工作。"

刘创表示理解："对，他现在选剧本和接通告确实要谨慎，一不小心你们就会耽误了他，或者定位错误。"

张达群汗都流出来了，用手帕擦了擦，小声跟奚图说："剧本我们之后再仔细聊。"

"哦，好。"奚图是看到秦月明拿出剧本了才跟着拿出来的。

导演笑着说："不用这么小心，没那么多规矩，看到你们这么认真地看过剧本了，我也挺开心的。我们约在这里见面，就是想在轻松的氛围下聊一下二位的档期问题，真要是没有诚意，也不会让二位见面。"

刘创跟张达群对视一眼，都有点想笑。奚图很闲，秦月明也闲，档期嘛……啥时候都行。不过，他们还是一本正经地谈了一下档期的问题。

张达群说："我们图图之后会做一档综艺的固定嘉宾，日期表在这里，错开这个日期就可以了。”

刘创拿来日期表看了看，忍不住诧异，接着就拿出秦月明的日期表对照，居然一模一样。

张达群看到了也十分诧异，小声问：“该不会是？”

“异闻？”刘创说了综艺的关键字。

“是一个。”张达群小声说。

“怎么？两个人是同一档真人秀的固定嘉宾？”制片人询问。

这就巧了，这个时间如果利用好了，就是天时地利人和。

秦月明跟奚图对视一眼，再次互相问好。

奚图：“前辈多多关照。”

秦月明：“嗯嗯，你好。”

这部剧的档期定得非常顺利，因为两个人的时间完全合拍，甚至连录制真人秀都可以同行。他们去拍摄真人秀时，剧组可以拍配角的戏，除主角外的所有戏份都会集中在那几天。

刚来时张达群还有点忐忑，定完档期他心里就算是踏实了，一高兴就喝得有点多。

此类应酬在娱乐圈很常见，但秦月明和奚图在这方面似乎都不擅长。所以他们一直在吃东西，偶尔抬头也只是微笑，或者礼貌地回答问题。

剧方怕秦月明误会，都没跟秦月明敬酒，还是秦月明自己倒了一杯。坐在她不远处的奚图则是在喝山楂饮料，而且看得出来他是吃素的，一口荤菜都没吃。

秦月明没多问，直到导演问她：“你似乎酒量不错？”

她笑了笑，回答：“能喝一些。”

大家这才开始跟秦月明敬酒、交谈，五十分钟后，一桌人除了秦月明以外，只有奚图还能坐稳。秦月明也喝了不少，啤酒、红酒、白酒都喝了，依旧没醉。见奚图震惊地看着她，她还饶有兴致地问：“你也看剧本了？我们可以聊一下。”

“哦，好。”奚图再次取出剧本。

秦月明喝倒其他人后，竟然泰然自若地跟奚图聊起了剧本。

制片人都睡着了，打起了呼噜，听起来有点像锯木头的声音，非常有层次感。刘创则跟导演、张达群坐在一边的沙发上，甩着大舌头聊着什么，吐字不清，竟然也聊下去了。

为了方便交谈，秦月明坐在了奚图身边。她一靠近，奚图就闻到了她身上浓重的酒味。

“要是你觉得臭，我们就下次聊？”秦月明看出了他的不自在。

奚图摇了摇头：“不用，反正一时半会儿走不了，也没其他事可做。”

两个人聊了一会儿，秦月明惊奇地发现这位新人还挺有想法的，给她打开了很多种思路，便忍不住夸赞：“你很厉害欸。”

奚图侧头看了看她，接着微笑道：“感谢。”

奚图的眼睫毛浓密纤长又卷翘，秦月明都怀疑他是不是动了什么手脚。这么精致的少年，似乎更似乎演神话故事里的王子。

“我们加一下微信号吧，有事情随时沟通。”秦月明从包里拿出纸和笔，写下了自己的号码，“你加我，回去后我通过。”

奚图接过纸“哦”了一声。

秦月明站起身来，叫了刘创的司机过来扛着他离开。

醉得不行的刘创上了车，喝了一杯什么东西后，缓了一会儿神就好了许多。

“原来你这么能喝，早知道我就让你直接上了，我现在……头疼。”刘创依旧觉得难受。

“你也没问我啊。”

“说正事，刚才我收到消息了，没立刻跟你说。”刘创说着，拿出手机又看了一眼消息，“上官婉儿的那部剧又来联系你了，似乎还是希望你去演，你是什么想法？”

刘创的车内部装的是独特座椅，此刻秦月明和他面对面坐着，中间还放着几个剧本。她想了想，问刘创：“以你的眼光来看，这部剧怎么样？”

“大制作，团队尚可，导演之前只拍电影，这是第一次拍摄电视剧，但是他们之前的行为真的挺让我生气的。”

“俞清儿身后的大佬投资了这部剧，所以那个人会是投资方。对方要是撤资还好，我们还能知道他是谁。如果不撤资还让我去演，说不定会刻意为难我，或者他安排了其他‘惊喜’等着我。”秦月明随便想一想就会是这样。

“那就不演，没必要受那个委屈。”

“可是如果我将这部剧演好了，日后口碑不错，俞清儿说不定会更心塞。而且，我没有必要因为个人的担忧放弃一部好剧。”

刘创不明白了，问道："那……我们提点高要求？给他们一个下马威？让他们足够重视你？"

秦月明摇了摇头："按原来的要求和片酬来，但是，要加一个条款，必须配合我的档期。"

刘创想了想，笑了："如果他们安排了什么，那天你就不去了？"

"对。"

"可以，这样的话他们也拒绝不了。"

"我得加急办理身份证了，很快就要到处飞了。"秦月明有点苦恼。

"嗯，我帮忙问问。"

秦月明回到家里洗漱完毕，拿出手机查看，发现微信里并没有好友申请。她想了想，难道是自己主动加男孩子微信的行为不太好？是不是在这个时代，加微信有什么深层次的含义，她主动加奚图微信就显得轻浮了？她叹了一口气，搞不懂啊搞不懂。

不过，秦月明很快就不在意了，继续看剧本。现在她已经敲定两部电视剧了，也算是有活干了。

第二天，她是被手机消息吵醒的。她醒来一看，难怪昨天睡得特别不舒服，居然躺在剧本上睡着了，难受得她龇牙咧嘴地翻了一个身。

她打开手机，看到刘创发来的消息："明天去和胡导演签合同。"

秦月明立马跳了起来，兴奋得不得了。接着，她又收到一条消息。

我唱歌挺好听的："你明星势力榜的排名超过我了，第一了。"

她跟江云开都是一家公司的，说起来江云开也是公司的大股东之一，她对江云开没有隐瞒，便发语音说："我拿下那个角色了！就是胡导演新戏的女主角！"

江云开也发了条语音过来："哟，不错啊，这是几件好事一起来。"

月："对，两部电视剧和一部电影，还有一档真人秀，整整七个月的工作排满了。有工作就有安全感了，觉得自己有收入了，能多还点钱。说真的，现在的片酬真的比我那时候高多了，翻了好多倍。我觉得我临死前说不定可以还完钱，不会影响到我的子孙后代。"

我唱歌挺好听的："你怎么不看看房价呢？"

月："我现在超兴奋！"

我唱歌挺好听的："嗯，听出来了。"这条语音里还有他的轻笑声，有点酥。

然后，江云开开始发语音唱歌，唱的是《好日子》。

秦月明听完就冷静下来了，江云开果然不太正常。

她的翻盖手机响起铃声，她拿来接通后，对方通知她需要本人回东州办理手续，身份证的办理才能进入下一步。她一下子就蒙了……她的身份证现在过期了，没办法买机票，过不了安检。

秦月明拿着手机发愁，点开江云开的语音，发现这回唱的是《好运来》。

她发语音把刚才的事情说了，江云开大大咧咧地道："多大点事儿啊，我帮你问问飞机，办完之后回来得请我吃麻小啊！"

月："你是认识航空公司的人？可以把我捎过去？还有麻小是？"

我唱歌挺好听的："麻辣小龙虾。"

秦月明欠债后挺小气的，但是人家帮忙了，她肯定会请吃饭，毕竟之前还欠着他人情呢。

月："可以啊。"

我唱歌挺好听的："有消息了我告诉你。"

第二天下午，秦月明跟幺儿、心心登上了江家的私人飞机，坐在飞机上她才觉得有了那么点真实感。江云开还在剧组拍戏，安排了自己家里的私人飞机送她去办理手续，等她办理完了，还会送她回来。

秦月明坐在座位上，心里还在忐忑，这得请几顿麻辣小龙虾才能把人情还回来？让她震惊的是，私人飞机上还有专属空姐，并且给他们准备了食物。秦月明看到送上来的鸭脖就笑了，这一定是江云开特殊交代的。

等空姐走了，幺儿才忍不住问秦月明："月明姐……你要是跟……江哥有点什么……提前告诉我啊，我怕我眼神不好……"

秦月明赶紧摇头："没有的事儿，江云开就是一个乐于助人的好人。"

江云开乐于助人？江云开只乐于助你好吧！幺儿真的不知道该怎么办了，内心忐忑，这秦月明要是谈恋爱了，苦的是他们这群打掩护的。

心心倒是无所谓，趁幺儿愁眉苦脸的时候，偷偷在飞机上自拍了几张照片。

等她自拍完，幺儿提醒道："千万不要公开照片，不然就解释不清了。"

心心这才反应过来，赶紧点头，删除了照片。他们作为秦月明团队的成员，工作时间和地点也会被扒，万一成了秦月明跟江云开恋情的实锤就不好了。

到了地方，提交手续，审核完毕后，秦月明就去拍照了，工作人员说加急的话半个月内就能将身份证邮寄过去。她又拿着特殊手续去更新了自己的护照，有幺儿帮她跑前跑后，办理得还挺顺利的。

他们回去的时候，蔡思予也来了，她来这边办点事，刚好蹭飞机回去。坐在飞机上，蔡思予还忍不住感叹："江家确实很有实力啊。"

"原本我不懂，江云开本来就是个不省心的艺人，身边还跟着鸭宝这样一个不太聪明的助理，玖武娱乐是怎么想的。后来我才发现玖武娱乐就是有钱，因为江云开老被黑，他们干脆买了两家公关公司……这家公司真的是有钱任性。"

回到家里后，蔡思予直接去了秦月明的公司，跟刘创谈合作。

刘创还是第一次见到蔡思予，对她说真人秀的事情谈妥了，不过她的费用是全组最低的。蔡思予没有任何意见，全部同意了。

接着，蔡思予开始跟刘创谈合作，说的是秦夜停工作室的事情。

刘创开始听得还挺认真的，后来越听越吃惊："秦夜停和你不签我的公司，想自己创建工作室，工作室挂靠（机构或组织从属或依附于另一机构或组织）我们公司，然后办公场所我们提供，其他工作人员我们帮忙招聘，收入还不分我们多少？我们为什么要同意？你这是空手套白狼？"

蔡思予微笑着说："这不是在谈嘛！"

"我看起来很傻吗？"

蔡思予赶紧摇头："英明神武。"

"这些要求过分了啊！"刘创气得用手指敲桌面。

蔡思予开始一点一点地让步，刘创渐渐就觉得合理了。其实蔡思予有点小聪明，如果她直接提出最终的要求，刘创肯定会否决，那就先过分一点，对方不同意再慢慢让步。

就像鲁迅说的："人们总喜欢调和折中的，譬如你说，这屋子太暗，须在这里开一个天窗，大家一定是不允许的。但如果你主张拆掉屋顶，他们就会来调和，愿意开天窗了。"

秦夜停很忙，工作室的事情就交给蔡思予来处理了。蔡思予这些年也有些经商经验，做这些事还算靠谱，他们能够找到的大靠山就是“不太聪明”的刘创了。

刘创表示要考虑一下，蔡思予才满意地离开。

晚上，秦月明他们开车去了江云开剧组所在的城市。

到了包间里，秦月明才摘掉口罩，拿着菜单边看边嘟囔：“这么贵啊！”

“江云开那么招摇的人，能看上小门脸吗？只能找一家像样的饭店。”蔡思予看到秦月明小气的样子，忍不住吐槽。

“知道啦！”

秦月明将菜单放在一边，打算等江云开过来再点菜。

江云开是和周若山一起过来的，进来之后一起叫她：“亲哥！”

这阵仗把蔡思予吓了一跳。

“这位是蔡姐吧？”江云开不认识蔡思予。

蔡思予说：“客气了，叫我思予就行。”圈子里的人都这么叫她。

“别了，名字像一种车，还是叫姐吧。”江云开从来不这么叫女性，要么用尊称，要么叫全名。

蔡思予对这位爷的脾气略有耳闻，所以没在意。

周若山也跟问好：“思予姐，我小时候看过你的综艺。”

蔡思予继续笑，这两个孩子都不太招人喜欢。

江云开拿着菜单点菜，还真没客气。

等小龙虾送上来，江云开把它往秦月明面前一推：“我帮了你，你是不是得给我剥虾壳？”

秦月明也没拒绝，戴上手套剥虾壳，不过不太熟练，半天才剥了一个，还碎了。

“你笨得啊……”江云开看不下去了，自己戴上手套开始剥，没一会儿就往秦月明面前堆了一堆虾仁，“看见没？这样剥才快，你这手法绝对一边吃一边饿。”

江云开一看就经常吃麻辣小龙虾，剥虾有自己的一套方法，速度快，剥出来的还是一个完整的虾仁。他剥完一个，就往秦月明的碟子里丢一个，动作洒脱，还带着点嫌弃的意味，有那么点小嘚瑟。

秦月明吃得还挺开心的：“超好吃欸。”

“我就猜你爱吃，爱吃鸭脖，估计对这些东西也感兴趣。”江云开跷着二郎腿，整个人的气质都是桀骜不驯的，剥虾壳还带着一种“世界都欠我五百万”的架势。

他的头发有点长，头顶的头发拢起来扎了一个小揪揪，后脖颈的头发却是用卡尺推过的，几乎可以看到头皮。

秦月明吃小龙虾的时候看了江云开的发型好几眼，问他："挺凉快吧？"

江云开一开始没反应过来，看到她在看自己的头发，便说："演唱会遗留问题。"接着，他便跟秦月明讲解自己的发型，就是上面长，平时散下来还能拍电视剧。里面剃成这样就显得挺潮的，是开演唱会的时候做的发型。

"为什么叫遗留问题呢……"江云开扭头给她看自己的后脑勺，"头发变长了之后就在后脑勺支棱起来了，这里总是有一撮特别难伺候，发蜡、发胶各种东西都制服不了它，我就干脆又给剃了。"

秦月明努力地理解他所说的，接着认真地说："我能听懂大概意思。"

江云开这才反应过来，问："听不懂方言是吧？"

"个别的词不懂是什么意思。"

江云开求助地看向周若山："你分析下，我刚才那句话里有什么方言吗？我自己发现不了。"

"支棱吧？"周若山边吃小龙虾边回答，吃得"呼哧呼哧"的，停不下来。

"支棱这个词怎么解释呢……"江云开停下动作开始思考，"就是……挺立？坚挺？头发翘起来了。"他解释完就继续剥虾，然后丢给秦月明，自己却还没开始吃。

"你不吃吗？"秦月明问他。

"你先吃饱吧，我自己剥的时候边吃边剥，手套会碰到嘴。"江云开说着再次数落她，"我就是坐你旁边看你剥得那么慢，干着急，干脆直接上手了。"

"谢谢。"秦月明客客气气地说。

蔡思予坐在一边吃烤鱼，不参与他们吃小龙虾的队伍，吃得也挺开心的。

江云开问蔡思予："那档真人秀你去吗？"

"去，已经确定了。"蔡思予回答。

秦月明突然说："固定嘉宾还有奚图，我们谈档期的时候知道的。"

江云开"哦"了一声："节目组挺有实力啊，听说有六位固定嘉宾，不知道另外两个是谁。"

正当红的流量小生就请了两位，加上秦月明这个话题人物，还有蔡思予这种综艺感很强的人，这阵容算不错了。

“很快就能知道了，不是要开机了吗。”秦月明边吃小龙虾边说。

周若山跟着说：“公司安排两个人去，就是想让另一个人照顾一下江哥，这家伙太能惹祸了，得有个熟人帮忙圆场。亲哥，你多看着点江哥，别让他跟其他人当众吵架或者打起来。”

秦月明小声问周若山：“他的脾气很难控制吗？”

周若山点了点头：“不过要是真吵起来或者打起来，你也别太担心，一般人都吵不过他也打不过他，你第一时间联系刘总，让他安排公关就可以了。每次江哥出席活动，公司都会先写好应对各种突发事件的道歉信，第一时间发出去。”

江云开听了就不高兴了：“你可闭嘴吧。”

蔡思予忍不住问：“这是绑了个定时炸弹啊？”

周若山叹气：“差不多吧，我们这个组合也是特别刺激。”

秦月明却摇头说：“不会啊，我觉得他很可爱啊。”

周若山瞬间呆若木鸡，惊讶地看着秦月明，江云开也愣了一下。

蔡思予优雅地擦了擦嘴唇，说：“别这么惊讶，她看到什么都觉得可爱。平时，她看到娃娃机就走不动路，想把娃娃夹走，就因为太可爱了。”

周若山这才松了一口气，江云开也没当回事。

江云开的手机振动起来，他拿下手套，点开语音消息：“闹闹啊，妈妈新录了一首歌，你品鉴品鉴好不好听啊，你毕竟也是专业人士呀。”

江云开根本没点开对方发来的那条链接，直接用语音回复：“好听。”

对方很快回消息过来了：“我就知道，儿子唱歌好听，妈妈唱歌怎么会不好听呢，咯咯咯。”

江云开听完之后又回复：“你发给我舅舅听听，让他提提意见，说不定他发现了你的潜质，到时候给你录专辑呢。”

江云开的妈妈又笑了一通，然后就不找他了。

没多久，刘创就发来了消息：“江云开，你浑蛋！”

秦月明听着就笑了：“你们家里人关系真好。”

“好什么啊……”江云开嘟囔，换了一个手套继续给秦月明剥虾壳。

吃完小龙虾，他们分开之后，蔡思予拉着秦月明走到一边，小声告诉她：“别轻易说男孩子可爱。”

“怎么了？”

“直男自恋，你夸他他就觉得你喜欢他，你要是没什么想法的话，他们就觉得你是渣女。”

“啊？”

“十个男团九个渣，你跟他保持普通朋友关系就可以了。”

“也不能一概而论，这两个男生都挺不错的，很单纯。”秦月明抬手用食指点了一下蔡思予的鼻尖，“你放心吧，我心里有数，不会谈恋爱的。”

“有想法吗？什么时候谈？”

秦月明是真有点被钟嵘这种渣男伤到了，恐怕会心灰意冷一阵子。钟嵘前期表现得那么好，在她这个演员面前都没露任何破绽，现在翻脸的样子真的让人难受。于是，她回答：“五年内都不会。”

第六章
秦月明的小跟班

真人秀很快就开始录制第一期了。这档真人秀名叫“异闻探秘者”，听起来挺中二的，其实是一档探秘的真人秀。

网络上总会充斥着很多都市异闻，有些其实就是谣言，被人传得玄乎其玄。他们这档真人秀就是去探索这些异闻背后真正的故事，破解谣言，六位嘉宾就是揭秘者。

第一期就非常刺激，车子行驶了一个多小时后，坐在副驾驶座的工作人员发布了任务。

秦月明跟蔡思予在一辆车上，她们是闺密，这件事很多人都知道。

因为蔡思予以前上综艺时表现得有点“婊”，钟嵘又总是说秦月明倒追他，这对闺密曾经被网友攻击过一阵子，说她们不三不四的，秦月明也没有传说中那么仙。结果蔡思予结婚后就销声匿迹了，为人低调，偶尔碰到粉丝也表现得十分和善。现在钟嵘的谎言也被揭露了，所以两个人再次同框就不会再有人说她们了。

秦月明翻开任务卡，看了之后惊呼出声：“去鬼村？还是去一天一夜！我们晚上会在那里过夜吗？”

“是的。”摄影师回答。

“噻，突然有点小兴奋，像我们这种单身久了的人，到了鬼村都会觉得好热闹，因为夜里说不定会有很多人陪着我们。”蔡思予凑到镜头前说。

“喂，是谁看鬼片怕得要死？”秦月明直接拆台。

“现在我要嚣张一点，不然我怕后期我都是战战兢兢的样子。”

江云开的车是第一个到目的地的，他下车后就看到了一群人。最开始他还以为是粉丝，犹豫了一会儿才下车，结果发现这些人都不怎么理他，才反应过来应该是群演。

这时，有一个女孩举着自拍杆走到江云开身边，将镜头对准他，进行拍摄。

江云开看着手机屏幕笑道："人家都是忽闪忽闪的大眼睛，你是忽闪忽闪的大脸盘子，你看看你美颜开的，嘴巴一颤一颤的。"

拿自拍杆的女孩子本来要说话，结果被江云开给逗笑了，都不敢看镜头了。

这时，第二辆车开过来了，江云开看到秦月明下车了，立刻招呼她："亲哥，你过来。"

"怎么了？"秦月明走过来问。

江云开还在看镜头里自己的样子，一张巴掌脸，眼睛贼大，怪吓人的。

秦月明进入美颜镜头里就更惊人了，愣是把江云开逗笑了，他说："你这脸就跟个外星人似的。"

秦月明本来就脸小，在镜头里就显得有点吓人了。

她愣了一下，然后指着手机问："这里面是哈哈镜吗？"

"就是美颜相机，你看看怎么美颜的，我们后面的墙壁都跟喝醉了似的，一个劲地摇晃。"

江云开又仔细看了看镜头，突然发现了不对劲："好像不是录像啊，是直播。"

"直播？是现场直播的那种吗？"秦月明问。

江云开点了点头，拎着秦月明的衣领让她离开镜头的范围内。

这时，群演女孩才开始走剧情，对着手机说："朋友们，我现在已经来到鬼村的入口了，到了之后发现还有很多网友慕名而来，不过目前似乎没人敢进去。现在呢，我在现场又碰到了三位新来的探险者。"女孩将镜头对准他们，"给我的粉丝们打个招呼好吗？"

江云开直捂脸，人家在直播，他还傻乎乎地叫秦月明一起去看镜头。仔细一看，他都看到粉丝刷他的名字了……不用等花絮了，这段直播估计今天就会流传出去，他都不敢想象他和秦月明刚才有多傻。

秦月明很快进入剧情，对着镜头招手："大家好。"

女孩继续采访她："请问你也是来鬼村探秘的吗？"

"对。"秦月明知道有任务，配合地点了点头。

"你知道这里的传说吗？"

秦月明摇了摇头。

女孩解释："传说这个村子里发生过一件诡异的事，有位老人突然去世，结果一下子带走了村里的十几个人。那些人都是没有任何病症就暴毙了，村民们怕还会死人，就陆陆续续搬了出来。

“还有，曾经有驴友经过这里，进村想歇歇脚，结果就再也没有出来。

“驴友的家人去村子里寻找，最后只找到了驴友的车子和行李，家人回去后也重病不起。

“后来，再进这个村子的人都是有去无回。”

江云开听完，唱起歌来了：“让我们红尘作伴‘死’得潇潇洒洒……”

秦月明用手肘撞了他一下他才闭嘴。

蔡思予也走过来问女孩：“所以大家是要一起进村子探秘吗？”

女孩回答：“并不是，我只是慕名而来，有点害怕，不想进去。”

江云开又嘴欠了：“节目组给你安排的戏只到门口是吧，是不是直播完你就领盒饭了？”

江云开一开口，女孩就无奈了，不过还算淡定，拿着手机拍他：“请问这位帅哥是要进村子探秘吗？”

江云开有点回避直播镜头，镜头里他的下巴尖得跟锥子似的，他自己看了都打怵：“不，我想和你一起吃盒饭。”

女孩一直将镜头对着他，又说：“其实镜头里的我很好看啊。”

“对，你漂亮！好看！”江云开妥协了。

女孩完成任务准备离开了，江云开还跟她道别：“盒饭慢点吃。”

听到这句话，女孩都笑场了，“咯咯咯”笑着跑远了，就跟母鸡回窝看自己的小鸡似的。

第三辆车到了，一个人从车上走了下来，江云开一看，居然是杜拾瑶。

“江哥、秦姐、蔡姐。”杜拾瑶十分乖巧，见到所有人都会问好。

他们也跟她问好。

奚图是从第四辆车里出来的，也和他们客客气气地打招呼。

最后一辆车姗姗来迟，里面的嘉宾居然是自己在开车。这人个子挺高，身材挺瘦的，还有点眼熟，是霍里翔。

江云开一看到他就笑了，霍里翔看到江云开同样如此。

“嘿哟，又见面了。”霍里翔主动跟江云开握手。

“是是是。”江云开应付着回答。

“你们之前见过吗？感觉不是一个次元的。”杜拾瑶好奇地问。

霍里翔摆了摆手：“那些风花雪月的事不提也罢。”

江云开赶紧问：“怎么就风花雪月了？”这话很容易让人想歪的好吗？

霍里翔也察觉有些不妥，聪明地解释道：“对我来说，赛车就是最浪漫的事。”

关于江云开跟秦月明单独在一起的事，他是绝对不能提的。

六位嘉宾算是到齐了。江云开和杜拾瑶是混组合的，秦月明和奚图是影视演员，霍里翔是相声演员，蔡思予是综艺明星。

大家自我介绍的时候，霍里翔说的还是原来的台词：“大家好，我是著名相声演员霍里翔。”

霍里翔和蔡思予算是这个节目里最没有人气的，蔡思予是过气了，霍里翔是还没开始火。秦月明则是最近火得不行，日后什么情况还不知道。

秦月明问霍里翔：“你为什么自己开车？”

霍里翔特别无奈地道：“原本我们几个的车就跟婚车似的，一辆跟着一辆。我的车在最后，结果过一条小道的时候被一个阿姨拦住了，硬要我给她红包才放行，说是讨个好彩头。后来车跟不上你们了，我就说我来开吧，这才勉强追上来。”

他们开的车是赞助商赞助的，为了航拍的时候显得好看，选的都是红色的，这么一排开过来就被当成婚车了。很多地方有看到婚车就挡路要红包的习俗，其实就是趁火打劫。

几个人诧异了一阵子后，秦月明将刚才直播的小女孩说的话跟后来的人复述了一遍，基本做到了一字不差。

江云开听完忍不住感叹道：“记性不错啊。”

秦月明笑了笑：“对呀，我背台词也快。”

蔡思予说：“她背台词一般是看两次，第一次是背，第二次是看自己背得对不对。”

杜拾瑶嘴巴都张成了圆形，看起来格外可爱。

这时，站在村子外围的人突然说话了：“不行！我要进去看看！”

“他们两个人万一有个什么三长两短，我们怎么和他们的家人交代？”

这是NPC（非玩家角色）们见到嘉宾互相介绍完了，开始走剧情了。

秦月明他们走过去问是怎么回事，其中一个人说：“我们是一群驴友，本来在前面的风景区爬山，有人说这附近有鬼村，想过来看一看。我们来了之后只有两个人进去了，说三个小时内肯定出来，但是现在都过去六个小时了，他们还没出来。对了，你们是要进去吗？”

秦月明回道：“对。”

驴友又说：“我们不能再进去了，约了客车来接我们，麻烦你们进去之后如果看到了他们，就请提醒他们务必快点回来。再过两个小时车就要到了，他们必须快点出来赶上车，不然就回不去了，我们会按时发车。”

蔡思予嘟囔：“这应该是任务。”

江云开说：“行，我们进去帮你们找找。”

嘉宾一行人跟驴友们道别后，往鬼村里面走。他们走的是一条小路，很窄，车子无法通行。

杜拾瑶抬头看着四周，问道：“现在这个村子已经是荒村了吗？”

一直沉默的奚图突然开口：“根据之前的介绍，这里的村民多半已经搬走了，就算真的还有人在，估计也不多。”

秦月明看着周围的枝干说：“这里的树枝被砍过。”

江云开和霍里翔个子高，头上总是有树枝，他们走得不太顺利。

几个人走了一段路后，前面出现了岔路口，他们有点不知道该怎么走了。

秦月明觉得自己的体力应该比他们好，主动提议：“你们等一下，我先去看一看。”

其他人都有点累了，想休息一下，正犹豫要不要派个人陪着秦月明的时候，树林里突然发出了声响。

江云开果然胆小，吓得大叫了一声，直接蹦了起来，传说中的“身轻如燕江云开”重出江湖。霍里翔和蔡思予同样被吓了一跳，六个人乱成一团。

秦月明下意识将蔡思予挡在身后，正要走过去查看，接着就看到一个人从里面走出来。这个人穿着和外面的驴友身上穿的一样的冲锋衣，还戴着一个口罩，出来后看到他们也是一愣。

霍里翔终于回神了，问他：“你和外面那群驴友是一起的吧？另一个人呢？”

驴友回答：“对，我正要出去，我和那个人是分开走的，我也不知道他现在在哪里。”

霍里翔指了指外面，说：“那你麻利点，你的队友们已经去大客车那边了。”

驴友向他们道谢后就要离开，秦月明却突然叫住他：“等一下。”

驴友回头看向她。

秦月明说："刚才的驴友都穿着军用的鞋子，鞋底有淤泥。我进来的时候注意到这里土壤湿润，似乎是早晨下了雨，为什么你的鞋子干干净净的？"

驴友吞了一口口水，回答："我特意换了鞋子才来的。"

秦月明又说："既然知道要来村子里，还要走泥路，一般人就不会特意换鞋子。而且你的冲锋衣明显不合身，其他驴友的包都很鼓，你的包却是瘪的，你到底是谁？"

驴友笑着拿下包，跟秦月明解释："我在里面饿了，吃了东西，里面还有半瓶水，不信你看……"他话才说到一半，突然拿着包往他们这边一甩，接着马上钻进了树林里。

秦月明一直在观察他，自然不会善罢甘休，立即追了过去。然而她跟对方交手后，发现对方还真有两下子。如果说她的武术水平是五，那这个男人的就是七。而且他又很熟悉这里的环境，秦月明不敌，被他甩开后就找不到人了。

留在原地的五个人都蒙了，霍里翔愣愣地看着其他四个人，问道："什么情况？这也是剧情？"

蔡思予摇头说："我们在车上没有接到这方面的任务，应该是月明发现了问题。"她说着就要过去找秦月明，生怕秦月明受伤。

结果，原本胆小得不行的江云开倒是比蔡思予走得快。

这时，秦月明已经走回来了。江云开走过去拽住她的手臂，皱眉道："秦月明，你是不是虎！"

秦月明耐心地解释："不是的，我属牛的。"

江云开愣是半天没接上话，原本还在慌神的一群人瞬间爆笑，就连眉头紧蹙的奚图都"扑哧"一声笑了。

秦月明纳闷地看着他们，不知道他们在笑什么。

她说："我没事，我发现刚才那个驴友有问题。"

奚图看了看周围，点头道："那个人对这里很熟悉，不可能是第一次来这里的驴友，估计是本地人。他这样伪装就证明他刚才看到了我们和驴友对话，还是特地伪装给我们看的。"

杜拾瑶呆呆地问："这是……发生了什么？"

霍里翔都傻了："一开场就这么刺激？"

秦月明打开自己的背包，看了一眼时间，说：“出发前我看了时间，我们从路口走到这里用了十五分钟。这个人如果需要拿到驴友的衣服，就说明驴友也在附近，但是被控制了不能离开，我们可以在附近找找。”

奚图俯下身看着她画地图，跟着说：“我们走的是平整的路，中间没有休息，那人就算速度再快，在暗处走也会耽误时间。他在这里出现，应该是刚刚换好衣服，所以我猜驴友就在半径一百米的范围内。”

秦月明在岔路口画了一个圈，排除了一侧，锁定可疑男子出现的那一侧树林，把范围缩小了一半。

蔡思予明白了他们的意思，问道：“我们需要去树林里找人？”

江云开无奈地道：“我开车送他们回去，咱们别进去了行吗？”

“我们分两组去找吧，人太少不安全。”秦月明觉得男生里奚图比较聪明，也比较淡定，于是问他，“你带着拾瑶和小霍去那边找，我带着思予和江家娃娃去这边……”

她原本是正经地在发布任务，结果说出“江家娃娃”这个称呼后，其他人再次破功大笑。

“我谢谢你没叫我江滚滚。”江云开手掐着腰，好气又好笑。

六个人在路口调好对讲机的频道后，一起钻进神秘人出来的那片树林，一拨人往左，一拨人往右，分开行动。

这里树木多、障碍物多，江云开身材高大，走起来非常吃力，不过他还是小声说：“节目组细节做得可以啊，这里面都是树枝和草，鞋子不会沾上泥，你的理论是对的。”

秦月明突然想到什么，停下来说：“我们在前面遇到的那个直播的女孩，跟我们说了那个传说。霍里翔在路上遇到的那个老婆婆会不会也是节目组安排的？说不定还说了什么关键信息，但是霍里翔没注意？”

蔡思予也顿悟：“对哦，这里前不着村后不着店的，谁会在那条路上专门等婚车啊！”

秦月明走在前面，原本想着帮他们两个人开路，结果发现江云开跟在她身后，细心地伸手帮她拉起树枝，让树枝不至于刮到她。别看江云开看起来挺不靠谱的，行动上却会暗中照顾她和蔡思予。

走了五分钟左右，蔡思予突然尖叫一声。

江云开身体一颤，捂着胸口久久不能回神："我差点被你这一嗓子给带走。"

秦月明顺着蔡思予目光所指的地方看去，发现那里躺着一个人，便立即走过去。躺着的人跟外面的驴友穿着同样的鞋子，鞋子上有淤泥的痕迹，只不过冲锋衣不在了，包里的东西被凌乱地丢在一边。

蔡思予用对讲机通知另一组，他们找到驴友了。

秦月明拍了拍驴友的脸，驴友醒过来后，缓了缓神，接着警惕地看着他们。

秦月明解释："我们是来救你的，你之前发生了什么？"

驴友含混地说："我和朋友来这里探险，在岔路口分开，但是我没走多远就被人攻击了，醒来就看到了你们。"

秦月明他们帮忙把驴友散落的东西捡起来整理好，然后原路返回。

秦月明问驴友："少了什么东西吗？"

驴友看了看，回答："少了些食物，还有我的钱包，里面有钱。"

秦月明让驴友先去赶车，驴友临走时却给了她一个笔记本，叮嘱道："这个里面记录了关于鬼村的全部传言，我本来想一一验证，现在看来做不到了，希望你们能帮我做完。"

江云开看着驴友的背影，忍不住嘟囔："虽然我知道是任务，但是这群驴友真不把自己当外人啊。"

秦月明翻开笔记本看了看，随口回答："跟你挺像，自来熟。"

江云开不解："啊？"

等奚图他们回来，秦月明向他们复述了一遍刚才发生的事情。她把笔记本给奚图看了看，同时说了自己的想法："本子里有一条传言，说到这里的人会离奇地丢东西。刚才那个人的身手我试过，他是有点本事的，对这里又很熟悉，估计是经常待在这里。"

奚图"嗯"了一声，又说："所以你怀疑，关于丢东西的这条传言，其实是这个男人造成的？"

蔡思予也说："对，这个人长期待在这里，身手了得，还会偷东西，说不定一些所谓的灵异事件也是他动的手脚，其实根本没有什么诡异的事情。"

江云开觉得他们说得有道理，点头道："这就破案了？那我们是不是不用进去了？"

秦月明摇头："不，还有很多谜题没解开，而且，我们需要抓住这个小偷。"

杜拾瑶指着两条路说："这里有两条路，我们还要分开走吗？"

秦月明和奚图同时指向一条路："这边。"

"为什么？"杜拾瑶觉得自己似乎没带脑子过来。

蔡思予耐心地解释："之前的驴友是在这边遇到埋伏的，就说明这条路更靠近村子。那个神秘人我们暂且称呼为驴友二，他发现自己走错路了，也会转来这边，所以我们走这条路就可以了。"

江云开打了个响指，说："现在我懂了，我们走吧。"

霍里翔就跟个观众似的，居然鼓起掌来："厉害了，经历这么点事就能看出来，奚家哥哥和秦家姐姐是我们的主心骨，蔡家姐姐一点就透。我和江家娃娃、杜家妹妹就是没带脑子的，得听你们详细解释了才能明白过来。"

"怎么我就是江家娃娃呢！"江云开真的不怎么喜欢这个称呼。

秦月明走到霍里翔身边说："你遇到的拦路老婆婆有没有说点特别的事？我觉得她有可能是节目组安排的。"

霍里翔一下就慌了："我没注意啊，谁能想到节目组那么早就开始铺垫了啊。"

秦月明劝道："你努力想想看。"

霍里翔一边走一边努力回忆，过了一会儿，突然说："你这么说我还真想起来了，她是我见过的骂人最文明的老太太，骂人都称呼'您'。"

江云开在一边说："不会是京市的老太太吧？"

霍里翔赶紧补充："不是，重点是她一个脏字都没说。"

秦月明的重点依旧是线索，她接着问："她都骂什么了？"

霍里翔使劲回想，抓耳挠腮地说："嘿哟，我要有你那记忆力就好了。啧，你说我，还得回忆被骂了什么。"

奚图提示他："想一想你记忆深刻的。"

霍里翔说："她说这几年里，从这里过去了两户人家的婚车，没给她红包的那家五年都没能要到孩子。"他突然想到了什么，提高了音量，"对了，她还说，那家人的儿媳妇也被老太太带走了，这就是没积德！"

蔡思予惊呼："这就跟传说对上了。"

霍里翔惊讶地道："还真是节目组安排的？下回我从下飞机开始就得注意，防不胜防的。"

江云开却说："老太太也是执着，在路边等婚车等了十来年，总共就碰上三次，最后一次还碰上个假的。"

杜拾瑶原本在认认真真地听，结果又一次笑场了："跟你们录节目真的是严肃不起来。"

江云开边走边问："我们要在这里过夜吗？有能住的地方吗？"

秦月明回头说："我带了帐篷和睡袋。"

江云开盯着她的背包，伸手拎了一下，感叹道："原来你一直背着这么沉的东西，刚才还跑去抓人了？"

蔡思予指了指自己的包，说："食物、水、手电筒和睡袋都在我的包里，帐篷在月明的包里。"

江云开又说："你们带的东西好全啊，我带的就很少。"他说着就拿下自己的包递给秦月明，让她拎拎看。

秦月明感叹道："确实好轻。"

她话音刚落，江云开就把她的背包拿走了，自己背上，然后指着自己的包对她说："帮我拿着。"

蔡思予看到江云开的区别对待，眯起双眼，却没有起哄。还是不起哄他们的cp比较好，不然被攻击的会是秦月明。

霍里翔还算有眼力，立马伸手去拿蔡思予的背包，还说："我就带了两瓶水。"

杜拾瑶则小声说："我带的东西也不多，就是一些零食。"

奚图看着走在前面的秦月明，只抿着嘴唇，什么都没说，也没有故意接近的意思。他来之前，张达群就让他努力跟秦月明培养cp感，在真人秀里擦出点火花。这样等新剧播出的时候，才会有真人秀的粉丝去捧场。但是他不擅长这个，对秦月明也不熟悉，根本不愿意靠近她，反而有点排斥。

几个人到了村子里，发现这里的建筑都是石头房子。房子的墙壁是用大块的石头做的，缝隙里糊着点水泥，棚顶有的是瓦片，有的是石板。这种房子还有一个特点，就是高低错落。

他们站的地方看高度是一户人家的墙头，走到边缘就能看到这家的院子在往下两米左右的地方，可以从一排石子台阶下去。再走一段小土坡，就是旁边屋子的房顶。

杜拾瑶看着周围感叹道："这种房子让我想起了山城，这是一个小型的3D魔幻村落啊。"

霍里翔踮脚看了看，说："这个房顶都塌了，里面没人住了。"

秦月明突然说："我听到了流水的声音，这附近应该有一条小溪。"

江云开也在观察地形，跟着说："从这些房子废弃的程度可以看出来，这里真的荒废了好久了，节目组不可能自己砌出一个村子来吧？我们会不会真的来了一个鬼村？"

"我听说过一个叫'封门村'的地方。"奚图开口了。

杜拾瑶突然举手："我也听说过，我们来的是封门村吗？"

奚图摇头道："封门村在北方。"

江云开走到秦月明身边，伸手将她拽到自己跟前。

秦月明问他："怎么了？"

"拿东西。"

"哦。"秦月明转过身去让他拿背包里的东西。

江云开从包里面拿出一瓶保湿喷雾，对着自己的脸喷了一通后，又拽着秦月明转身："闭眼睛。"

秦月明听话地闭上眼睛，结果被他喷了一脸的保湿喷雾，刚喘了一口气，又被他喷了一脸防晒喷雾。喷完之后，江云开拿出保温杯喝了一口水，又将保温杯放回去，拉上拉链。

这时，霍里翔已经开始到处喊了："驴友！嗨！快去坐车啊！"

秦月明提醒他："他们跟朋友约了时间，如果没按时出去，就证明他们不能离开。他们要么是也被攻击了，要么是有其他原因，所以喊是没用的。"

江云开问她："距离规定时间还有多久？"

秦月明回答："我们走到这里加找人就用了四十五分钟，如果给驴友留下走回去的时间，就只剩四十分钟左右的时间可以找他了。"

江云开指着前面说："继续找吧。"

一行六人边走边看，发现村里很多房子的门都没有了，房子里也是空无一物。

杜拾瑶虽然看起来不太聪明，但是年纪小，人也灵活，胆子又大，挨个房间去看，然后向大家汇报："没有人！"结果她刚说完，就听到"轰"的一声巨响。

江云开又被吓了一跳，伸手抱住自己的书包。正在上石头阶梯的秦月明被他拽住背上的包，往后一仰，差点撞倒，还好手臂被奚图稳稳地抓住了。

所有人都被这突如其来的巨响吓了一跳。

秦月明回神站稳后，对奚图道谢，再抬头就听到蔡思予说："快看！是刚刚那个小偷！"

秦月明要去追，却被奚图拦住了。

事情是这样的，杜拾瑶去看一个房子里有没有人，出来后正在上楼梯，突然有人用石头朝屋顶砸了下去。这里的房屋很破败，房顶是用石板拼接的，被砸了之后就直接塌了，发出巨大的响声。

蔡思予虽然吓了一跳，却还是看清了那个人是之前逃跑的小偷。小偷砸完就跑，因为熟悉地形，跑得飞快。

"说不定还有其他埋伏。"奚图示意大家不要追。

秦月明看着倒塌的房屋说："也就是说，我们探秘的途中还会有人捣乱？"

杜拾瑶心有余悸地说："虽然知道那人是确定不会伤到我才动手的，但我还是吓了一跳，现在心脏还在狂跳。"

霍里翔胆子也小，缓过神来干脆坐在台阶上，抚着胸口道："我以为录节目顶多就是废点体力，结果是要命啊……"

秦月明突然想到了什么，边往下走边说："我们的重点可能错了，之前只是在找人，但是没有想过房子里或许会有什么线索。他这样砸房子不一定会砸到人，但是说不定会掩埋一些东西。"

江云开跟在她身后问："房子塌了怎么找？"

秦月明说："房子都是用石块砌起来的，可以搬开。"

秦月明走进废墟里，看着一片狼藉，问杜拾瑶："你刚才有看到哪里有什么东西吗？"

杜拾瑶想了想才回答："我就看了下里面有没有人，其他的没太注意。里面没有柜子之类的东西，但是有几个酒瓶，还有……"

秦月明继续问她："大概在什么位置？"

杜拾瑶跟着走进来说："酒瓶在这里，还有这里有一块很脏的毯子。"

秦月明点了点头，开始搬石板，其他人也过来帮忙。

江云开从来没干过这种活，站在一边问："你确定有线索？鲁迅先生的很多话都没有那么多深意。"

秦月明埋头苦干，说：“还是得看一下，别错过线索了。”

石板被搬开后，下面露出了一块木板，而木板下面似乎有空间。确定真的有线索了，江云开推开了秦月明，说：“你上去守着，那个小偷可能还会来袭击我们，这边我来弄。”

木板下面藏着很多东西，有食物，有各式各样的钱包，还有各种看起来很精致的旅行工具。

奚图分析道：“现在能够确定了，这里是那个小偷藏东西的地方。”

秦月明边望风边翻阅驴友留下的笔记本，拿出笔在上面写字，同时嘟囔：“第三条可以确定了，来这里的人会离奇地丢东西，是因为这里长期埋伏着一个小偷。”

江云开抬手看了看自己的手指，拍了拍手上的灰，问道：“还有什么需要验证的吗？”

秦月明蹲在墙头读笔记：“第一条，当年老人去世后，十几人同时离奇去世的真相；第二条，指南针失灵之谜；第三条，游客的东西离奇失踪之谜；第四条，失踪驴友和驴友家人重病之谜；第五条，百家庙夜间哭声之谜。”

江云开走到她身边问：“一共五点，我们才知道一点。”

秦月明指着他们翻出来的东西说：“你们看看有没有指南针？可以验证一下第二条。”

他们找出了三个指南针，拿起来看了看，说：“并没有失灵啊。”

奚图指了指周围的建筑物，说：“这里的建筑物分布错落，会给人一种晕头转向的感觉，的确容易迷路。”

江云开看了一会儿，也说：“我们家的房产，很多房子都讲究坐北朝南分布，朝向很重要。但是你们看这里的房子，朝向都不是正的，反而……”他托着下巴想了想，补充道，“看起来向正南倾斜了三十度左右，站在建筑群里的确会有点晕。”

秦月明在本子上记录好，提议道：“我们一会儿再去山上验证一下，如果指南针还是没有失灵，就证明第二点也是谣言了。”她正要把本子放进包里，突然意识到这个包是江云开的，便问他，“我可以放里面吗？”

“哦，放吧。”

六个人继续往前行走，沿途都在寻找线索，却一直没有发现另一名驴友。

两个小时过去了，他们心灰意冷。蔡思予叹气道：“第一个任务我们没完成。”

秦月明拍了拍手鼓舞士气：“大家先别失落，我们还有时间，一定要在规定时间内查到真相，驴友也要注意寻找。”

奚图突然抬头看着一个方向，说：“前面有烟火，似乎有人在这里生活，还在做饭。”

秦月明震惊地道：“原来这里不是彻底的荒村？”

江云开咧了咧嘴，说：“条件这么恶劣，怎么生活啊？”

“我们过去打听一下。”奚图说着就要往那边走，其他几个人跟着一起去。

他们真的找到了一户还在住人的人家。

一位老大爷在门口编竹筐，杜拾瑶走过去询问：“大爷，您好，我可以问您几个问题吗？”

大爷随便瞥了他们一眼，接着回答：“没鬼，能住人。”他似乎经常被来这里探险的人询问，直接说了重点。

杜拾瑶想询问任务的事情，直接问道：“您知道这里之前有一群人离奇去世的事情吗？那件事的真相是什么？”

提起这个，老大爷立即不悦起来，瞪了杜拾瑶一眼，又没好气地看了看其他人，接着就拎着东西进了院子，重重地关上了院门。

杜拾瑶不死心，还想继续问，但是里面的人直接粗暴地说了一句：“滚！”

几个人正沮丧呢，一回头就发现江云开不见了。秦月明有点慌，要是把人给弄丢了，她没办法跟刘创交代啊。

他们原路返回，看到江云开居然蹲在路口，跟两个小孩在打啪叽（一种儿童玩具）。打啪叽是一种年代久远的游戏，但现在的啪叽与时俱进，上面印的图案都成了《英雄联盟》里的角色。

江云开跟两个小孩玩得热火朝天的，后来居然还吵了起来。能和小孩玩游戏玩到急眼的，估计也就只有他了。他拿着啪叽说：“你这不是耍赖吗？我用的是你们给我的啪叽，边都烂了，赢了你们还不认？”

小孩不服：“你年纪比我们大，力气比我们大。”

江云开解释：“这是要用巧劲的，你们回答我几个问题，我教你们好不好？”

两个小孩对视一眼，同意了。

秦月明原本还想说江云开两句，谁让他随便掉队，结果看到这里也跟着蹲了下来。

江云开问他们："你们村子里有什么传说没？"

两个小孩回答："传说可多了，你想知道什么啊？"

秦月明温柔地说："就是一位老婆婆去世后带走了很多人的事，这件事你们知道吗？"

其中一个小孩探头看了看，看到爷爷进院子了才说："我爷爷有一天喝醉酒的时候说过这件事，说当年那些人都是遭报应了！"

"遭报应？他们做了什么事？"秦月明继续问。

小孩摇了摇头，继续说："不知道，这个爷爷就没提过了，这件事在我们出生前就发生了。"

秦月明又问："那驴友失踪的事你们知道吗？"

其中一个小孩说："经常有外人来村子，就跟观光旅游似的，也有人来问游客失踪的事，但是我们村子里没有人失踪过啊，也没有谁的家人来找过人。"

另一个小孩补充道："那辆车的事，其实是有人出车祸了，车子开进丛林里出不来了，好久之后才被拖走，司机都没进村子。"

秦月明对蔡思予招手，蔡思予立即会意，走过来打开自己的包，从里面拿出一些零食。

秦月明将零食递给两个小孩，又问："你们可不可以带我们去百家庙？"

小孩没接零食，而是不情不愿地问："你们去那里做什么？"

秦月明耐心地解释："我们要验证一些事情。"

小孩似乎有点想吃零食，却还是拒绝了："不行，那附近爷爷都不许我们去，尤其是现在都傍晚了，晚上那里有奇怪的声音。"

江云开拿着啪叽继续玩，见小孩拒绝了，便说："你们给我们指一下大概的路就行了。"

小孩倒是听他的话："你别忘记教我们打啪叽啊！"

江云开做了一个 OK 的手势："没问题。"

江云开看起来凶巴巴的，没想到跟小孩玩得还挺好的。他一手拉着一个小孩，三个"小孩"就蹦蹦跳跳地往百家庙去了。

百家庙离村子并不近，是一栋两层的小楼。

小孩送到那附近就不送了，江云开对其他嘉宾说："我送他们回去。"

秦月明想了想，也说："你们去找线索、搭帐篷，我跟着他过去。"

搭帐篷时，霍里翔问奚图："你现在有什么头绪吗？"

奚图解释："小孩说的报应，再加上这位爷爷的态度，说明老爷子知道点什么，秦月明跟过去估计是想再去他那里打探一下。"

霍里翔和杜拾瑶点头道："懂了。"

蔡思予看着这两个人的样子，被逗笑了。

奚图继续说："小孩说并没有人失踪，那辆车卡在林子里是车祸，跟驴友没有关系，也就是说驴友的失踪也是谣言。"

霍里翔一拍巴掌道："所以我们已经确定三件事的真相了？驴友的事也是谣言。"

蔡思予提醒他："你仔细想想，这件事被传出去是不是有人故意为之？"

霍里翔问："这么复杂吗？"

奚图又说："是的，驴友的事恐怕没这么简单，而且我们肯定要在这里过夜，验证夜晚哭声的真相，所以尽快搭好帐篷吧。累了的可以先休息一下，不过我觉得，我们应该在天黑之前再找找线索。"

他们几个人赶紧弄好帐篷，之后便去寻找线索。

那边两个人送孩子回去的途中，秦月明问孩子："村子里留下的人多吗？"

孩子说："不多，就我们一家，其他人都搬出去了，我们家过两年也要搬了，这边没地方上学。"

"你们之前为什么不走？"

孩子说："我爸爸欠着钱呢，连找新地方住的钱都没有，要不是我跟弟弟要上学了，估计也不会走。"

他们没多久就到了老爷子家里，老爷子看到他们，似乎想赶人，不过见两个孩子喜欢江云开，就没说什么了，继续坐在院子里编竹筐。

小孩学会了打啪叽的秘诀，就去缠着老爷子说："爷爷，我们要吃鱼。"

老爷子无奈地回答："鱼竿断了，没法钓鱼了。"

秦月明立刻抓住机会，拉着江云开对老爷子说："我们去帮你们抓鱼。"

"那溪水可急得很。"老爷子提醒他们。

“没事，这个桶借给我们。”

出了院子，两个人朝小溪的方向走去，江云开还有点震惊：“徒手抓鱼啊？”

“对啊，这肯定是节目组安排的任务。”

“我很讨厌碰那些滑腻腻的东西。”

“那你看着，我来抓。”

秦月明走到溪边，脱掉鞋袜，然后挽起裤腿下了水。

一直让女孩子做任务，江云开也不好意思，就跟着挽起裤腿下水。看到一条鱼游过，他试着抓了一下，结果完全握不住。那种触感让他膈应得不行，难受地道：“真的太恶心了……”

“你不用勉强，我来就行。”

秦月明抓了一会儿，还真抓住一条，但是鱼一个劲地挣扎，眼看就要溜出去了。江云开就站在旁边，下意识地过去帮忙，结果手忙脚乱之下连着秦月明一起抱住了。之后，两个人都不敢动了。

江云开问：“鱼还在吗？”

秦月明回答：“夹在我们中间，我感觉它还在动。”

江云开嫌弃死了，但是为了完成任务，还是保持姿势，将秦月明抱起来，两个人夹着一条鱼上岸了。到了岸上，两个人才分开，鱼掉在地面上徒劳地扑腾。

江云开看着自己的衣服，哭丧着脸说：“好恶心。”

秦月明没搭理他，边将鱼抓起来放进桶里边说：“这条鱼还挺大呢，你抱得可真准。”

江云开有点无语。

秦月明特别开心，拎着桶欢欢喜喜地往老爷子家里走。

江云开擦干净脚，穿好鞋子后慢悠悠地跟在她后面，看到她跑得头发一荡一荡的，怪可爱的。

进了院子里，老爷子又出了难题，让他们做鱼。

秦月明有点发愁：“我不会做菜。”

江云开则是一点商量的余地都没有，坚定地说：“我可不碰鱼，刮鱼鳞这种事我绝对做不来。”

秦月明只能用对讲机联系伙伴们，让他们来一个会做鱼的人。

没一会儿，奚图来了，看了一眼传说中的“大鱼”，说：“这鱼营养不良的样子，只够两个小孩吃。”

秦月明反驳道：“已经是好大一条了！”

江云开则说：“别想再让我去抓。”

奚图没再说什么，拿着鱼去一边处理。

江云开连杀鱼的场面都看不了，又找两个小孩玩去了。

秦月明还想跟老爷子套近乎，看到老爷子拿着竹筐放在推车上，看样子是打算去送货。

“我帮您？”秦月明提议。

老爷子拒绝了，扭头喊了一声：“大娃！”

大一点的小孩立即跑过来，跳上老爷子的车，两个人就这样离开了。

秦月明留在院子里，不知道该做点什么，突然听到对讲机里传来蔡思予的声音：“我们找到了一个笔记本，看起来年代挺久远的。”

秦月明问：“上面写了什么？”

蔡思予说：“挺多乱七八糟的东西的，有账单，还有菜谱、药方，我送过去给你和奚图看看。”

这档真人秀虽然还只是在拍第一期，但是录制到现在可以看出来，他们这个组合里比较靠谱的就是秦月明和奚图了，所以一旦有人找到线索了，还是第一时间送来给他们看看比较好。

蔡思予拿着笔记本过来了，跟他们说：“我们去了最先去世的老人家里，那栋房子非常有特点，门梁上方有一个朱砂印记，墙壁上还有很多谩骂的话。”

蔡思予将拍好的照片递给秦月明看，墙壁上能够看清楚的字只有一部分：

“自己死就行，为什么要连累别人？”

“恶毒妇人！”

“你会下地狱的。”

“灾星！”

“看来村民很讨厌这位老奶奶。”秦月明说。

江云开翻了翻笔记本，说：“前面写的大多是账单，比如谁跟他们借了米，谁请她的儿子帮忙干了农活、佣金未付之类的。”

“这个账单里会不会隐藏着什么恩怨？”秦月明思索。

账单后面是菜谱，记录了几道菜的做法，还有一个药方，下面有一行小字：“延缓衰老。”

天已经黑了，他们坐在院子里用手电筒照明，才能看清笔记本里的内容。

秦月明正百思不得其解，对讲机里突然传出霍里翔急切的声音：“出事了，杜拾瑶被抓走了。”

秦月明赶紧问：“你们在哪里？”

霍里翔说：“在老奶奶房子隔壁的隔壁，我们在找线索。她在外间，我在里间翻东西，突然听到她惊呼一声，一出去就看到她被人带走了。”

蔡思予是从那边回来的，立即带着秦月明和江云开赶过去，还叮嘱奚图继续做鱼，其实是想让他留下来保护另一个小孩。

霍里翔本来就胆子小，还来了传说中的鬼村，大晚上的进荒废的房子里找线索已经非常害怕了，结果同伴还突然被抓了，那种慌乱可想而知。

他们到的时候，霍里翔就坐在月光能照到的地方。他一个人坐在台阶上，拿着手电筒照着周围，一个劲地用对讲机和他们说话。

看到他们来了，他如蒙大赦，开口道：“我真的是被吓得腿都在发抖。”

“会不会是小偷居然抓人了？”蔡思予问。

秦月明有点着急：“我们得赶紧找人，不然拾瑶会很害怕，你还记得他们往哪边走了吗？”

霍里翔指了一个方向，说：“他们走得很快，我追了一段路就追不上了。”

秦月明看向蔡思予和江云开，思考谁能跟自己一起去找人。

江云开主动说：“我和你去吧。”

“好，思予你扶着里翔回老爷子家跟奚图会和，人多点你们也安全点，我跟江家娃娃去找人。”

江云开原本拿着手电筒都准备走了，结果听到“江家娃娃”这个称呼又不爽了：“再乱叫给你一个脑瓜崩。”

两个人在村子里乱走，想快速找到杜拾瑶。他们先是去了小偷藏东西的地方，接着突然想到他们自己的东西大多放在了百家庙那里，便快速往百家庙走。

对小偷来说，那些东西可是“肥羊”。

果不其然，他们过去的时候就看到小偷在翻他们的包。秦月明立即扑了过去，跟小偷再次交手。这次交手的地方比较宽，秦月明还能跟小偷打几轮。别说，还真有点电视剧里对打的架势。

江云开将手电筒放在一侧照明，看着两个人你来我往地过招。他找准时机加入战局，握住小偷的手腕，将其往身后一拧，接着膝盖一击，将小偷制服在地上。

秦月明震惊地问："你也练过啊？"

"家里太有钱了，我妈妈总担心我被绑架，所以让我练过。"

"这个回答好气人哦。"

江云开将小偷摁在地上，问他："杜拾瑶呢？"

小偷疼得龇牙咧嘴的，没好气地反问："什么杜拾瑶啊？"

"就是你抓住的小女孩。"

"我没抓小女孩，我只是偷偷东西而已！"

江云开跟秦月明对视一眼，都在对方眼中看到了诧异的意味。

秦月明脑子转得还算快，立即说："暗中袭击我们的，不止小偷一个人。"

江云开让她找来绳子捆住小偷，将小偷控制住了。

这时，百家庙里突然传来了诡异的声音，有点像小孩的哭声，又有点像笑声。

秦月明问小偷："这笑声是怎么回事？"

小偷无奈地回答："就是鬼鸮的叫声，鬼鸮是猫头鹰的一种，村里人都叫它晦气鸟，叫声就是这样。那群外来的人说是来探险的，结果胆子一个比一个小，听到点动静就说闹鬼。"

江云开说："这样的话，百家庙夜里的哭声就可以解释了。"

秦月明继续问："那你知道老婆婆去世后带走许多人的那件事的真相吗？"

小偷摇头："这个我不知道，我是这两年才过来的，发现不少人来这边探险，这里还偏僻，没有信号，我就想来偷点东西。来的人丢了东西，还以为是灵异事件，也没查到我头上过。"

江云开说："也就是说，你也是流言传出来之后才来的？"

小偷点头："对。"

小偷被丢在了外面，他们两个人走到百家庙门口，江云开侧头问秦月明："你觉得他说的是真的吗？"

秦月明正在用对讲机问蔡思予："老爷子回来了吗？"

蔡思予说："回来了，我们准备吃饭了，老爷子现在似乎有点愿意跟我们说真相了。"

"好，我知道了。"秦月明关闭了对讲机。

她拿着手电筒在百家庙里找东西，同时跟江云开解释："这个村子里没有其他人了，只有老爷子和小偷有能力抓杜拾瑶。而且，老爷子不可能不知道鬼鸮的事，却还是不让孩子来百家庙，这就说明他是在骗孩子。"

江云开半知半解地问："所以老爷子是不想两个孙子来这里？这里恐怕隐藏着什么？"

秦月明点头："对，现在老爷子回去了，说明拾瑶暂时是安全的。他们那边那么多人，老爷子不会贸然动手，只会找他们落单的时候动手。他们拖住了老爷子，我们就还能留在这里找线索。"

江云开又问："那需不需要提醒一下他们？"

秦月明说："对讲机的声音挺大的，他们没有防备，老爷子说不定已经听到我们说的了，我们装成还没抓到小偷就可以了。"

百家庙二楼空荡荡的，什么都没有，墙壁上也没有什么文字。江云开甚至去摸了横梁，也没找到任何线索，还因为灰尘多下楼特意找湿巾擦了擦手。

接着，他们出了百家庙，去附近的林子里寻找。

江云开在这种时候真的很胆小，要是能确定对方是人类，他就会凶得不得了，随便说两句话都能气得对方跟他动手。对方要是动手了吧，还打不过他。

但是在鬼村，特别是旁边还有诡异的声音，他就不行了，全程拿着手电筒神经兮兮地不知在嘟囔什么。

猫头鹰又叫了起来，江云开说话的声音都开始发颤了，但他又觉得怕得躲在一个女孩子身后不好，就去抱着秦月明的专属摄影师的手臂。

摄影大哥也很无奈，这边扛着摄像机，那边还要被嘉宾揽着手臂。

江云开哆哆嗦嗦地说："猫头鹰大哥，你别叫了行不行？你吃点啥？我给你买！你叫得也太瘆人了！"

走到一个地方，地上的浅草刮到了他的腿，他吓得大叫一声，整个人又蹦起来了，估计刚才脸上的表情都崩了。

其他人都被他吓了一跳，秦月明也身体一颤，走过去看了看，然后安慰他："别怕，什么都没有。"

江云开调整了半天才缓过来，跟着秦月明继续寻找，两人最后找到了一口井。

秦月明看向江云开，问道：“你带烟了吗？”

江云开干咳一声。现在的娱乐圈，粉丝对偶像的要求十分严格，吸烟是一大禁忌。可这和秦月明记忆里的不一样，她记得曾经有艺人边吸烟边参加访谈。不过，她注意到了江云开的尴尬，便揭过了那个话题。

秦月明往回走，走到行李那边说：“我们找个亮一点的东西丢到井里，看看里面有没有什么线索。”

“手电筒？”江云开晃了晃手电筒。

“我们的手电筒一共就四个，丢进去了接下来怎么找线索？”

江云开叹了一口气，从自己的包里拿出一个打火机，说：“烟头的光太小了，估计什么也看不清。”

秦月明拿出自己的笔记本，对他说：“用这个。”

两个人又带着笔记本走到井边，点燃笔记本扔下井。光亮中，他们模模糊糊看到井底有什么东西，且没有水。

秦月明探头看了看，说：“我下去看看。”

江云开立即拉住她的手腕，皱眉道：“我知道你属牛，但是你就是虎！”

秦月明疑惑地看着他，问道：“什么意思？”

江云开想了半天该怎么解释，无奈地道：“你！冲动！淘气！”

秦月明想了想，打了个响指道：“这样，我在腰上缠点东西，你在上面拽着，我下去看看。”

来之前，节目组就通知了他们是在户外录制，秦月明和蔡思予准备工作做得很足，之前捆小偷用的登山绳就是她们带的。现在登山绳还剩下一些，正好可以用。

江云开心里不太高兴，觉得她太拼了，没有其他防护措施，就靠他一个人在上边拽着能行吗？万一真出点什么事可怎么办？井里万一氧气不足，她晕过去了怎么办？

“不行，我下去。”江云开拒绝了。

秦月明看着井口，冷静地分析道：“你骨架太大了，井口太窄，活动会不方便，下面如果突然变窄，你就会被卡住。”

秦月明真的拿来了登山绳，见她特别执着，江云开也没再拒绝，而是帮她缠绳子。怕绳子太粗糙会擦伤皮肤，他将自己的卫衣脱下来套在了她身上。秦月明这才发现他在卫衣里面还穿了一件衬衫打底。别问潮人热不热，造型够美就嘚瑟。

江云开不仅用绳子缠了秦月明的腰，还在她肩膀上缠了几下，接着走到一边，将绳子的尾端系在树干上，打了一个大大的死结。

节目组工作人员过来给秦月明戴上固定在头顶的摄像头，可以拍摄到她看到的画面。接着，江云开拽着绳子，一点一点地放她下去。

井口挺窄的，要是臂力和体力够，就能一点一点地挪下去。

秦月明下到一半，就听到江云开在井口喊："亲哥！秦月明！咋样了？"

井里空间太小，江云开朝里面喊，那声音简直震耳欲聋，她一瞬间就耳鸣了。

"没事。"

"有氧气吗？"

"有的。"

秦月明继续往下挪，脚踩在一块砖头上，腾出一只手拿着手电筒往下照。

她还什么都没看清呢，江云开又喊了："秦月明！"

"没事！我找东西呢。"秦月明说话的语气都不温柔了。

她拿着手电筒照了照，突然看到一个东西，吓了一跳，手电筒的光都抖了一下，那是一堆"白骨"。她照了照其他的地方，小心地跳了下去。

她拿起一截"骨头"，摸了摸就发现是塑料制品，想来节目组也不会用真骨头来当道具。接着，她又找到了一个文件袋，里面有几张纸。

她把东西全部塞进口袋里，然后拽了下绳子，说："我要上去了。"

下一秒，她就感觉自己被拽得动了一下，江云开绝对是打算直接把她给拎上去。她被拽得双脚离地，身体还撞在了井壁上，只能尽可能地稳住身体，努力爬上去。

出了井口，江云开看着她直嘟囔："要不是我放你下去的，我真觉得你是从井里爬出来的贞子。"

秦月明也很累，干脆在井口坐下，把口袋里的东西拿出来递给他。

江云开下意识地接过，看到是一截骨头，吓得猛地往后退，还把头给转了过去，连摄影大哥都被他吓了一跳。

"你摸摸材质，是假的。"看江云开吓成这副样子，秦月明赶紧提醒。

江云开不肯再伸手了，头都不回，还对着井口说："无意冒犯，无意冒犯。"

"我还找到了一个文件袋，里面的纸似乎被撕碎了，我们需要拼一下。"

江云开吓得脸都白了，一扭头就看到秦月明在脱衣服，连忙又转回去。

秦月明将卫衣脱下来递给他。

江云开没接，说："这衣服我不想要了，前胸被鱼蹭过，现在还下井了。"

"要不我洗干净了再给你？"

"不用，直接扔了吧。"

秦月明也没多说什么，拿着衣服走到一边，出于好奇看了一眼衣服的标签。呃……求生欲让她放弃仔细思考这件衣服的价值。

两个人回了百家庙里，打开袋子将纸片倒出来。

江云开见了就嘟囔起来："这可咋整？这也太碎了。"

秦月明说："拼起来，它就完整了。"

两个人拼纸片的时候，对讲机里突然传出声音，听起来是老大爷在讲述关于老婆婆的事情。

蔡思予想让秦月明他们也听到，便偷偷开了对讲机，老爷子的声音从里头传出来："最先去世的那位老婆婆，其实是被拐来的媳妇……"

鱼不大，只够两个孩子吃，奚图做好之后就给了他们。

老爷子看孩子吃得高兴，就没了之前的臭脾气。他一个人坐在门口的长椅上，靠着门框慢悠悠地说："这附近的村子都有一个问题——男人娶不到媳妇，所以，就有人想出了拐卖妇女的办法。"

奚图听着有点来气："你们当年偷偷查看孩子的性别，是女孩就打掉，就是你们重男轻女造成了男多女少的局面，之后却要通过拐卖女性来解决吗？这不是恶劣到了骨子里吗？"

身为女性，蔡思予也觉得很生气，原本想劝奚图冷静一点，想了想后又坐在一边不说话了。

霍里翔也觉得过分，张了张嘴，还是说："您继续说。"

老爷子叹了口气，似乎也知道他们当年做的就是错事，不然也不会说是报应。

"村子里的人都不让那个女人走，那个女人挣扎了几年，后来也妥协了，开始帮忙干活，在村里过日子。几十年过去，大家也就对她放松警惕了。后来，她突然说她有一个方子，可以延缓衰老。大家先是半信半疑，慢慢的，就有很多人吃了按照那个方子做出来的药。"

蔡思予想到了笔记本里的药方，立即打开看了一眼。

老爷子继续说："那个药是真有用，吃了就什么毛病都没了，人也精神了，脸上的褶子都没了，所以他们就一直吃。结果，那个女人去世后，这些人的药一断，就一个个的都去世了。"

奚图沉着声音问："所以是那个女人报复了曾经伤害过她的人？让他们给她陪葬？"

老爷子点了点头："传闻中是暴毙，可实际上每个人都难受了三天三夜才离开人世。"

蔡思予小声道："那也不够解气，老婆婆的整个人生都被毁了！"

奚图又问老爷子："那您为什么没事？"

老爷子说："我早年看她可怜，在她干农活的时候帮了她，她家男人就来跟我说，买她的钱要我出一半，就让她也给我生个孩子。我觉得生气，就跟她男人打了一架，此后为了避讳，跟他们再也没有来往了。"

蔡思予站起来激动地说："这也太过分了，他们根本没把她当成人看！"

故事说完了，老爷子起身准备离开。

这时，秦月明和江云开走了进来，江云开拦住他问："故事还没结束吧？"

秦月明问奚图："你发现了什么不对劲没？"

奚图回答："拦婚车的老婆婆说，新嫁进来的媳妇也跟着去世了。新媳妇年纪不大，按理来说应该没有参与当年的事情。"

秦月明拿出一个袋子，里面是一张拼起来的纸。她说："这是一张欠条，估计是大爷的儿子跟人家借了钱。"

老爷子听到秦月明说的话，又看到欠条，一瞬间就慌了神。他似乎想反驳，又似乎在犹豫要不要动手。

秦月明立即对江云开说："江……云开，你带孩子去玩。"

江云开把孩子带走之后，老爷子犹豫了一下，最后还是瘫坐在椅子上叹气道："我就知道会有这么一天。"

人家已经在孩子面前给他留脸面了，老爷子便不再挣扎了。

秦月明也不急着推理，而是说："带我们去把杜拾瑶放出来吧。"

老爷子带着他们去了另一间房，进去后发现杜拾瑶在跟那名失踪的驴友聊天。

见到他们，杜拾瑶兴奋地说："那人就拿一个布条挡住了我的嘴，舌头一顶就开了。”她看起来倒是没害怕。

杜拾瑶被松绑后，得知他们已经破解了全部谜题，顿时惊讶得不得了。

秦月明耐心地跟她梳理这个案子的全部脉络，故事可以分为三条线：

第一条，被拐卖的老婆婆报复了村子里的村民，所有困着她、不让她离开的人，全部被她“带走”了。

第二条，老爷子的儿子是个赌徒，欠了不少钱，借了别人家新媳妇的钱，还不上就杀人灭口了。新媳妇的老公在外面打工，回来才得知老婆已经被埋了。刚巧那是村子里的人集体死亡的时间，杀新媳妇的凶手做了点手脚，就让大家以为新媳妇也是被老婆婆带走了。

第三条，有小偷发现村子成了“网红村”，开始在村子里埋伏、偷东西。

指南针失灵是假的，百家庙夜里的哭声是猫头鹰的叫声。节目组其实一早就给了不少线索，他们只要细心点就会发现。探秘并不困难，就是事情的真相让人觉得难以接受。

他们这档真人秀是网络节目，主旨是辟谣，拍别人不敢拍的。节目里会出现一些社会敏感问题，也算是对人口拐卖的一种批判。

秦月明耐心解释之后，杜拾瑶还是有几处不理解的地方，问道：“你怎么确定欠条是老爷子的儿子写的？”

秦月明回答：“抓鱼之前，我在老爷子家里逛了一圈，看到了墙壁上的合影，上面写了老爷子和儿子的名字，他儿子的名字和欠条上的对得上。而且，那口井非常窄，男人无法下去，尸体也就无法被人从井里带出来。”

杜拾瑶心里豁然开朗，说：“所以老爷子一直留在这里，是想守着这个秘密？”

秦月明看着老爷子，再次说：“我猜测的是，村子里很多人离奇死亡，大家也都搬走了，这个村子就渐渐被传成了鬼村，引来了不少游客。老爷子怕这些游客过来会发现井里的尸体，就编造了驴友来到这里离奇失踪的不实传闻。”

老爷子在一边点了点头，杜拾瑶和霍里翔同时“哦”了一声。

杜拾瑶又问：“那他为什么要抓我呢？”

秦月明想了想，回答：“可能是为了烘托气氛。”

六个人聚齐之后，节目组宣布这一期真人秀提前录制完毕。大家一起鼓掌，接着开始对着镜头做总结。

蔡思予说：“虽然知道了真相，但我还是觉得心里堵着一口气。”

杜拾瑶跟着点头：“对，就是心里非常不舒服。”

霍里翔说：“其实我一直在思考，可不可以有一种举报制度，就是举报人口拐卖可以得到巨额奖金，这样村民就不会帮忙看着被拐卖的人了。”

奚图想了想，说：“其实这个也有点难实施，村里人很讲究脸面，如果有一个村民举报了这种事，其他村民会排斥这个人吧？”

蔡思予又说：“可这是一种恶行，同村的人包庇就是助纣为虐。”

奚图说：“这件事需要从根源上杜绝，要是没有人买，就不会有人卖。”

秦月明说：“女性和孩子在一个家庭里都是非常重要的成员，只要失去其中一个，这个家庭就被毁了，这是非常残忍的事情。”

等他们说完，江云开最后说了一个字：“对。”

霍里翔看向他，问道：“没了吗？”

江云开耸了耸肩道：“这种总结我不会说，但是，如果有人敢伤害我在意的人，我绝对会闹个天翻地覆。所以，别做坏事，会遭报应的。”

录制结束后，嘉宾们并没有第一时间离开，而是回了百家庙。

江云开愣愣地看着节目组的导演，问道：“都录完了，我们不能提前回去吗？必须在这里住一晚上？”

导演回答：“附近没有停车场，我们已经通知工作人员开车过来接大家了。回去之前，我们还有一个小小的庆祝会，秦月明的粉丝众筹买了食物。”

秦月明原本已经在收拾东西了，突然听到自己的名字，便诧异地抬头问：“我的粉丝众筹的？”

导演说：“是的，你的粉丝委托了你的经纪人，经纪人将食物送到了我们节目组，等下有人会送过来。”

秦月明问：“是什么？”

“六百二十四斤鸭脖。”

秦月明睁圆了眼睛，又问了一遍：“多少？”

蔡思予笑出了驴叫声。

江云开看着秦月明，感叹道：“你粉丝做的应援可真实惠啊。”

一般来说，粉丝们会准备一些食物给剧组，直接送到节目组的也有，但是像这样送六百多斤鸭脖、用货车拉过来的还是非常少见的。

看到工作人员把鸭脖运来后，秦月明已经笑得直不起腰来了。她打开几盒看了看，发现口味很多，有五香的、麻辣的……有的口味稀奇到她没吃过。

六位嘉宾一起坐在毯子上休息，毯子还是秦月明带来的。

他们中间堆了超级多的鸭脖盒子，秦月明伸手拿来一盒，看到上面的标签，突然有点感动，说："他们特意选择了环保的盒子，还贴了便签，字都是手写的。"

杜拾瑶已经打开一盒开始吃了，边吃边说："怎么办？我不是吃不胖的女生，公司知道了会骂我的，可我还是好想吃。"

蔡思予指着摄像机说："还录着呢，你就说你的发胖是工伤。"

杜拾瑶大笑起来："对，我的发胖是工伤！"

江云开说："大型探秘真人秀变为吃播节目，第一期，坐在鬼村庙里吃鸭脖。"

霍里翔问："江哥嗓子怎么有点哑了？"

江云开垂头丧气地回答："我之前走在百家庙的院子里，被草丛吓得叫破喉咙了。"

六位嘉宾的表现超乎节目组的想象，这才晚上八点，他们就完成任务了。导演差点怀疑人生……是剧情设置得太简单了吗？不折腾嘉宾的真人秀还有什么快乐可言？

导演发了条消息到微信群里："事情搞起来！剧本改起来！"

群成员 1："奚图和秦月明是开挂了？"

群成员 2："我可以证明，并没有给他们提供剧本。"

群成员 3："他们的表现确实挺出乎意料的，下一次改难一点。"

节目组组织他们吃鸭脖，六个人肯定不能吃完六百斤，就分给了其他工作人员，吃不完的则打包带走，这种集体啃鸭脖的经历还真挺特别的。

半个小时后，车子接他们回了酒店。

六位嘉宾在村子里录制完节目，模样都非常狼狈，到了酒店后分别回房间去洗漱，之后才一起去吃饭。

秦月明头发吹了个半干就下去吃饭了，看到霍里翔在跟节目组的导演聊天。

霍里翔看到他，愣了一下才说："美女就是任性啊，素颜出门？"

秦月明笑着说："你非常优秀，能够分辨出女生是不是素颜。"

霍里翔摆了摆手道："这有什么难的，嘴唇没白天红了。"

导演说："奚图说他很疲惫，就不过来了。"

他们几个人在包间里聊了一会儿，突然听到外面吵了起来，还有尖叫声。

霍里翔透过门缝往外看，发现是江云开下来了。他的粉丝也真是厉害，节目组临时定的酒店居然也找得到。因为他们吃饭需要路过大厅，此刻粉丝就在大厅里等着。

江云开本来早就习惯了这种阵仗，但是今天因为在村子里走了一圈，有点一惊一乍的，现在还没缓过来。突如其来的尖叫声吓得他直接抱住鸭宝的手臂，惊恐地看着粉丝们。

“啊啊啊！老公！”

“哥哥！”

“江滚滚！”

江云开调整了一下自己的状态，听到鸭宝嘟囔：“我就说要给你化妆，你非不听。”

“谁能想到他们来得这么快。”江云开已经调整好了状态，大大方方地走过去跟粉丝打招呼。

“哥哥是素颜吗？”粉丝问他。

“对，吃个消夜而已，还带妆啊？”江云开接过卡片签名，叮嘱道，“不许录像，今天不合影，听到没有？”

粉丝们乖巧地道：“好！哥哥素颜也超级能打！”

一个粉丝把卡片递过来，说：“我粉朝九晚五三年多了，特别喜欢你们。”

江云开抬头看向她，问道：“团粉（团体的粉丝）？不知道我这里只欢迎唯粉（一个人的粉丝）吗？别粉他们了，粉我一个就行了。”

这个粉丝都愣了：“啊？”

江云开继续说：“对，还得是毒唯（行为偏激的唯粉），给我去撕他们，他们欺负哥哥！”

旁边的粉丝倒是了解江云开，立刻开始捧他：“哥哥，你都在朝九晚五的食物链顶端了，谁还能欺负你啊！”

江云开听不得夸奖话，一被夸就会飘，于是点头说：“你说得很有道理。”

另一个粉丝说：“我们都是先喜欢哥哥，然后顺便喜欢他们的，还是哥哥有号召力。”

江云开闭着眼睛笑得特别开心：“你说得没错。”

霍里翔从门缝往外看了看，小声说："江云开笑起来就像地主家的傻儿子。"

秦月明也听到了些许动静，跟着笑了，觉得江云开非常有意思。

没多久，江云开进来了，杜拾瑶紧随其后，进来后就感叹道："我真的是……刚下楼就被江哥的粉丝顺便要了签名，是顺便！还得靠其他粉丝科普我是谁。"

秦月明心有余悸地感叹道："幸好我下来得早。"

杜拾瑶看向秦月明，问道："你素颜啊？可别被拍到了，媒体特别喜欢拿女艺人的素颜说事。"

秦月明不解地道："你还重新化了妆？"

杜拾瑶摇了摇头："我是这么洗澡的……"她演示了一遍，就是用小花洒清洗身体，脸没淋到水，这是女艺人练就的洗澡秘诀。

蔡思予姗姗来迟，进来后优雅地坐下。她不但化了妆，还换了一身衣服，喷了香水，甚至换了一个包包。

发现秦月明在看她，她云淡风轻地一抬下巴，说："像我这个年纪的女人，不会拿素颜跟你们拼的，我更注重气质和衣品。"

秦月明凑过去小声说："光看身材，你赢了。"

蔡思予也小声说："你这么瘦还能有 B，也不错了。"

接着两个人就开始打对方，力道不重，就是在闹。

杜拾瑶问："思予姐，你被粉丝要签名了吗？"

蔡思予抬手拢了拢头发，叹道："我过气到这群孩子都不认识我了。"

杜拾瑶特别真诚地说："会好的！"

秦月明也点头道："对，有我罩着呢。"

蔡思予也不在意，笑了笑。

人到齐后，导演开始敬酒，说些客气话。他刚说到一半，突然有人推门进来了，是奚图被张达群给推进来了。

奚图很讨厌应酬，本来不想过来，但张达群愣是把他带来了。他来了之后就安安静静地坐下，也没有打招呼。

江云开看了看奚图，笑着问张达群："贵公司真的很看重奚图啊，经纪人亲自跟过来。"

一般来说，跟在艺人身边的应该是助理，但奚图这边则是经纪人跟着艺人到处跑。

张达群也不在意，坦然地回答："小公司嘛，工作不多。"

导演又开始说感谢的话了，江云开听了一会儿，抬手示意："导演，咱们都收工了就不谈工作了吧？让我们几位嘉宾一起吃个消夜，沟通一下感情就行了。你们也休息休息，好不？"

这种话其他人是没底气说的，但是江云开敢说，也不怕得罪人。节目的冠名商就是他们家的公司，他既是嘉宾又是金主爸爸，节目组的人都不会招惹他。

导演组笑呵呵地让他们好好休息，然后就去了工作人员的房间吃饭。

江云开看向张达群，又说："团队的房间在隔壁。"

鸭宝和幺儿他们都在隔壁吃饭，那是助理聚集的地方，倒是没有经纪人过去。张达群愣了一下，还是去了。

等包厢里就剩他们六个人了，江云开才说："大家现在就是吃个消夜，别摆那副逼良为娼的样子了，行不？"他这话是对奚图说的，他这么不给节目组面子、不给张达群面子，就是注意到奚图脸色不好看。

奚图也看得明白，说了声"谢谢"。

江云开摆了摆手道："吃饭吧，我明天下午的航班，上午还能睡个懒觉。"

杜拾瑶兴奋地道："我也是！提前收工的感觉太棒了，我好久没有休息过了。"

蔡思予边吃边说："论拼命你们都不是秦月明的对手，她曾经上午一个剧组，下午一个剧组，晚上还要回公司学习舞蹈和武术，一直学到凌晨，每天的睡眠时间不足五个小时。她这种状态持续了整整七年，一直到死。"

杜拾瑶惊讶地说："很多导演不喜欢轧戏欸。"

蔡思予回答得云淡风轻："我们之前的公司很过分，压榨她的最后一丝力气。当时她突然出事，我还想着这样也好，她也算是能休息休息了。"

江云开边刷微博边说："刘创不会这样，他还算是个人。"

江云开一直担心之前村口直播的事情，没想到还是上了热门。他点开视频看了看，恼得直捂脸。

秦月明凑过去看了看，小声说："不太好看……"

江云开回答："评论里好多人说，如果不是上边有特意标注，他们都认不出是我们。"

这时，又有人推门进来了，进来就问："怎么这么多粉丝？吓死我了，被认出来了。"来人说着就取下口罩和帽子，居然是南云庭。

江云开看到他，诧异地问："你怎么来了？"

南云庭说："我剧组在附近，就过来看看。"

霍里翔问："不是江云开告诉你，你才过来的？"

江云开看向杜拾瑶，这才反应过来，随口说："我就说了句提前收工了，没想到他真过来了。"

南云庭点了点头："对对对。"

杜拾瑶紧张得喝了一杯水。

吃饭吃到一半，江云开突然拉着南云庭要喝酒，说："我明天不开工，必须喝一顿。"

南云庭连连摆手："我可不陪你，再说了，公司不是让你减肥吗？"

江云开撸起袖子说："你看看我这手臂细的，还怎么减？非得瘦成皮包骨啊？"

秦月明之前鸭脖吃得太多了，吃了两口菜就饱了，于是抬头说："我陪你喝。"

江云开笑着说："来啊，我可告诉你啊，你这种小姑娘最好别招惹像我这样的北方大老爷们，不然喝蒙你。"

秦月明冷笑道："我跟你讲，喝酒我还真没输过。"

江云开大手一挥，让服务员先上两箱啤酒。他拎起一瓶，从口袋里取出一枚一元硬币，卡住瓶盖后轻而易举地将瓶盖启开了。本来他还想把硬币递给秦月明，结果看到秦月明一个手刀下去，瓶盖就开了。

他眼睛一亮，说："有两下子啊。"

秦月明边倒酒边说："我是认真的。"

江云开直接对瓶吹，一口下去，大半瓶酒就没了。

秦月明也没客气，一口气喝了一杯。

南云庭有点看不下去了，说："江云开，和一个女孩子拼酒你也好意思，还真准备大战三百回合啊？丢不丢人？"

蔡思予还在吃东西，听到南云庭说的就忍不住笑了："本来我还觉得月明欺负小朋友呢，现在突然觉得是月明被小看了。"

江云开一听就冷笑起来，挑衅似的问："小朋友？"

秦月明微笑着回答："你是弟弟呀！"

很快，两个"酒仙"真的开始对决了。杜拾瑶、霍里翔、奚图三个人围观，看着他们喝完了两箱啤酒，还跟没事人似的。

江云开大手一挥："再来。"

南云庭叫来服务员，又上了两箱。

江云开酒量是真不错，长这么大，除了那些"久经沙场"的长辈，他还真没碰到过对手。秦月明是头一个，最重要的是她还是个女孩。

又喝了一通，江云开觉得肚子有点胀，打了一个嗝，看向秦月明。

秦月明手撑着下巴，悠闲地问他："认不认输啊？弟弟？"

江云开一下子就不服了，倔强地说："再来！"

两个人喝得地上、桌上都是酒瓶，南云庭看得目瞪口呆。他们的肚子里是怎么装下这么多酒的？不会炸开吗？

江云开终于扛不住了，朝秦月明竖起了大拇指："你……厉害。"他说完就"扑通"一声倒在了桌面上。

秦月明这才拉了拉蔡思予的手臂，蔡思予立即会意，扶着她去这个包间自带的卫生间，秦月明刚进去就吐了。

蔡思予拍着她的后背小声说："真没想到那小子这么能喝，你也是，受不了了就别喝了。"

秦月明用水漱了漱口，说："女生……不能输……"

"你这奇怪的胜负欲。"

南云庭正准备发消息叫自己的助理和鸭宝过来，想趁江云开没醒赶紧将他带回房间里去。结果他刚编辑完消息，江云开就突兀地坐了起来，吓得南云庭手机都差点掉了，没注意自己有没有点击发送。

南云庭顺了顺他的后背，劝道："江哥，你再睡一会儿，乖啊。"

江云开侧头看向他，蹙眉问道："你是谁？"

南云庭心里只有两个字——完了。江云开一般不会大醉，主要是没人能陪他喝到醉。但他要是真醉了，那就准没好事。他醉酒的主要症状就是"失忆"，谁也不认识，什么事情都不记得，就跟电视剧里被车撞了似的。

但是，他唯独记得自己很有钱。所以醉酒之后，江云开看谁都觉得他们要谋害他，照顾他也是因为他有钱。他那样特别欠揍，就是"全天下都要谋害朕，朕要坚强，不哭不哭"的状态。

南云庭赶紧向杜拾瑶和霍里翔求助："快快快，帮我把这家伙带走。"

杜拾瑶起身帮忙扶着江云开，问："怎么了？"

南云庭解释："他醉酒后会又失忆又闹事。"

霍里翔也站起来帮忙。

然而，江云开推开了杜拾瑶，晃晃悠悠地站起身来，说："女人，你离我……远一点……我……对你这种类型不感兴趣……"

杜拾瑶都蒙了："啊？"

江云开继续说："像我们这种有钱人，眼光都是很……独特的，我喜欢……那种……"

南云庭说："你放心吧，她也不喜欢你这样的。"

江云开冷笑道："可笑，我这么优秀的一个男人……你看看我的腹肌……"他说着就要掀起衣摆。

南云庭拿来一个酒瓶，握住瓶口对准他："直接打晕吧，我受不了他了。"

霍里翔在一边笑得跟得了癫痫似的："这位爷喝醉了挺有意思啊。"

这时，蔡思予扶着秦月明走出来了。江云开看向她们，似乎在思考她们是谁。

接着，他指着秦月明说："她是我喜欢的类型……"

秦月明脑袋也有点短路，一时间没明白江云开这话是什么意思，只是迷茫地看着他。

江云开晃晃悠悠地朝秦月明走过去，对她说："你……加微信不？你扫我？我……想要你的微信号。"

杜拾瑶愣愣地看着江云开，接着"扑哧"一声笑了："江哥倒是挺专一的。"

就算醉酒失忆，他喜欢的类型也始终如一。

然而，秦月明突然捂住嘴，转过身又冲进洗手间吐去了。

江云开愣愣地看着她的举动，又回头看向其他人，一脸茫然地道："她……吐了？被我恶心吐了吗？"

南云庭看热闹不嫌事大，笑呵呵地说："对，人家看不上你。"

没想到江云开居然委屈得哭了："我什么也没干啊……我长得很恶心吗？我……心里委屈……"

南云庭一看他这模样，赶紧过去帮他擦眼泪："不哭不哭，是她没眼光。"

江云开还在哭，没有停下来的意思："我还没谈过恋爱呢……"

杜拾瑶小声问南云庭："真的假的？"

南云庭点头："真的……"

蔡思予还在帮秦月明拍背，听到这话，也好奇地走出来问："他没谈过恋爱？"她一直觉得江云开就是个花蝴蝶。

南云庭回答："对啊，这么难以相信吗？"

蔡思予震惊了一下："看来是我误会他了？"

秦月明吐完再次走出来，擦了擦嘴坐到椅子上，还有点迷糊，回身拉着蔡思予就开始聊天。

蔡思予也非常无奈，指着秦月明说："我们家孩子也要开始表演了。"

南云庭扶着江云开站在一边，也不急着走了，想看看接下来还有什么好戏。

秦月明喝醉酒不会发酒疯，就是话多。她先是跟蔡思予回忆从前的事，然后掰着手指头算账："头等舱太贵了，实在是太贵了，都是我的团队出钱……我好想坐高铁，二等座才几百块钱……我太难了……"

蔡思予点了点头："嗯，确实。"

秦月明继续难受地道："我和弟弟的卡只要额度超过五万，就会自动扣款，夜停以后要是找女朋友了怎么办啊……"

江云开突然就不哭了，立马来精神了，兴奋地说："我有钱！"

秦月明一个劲地摇头："不，我要靠自己的努力赚钱。"

江云开又委屈了，对着南云庭抱怨道："我又被拒绝了。"

南云庭见了都觉得丢人："你可消停一会儿吧。"

奚图坐在这里吃饭原本跟受罪似的，结果现在看热闹倒是看得开心。他捧着一杯果汁，看着两个酒鬼耍酒疯，觉得挺有意思的，嘴角难得上扬。

杜拾瑶则是感觉自己好像成了江云开和秦月明的cp粉，看到了其他cp粉看不到的画面。这哪是两个醉鬼啊？他们怕是喝了蜜，举手投足都在撒糖。于是她默默地看着，看到助理进来了还有点失落。

鸭宝听说这边的人喝了不少，有点担心就过来了，看到江云开的样子，赶紧过去扶住他："江哥，我们得走了。外面都是一群想骗你钱的人，你出去后不要理他们，躲着点他们，不然他们会绑架你的。"

南云庭立马给鸭宝竖起了大拇指。

接着，南云庭和鸭宝扶着江云开，杜拾瑶和霍里翔也跟着一起出去，尽可能挡着江云开。

秦月明这边有幺儿帮忙，蔡思予扶着。好在秦月明虽然脑子有点短路，却不至于没有理智，一直乖乖地跟着走。粉丝都被江云开他们引走了，秦月明一行人走得还算顺利。

电梯里，奚图感觉秦月明好像在瞪自己，下意识看过去。四目相对后，秦月明“哼”了一声就不理他了。奚图开始回想自己哪里招惹她了，还没想到就看到秦月明和蔡思予挽着手臂走了出去，蔡思予尴尬地和他道别。

张达群问奚图：“你和她的 cp 感培养得怎么样？”

奚图撇了撇嘴，回答：“没怎么接触。”

张达群登时愁得不行，他们公司难得红一个人，怎么这么不懂事呢？

一群人帮忙把江云开护送到房间里，接着，霍里翔就走了。

南云庭一屁股坐在沙发上，不住地喘气：“还说自己不胖，沉得要死。”

杜拾瑶站在旁边说：“江哥有一米八八呢，肯定重啊。我先回去了？”

南云庭顿时不爽了，指着江云开问道：“怎么我刚来你就走？我是来伺候这家伙的？”

杜拾瑶坐在南云庭身边，问：“江哥真的喜欢月明姐这种女孩吗？”

南云庭和江云开本来就关系好，自然知道他的喜好，回答说：“他就喜欢不管着他喝酒、还能陪他喝酒的，还喜欢不管着他玩游戏、能陪他玩游戏的，外加像秦月明这种长相、身高和性格的。”

南云庭说着说着，突然回过味来：“我去？江哥这是要栽啊……”

江云开的房间是套间，鸭宝在卧室里照顾他。

南云庭和杜拾瑶坐在客厅里聊天，南云庭往卧室的方向看了一眼，然后勾着杜拾瑶的脖子在她额头上亲了一下。杜拾瑶赶紧将他推开，回头去看窗户，看到拉着窗帘才放心。

“放心吧，这家伙被人拍怕了，进房间第一件事就是让鸭宝拉上所有窗帘。”南云庭说着又拉过她的手。

杜拾瑶这才放下心来，投入他怀里，小声道：“我想你了。”

南云庭笑了笑，说：“所以我来了。”

第二天，江云开一醒来，先是睁开眼睛看着窗帘，表情严肃，然后脸色越来越难看。他有个毛病，就是醉酒后会失忆，醒来后却什么都记得。回忆起昨天晚上的事，他忍不住骂了一句脏话。

他一翻身就看到南云庭躺在他身边，睡得可沉了。

他一脚将南云庭踹了下去，南云庭好一会儿才爬起来，不爽地问："你干什么啊？"

"你还不如一酒瓶子把我打晕呢！"

"怪我咯？"

"就怪你！"江云开简直崩溃了，"啊啊啊啊！丢死人了！"

江云开酒醒后都没好意思再去跟秦月明打招呼，只是悄无声息地离开酒店回了剧组。

拍了一天的戏，他回到房间，一进门就看到刘创坐在会客厅的沙发上，二郎腿跷得老高，一脸不悦地看着他。

他看到刘创这种表情就知道没好事，也没敢造次，乖巧地叫了声"舅舅"。

刘创对江云开勾了勾手指，江云开认命地走过去，在他斜对面的沙发上坐下。

刘创将笔记本电脑转过来给江云开看，指着屏幕说："江云开，你是不是跟我对着干？"

江云开凑过去看，发现是真人秀的片段，忍不住问："我录得很认真啊，节目组都应该给我评一个三好员工。"

刘创气得不行："我说过了吧？不炒你和秦月明的cp，还放话出去了，结果你看看录制的这些东西！有秦月明的地方就有你，你就像秦月明小跟班似的，她去哪儿你去哪儿，甩都甩不掉。"

江云开特别无辜地道："我跟别人都不熟啊。"

刘创说："是，你跟她熟，又拥抱她、又把你自己的衣服给她穿？你粉丝什么样你不知道吗？女伴舞离你近点她们都受不了。"

江云开不说话了，只是跟蔫了似的坐着。

刘创继续说："你再仔细想一想，全场女嘉宾你是不是只跟秦月明说过话？"

江云开也震惊了："是吗？"

刘创说："是！别提交流了，你都没正眼看过另外两位女嘉宾！"

江云开还真想不起来了，他没有特意不搭理其他人啊！真没说过话吗？

刘创越说越气：“说了不炒 cp，周若山也在节目里帮你澄清了，结果节目录成这样！暧昧到我都看不下去了。”

江云开委屈了：“你怎么不去说说秦月明呢？”

刘创一巴掌拍在电脑上：“你看看哪次是她主动黏着你？你给我找！找出来我叫你爸爸！”

两个人僵持了一段时间，江云开才故作镇定地说：“你让他们剪辑一下。”

刘创冷笑道：“然后嘉宾从六个人变成四个人？你们开场的时候出现一下，结束的时候出现一下，别的就没了？”

江云开不想说话了。

他们是投资商爸爸，所以公司有两个名额，还把蔡思予安排进去了。后期剪辑他们也可以过目，让自己公司的人多点镜头。然后刘创就发现了，他们家的两个艺人跟捆绑了似的，如胶似漆的，有故意炒 cp 的嫌疑。

刘创觉得非常难办，又气了一会儿，给周若山发了条消息：“帮忙救个场。”

我说唱挺厉害的：“干什么啊？”

刘创：“去找秦月明，录个幕后小视频。”

我说唱挺厉害的：“怎么录啊？剧情呢？”

刘创：“就表现出你们整个组合跟秦月明的关系都很好就行。”

这期节目已经录制完成了，秦月明和江云开全程待在一起，粉丝们看到后一定会觉得讨厌。不如在开播之前就营造出一种假象，让大家觉得秦月明和朝九晚五组合的所有成员关系都很好，而不是单单和江云开关系亲密。

既然大家都叫秦月明“亲哥”，就干脆在这点上做文章，把江云开黏着秦月明的事营造出一种小弟跟着大哥混的感觉。

周若山和秦月明之前一起拍过真人秀，首先让他来配合最合适。他本身在真人秀里也表现出了对秦月明的崇拜，大家也不会觉得突兀。而且，秦月明是真的很久没更新过微博了，是该经营一下了。

江云开看刘创都处理好了，就跟个没事人似的，发消息让鸭宝送个果盘进来。

刘创安排完工作，扭过头来看着他说：“之后几期你别老跟着秦月明了，跟另外两位男嘉宾待着，或者和蔡思予互动一下。”

“为什么独独漏了杜拾瑶？”

“男团成员和女团成员在一起是大忌！为什么部分合同里有不准谈恋爱的条

款，你们这群偶像难道自己心里没数吗？”

江云开突然想到了南云庭和杜拾瑶，他们的事如果被发现了，绝对会引起轰动，南云庭就此掉粉是肯定的。

粉丝们对女偶像的攻击性很强，对很多事情都严格要求，对恋爱、结婚这方面的事却相对宽容。他们对男偶像的行为要求则相对宽松，但是如果谈恋爱、结婚了，掉粉是肯定的。

朝九晚五组合的成员除了周若山，都是女友粉比较多。周若山因为拍的动作片居多，所以是组合里难得的男粉比较多的一位。

虽然江云开很想杜绝被当粉丝老公这种事，但粉丝的想法他毕竟无法控制。

江云开抱怨道：“拍了剧要宣传，挺着急的，现在又得避着了……”

“杜拾瑶的公司不是什么好东西，稍微避点嫌，而且我不想你再传出这方面的新闻了，之后我也会注意。”刘创到底是江云开的舅舅，不愿意看到他整天被骂。

出道早期，江云开的绯闻确实多，到现在都还有帖子说谁谁谁是他的前女友，还列出一些所谓的证据。

江云开“嗯”了一声。

刘创继续说：“奚图的经纪人想培养秦月明和奚图的cp感，我不会让秦月明回应，毕竟她刚刚被分手不久。奚图那边的通稿也都会给我过目，给他们的新剧做准备，你别去捣乱。”

江云开原本还在发消息，听完就冷笑道：“他们有什么cp感？一个古典的神仙，一个跟古希腊神话里的雕塑似的。咋的？他们这是中国神仙和希腊神明的奇异组合？”

“那也比你强！”刘创来气了，这玩意有什么好比的？

江云开不爽地道：“培养个什么劲啊？那玩意儿就这么有效果吗？”

“人家秦月明都没反对，你急个什么劲？”

“我……”江云开不说话了，暴躁地给鸭宝发语音消息，“怎么还没送来！”

鸭宝很快回复：“我切水果呢！酒店不给拼成小熊猫图案……”

秦月明走进公司就看到好些人都被安排在外面等她。

摄影师过来跟她说：“不用紧张，我们只是拍一个小视频，就是日常的小内容，后期会剪辑。”

秦月明点了点头，摄影师便举着设备开始拍摄了，虽说不是正经拍摄，但是设备十分专业。

视频中，她就像刚刚到公司一样，走进去会遇到一些新人。新人仿佛是真的路过，跟她打招呼，叫她“月明姐”。接着，她就去健身房找周若山了。

周若山正在举铁，看到秦月明过来就放下了，笑呵呵地打招呼：“亲哥来了？”

“嗯，来了，我去换衣服。”秦月明走进换衣间，很快就换好衣服走了出来。

心心本想给她化点妆，但她觉得带妆健身有点假，拒绝了。

秦月明和周若山在健身房里一起健身，接着交流一些健身心得，她还动作利落地耍了一套双节棍。

周若山向她一抱拳，震惊地道：“亲哥！您真是我亲哥。”

健身之后，秦月明和周若山带着团队一起去吃饭，幺儿就坐在秦月明旁边，刘创也跟着出境了。

周若山还挺健谈的：“很多人都不太相信我是混男团的，毕竟块头在这里，一点儿也不偶像，好些人一直以为我是个打星。有一次我跟导演说其实我是混男团的，导演头也不抬地问我是不是十八罗汉男团。”

秦月明大笑出声，好半天都没停下来。

周若山继续爆料：“你别看江云开精瘦精瘦的，但是我打不过他，掰腕子都掰不过，他力气是真大。”

“真的假的啊？”

“真的，我又不是绣花枕头！”

秦月明伸出手来：“我们试试？”

周若山摆了摆手：“我不欺负小姑娘。”

“试试看啊。”

周若山真跟秦月明掰腕子了，结果没掰过。

他都要怀疑人生了：“我真的是绣花枕头？”

“也不算，我就是力气特别大，但大家都觉得我很弱……”

刘创看了一会儿，问他们：“你们平时都干些什么？有交流吗？”

周若山和秦月明异口同声地回答：“玩游戏。”

刘创立即示意：“那就玩玩，能录屏吗？”

“应该可以。”

当天晚上，秦月明终于更新了微博，微博内容就是一个视频。

视频开始是秦月明进入公司，接着是她和周若山一起健身、研究双节棍的画面，后面是吃饭的场景。视频最后有一个彩蛋，是她跟朝九晚五组合一起玩游戏。

这条微博出现后，很快就成了热门，评论数不停地上涨。

网友 1：“七仙在健身房的时候真的是纯素颜，果然人美就是敢卸妆。”

迪迪：“路人一枚，仔细看了秦月明玩游戏的片段，操作是真不错。她和江云开水平都不错，周若山和南云庭略水，勉强可以说不是猪队友。”

网友 2：“震惊！电竞大神迪迪评论了，居然夸秦月明操作不错！”

网友 3：“江云开玩游戏是出了名的厉害，听说他前年只有三天假期，就待在家里玩游戏。可我没想到秦月明玩游戏也这么厉害，她真的是才玩不久？真的刚回来？”

网友 4：“为什么感觉秦月明回来后画风完全变了？七仙成了女汉子？在公司也有种大姐大的范儿，我没有恶意，就是真的有种御姐的感觉，还很亲切。之前看真人秀我就震惊了，这回看她耍双节棍更是目瞪口呆。我突然很好奇，要是她和江云开掰腕子，谁能掰过谁？”

当天，朝九晚五组合的几个人齐齐转发秦月明那条微博。

余森：“嗯。// 南云庭：+1// 江云开：亲哥，你从二〇一〇年回来，是为了跟我拜把子的吗？ // 周若山：亲哥，你真的是我亲哥 // 秦月明：分享视频［视频］。”

两天后，《异闻探秘者》发布了宣传视频。

宣传视频里剪辑了一些惊险的画面，节目组后期加了特效渲染，恐怖、神秘的氛围比现场录制的时候更浓。几个胆小的嘉宾被吓得不行，其中江云开被吓到的样子最为精彩，跟之前的男神形象大相径庭。

视频里还有一些搞笑或者精彩的片段，有一段就是秦月明和江云开的东州话与北方话的碰撞。这个片段无疑引起了众多网友的注意，也是网友们评论最多的片段。

评论 1：“哈哈哈哈，秦月明跟江云开聊得驴唇不对马嘴，竟然也聊下去了。”

评论 2：“我终于看到哥哥被吓到起飞是什么样子了，真的起飞了！”

评论3：“你是不是虎？不，我属牛，哈哈哈。”

评论4：“我有点害怕，不敢看，但是想看图图！”

评论5：“好像有点意思，希望不是故弄玄虚的一些设定。而且，整个嘉宾团队只有江云开和奚图能撑住场子，杜拾瑶稍逊一筹，其他人都上不得台面。”

评论6：“蔡思予确实过气了，那位相声演员也不红，但是秦月明如果一直在娱乐圈，咖位不会比池闫和顾祺差好吗？她现在回来，热度和实力也是不容置疑的。”

评论7：“看到秦月明和蔡思予依旧是好闺密，我真的有很多感慨。娱乐圈里的塑料姐妹花太多了，看到这一幕我就觉得，秦月明回来了，蔡思予不会再被人欺负了，秦夜停有亲人了。”

很快，网络上就出现了一些衍生视频，视频的内容就是秦月明的塑料普通话。

拍戏的间隙，江云开打开视频看了一遍又一遍，看一次乐一次。

“渣蓝（男）”“你缩（说）啊”“你倒是缩（说）啊”这几句话让他记忆犹新。

独乐乐不如众乐乐，江云开干脆将视频发到了朝九晚五的微信群里，成员们很快冒了出来。

周若山：“为什么天仙一样的亲哥现在的形象崩塌得那么……哈哈哈哈！”

南云庭：“哈哈。”

周若山：“太魔性了，我以前怎么都没发现。”

江云开点开语音说：“渣蓝（男），你怎么能这么缩（说）话？”

余森：“噗。”

周若山也发来语音：“哈哈哈哈。”

南云庭：“死渣蓝（男），你居然笑人家，你好坏吼（哦）！”

周若山之后发来的语音全是笑声了。

紧接着，江云开给这条视频微博点了一个赞，周若山紧随其后。这条微博很快就爬上了热门，江云开点赞还被人发现了，被娱乐账号截图发出来，又吸引了一波热度。

秦月明此时已经在新剧的剧组了，昨天举办了开机仪式。她和奚图明明认识，还一起参加了真人秀，在剧组却表现得很冷淡。中间的休息时间，奚图也只是安安静静地坐在角落里看剧本、看书，或者干脆闭上眼睛小憩。

秦月明觉得奚图似乎在有意疏远她，她甚至想过，是不是自己主动要求加微信让奚图误会了什么。如果一直这样，接下来的合作真的会很尴尬，她想打破僵局，却不知道该怎么做。

她拿起手机，突然发现自己被拉进了一个微信小群，点进去就看到杜拾瑶在打小报告。

杜拾瑶发了一张图片。

杜拾瑶："@月，月明姐，江哥点赞了你的鬼畜视频，是不是超过分？"

蔡思予："我看周若山好像也点赞了，这两个人估计分享了。"

杜拾瑶："他们两个坏死了。"

秦月明看了一眼群名——探秘者，除了奚图，其他几位嘉宾都在里面。

秦月明点开图片看了一眼，接着就去微博看视频，看完后自己也忍俊不禁，在群里打字回复："确实过分。"

霍里翔："我点赞了江哥尖叫的鬼畜视频。"

杜拾瑶："我去看看。"

秦月明点开链接，看到有粉丝剪辑了江云开被吓到的片段，居然还组合成了一段旋律，挺有节奏感的。她看完后大笑不止，跟着点了个赞。杜拾瑶和蔡思予紧随其后。

江云开："什么意思？你们几个是一伙的是吧？"

霍里翔："谁先动的手？"

江云开："行行行，我可不怕你们，来啊！互相伤害啊！看看 Who（谁）怕 Who？"

秦月明是个笑点很低的人，拿着手机聊了一会儿，脸上的笑容就没消失过。

秦月明："奚图怎么不在里面？"

就在这时，奚图走了过来，在她的斜对面坐下，问她："要对一下台词吗？下一场戏的。"

秦月明做贼心虚地将手机扣在桌面上，点头回答："嗯，可以啊。"

两个人对了一下台词后，奚图看向她，有点惊讶："你已经全部背下来了？"

秦月明回答得很坦然："对啊，没那么难。"

"蛮厉害的。"奚图认为自己的智商也挺高的，但还是无法做到像秦月明这样。

秦月明却突然特别认真地说："其实如果你讨厌培养 cp 感这种事，完全可以说出来，我不需要靠这个来博取关注。想来你也清楚，有些剧不喜欢找荧幕上的好友或者真人秀里的搭档来做主角，这样粉丝们看到会出戏。所谓的培养cp感，也是为了这方面考虑的。”

她是一个配合度很高的艺人，只要剧组宣传得不是太过分，她都会配合，不会耍大牌，也不会提特殊要求。

奚图翻了一页剧本，用笔圈起来一处，随后回答：“其实我们两个人进入娱乐圈的目的是一样的。”

“嗯？”秦月明不解。

“你是为了还债，我是为了赚够事业的起步资金。我在娱乐圈的事业心没有那么强，也没兴趣结交什么人，但是我想赚钱。”

秦月明愣了一下，接着微笑道：“不，我们不一样。”

“难道不是？”

“我是为了那些一直喜欢我的粉丝，为了不让他们失望，让他们相信自己没有喜欢错人。还有，我也是为了不辜负我自己最初的努力，我付出过，所以我需要看到成果。”她至今都无法忘记张天止给她带来的冲击，随便想一想，都觉得心里暖暖的。

奚图侧头看向秦月明，纤长浓密的睫毛下的眼睛似乎在审视她。

她依旧在微笑，接着不失仪态地说：“既然你不是厌恶跟我捆绑，那我就放心了，有问题就沟通，好吗？我们之后还要合作三个多月，和睦一点比较舒服。至于你留在娱乐圈的目的，我没有资格说什么，也不会给你任何意见。”

“嗯，好。”奚图冷淡地回答，又低头去看剧本，但是许久都没翻页。

秦月明拿起手机，看到群里的人又说话了。

霍里翔：“我们所有人都没有他的微信号。”

江云开：“奚图不是科学家人设吗？”

杜拾瑶：“奚图确实很聪明，月明姐也聪明。”

霍里翔：“反正我和他的交流是最少的。”

秦月明：“可能在娱乐圈里的目的不一样吧。”

秦月明：“我要开始拍戏了，不聊了。”

秦月明表面上没说什么，下午拍戏的时候却暗中给了奚图会心一击。

奚图和她搭戏的感觉和其他人的完全不一样。

之前，秦月明知道奚图是新人，有意配合他。那时整个剧组都还在磨合，她的配合度高到甚至会让人忽略她的存在。她完全不需要别人担心，自己就能应付所有问题，还能帮助别人。

今天跟奚图谈过之后，秦月明不太喜欢他对待娱乐圈的态度，就收回了之前的谦让态度，迅速进入正式拍戏的状态。她拍戏的经验非常丰富，对角色的拿捏也足够准确。

奚图之前拍的那部剧，公司和剧组都没想到会爆火。结果公司完全乱了阵脚，临时派其他艺人团队的工作人员来帮忙，还因此惹恼了其他同事。

那部剧播出前，奚图完全没有工作，还在沉浸在科研事业中。爆红之后，他的工作一下子多了起来，经纪人努力稳住局面，才接了些算是比较靠谱的资源。

这部戏就是他们千挑万选出来的，导演出过精致的作品，宣传团队靠谱，秦月明也是老前辈，演技绝对没问题。

可现在，奚图终于发现了，秦月明跟他不在一条线上。她跟他们剧组的其他演员一起拍戏，简直就是神仙下凡去带一群虾兵蟹将，这种感觉实在是太明显了。

他之前待的那个剧组，演员都是新人，水平相当，拍戏的时候都很努力，靠着那么点悟性和灵性，在导演的指导下磕磕绊绊地拍完了。

但是秦月明不一样，她就是前辈，不需要其他人引导。有时候因为奚图而NG（拍摄过程中出现失误或笑场），奚图还会有种羞愧感，怕自己会影响到她的进度。

碾压，秦月明让奚图见识到了演技上的碾压，她的走位、镜头感、时机配合、微表情都掌握得恰到好处。

一组镜头拍摄完毕后，秦月明立刻去屏幕前看，跟导演商量要不要补拍，或者画面需不需要再改一改。奚图就站在一边听着，感受着什么叫新人的懵懂。

“你给我的感觉不太对，一点也不撩，至少我不会对你心动，你不是戏里的唐斐。”秦月明拉着奚图走到一边，托着下巴盯着他。

“嗯？”奚图看着她，猜测她可能是刚才有些不高兴，所以要拿出前辈的架势来说教了。

结果她并没有，她只是突然走到吧台里面，摇晃着酒杯示范给他看。现在，她就是唐斐，无关性别，她的神态、举止都按照唐斐的来，只是给他示范唐斐的感觉。

这部剧的名字叫《高跟鞋与双肩背包》，主要讲的是御姐和小鲜肉的故事。

电视剧中，秦月明饰演的是御姐女主苏潇雅。她是一名时尚杂志的主编，平时十分冷酷，不近人情，是典型的女强人。她身边有很多追求者，但她总觉得没有感觉，或者觉得对方十分油腻。

有一次，她加班到深夜，在十字路口等红绿灯时，一个骑着摩托车的男孩将车停在她的敞篷跑车旁边，那就是唐斐。

苏潇雅整理着头发，并没有看男孩。唐斐却看了苏潇雅一眼又一眼，苏潇雅举手投足间显露出来的魅力让他深深着迷。

唐斐是一名大学生，在大学里追求者众多，但他不喜欢那些女生，总觉得差了点什么。他早早就有种游戏人间、一切尽在掌握的感觉，为人腹黑且擅长伪装。直到他遇到了苏潇雅，被她那自信、优雅、干练的模样深深吸引。

他取出手机偷偷拍了苏潇雅的车牌号，回到家后查询车主的消息，知道了苏潇雅的名字。

在那之后，他总会出入那附近，想再次遇到苏潇雅，却始终没有遇到。

后来有一天，苏潇雅对新的杂志模特不满意，在公司发了一通脾气，晚上去酒吧喝酒遇到了唐斐。

唐斐晚上在酒吧打工，再次遇到苏潇雅，不由得兴奋难耐。他站在吧台里看着她，眼神撩拨，举手投足间展现着自己的魅力。他无疑是帅气的，而且收放得当，不仅不油腻，反而很撩。

苏潇雅沉寂已久的心第一次出现了些许波动，然而，她是唐斐无法控制的人。

奚图这个理工男总是拿捏不了唐斐那种撩拨的眼神，可秦月明示范出来了。

奚图看着她，愣了一下，很快回过神来，点了点头。

秦月明继续给他讲戏："在唐斐看来，他恐怕只有这一次机会博取苏潇雅的好感。他不能被她看轻，不能让她觉得自己是一个小男生，也不能装得太成熟了，那样反而会油腻，所以得有一个度。戏里，苏潇雅在这里觉得他有点帅，才会邀请他去做模特。"

奚图点了点头，重新开拍后，他就完美地将秦月明刚才所展现的那些复刻了下来，包括细节。秦月明惊喜地发现，奚图的悟性其实特别高，只需要有人提点几句，就能够完美地演绎出来，可塑性很强。

“还不错。”秦月明称赞道。

奚图觉得自己应该向她道谢，结果刚要开口，秦月明就跑过去看成品了。他发现自从跟秦月明坦白后，她也开始跟他公事公办了，没有客套话，没有多余的交流。这样没了之前的尴尬，也……挺好的。

第七章
送给你，小孔融

《异闻探秘者》第一期开播了。这种网络真人秀就是这样，播出时间快，还会根据观众的反响调整后续录制，要是效果不佳，有可能只播六期就完结了。

固定的剧情故事只有三个，每个故事分上下两期播出。如果效果好，则会拍摄六个剧情故事，播出十二期，最后还会附加一期彩蛋。

第一期播出后，还真的引起了关注度。首先，江云开算是现在的顶级流量，能引来的关注度自然不低。然后，奚图和杜拾瑶是新生代偶像，不少人也愿意去看看奚图第一次拍摄真人秀会有怎样的表现。最后，秦月明又是近期的话题人物，现在也圈粉不少，能带动一些观众。

第一期播放完毕后，节目组的工作人员时刻关注着观众反应，眼看着点击量不停地上涨，嘴角逐渐上扬。

视频里的弹幕同样精彩。

“啊啊啊，终于等到了。”

“江云开就像个傻狍子，还拽着亲哥一起去看滤镜，笑死我了。”

“还有剧情？”

“前方秦月明高能。”

视频播放到了秦月明识破小偷不是驴友的片段，弹幕迎来了一波小高潮。

“秦月明有点厉害啊。”

“是剧本吧，搞什么学霸人设？秦月明大学被开除的事人尽皆知好吗？”

“她还用得着搞学霸人设？真当FD大学是谁都能进的？她弟弟也是FD大学的，还准备考研呢。”

“秦月明是因为工作太忙，公司压榨她太严重，导致她没有参加期末考试才被学校开除的，FD大学对这方面要求特别严。”

“名场面来了！我属牛，笑死我了哈哈哈！”

“奚图也很厉害啊，说话直击要害。”

视频播放到他们进入村子，开始翻找线索。

“秦月明是真的厉害，分析得好准。”

“江云开是肉眼可见的害怕……”

……

在这之后，还出现了其他弹幕。

“TM三弱——江云开、霍里翔、蔡思予。”

“TM主脑——秦月明、奚图、蔡思予。”

“闺密让我来看TM团，我以为是甜蜜团的意思，谁知道是探秘啊！现在我只想骂人！”

视频播放到秦月明和江云开一起捉鱼的片段时，弹幕画风突变。

“老公，我不许你这样！”

“还说不炒cp？”

“#守得云开见月明#”

“别刷那个了可以吗？早就澄清过了，江云开把秦月明当兄弟，整个团都跟秦月明关系很好。”

《异闻探秘者》第一期播放到蔡思予发现了一条线索，东西还没拿出来，画面就戛然而止了，留足了悬念。其实那东西就是老宅子里的笔记本，是非常关键的线索。

总体来说，第一期的反响还是不错的。

节目组做足了宣传，当天就上了三条热搜：探秘者开播、江云开与城北奚图孰美、秦月明大学辍学。只有最后一条热搜有点不对劲。

秦月明和秦夜停曾经都是学霸，最近秦夜停工作量减少，还在尝试考研，想考北方的大学，最终是哪所大学还没确定。

秦月明当年因为公司安排的工作太满，中途就被学校开除了。其实她心理素质很强，能承受住很多打击，但是那次被开除后，她是真的难过了很久，那件事至今都是她心里的痛。

《异闻探秘者》第二期即将开始录制，秦月明刚到酒店，还没下车就收到了刘创的消息："撤热搜了。"

月："这也是一种热度啊。"

刘创："没必要用一个人的痛处炒作，我们公司不搞这个。"

月："感谢。"

刘创："明天好好录制，离江云开远点，别搭理他，他黏着你你就骂他，不用给他面子。"

刘创是真的千叮咛万嘱咐，让他们两个人离对方远点，别又自己不知不觉地炒起了 cp，他真的不想再收拾这种烂摊子了。

月："好的。"

江云开刚进酒店就被鸭宝推进了健身房。他特别不爽，不过还是乖乖地健身了两个小时，毕竟"江滚滚"这个称号他是一点都不喜欢。

健身房在顶楼，他走出去的时候问鸭宝："还在下面吗？"

"对，还在等。"

江云开叹了一口气，乘电梯下楼，脖子上还搭着一块毛巾。不去见见粉丝，他总担心这群小傻子等太久，不好好去睡觉。

他走下去跟粉丝打招呼，紧接着就发现了不对劲，这群人纷纷从袋子里拿出了奶茶、烤串等各种食物，在他面前吃吃喝喝。

"你们什么意思？"江云开不爽地问。

粉丝们纷纷回答："哥哥！我们今天不要签名、不合影，我们就想吃给你看！"

"奶茶好好喝哦！"

"哥哥，你看看这上面的辣椒，像不像你喜欢的味道？"

"哥哥减肥辛苦了。"

江云开掐着腰看着他们，真是气得不行。他拿出手机反过来拍他们："想让我看是吧？我录下来！反复看！"

这回粉丝们纷纷躲避镜头了，不过还是有人拿着奶茶努力朝他比心。

"哥哥你好帅，素颜也帅！"

"哥哥你每个毛孔都散发着魅力！"

江云开没好气地回答："我练出来的腹肌，就像你们烤串上的牛五花！"

粉丝们开始尖叫。

这时，一个人正好鬼鬼祟祟地进入酒店，被这尖叫声吓了一跳，直往旁边躲。

江云开正录像呢，刚好录到秦月明吓得身体一颤的样子，忍不住问：“你也有害怕的时候？”

秦月明慌张地看向他：“这你都认得出来？”她戴着帽子、墨镜和口罩，还特意从一边绕过去，怎么就被发现了？

江云开还挺自然地回答：“这有什么难的？一般人谁会这么打扮？蔡思予过气成那样都不会，杜拾瑶又是金发，所以就只有你了。过来，跟我粉丝合个影。”

秦月明连连摇头：“我？不合适不合适。”她为什么要和江云开的粉丝合影？

江云开最爱看自己粉丝的笑话，干脆把她拽过来，说：“过来合影，看看她们有多胖。还喝奶茶呢，人家的脑袋都没有你们半边脸大。”

“啊啊啊！”

“哥哥过分！”

粉丝们纷纷抗议。

江云开没好气地问：“你们不过分？”

秦月明被拽到了人群前排，鸭宝还在努力控制粉丝，幺儿看到也马上过去帮忙拍合照。

幺儿凑到秦月明身边小声说：“拍一张就走吧，这举动等于 cp 发糖了。”

“啊？”秦月明没反应过来。

幺儿头都大了，江云开怎么老添乱啊。说好不炒 cp 的，怎么总拉着他们家秦月明啊！这样让粉丝不误会都难。

拍了一张合照后，幺儿还在对粉丝解释：“只是开玩笑，大家不要当真，照片不要乱发，不然会被拿来做文章，感谢大家理解。”

在这里的都是江云开的死忠粉，自然懂这个，都应下了。

晚上，所有人都到了酒店。杜拾瑶拎着一堆小礼物来找秦月明，发现蔡思予也在秦月明房里。三位女嘉宾聚在一起聊天，探讨录制节目的心得。

这时，杜拾瑶的手机收到了消息，她打开一看，小声惊呼：“发糖了！”

杜拾瑶自从默默地萌上了云月 cp 后，就悄悄地加入了 cp 粉的内部阵营，“圈地自萌”。刚才江云开带着秦月明跟自己粉丝拍的合照在 cp 粉内部发了出来，杜拾瑶默默地吃了糖，内心兴奋得不行。

秦月明边认真地啃鸭脖边说：“少吃糖，皮肤状态会不好的。”

杜拾瑶收起手机，乖乖地道："好的。"

第二天，新一期《异闻探秘者》开始录制了。嘉宾们出发前就在微信群里沟通过了，一定要时刻注意寻找线索，不要错过任何细节。

秦月明这次没和蔡思予一辆车，上车后先是背了下车牌号，接着开始在车里摸索。

她摸索了一遍之后，主动问司机："师傅，请问您了解我们要去的地方吗？"

"不太了解，不过我设置了导航，不会走错。"司机师傅回答。

"那里有什么故事吗？"

"事故？出什么事故了吗？"

秦月明看到司机师傅一脸迷茫，便乖乖地坐下不说话了，只是时刻观察着地形和路况。

到达目的地，所有嘉宾集合，一起交流的时候就发现路上都没遇到什么特别的事。

这时，导演开始说话了："为了减轻大家的拍摄负担，在正式录制之前，我们并没有提供任何线索，所以大家可以放心。"

江云开真的是气不打一处来，他们之前没注意，线索就来得防不胜防，现在开始注意了，节目组却不给线索了，心真黑！

他没好气地说："我可真是谢谢你们了！"

霍里翔也跟着叹气："我在车上把司机师傅问得一脑门汗。"

秦月明说："我也是。"

蔡思予说："我甚至记住了车子拐了几次弯，现在让我不开导航原路返回，我都可以做到。"

导演组看到大家都在抱怨，并不在意，开始发布任务："今天的前期准备工作比较特别。节目开始录制后，要先进行一些得分游戏，你们会根据游戏的成绩分别入场。如果六人总成绩不足十分，将会面临恐怖的惩罚。如果六人总成绩超过二十分，则会提前得到线索。"

霍里翔音量都拔高了："分别进入？"

江云开连连摇头："如果把我一个人关进鬼屋里，我绝对会表演一段男高音。"

杜拾瑶想起了江云开的鬼畜视频，说："是那段'啊啊啊'的尖叫旋律吗？"

江云开淡定地否认："你不懂，那叫恶龙咆哮。"

秦月明比较关心其他问题："那进去的顺序是怎样的？积分高的是先进去还是后进去？"

导演说："积分高的先进去。"

秦月明转过身对其他人说："那胆子大的人就努力多拿一些积分，首先进去寻找线索，还能接应后面的队员。胆子小的可以少拿一点，但是要保证我们的集体积分在二十分以上。"

众人点了点头。

导演又说："嘉宾需要分成三组，每组完成一轮问答，问题分为体育、音乐、文理三大类。"

六个人立即聚在一起商量，江云开主动说："六个人里只有我和杜拾瑶是歌手，我们先分成一组，负责音乐。"

蔡思予把霍里翔拉到一边，说："我们选体育，文理这些问题我们恐怕不行。"她了解过，霍里翔学历不高，文理方面的题目估计只能交给秦月明和奚图。

奚图和秦月明也没有异议，并且，为了让其他人心里有底，他们第一组上场。如果他们能拿到比较多的积分，就可以最先进场了，这样其他两组就可以掂量着到底拿多少积分。

秦月明和奚图需要解答的问题大多是数学题和诗词题，他们看到问题都觉得非常简单，但其他四个人则是一脸茫然，心中暗暗庆幸还好自己选的不是这个。

五分钟的限时游戏结束后，秦月明和奚图就已经有十六分了。

第二组进行的是音乐游戏，游戏依旧很简单，就是放音乐猜歌名。第一首歌就给了江云开和杜拾瑶一个下马威，明明音乐很熟悉，但他们就是说不上来名字，说出来的也不完全对。他们放弃这首歌后，工作人员举起一个名字，很快又扣下了。

江云开都没看清，秦月明就立即说："叫《是不是这样的夜晚你才会这样的想起我》。"

江云开想找导演组算账，最后还是忍住了。紧接着第二首歌就播放了，这首歌听起来有那么点熟悉，估计他们以前听过，但是没注意过歌名，又是一脸茫然。

导演组再次举起提示板，江云开说："《这只伶俐的棕色狐狸跳过一只懒惰的狗》，为什么我看到歌名感觉好气啊？"

越到后面江云开就越暴躁，他都不知道节目组是怎么找到这些歌的，全都是歌名特别长的歌，而且提示板只举一下就立马放下，根本看不清。他和杜拾瑶气急败坏地答到最后，也只答对了一道题。

“这就是歌手！”霍里翔出来捣乱，笑得停不下来。

江云开立刻不服地反驳：“一会儿就看看你们两个能不能力挽狂澜了！三分！你们只要得到三分就可以。”

“唉，在两个人气组合的成员溃不成军的情况下，我们即将力挽狂澜！”霍里翔非常得意，想着再怎么差三分还是能拿到的。

然而，紧接着他就崩溃了，他们这组要做坐位体前屈。节目组事先在仪器上标记了一个刻度，超过那个刻度一厘米，得到一分，如果低于这个刻度一厘米，就要扣掉一分。

霍里翔目瞪口呆地道：“怎么着，还能得负分了？”

江云开做了一个“请”的姿势，说：“来，开始你的表演。”

蔡思予首先上场，尝试了一下，发现她这个年纪的人真的很难达到节目组的要求，勉强超过了标准线一厘米，拿到了一分。

霍里翔上场前就有点不安，真的坐下之后就绷不住了，试了几次都崩溃了。他不但碰不到标准线，还差了标准线七厘米。

江云开蹲在他身边认认真真地看着，同时数落道：“你是恐龙吗？小爪子就这点长度，你平时挠痒痒能碰到你自己的后脑勺不？”

霍里翔越试越崩溃，拼尽全力，最后扣掉了五分。

江云开非常没有诚意地鼓掌：“优秀，非常优秀，幸好没让我们得到惩罚。”

游戏环节结束后，节目组导演宣布：“你们之前做任务的组合就是入场的组合，第一组是秦月明和奚图，现在可以入场了。十五分钟后，下一组入场。”

秦月明和奚图没有异议，一同入了场。他们走到场地门口的时候，发现这里的设施非常旧，像是一个非常破败的厂区。门口有一个小小的牌匾，设计像港风，写着“午夜轮回”四个大字。

秦月明和奚图走进通往地下的楼梯，接着就被工作人员蒙住了眼睛，带到了一个房间里。

当他们取下眼罩后，看见房间的一瞬间就惊呆了……墙壁是特殊设计过的，贴的墙纸是像黑板一样可以涂写的壁纸，四面墙上都写了数学公式或者验算步骤。

“会不会是密室逃脱？我们需要从这些题里找到答案，然后在密码锁上输入密码才能出去？”秦月明指着墙壁分析道。

奚图四处查看了一下，说：“这里并没有带密码锁的门，但是有很多孔洞。”

地面上有许多孔洞，密密麻麻的，却又分布得很规则，如果不仔细看，会以为是一种装饰。

两个人蹲下身碰触那些小孔，秦月明惊呼道：“里面有机关，一按压就会弹出来，跟地面齐平。”

奚图看着四面墙壁上的题目说：“题目的答案对应的数字恐怕就是这些小孔的第几排第几列，如果图案拼凑整齐了，我们就可以出去。”

“有可能是，暂时只看到这些提示。”

“可是规律是什么呢？”

秦月明仔细看了看小孔，发现孔里出现了些许液体，她用手碰了一下，指尖沾上了红色的液体，看起来是很逼真的血水。

江云开真的胆小，胆小得杜拾瑶都要受不了了……被蒙上眼睛之后，他拐个弯都会吓得大叫，脚碰到什么东西了都会叫一声，一惊一乍的。

杜拾瑶都比他淡定，无奈地说：“江哥，你冷静一点，没有鬼的。”

“现在连是什么剧情都不知道呢，你让我怎么冷静？”

被带进一个房间后，两个人取下了眼罩。杜拾瑶开始观察周围，江云开却扶住身边的一个柱子，惊慌地道：“什么情况？这个房间怎么这么吓人？”

这个房间有点阴森，暗红色的墙壁上写着三个大字——不是我。

杜拾瑶凑过去看了看，接着对他说：“这三个字是用指甲抠出来的，外面是乳胶漆，里面是白色的，所以字是白色的。”

江云开指着“我”字说：“那个字上面是不是还有血迹啊？”

杜拾瑶凑过去仔细看了看，接着说：“是，应该是那个人流血了。”

“这绝对是一个疯子的房间，不然一个正常人怎么会做这么奇怪的事？手都流血了还写这种字？”

杜拾瑶走了走，继续查看。她拉开一个帘子，江云开立刻吓得失控大叫。

是头发！帘子里吊着一把头发，头发湿漉漉的，上面还在一点一点地滴落液体，地面上还有一摊血，帘子挡着的墙壁上则写着一行字——别跟着我。每个字都有拳头大小，分明是用血写出来的。

江云开觉得有点上头，他的脑袋在充血，受不了这个刺激。他对天发誓，面对多么艰难的处境或者多么可怕的人他都不怕，但是他怕鬼啊！他小时候就不敢去鬼屋，走夜路都有点打怵。

睡觉的时候，他有一个神圣的领域，那就是被窝。一旦手和脚伸出那个范围，他就会产生不安的感觉。他从来不选空心床，家里的床是箱体的，他就怕底下藏着什么，夜里会爬出来。

他还有点受不了血，也不是晕血，就是觉得血恶心，看到就会想吐。

这个房间的装修风格他就很不喜欢，太阴暗、太诡异了，空气中都有股发霉的味道。他知道血水只是道具，可能是红墨水，却还是感觉闻到了血腥味。看到滴血的头发后，他尖叫着躲到了摄像大哥身后，觉得全身的血液都在往头顶涌。

摄像大哥小声提醒道："这样我就拍不到你了。"

"拍不到正好，我想骂脏话。"

"声音会收录进去。"

江云开不说话了。

这档真人秀的嘉宾，刘创最初选的不是江云开，而是余森。刘创觉得凡是需要动脑子的事都用不着江云开，因为江云开没脑子。后来余森拒绝了，说他是冷场王，去真人秀恐怕会显得非常木讷，就转给了江云开。

江云开本来以为这就是一个探案类的节目，他进去耍耍帅就完事了，谁知道还搞什么恐怖氛围。现在他心里真的是万马奔腾，想骂脏话又不得不忍住，只是依旧抱着摄像大哥的手臂，不肯松手。

杜拾瑶和江云开完全相反，居然兴奋了起来。

她到处走走看看，最后对江云开说："这个房间里应该有线索。"

杜拾瑶真的可以叫"傻大胆"了，胆子比一般的女孩子都大，看到什么都觉得新奇。她居然还兴致勃勃地仔细研究起了墙上那两句话："这两句话应该是一个人写的，但是为什么不写在一起呢？"

江云开抱着摄像大哥的手臂不松手，嘴上回答："墙壁上的字那么大，如果用血写那么大的字，绝对会失血过多而死。"

"也对啊，这把头发是什么线索吗？"杜拾瑶说着，伸手捏了捏那把头发，"看样子这是一条被剪下来的马尾辫，我以前没出道的时候去理发店，里面收真人头发给人接发，就会看到这种头发。”

“接发？”江云开缓过来了一些，探头看了一眼，还是觉得辣眼睛。

总躲着也不是办法，江云开调整好心情后便跟着找线索，绕过那个浴室的帘子，走进里间，发现这是一个女生的房间。里面的床铺很小，被子上印着粉红豹，床上还有一个粉红豹毛绒玩具。房间里还有一个电脑桌，上面放着书籍和笔记本电脑。

江云开看了看后嘟囔：“如果让我找到什么恶心的东西，我估计真的会骂脏话了。”

他首先找到了一张身份卡，卡片上是一张短发女孩的照片，名字是“南皮兮”。

他自言自语道：“南皮兮……NPC啊？职业是……DJ（舞厅的司仪或唱片骑士）？”

江云开拿着卡片看了看，放在一边，又开始翻找，每本书都抖一下，看里面有没有夹东西。接着，他打开笔记本电脑，输入这个人卡片上的生日，发现密码不对。他又试了其他排列方式，依旧不对，于是对着电脑说：“我已经礼貌地尝试过了，接下来只能强行打开了，别怪我。”

江云开忽略密码，开始直接破解系统，强行进入了电脑界面。这时，他突然听到杜拾瑶“哇”了一声，又被吓了一跳，身体一颤，惊恐地看着她，问道：“你什么时候过来的？”

“你一个劲地敲代码的时候。”

“下回给我点预警，吓我一跳。”江云开边说边开始看电脑里的东西。

电脑里的东西很少，估计也是怕混淆视听。江云开看到了一个听歌的软件，还有一个浏览器。他打开浏览器去看最近的浏览记录，发现了重要线索：电脑的主人最近的一条搜索记录是关于“午夜轮回”的都市异闻。

传说，这座城市里有一个神秘的地方，叫“午夜轮回”。一群奇怪的人居住在这里，他们昼伏夜出，行为古怪，不愿意跟外界人员接触。

外卖员来这里送餐，都只能送到门口的小箱子里，从未看到有人出来接。有一次，一个外卖员夜间送餐到这里，当天他没有其他的单子了，便留在附近等待，五分钟后，就看到有人从门内出来。

出来取饭的是一个女人，身穿白色长裙，头发披散着，诡异的是，她居然是爬着出来的。这条线索附加了一张照片，或许是因为拍摄得很急，照片拍得很虚，只能看到女人模糊的身影。

江云开觉得那张照片太诡异了，看了一眼就扣上了屏幕，生怕做噩梦。

杜拾瑶却推开他，自己坐到电脑前，打开电脑继续浏览这条新闻，并且读给他听。

“传说这个地方居住的并不是人，而是在人间徘徊、并未轮回转世的魂魄！”说到这里，杜拾瑶惊讶得眼睛都睁大了。

“谣言！”江云开断定。

“肯定是谣言啊！我们就是探秘者，破解谣言，还原事情真相，用科学解释都市异闻！”杜拾瑶跟着说。

“新闻里还有其他信息吗？”江云开起身在房间里翻找其他东西，接着在衣柜里看到了几件衣服。

其他衣服都挺正常的，但是一条白色的裙子引起了他的注意，他拿出来给杜拾瑶看：“照片里的白色裙子是不是跟这个一样？”

杜拾瑶对比了一下，接着惊呼道：“是一样的。”

江云开嘟囔：“照片里的是长发女人，但证件照上的是短发女孩，外面又挂着一把长头发，她是不是接上头发出去吓人的？”

杜拾瑶特别惊喜地说：“哇！江哥，你开始动脑子了欸。”

“信不信我收拾你？”

杜拾瑶笑了一会儿，突然发现了什么，对江云开说：“她的电脑里有听歌列表，列表里的歌曲名字都超级长。”

江云开也走过去跟着看电脑，接着说：“这些歌和我们在外面比赛时听的不一样。”

“会不会有一首歌是一样的，里面就藏着线索？”

两个人凑近电脑仔细翻找，终于发现其中一首有点熟悉，江云开立即点击播放，说：“这首我记得，什么狐狸什么狗的，我当时就觉得这个歌名莫名其妙的。”

这首歌是《这只伶俐的棕色狐狸跳过一只懒惰的狗》，两个人听着听着，江云开蹙眉道：“好端端的一首歌，为什么在这样的环境里听就有点瘆人呢？”

杜拾瑶也点了点头。

两个人认认真真地听这首歌，下意识地歪着头，头顶似乎都冒出了一排问号。直到听到中间的歌词，他们突然开始读字母：“Q、W、E、R、T……”

两个人几乎同时蹦起来，嘴里喃喃自语，紧接着在房间里寻找密码锁。

江云开猜测道："这个英文应该是什么密码。"

杜拾瑶跑出去找了一圈，接着又跑了回来："外面有密码锁！"

两个人重新听了一遍歌词，要去输密码的时候，室内突然停电了。他们动作一顿，音乐声也戛然而止。江云开被吓得多了，这次反而淡定了。

"你记住了吗？"江云开问她。

杜拾瑶想了想，说："Q、E、T、E、R、E？"

"好像不是，我怎么感觉你多记了一个？"

室内一片黑暗，只有逃生图标亮着。密码锁的灯闪烁着，说明密码锁是充电的，现在只有这个是可以用的。

杜拾瑶看了看密码锁，问他："还有可能来电吗？"

"我们仿佛是两条金鱼。"

"你侮辱鱼了。"

"抱歉，我并没有攻击鱼的意思。"

那一头，奚图在房间里翻找线索，看到一个笔记本，翻看几页后突然笑出声来。

秦月明还在解墙壁上的题目，听到奚图的笑声，便问："怎么了？"

奚图边翻边回答："根据节目组的设定，这个房间的主人是一个数学天才，他正在研究霍奇猜想，结果节目组准备的是一房间的初高中题目。"

"霍奇猜想？"

"可以称之为代数闭链的几何部件的组合……"

秦月明点了点头，说："你就别那么考究了。"

奚图在笔记本里找到了一张纸，是从报纸上剪下来的一部分，明显是特地收藏的。他看着纸张说："这上面写了午夜轮回的事。"

"什么事？"

报纸上写了一个故事。

当代数学天才即将解出世界难题，却突然失踪。他的导师不肯放弃这名学生，到处寻找，听说他曾经出入过一个名叫"午夜轮回"的地方，就来这里来找他。

教授等到深夜才见到这名学生，然而，曾经温和的学生突然性情大变，拒绝跟教授离开，还跟教授大喊原来的他已经死了。教授问现在的他是谁，学生却诡异地一笑，接着躲进了“午夜轮回”里，再也没有出现，教授也不敢再去寻找了。

奚图说：“他们说这里聚集了未轮回的魂魄，会找到虚弱的人附身，占有那个人的身体，接着在午夜出现，这里的人都不是人……”

秦月明也走过去看那份报纸，这时，原本已经退下去的血水再次冒出来了。两个人立即定睛去看地面，接着在纸上画了些什么。

他们也是在血水第二次涌上来的时候才注意到血水的上浮是有规律的，似乎是一个形状。画出图案之后，血水又退了下去，两个人将验算纸撕成小条，在图案上面排列，研究这个形状的寓意。

秦月明问奚图：“你玩过填字游戏吗？”

奚图点了点头：“嗯。”

秦月明分析道：“这个阵型里要填写的可能是数字，这里有几个交叉点，交叉点的数字应该就是一串密码。”

“可是这里没有密码锁，我们要用下面的阵型开门。”

“记下来吧，说不定是后续的内容。”

秦月明托着下巴，边看四周的题边思考，突然发现了四面墙的共同点，说：“你还记不记得我们在外面回答问题的时候，有一道题是求象限的？如果我们把坐标轴看作方向，那么就是上北下南左西右东。”

奚图被她启发，跟着说：“可能这面墙的答案就是在这个象限内的数字，我们可以按照结果的数字位数，填在这个已知的图形里。”

“对！”

两个人立即开始解题。接下来，他们按照算出来的答案和之前看到的图形按地面上的小按钮。终于，在血水又一次往上冒的时候，被他们按过的孔发生了变化，里面的血水无法流出来了，图案触发了机关，发出了“叮”的一声响，门打开了。

秦月明快速将房间里可以带走的线索全部带走，跟着奚图出了房间。

然而，他们才走了几步就停电了，紧接着就听到了剧烈的撞击声。

“哐！哐！哐！”那声音很粗重，没有什么规律，响了几声就停止了。

秦月明问奚图：“要去看看吗？”

“走廊很长，我们过去看看。”

两个人朝那边走，秦月明抱着东西，走廊里又十分黑暗，走得十分不顺利。奚图发现了，于是一只手拉着她的手臂，另一只手在前面摸索，主动打头阵。

走近声音的源头，他们听到了说话的声音。

秦月明试探着问："瑶瑶？"

"是月明姐吗？"房间里传出杜拾瑶的声音，听起来特别兴奋，仿佛找到了救星。

"对，我们刚刚解开锁出来，你们这边是怎么了？声音这么大。"

杜拾瑶立即开始抱怨："不是我……是江哥没记住密码，干脆开始踹门了，刚才踹了两下没踹开，现在正骂舅舅呢。"

紧接着，江云开也说话了："什么叫我没记住密码？你不是也没记住吗？"

"有线索吗？"秦月明放下手里的东西，走到门边问他们。

杜拾瑶回答："有，线索是一首歌，歌词里有英文字母，但歌只放了两遍就停电了，我们两个人都没记住。"

奚图纳闷地问秦月明："他们这边这么简单？"这是看人下菜碟吗？

秦月明偷笑道："简单他们也没记住。"

奚图无奈地叹气："唉……"

"会不会有电闸之类的东西？得让他们再听一遍歌才行。"

"那就需要我们再找一找了。"

两个人将东西摆放在门口，接着在走廊里寻找，全程都是摸着墙壁走。走廊里应该还有装饰物，又伸手不见五指，黑暗中的他们总是会撞到什么东西，以至于走得小心翼翼的。

拐了一个弯后，他们看到了闪烁着的密码灯，快速走过去，发现真的是电表，且有密码。他们试了之前的交叉数字后，电闸顺利地打开了。

"哇！"秦月明惊喜地叫了一声。

奚图也是眼睛一亮，没想到无意间发现的数字后期真的有用。

走廊里的灯亮起后，他们发现这里的地面贴的是菱形格子的地板，一直延伸到远处，看久了会有些头晕。

奚图看着周围说："罗马旗的棋盘地板，旁边的雕塑是棋子。"

秦月明这才看到之前的障碍物原来是一些雕塑。

他们回到了江云开和杜拾瑶的房间门口，隐约听到了里面的歌声。接着，里面的人重新试了试密码，还真打开了门。

看到江云开和杜拾瑶走出来，秦月明忍不住嘟囔："你们的密码好简单啊。"

江云开有种奇怪的胜负欲，立马反驳："我们的密码也是需要跟外面的游戏联系的好不好？那么多首歌，我们找出这首容易吗？还发现了歌词里的秘密。"

秦月明说："可是……还是好简单啊。"

接着，她说了一下她和奚图的房间是怎么得到密码的，江云开就不说话了。

秦月明和奚图进入江云开和杜拾瑶的房间寻找线索，杜拾瑶则跟在他们身后给他们介绍这个房间，还有之前发现的线索。

两组人员互相交换已知的线索后，秦月明沉思片刻，接着走到一个唱片架旁，指着一叠唱片说："这里应该是电脑的开机密码。"

杜拾瑶和江云开立马凑过来，似乎都没看出来，于是问："怎么就是密码了？"

"这是一个歌手的唱片，每张唱片的侧边都有出品年份，但摆放顺序是错的。你们再看其他唱片，都是严格按照数字顺序摆放的，所以这个摆放顺序可能就是一组密码。这个是第二张，这个是第四张……密码是245136。"

江云开坐下之后，将这串密码输入电脑，果然打开了。

秦月明纳闷地问："没有密码你们是怎么开电脑的？"

杜拾瑶说："江哥会破解电脑，直接跳过密码进去了。"

江云开特别得意地说："一技在手，线索我有。"

秦月明笑了笑，继续看其他东西。

奚图走到了房间外，说："墙壁上有些粉末是后期补上去的，和之前的粉末有一定的色差，用手扫开还有一层浮灰，下面有一行数字，是电表箱的密码。"

杜拾瑶和江云开都沉默了，他们也不知道他们在这个房间里努力了这么久都找到了什么。

朝外走的时候，杜拾瑶还想去秦月明他们的房间看看。

"满地是血？"江云开问秦月明。

秦月明点了点头。

江云开看向杜拾瑶，摆摆手道："那你自己去吧。"

然而下一秒，他们突然听到了霍里翔崩溃的叫声："啊啊啊！我要疯了！"

四个人赶紧朝声音传来的地方跑去。

走到一个房间门口，秦月明紧张地问里面的人："怎么了？"

听到门外有声响，霍里翔带着哭腔道："我们要疯了！"

江云开问："里面什么情况？"

蔡思予隔着门板解释：“我们这里的开门装置非常过分，有一个体重秤，站在上面的人重量不能超过一百五十斤，否则警报就会响。这边有一个按钮，需要用双脚踩着，前面有一块玻璃板隔开，要俯下身去按板子的另外一边。”

秦月明立马说：“这也是坐位体前屈！我们房间里的设置都是跟之前做过的任务相关的。”

蔡思予说：“对，就是这个，可是我们两个人都碰不到，我是个子不够高，里翔是身体柔韧性不行。”

江云开还有点幸灾乐祸：“你们这情况也靠不了别人，唉。”

秦月明帮蔡思予说话：“那也比暴力踢门的人强多了。”

江云开好气又好笑，最后只对她说：“让他们继续努力吧，我们去看看你们的房间。”

江云开和霍里翔之间似乎有一种特别的气场，就是他们只要一对视，就知道对方是自己可以怼的人。如果是别人的话，江云开说不定会努力帮帮忙，但既然是霍里翔，他就自然而然地幸灾乐祸了。

江云开之前还很排斥血液屋子，这回也愿意去了。

秦月明站在门口想了想，按这个房间的设置，他们外面的人确实没办法帮忙，就也去了原来的房间。

江云开推开房门，看到地上密密麻麻一大片孔洞，里面还有血水，难受得直嚷嚷：“我密集恐惧症都犯了。”

杜拾瑶看了看，感叹道：“幸好我们进的不是这个房间，不然绝对出不来。”

这时，走廊里传来蔡思予的喊声：“我们出来了。”

四个人便立即赶过去，查看最后一个房间的线索。

这个房间里有一个人的日记，日记的内容非常琐碎。

房间的主人叫艾云冬，她有一个老公，两个人的感情本来很好，后来她生了孩子，身材变形，自己便开始嫌弃自己了。于是她每天躲在这里努力健身，身材不达标绝不出门。

还有就是，似乎有一个年轻男人追求她。她觉得这个人品性十分恶劣，居然对她这种已婚已育的女人苦苦纠缠，于是也在这里躲避对方。

江云开嘟囔：“这个房间的主人看起来没太大的问题啊……”

蔡思予摇了摇头，说：“她说她刚刚生产完，身材变形了是吧？可是她也不可能不管孩子，就一个人待在这里健身啊。”

房间里突然安静下来，大家也都意识到，这的确是事情的关键所在。

秦月明突然想到了蔡思予的情况，目光深沉地看向她。

蔡思予指着这个房间继续说：“这个房间里摆设的物品是经常健身的人才用的，几乎没有和孩子相关的东西。”

霍里翔猜测道：“会不会是孩子意外没了？”

江云开说：“你们注意到这些人的名字没？短发DJ女孩叫南皮兮，也就是‘NPC’。数学天才叫萧树雪，读出来还挺有地方口音的，就是‘学数学’。现在这个房间的主人叫艾云冬，就是‘爱运动’。”

秦月明笑了，接着做总结：“目前可知的异闻就是这里叫‘午夜轮回’，这里的人昼伏夜出，十分神秘，这一次还是有三条故事线、三个主人公。”

江云开点头：“对，上一次还有人给我们一个笔记本，告诉我们需要破解什么传说，这一次却什么都没有，什么都要自己破解，难度更大了。”

奚图说：“上一期看似是三个故事，其实故事与故事之间都有联系。现在这三个人的故事，目前看来是没有任何交集的，似乎唯一的交集就是他们三个人都住在这里。”

秦月明掰着手指说：“第一，我们要知道他们为什么会住在这里。第二，艾云冬的房间里似乎没有跟轮回传闻有关的线索，这个还需要继续找。”

霍里翔跟杜拾瑶都蒙了，只是愣愣地点头，看起来不太聪明的样子。

他们又在第三个房间里寻找了一番，确定没有多余的线索，才走出了房间。

几个人边走边聊，江云开问：“现在我们要做什么呢？”

下一秒，他突然看到了一个什么东西，吓得大叫一声，紧紧抓住旁边人的手臂。

其他人也看到了，霍里翔吓得慌了神，蔡思予更是尖叫了一声，往后退的时候差点跌倒，幸好被秦月明扶住了。

只见前方的走廊里出现了一个人，长长的头发披散在肩头，甚至挡住了脸。她身上穿着白色的裙子，裙子上有星星点点的血迹。

她在他们的面前爬了过去，真的是“爬”了过去，手肘朝外前后摆动，像一只巨大的蜘蛛，嘴里还在念念有词：“不是我……别跟着我……”

听到尖叫声后，她朝着这群人扭头看过来，头扭成了一个诡异的角度，发丝的缝隙里露出了一只眼睛。接着，她笑了起来，脸色苍白，喉咙里发出嘶哑的“呵呵”声，问道：“你们也死了吗？”

秦月明自诩胆子大，此时看着那个女人也是心里一惊，身上的鸡皮疙瘩都起来了。

奚图默默看着躲在自己怀里的江云开和霍里翔，有点无奈。

杜拾瑶不愧是傻大胆，此刻还能淡定地指着那个女人惊呼：“她是NPC！”她其实没记住那人的真实名字，只记住了这个代号，就顺口喊了出来。

秦月明也终于回过神来，第一个举动就是把蔡思予交给杜拾瑶照顾，接着就朝南皮兮冲过去：“我去抓住她！”

南皮兮原本已经准备爬走了，她的任务就是出来吓他们一次，接着就可以走了。结果回头看到秦月明突然朝她跑来，反而被秦月明的阵仗吓到了。她赶紧往前爬，意识到速度不够快，后来干脆站起来拎着裙摆往前狂奔，狼狈地跑了。

奚图看着秦月明追着南皮兮跑的画面，没忍住笑出声来。这个女人真的跟其他人不一样，真去鬼屋里都能把鬼吓出个好歹来。

颤抖吧！NPC们！

江云开缓过来了一点，离开奚图，扶着墙看着秦月明走过来，忍不住说：“我说，你就不能放过可怜的NPC吗？你看看你都把人家吓得直立行走了，节目组不得扣她的盒饭啊？”

秦月明没抓到人，只能先回来解释：“她那里说不定有线索啊！”

“在鬼村的时候你就把NPC给捆住了，这回你还准备捆她是不是？我发现你真的是NPC杀手啊。”

几个人继续朝前走，受到惊吓的江云开和霍里翔全程互相搀扶着。

一行六人走到一个大厅外，那里有一个公告牌，秦月明走过去看上面的文字。

看了一会儿，她惊呼道：“哦！这里写了，午夜轮回会所不允许人们白天行动，只能在夜里活动。如果有人白天行动被发现，就会被关押起来。”

看时间，现在还是白天，所以他们也有可能被抓起来。

众人正在思考，这时，突然有人从大厅里冲了出来，跑到他们面前，慌张地问：“你们也是探秘者吗？”

所有人脑子里同时冒出四个字——任务来了。

他们七嘴八舌地回答“是”，接着，这个人抓住江云开的手，急切地道：“你们千万不要进去！”

江云开挺讨厌别人碰他的，却还是冷静地问：“怎么了？”

那个人解释：“我们来了三个人，现在就剩我一个了。里面都是红光，如果碰触到红光，警报就会响，马上会有工作人员出现将人抓走，听说只要被抓住就再也出不来了。”

秦月明赶紧问：“什么红光？是红外线吗？”

男人吞了一口口水，慌张地解释：“听说红光是这里主人的视线，他有严重的夜盲症，只能看到光照到的地方。如果被他发现有人来了，他就会马上派人来抓人。”

秦月明又问：“主人？什么主人？”

男人说：“关押魂魄的人，或者说不是人。”

男人似乎很想快点离开，从自己的口袋里拿出一张皱巴巴的纸，递给秦月明，又说：“如果你们执意要进去的话，就请帮我把这几个疑点解开，将真相公布。这件事就交给你们了，如果可以，请帮忙把我的同伴救出来。还有，如果有人来抓你，不要反抗，他们有电棍。”

说完这些，男人就狼狈地离开了。

秦月明纳闷地问蔡思予：“为什么……他最后一句话好像是单独对我说的？”

蔡思予笑道：“因为我们这些人里只有你会袭击NPC。”

秦月明无奈地道：“我只是想抓住他们，不是袭击呀！”

奚图伸手拿走纸条看了看，上面罗列了所有异闻，也就是需要他们一一破解的谣言：第一，“午夜轮回”到底是什么地方？这里的主人是谁？第二，夜里取外卖爬行的白衣女鬼到底是怎么回事？第三，数学天才离奇失踪，他性格大变的原因是什么？真的是被鬼附身吗？第四，男子报警称“午夜轮回”囚禁了她的女朋友，女子却不肯离开这里，传闻她只能留在这里，背后的真相是什么？第五，这里的午夜真的有魂魄游荡吗？

奚图说：“其实第二、三、四条的主人公就是我们在房间里寻找的那些人，了解他们背后的真相就可以了。知道这些真相后，最后一条也就不攻自破了。”

秦月明跟着点头：“没错，现在我们就要进去看一看了。”

江云开看着男人离开的方向，突然说：“他是上一期的驴友之一，这人的业余生活可真丰富，又是驴友又是探秘者。”

秦月明看着江云开说：“你在某些方面观察得倒是异常仔细。”

江云开指了指大厅，又说：“我还觉得，这个大厅里应该有什么玄机。”

秦月明突然想到什么，问奚图：“罗马棋盘？”

奚图摇了摇头，回答：“这里应该有其他的规则，我们还没找到线索。”

众人在大厅里徘徊，寻找线索，就江云开一个人不动，抬头看着房顶那个巨大的设备，问：“那是个什么东西？”

江云开也算是经常录制节目，这么夸张的设备却没见过。他就是觉得，在这个房间里摆个这么大的东西，肯定不是摆着好看的。

秦月明站在他身边抬头看了看，说：“你们这个时代的人都不知道，我就更不知道了。”

她低头看了看地板，突然问奚图：“你还记不记得交叉点的方位？也就是电表箱的密码。”

奚图想起来了，那串密码是六个数字，他们正好是六个人。于是，他和秦月明合作，指挥其他人站在相应的点上。几个人刚刚站稳，头顶那个巨大的设备就启动了。

霍里翔惊呼道：“全息投影啊？”

果然，在他们站稳之后，地面上的部分格子里出现了棋子，这棋子颇为气派，看起来跟他们差不多高，和之前走廊里布置的雕塑是一样的。

每个人都有属于自己的棋子，奚图仔细看了看，然后开始指挥大家移动位置。他们是处于劣势的，因为有几颗棋子无法移动，只有他们六个人可以动，所以想赢非常困难。奚图中途几次卡壳，最后还是通过精密的计算赢了这一局。

杜拾瑶看到棋子消失了，问道：“我们算不算战胜了人工智能？”

奚图回答：“不算，我下棋的时候，感觉对方也在思考，而不是立即移动，估计是工作人员在控制，不算人机对抗。”

秦月明感叹道：“你好厉害啊！”

江云开原本都准备去找他们的奖励了，结果听到秦月明夸别人就不高兴了，皱眉道：“亲哥，是我发现这里有蹊跷的，你怎么不夸我呢？”

秦月明说：“我说过呀，你在某些方面观察得异常仔细。”

江云开不爽地继续走，走到一个亮起来的屏幕前。

屏幕上提示：“请输入人员姓名。”界面上角落的位置写着“档案库”三个字。

江云开抬手，点了一下屏幕上的箭头。没有触感，但是界面真的发生了变化，出现了一个小键盘，他抬手输入三个人的名字，然后点击确定。

然而，界面依旧停留在输入的状态，什么变化都没有。江云开也有点纳闷了，又输入一遍第一个人的名字，然后点了下键盘上的红色小按钮。接着，界面突然消失了，就像什么都没发生过一样。

江云开回头一脸疑惑地看向其他人，其他人也一脸蒙。

他们试着再次站到原来的位置上，这回居然没有任何反应。

江云开奇怪地问："什么情况啊？"

霍里翔跟着问："我还好奇你按了什么呢！"

江云开说："就一个红色按钮，我也不知道它是干什么的，以为输一个名字按一次，没想到一按就没了。"

就在他们疑惑的时候，大厅里的一道门开了，他们赶紧走进去。

走进去后，他们就听到了高跟鞋"噔噔噔"的声音，在空荡荡的走廊里回荡。最可怕的是这种声音似乎还有种距离感，从远至近，仿佛有个人在他们身边走过去了，然而实际上，走廊里空无一人。

江云开又不行了，吓得趴在墙面上，颤抖着说："我受不了这种刺激。"

秦月明走过去鼓励他："你坚强一点，这个只是音效，我们得跟着她走。"

江云开震惊了："还得跟着声音走？"

杜拾瑶也走过来推着他走："我们得找线索啊。"

一行人跟着高跟鞋的声音走，接着就听到了说话的声音。

"要出门？"

"对，去上班。"

"我每次去那个地方都头疼，音乐声太大了。"

杜拾瑶说："应该是NPC。"

秦月明也说："对，南皮兮是DJ，工作习惯就是昼伏夜出。"

江云开说："是那个被秦月明吓到的女鬼。"

对话声再次响起。

"你怎么突然长发及腰了？"

南皮兮回答："我去理发店接了头发，发质还挺不错的。"

"我听说很多理发店接的都是死人头发，你小心被什么不干净的东西缠上。"

“您别逗了行吗？我去的正规理发店。再说了，死人头发谁敢碰啊。”

紧接着，高跟鞋的声音突然变得急促起来，女人的声音慌张无助：“怎么回事？为什么我接的头发和自己的头发连在一起了？它们长成一体了！”

一个男人问：“您是？”

“我在你们这里接过头发。”

“哪天啊？您这头发可不像接的，就是自己的吧。”

“二十七号那天，我晚上过来的，十二点左右。”

“您开玩笑吧？我们这店只营业到晚上十点就关门了。”

“给我接头发的人说我那天是赶巧了。”

“您进来看看这面墙上的照片，是哪个理发师？”

“没有……为什么没有？”

“我打赌，是您记错地方了。”

“怎么会？怎么会这样？你们这里收死人头发吗？”

“您可别吓人了成吗？神经病吧。”

听到这里，霍里翔说话都有点不利索了：“我……我仿佛站在上帝视角听一个鬼故事。”

蔡思予冷静地思考道：“南皮兮是因为接头发，所以被附身了吗？”

秦月明说：“事情确实有点诡异。”

江云开左右看了看，想去秦月明那里找点安慰，却又怕会被舅舅骂，没办法，只能再次去找霍里翔。霍里翔也是害怕的，于是，平时互怼的两个人再次互相搀扶。

走着走着，江云开一扭头，看到了一块玻璃，里面突然亮起灯光，出现了一个人。那人脸色苍白，黑眼圈很重，憔悴得有些恐怖，正扯着自己的头发惊恐地看着玻璃，仿佛是在照镜子。加上灯光的渲染，这氛围显得更加恐怖了。

那人突兀地出现，还离得这么近，简直给了江云开一记暴击。他大叫一声，松开霍里翔，瞬间躲到了秦月明身后。人在这种情况下做出来的举动都是下意识的，在他心里，秦月明就是比霍里翔更靠谱点。

霍里翔吓得一屁股坐在地上，颤抖的手指着玻璃，结结巴巴道：“她……她……啊啊啊！”

秦月明还没看清发生了什么，就被江云开拽得到了人群最后面，仿佛他躲起来的时候也要把她拽到后面，这样安全一点。

结果让江云开没想到的是，那块镜子对面的位置也跟着亮起灯来，里面出现了另一个女孩。那个女孩和南皮兮发型一样、姿势一样、面容也一样憔悴，但是长得不一样。

江云开的身体又颤抖了一下，秦月明赶紧将他拽到自己身后，自己挡住玻璃，小声安慰他："没事，都是真人扮演的。"

江云开是真的胆子小，吓得额头上都是汗珠，嘴唇都发白了，简直要崩溃了。

玻璃里的两个人还在继续走剧情，女孩从镜子里看到了一张不属于自己的脸，惊恐万分地道："是你！是你的头发吗？是你？"

接着，两个人同时疯狂摇头，似乎排练过，频率居然完全一致。

霍里翔吓得站都站不起来了，却还跟江云开贫嘴："你还拦着月明姐抓NPC，你说，要是被月明姐捆住一个，现在吓唬我们的是不是就只有一个人了？"

江云开跟他互怼："正是因为没抓住，所以剧情没改，不然指不定会变得更恐怖呢！"

南皮兮扯着头发继续说："不是我！不是我！你听我解释！"

霍里翔不敢看，干脆闭着眼睛听声音，又说："剧情没改有什么用？你听听这说的是什么？一会儿'是你'，一会儿'不是我'，什么玩意儿？"

江云开揪着秦月明的衣服不松手，还在反驳："你没脑子，一会儿我亲哥就分析出来了。"他此刻就是狗腿子。

秦月明看着镜面说："第一句'是你'，应该是南皮兮认出了镜子里的人是谁。第二句'不是我'，她是在跟镜子里的女人解释某件事不是她做的。"

奚图点了点头："嗯，应该是的。"

江云开继续当狗腿子："看见没？亲哥分析出来了。"

女孩突然拿出剪刀，将头发拢起来后一把剪断，接着将这把头发一丢。然后，玻璃里面的灯光熄灭，一切恢复平静。

秦月明看着不远处，提醒霍里翔："霍里翔，你站起来，前面出现红光了。"

传说中的红光就是一道红色的光束，像是舞台上的聚光灯，看起来十分明显，在他们前方扫来扫去。霍里翔赶紧站起来，在红光到来的时候，一群人贴着墙壁，小心避开，也算是有惊无险。

秦月明说："前阵子休息，我玩过一个叫'小小噩梦'的游戏，里面有一个关卡就是不能被光束扫到，不然就会灰飞烟灭。"

奚图说："和我们现在面临的这个设置一样。"

高跟鞋的声音又响了起来，且很急促。

秦月明注意到江云开松开了她，似乎是怕耽误她的行动，于是快速说："我去看看。"

她追着高跟鞋的声音跑，看到有红光就灵巧地躲过去，身体特别灵活，不愧是常年习武之人。

奚图也在后面跟着，但是没有她躲得灵活，途中被一束光拦住。看着秦月明越跑越远，他决定在原地等其他人跟上来。

秦月明跑进了一个房间，里面有很多文件，这似乎是间档案室。她拿出一份档案看了起来，注意到一个细节，不由得一怔。

没多久，后面的人就跟进来了，问道："这里有什么？"

秦月明动作自然地抽出一张纸，又快速将纸对折藏进袖子里，然后回答："这个南皮兮曾经进过少管所，因为校园暴力。"

进来的人是蔡思予，她走到秦月明身边一起看那份档案，看了一会儿，说："校园暴力导致一个女孩死亡了，其他参与这件事的学生都进了少管所。"

"对，我猜镜子里出现的那个人就是死亡的少女。"

"所以南皮兮是接了死亡少女的头发，被附身了？"

"不，现在看来，被附身只是谣言，这是不科学的，所以背后一定还有其他的故事。而且你看，这个女孩在七年前就去世了，头发难道是留了七年再接到南皮兮头上的？"

这时，其他几个人也都到了这个房间，大家边讨论边在房间里继续翻找，却再没找到其他线索了。

他们走出房间后，走廊里的灯光突然一变，尽头的灯光全部变成了红色，而且还快速朝他们所在的位置扫过来。他们立即往回跑，红色的灯光似乎是在追逐他们，有人躲在了门口的装饰物后，有人则拐了个弯。

奔跑的时候他们互相推着，或者拉着其他队友。秦月明反应过来的时候，已经被江云开拉着手跑出很远了。江云开怕归怕，体育素质是真好，又长着一双大长腿，跑起来的时候简直脚下生风，导致秦月明中途没跟上。

秦月明跑过一个地方后，突然想起什么，接着打开旁边的电表箱，拉下了电闸。周围瞬间陷入黑暗，红光也不见了。

黑暗中，六个人分散在不同的地方。

秦月明喊了一句："大家都还好吗？"

零散的回应声响起，只能听出他们大致的方位。

秦月明站在电闸前不动，突然听到了脚步声，便问："是谁？"

江云开喘得厉害，却还是不忘开玩笑："渣蓝（男）。"

秦月明自然知道自己的口音梗，不但没生气，反而笑了起来。她在黑暗中摸索着找到江云开，将他拽到墙边，接着喊道："大家躲好，我要开电闸了。"

其他人立即应声。

秦月明拉起电闸后，灯光亮起，但是红光不见了，她松了一口气，说："我刚刚在想，电表箱的密码应该不是白给的，原来有这种功能。"

没了红光的威胁，其他人立马过来跟他们会和。他们站在电闸附近讨论剧情的时候，之前下罗马棋开启的门突然又关上了。等他们准备走过去查看时，门却又打开了。

事情有点奇怪，几个人面面相觑，最后还是选择走过去，接着就听到了最初听见的高跟鞋声音，还有那些对话。

江云开问："怎么回事？轮回了一次？"

杜拾瑶猜测："所谓的午夜轮回，就是一直在轮回这些场景？"

秦月明一直在认真听，听了一会儿便说："不，细节不一样，我们第一次听到的对话，结束的时候没有那个男人'呸'的声音。"

对话还没完，果不其然，这次还出现了男人和其他人说话的声音。

"你还认识这么一个大美女？给个微信啊。"

"我敢给，你敢要吗？她曾经害死过人，还进过少管所。"

"怎么害死的？"

"别提了……我也三年没见过她了，不知道她现在怎么样。"

第二段对话结束后，理发店里有一个小姑娘说："店长，我记得她。"

"她还真来过？"

"来过，不过次数不多，她以前就是长头发啊。"

"那她来这里闹这么一出干什么？"

"不知道，莫名其妙的，疯了吧。"

听到这里，六个人互相提醒："做好心理准备，视觉冲击要来了。"

江云开干脆捂上眼睛。

结果，这次玻璃里面亮起灯之后出现的场景，居然是两个看上去很年轻的女孩背靠背坐在一起哼歌。

接着，另一块玻璃里面也亮起灯光，一个短发女孩坐在地上，背对着他们捂着脸哭。留下来的是短发女孩，消失的是长发女孩。

杜拾瑶猜测道："南皮兮和死亡的女孩曾经关系还挺好？"

秦月明说："从对话可以听出来，南皮兮根本没有接头发。第一段对话，那个人三年没见过她，感叹她长发及腰了，所以她的头发有可能是自然而然长长的。第二段对话则可以直接证明，她并没有接头发，一直都是长发。但是她出现了幻觉，觉得自己的头发是接的，而不是自己长的。"

奚图说："会不会是她突然失忆了，失忆前是短发，突然有一天发现自己的长发变长了，就觉得是接头发了。"

秦月明点了点头："有可能。"

这时，红光再次出现，高跟鞋的声音也不见了，他们又一次回到了起点。门再次关上、再次开启，他们只得又一次走进去。

霍里翔嘟囔："还真的是无限轮回啊。"

江云开又怼他："我们只不过是在来回溜达。"

这个轮回，女人的高跟鞋声变成了男人的皮鞋声。接着，男人说话了："教授，您看我算的这个答案正确吗？"

"嗯，非常不错，你真的是我见过的最有天赋的人。"

"萧树雪你又得奖了啊，恭喜恭喜！"这个声音应该是同伴的。

"你简直太厉害了，要是你以后成为数学家，可别忘记我们啊。"这个声音是另一个同伴的。

"过奖了。"这是萧树雪的声音。

秦月明他们继续往前走，途中还听到了萧树雪咳嗽的声音。

"树雪，你也不用太在意弟弟。"这个声音听起来有点老，应该是长辈的。

"可……确实是我欠他的。"

"那是他的命！"

"您放心吧，我会尽可能地帮助他的。"

“诶，你刚才怎么抖腿了？这不是你弟弟的习惯吗？是不是他的血液影响到你了？”

“有吗？我下次注意。”

声音停下来了，霍里翔一把抓住江云开，颤抖着问：“又要来了吗？”

江云开干脆站住不动了，跟霍里翔四目相对。其他人也知道这两个人的胆子，都没让他们往前。蔡思予同样胆小，但她还是想看，就一直抓着秦月明的手臂。

这一回，灯亮起来，出现在玻璃里的是一个男生，他看着玻璃叹了口气。

秦月明感叹道：“萧树雪还挺帅的。”

怕到不敢睁眼的江云开听到这句话，立马拽着霍里翔走过去，边打量萧树雪边问：“哪儿帅了？”

霍里翔问：“你不怕了？”

江云开“哼”了一声，说：“居然在我面前说别人帅！”他都没在秦月明面前说过别人漂亮好吗！他是真的觉得别人都没她漂亮。

玻璃的另一边出现了一个小男孩，明明只有十三四岁的样子，却将暴戾感演绎得淋漓尽致：“少假惺惺了。”

萧树雪：“是我对不起你。”

男孩：“我恨不得你早点死！那样我也解脱了。”

萧树雪：“我想为你做点什么。”

男孩：“用不着。”

萧树雪：“可是我的身体里流着你的血。”

男孩：“闭嘴！”

灯光再一次熄灭。秦月明他们已经轻车熟路了，在光束阵里快速向前走，走进了另一间档案室。

秦月明伸手拿起一份档案读了起来：“萧树雪从小体弱多病，需要靠移植器官和输血来维持生命，所以他的父母生了第二个孩子，也是个男孩。但是在两年前，这个男孩去世了，好像是……自杀。”

室内突然安静下来。

江云开指着门口问：“准备好了吗？”

秦月明看向他，说：“你跑得快，你先去关电闸？”

江云开理直气壮地道：“我确实跑得快，但是我不敢一个人跑啊！”

其他人都笑了。

霍里翔站到江云开身边，提议道："我这一整天都没帮上什么忙，我跟你一起去关。"

两个人站在门口，数了"三、二、一"就一起跑了出去。接着，其他人跟着跑了出去，在途中散开，找地方躲避红光，等停电之后再摸索着去大厅会和。

第二次进入大门前，江云开说："我输入的第一个名字是南皮兮，第二个是萧树雪，第三个是艾云冬。"

秦月明点了点头，说："这回应该是另一个视角的萧树雪了。"

蔡思予分析道："萧树雪身体不好，弟弟是为了救萧树雪而生的。能看出来弟弟非常恨他，估计从小就被迫牺牲自己的健康去救哥哥，一次次上手术台一定非常痛苦。你们注意到没有？玻璃里的小男孩手臂上青一块紫一块的。"

秦月明说："没错，这样的人生一定生不如死。而且能够听出来，哥哥太优秀了，使得长辈们都放弃弟弟了，弟弟一直活在哥哥的阴影之下。"

蔡思予又说："弟弟明明付出了很多，却看到所有人都只围着哥哥转。他的痛苦都是哥哥带来的，哥哥还总是出现在他面前，在他看来就是假慈悲。"

秦月明思考道："或许哥哥是因为专注于学习，不擅长处理这些事，其实心里也十分难受吧。"

蔡思予内心越发难过，握紧双拳说："做不到一碗水端平，就不要生二胎。"

门再次打开，第一段对话结束后，响起的是其他人的议论声。

"听说萧树雪是靠吸弟弟的血长大的。"

"什么？萧树雪还有一个弟弟？"

"你还不知道吧？有些人表面光鲜，私底下却做着恶心的事情，人品也就那么回事，还书香门第呢。"

"说什么呢！"这是教授的声音。

"走走走。"

第二段对话结束后，响起的是长辈的叹息声。

"明明树雪那么优秀，为什么这孩子就这么浑蛋呢？"

"哼，还不是遗传不好？"

"如果不是你生不出，我也不会和那个女人要这个孩子，不都是为了树雪？"

"她还有脸来找你，你们两个人是不是没断干净？"

“你还有完没完了？只要树雪没事就可以了，弟弟的任务不就是这个？”

“原来是这样……”这个声音是弟弟的。

“树风？”

“我不会让你们得意的，等着瞧吧。”弟弟的语气很是难受。

“树风！你去哪儿？”

蔡思予是当了妈妈的人，听到这里眼眶都红了，只好快速调整了一下情绪继续听。

玻璃里，灯光亮起，萧树雪接通电话，对着话筒大吼：“你在哪里！”

玻璃另一面，男孩虚弱地躺在地面上，眼睛死死地盯着玻璃，明明那么难受，脸上却在笑，声音沙哑地道：“如果我死了……你也别想活。”

萧树雪紧张地大喊：“你不要做傻事！告诉我你在哪里，我去找你。”

男孩笑了笑，咳嗽起来：“治疗真的好疼啊……我受不了了……那对夫妇真的好恶心，我连自己都讨厌了。”

“这不是你的问题，是我的错，是我的身体太差了才害了你。”

“我的血已经渗透进了你的每一个毛孔，你甩不掉我的，我就算是……做鬼……也会缠着你，让你不得安宁……”

接着，灯光熄灭。

秦月明恍然大悟：“萧树雪房间的地面上都是小孔洞，孔洞里一次次地涌出血水，就是这个寓意吧？”

本次轮回结束，六个人又结伴往回跑。

路上，奚图说：“萧树雪的问题是性情大变，说自己已经死了。”

秦月明问：“所以他也是失忆吗？”

奚图说：“现在还不知道具体情况，但是估计跟南皮兮差不多，所以才都住在这个地方。”

江云开还在震惊：“为了救他，父亲跟别的女人生了一个孩子，之后完全不把这个孩子当人看？”

秦月明回答：“对，就是这样。”

江云开“呸”了一声：“我好想骂脏话啊。”

秦月明拍拍他的手臂，说：“忍住，我们私底下骂，我也超气的。”

“好的。”

门再次打开，几个人再次走进去。这一次他们基本能保持淡定了，猜测这回的主角应该是艾云冬。

他们先听到一段嘈杂的背景音，然后是女人打招呼的声音："又来买菜啊？"

艾云冬回答："对呀，今天想给我们家那位做点他最爱吃的。"

"你们感情可真好。"

"毕竟是老夫老妻了。"

"可是根本看不出来你结婚很久了。"

"长得年轻嘛，哈哈哈。"

脚步声渐渐变轻，场景应该是转到了家里，有些细碎的声音，是艾云冬在做家务，接着传来了门开的声音。

艾云冬问："回来了？"

"嗯……"这个男声停顿了一下。

"我做了你最爱吃的红烧肉。"

"你不必做这些，出去旅旅游，多认识一些新朋友，或者跟小刘……"

"我不会跟他在一起的，我心里只有你，我并没有答应他。"

"唉……其实你大可不必。"

"是我生完孩子后身材变形，你嫌弃我了吗？你对我冷淡了好多，我们之前明明感情那么好。"

"唉……我想送你去一个地方，或许你会好起来。"

"午夜轮回？"

对话到此结束。

杜拾瑶惊呼道："这是三个故事里唯一一个提起午夜轮回的。"

霍里翔感叹道："目前为止，这个故事听起来是最正常的，只不过是夫妻的感情冷淡了，隐情可能是……他们的孩子出事了，两个人的关系就发生了变化。"

秦月明觉得奇怪："前两个故事的主角都有相同点，就是内心有愧，并且有性格上的变化。"

玻璃里的灯亮起后，一侧出现的是一个矮胖的女人，手上来回举着哑铃。另一侧出现了一个一模一样的女人，她在跳绳，一边跳一边哭。节目组居然真的找了一对双胞胎来表演。

画面就此结束。

这一次，红光阵出现的时候，秦月明又跑在最前面，跟着脚步声进了一个房间，一进去就动手找资料。

江云开跟在她后面，问道：“这回的档案上写的是什么？”

秦月明拿着档案纳闷地说：“艾云冬今年二十四岁，主要病症是肥胖，父亲健在，母亲去世了，居然就这么点信息，别的没了。”

蔡思予进来后问：“有没有关于孩子的信息？”

秦月明摇头：“没有。”

奚图拿走资料，看了看之后突然想到什么，转头看向秦月明，眼神里有一丝怀疑，不过没多久就又移开视线了。

最后一个轮回，依旧是江云开和霍里翔拉的电闸。

第一段对话结束后，又一段对话响起。

“她妈妈不是刚去世吗？她怎么就结婚了？”

“谁知道呢，就跟忘了这回事似的，这个闺女算是白养了。”

“婚礼也没办吧？”

“也不知道是和谁结婚了，那个小刘？”

秦月明听到这里就渐渐发觉了不对劲，感觉哪里怪怪的，具体的却说不出来。

第二段对话结束后，一个悲伤的男声响起：“我已经失去她了，不能再失去你了。我希望你好好的，你别再这样了好吗？你知不知道我看到你现在的样子特别心疼？”

“你还是忘不掉前女友吗？”

“她不是前女友，她是……”

“够了，我减肥还不行吗？恢复之前的身材。”

这段对话就此结束。

灯光亮起，玻璃里出现一男一女，矮胖的女人看着对面的男人，不耐烦地道：“我说过多少次了，我们不可能，我已经结婚了！”

男人难受地说：“你醒一醒好不好？你别这样，你已经尽力了……”

“我不懂你在说什么！”

“我理解你的难过。”

“我难过什么？我就是很烦你缠着我！”

“你还记不记得你妈妈叫什么！”

“我妈妈……叫什么？”

“你妈妈叫艾云冬！”

灯光熄灭。

秦月明往回跑的时候，身上起了一层鸡皮疙瘩。

第三个房间的主人根本不是艾云冬，而是艾云冬的女儿。她把自己当成了她妈妈，她所谓的老公其实是她的父亲，小刘才是她的男朋友。

秦月明一边跑一边说：“我知道这三个人的共同点是什么了！他们都是心怀愧疚，然后慢慢出现精神问题，觉得自己是另一个人。‘午夜轮回’可能是一个治疗中心，甚至是一家精神病院！”

杜拾瑶都开始怀疑人生了，叹道：“我的天啊，这都是什么故事啊？”

奚图说：“可能是癔症，或者是精神分裂症，不过癔症的可能性更大。癔症的暗示性比较强，会让他们突然之间性情大变，传来传去就传成了鬼怪附体。”

现在大体剧情已经知晓，他们的任务就基本明确了，只需要去了解三段故事背后具体的真相即可。

秦月明主动说：“我们现在有了更加明确的目的，可以回三个房间再次寻找线索。这一次要找得彻底点，垃圾桶和床板夹缝都不要放过。

众人纷纷点头，接着朝三个房间走去，没人看到秦月明悄悄将一个东西藏在了罗马棋盘的附近。

蔡思予边找边说：“现在我们已经知道三个故事的大体脉络了，只需要再查查他们三个人具体发生了什么事就可以了。”

秦月明点头说：“对，其实第二个故事是最明朗的，哥哥对弟弟存在愧疚，产生了癔症。他觉得死的人应该是自己，而不是弟弟，所以有意无意地模仿弟弟的行为举止，这一点在弟弟去世前就有征兆了。”

霍里翔跟着说：“对头，而且第一个故事我们至少知道是校园暴力之类的事，但是第三个故事，我们还不知道主人公为什么会愧疚，为什么会把自己当成母亲。”

目前第三个故事是最不明朗的，他们便着重去找第三个房间的线索，这回他们终于在跑步机的夹缝里找到了一个病历本。

病历本前面是主人的相关信息。

姓名：艾云冬。

年龄：五十岁。

检测原因：需要亲属移植器官。

病历本后面是检测结果。

亲属关系：女儿。

匹配指数：百分之九十九。

审批意见：身材肥胖，无法移植，需减重后进行手术。

秦月明看完这份病历就懂了，说："我明白了，是艾云冬身患重病需要移植器官，可惜女儿身材肥胖，没达到移植条件。或许她女儿真的有努力去健身，却还是没来得及，导致母亲没有得到及时的医治，最后死亡。女儿因为心中愧疚，产生了癔症，将自己当成了母亲。"

江云开难得听懂了，点头道："女儿得了癔症，父亲无法接受，就将她送到了这里。"

蔡思予说："父亲愿意将女儿送到这里，就证明他是相信这个机构的，毕竟他不会将女儿送到危险的地方，不是吗？"

奚图在旁边说："所以这里应该是一个治疗机构？"

秦月明摇头："如果是正规的治疗机构，怎么会起这种名字？而且，正常的治疗机构会限制他们的行动吗？"

杜拾瑶思考道："所以我们现在要做的，就是弄清楚这到底是个什么地方。"

几个人试探性地往前走，想搜索更多的资料，却发现他们走进了一个迷宫。

秦月明看了看周围，说："我们又进入了一个机关阵。"

江云开抬头看着灯光说："这里恐怕更难出去，因为有红光时不时扫过。"

奚图说："迷宫里面很窄，我们不能集体行动了，否则容易被红光扫到。"

秦月明迟疑地道："可是不在一起……如果大家走散了怎么办？"

奚图提议道："先分开行动，如果有人发现了正确的入口，就叫其他人过去。"

江云开有点不情愿："我不想一个人走。"

秦月明立即对他说："你跟我一起吧。"

江云开一听就乐了，这次是秦月明主动叫他的，刘创看到之后就不会说他了。他愉悦地点了点头，答应得飞快："好。"

秦月明和江云开走了一段路后，突然拉着他小声说："我怀疑我们几个人里有卧底。"

"啊？"江云开彻底愣住了，今天的录制他都挺认真的啊，根本没发现谁有问题。

“我在档案室里发现了一些线索，猜测我们几个人中有午夜轮回的卧底，他们早就知道了有人要来。”

“线索呢？”

“我藏起来了。”

江云开一脸迷茫地看着她，问道：“为什么要藏起来？”

“怕被卧底看到啊。”

“哦……”江云开似懂非懂地点了点头。

“我怀疑卧底是奚图，他今天有点不对劲。”

“哪里不对劲？”

“女人的直觉吧，而且这个关卡可能会出现问题，如果我出事了，你就带着蔡思予去罗马棋盘大厅找线索，她应该也能看出来。”

“你这样跟交代遗言似的，我突然感觉压力好大啊……”

秦月明笑了笑，拉着他继续往前走，没多久就听到了警报的声音，还有一个陌生的人声。

“有人擅闯密室了。”

“来三个人，进迷宫抓人！”

很快，三个穿着一身黑衣、拿着“电棍”的男人就进入了迷宫。

秦月明立即大声提醒：“我们已经被发现了，不用怕红光了，赶紧找出路！”

其他嘉宾听到后，立马在迷宫里跑了起来。

“死路！”蔡思予的声音有点崩溃。

霍里翔喊道：“我这里有一扇门，我进去看看。”

过了一会儿，霍里翔似乎又从那扇门里出来了，喊道：“我救了一个探秘者，是不是得带着他一起离开啊？”

秦月明高声说：“对，他们是任务的一环。”

霍里翔有点慌张：“我跑得有点蒙了。”

杜拾瑶对着霍里翔喊道：“我好像离你很近，你等我过去。”

霍里翔说：“别，你过来会碰到黑衣人的。”

“我胆子大，不怕他们，而且我也帮不上什么忙，就掩护你带走探秘者好了。”

“怎么办，我突然好感动。”

杜拾瑶真的去自投罗网了，主动拖住了一个黑衣人。霍里翔和那名探秘者抓住机会离开了，杜拾瑶就被黑衣人抓走了。

杜拾瑶走的时候还在说：“把我送走需要一个黑衣人，所以里面还有两个黑衣人，你们小心点，一定要弄清楚真相啊！”她还颇有些英勇就义的风范。

江云开和秦月明也走了一条死路，江云开有点沮丧：“不如我也去自投罗网吧，还能带走一个黑衣人。”

秦月明拉着他的手腕说：“你低下头，我们继续找路。”

江云开个子太高了，只要站直身子，黑衣人就能看到他的头顶，于是他只能低着头被秦月明带着走。走了一段路，他们找到了一个机关，可以转动墙面，顺利和霍里翔以及被救的探秘者会和了。

他们四个人最后找到了出路，准备叫其他人过来。

这时，奚图突然说：“我被抓住了，你们先走。”

秦月明他们看不到奚图那边的情况，和蔡思予他们会和后才继续朝里面走。

奚图不在，秦月明便和大家说了她的猜测：“我怀疑奚图是卧底，是这里的主人，他意识到我发现了什么，所以想在迷宫里解决我。我十分确定我随便走哪条路都是死路，因为迷宫里本身就有机关，他可以操控机关困住我们。”

蔡思予不肯相信，盯着她问道：“你为什么觉得他是卧底？”

秦月明回答：“我把一条线索放在了罗马棋盘的大厅里，那是我在档案室里找到的一份资料，最后一页原本应该有这里主人的签名，但签名被涂过了。”

蔡思予又问：“这又怎么能证明我们里面有卧底？”

秦月明从口袋里取出一部手机，又说：“因为我还找到了这个。”

她在藏线索的时候就找到了这部手机，停电的时候躲在角落里偷偷看了几眼，手机里有微信的对话框。

潜伏者：“探秘者恐怕要来午夜轮回。”

午夜使者：“那就让他们来，不然他们不会罢休的，让他们知道一些无关紧要的事就好了。”

潜伏者：“如果里面的秘密被他们发现了怎么办？”

午夜使者：“如果那样，我不会让他们离开的。”

潜伏者：“你打算怎么做？”

午夜使者：“我已经在他们的队伍里了。”

江云开惊呼道：“无间道啊？”

秦月明继续解释：“我仔细观察过奚图，发现这一期节目他表现得不太对劲。之前他都会尽力分析的，这次却沉默了很多。而且刚才进迷宫的时候，他故意让我们分散。我觉得还是一起行动保险些，所以才拉着江云开一起。”

蔡思予点了点头，继续问：“那为什么是奚图，不是别人呢？或者是……你？你一直在隐藏线索，这同样十分可疑。”

“如果我一直隐瞒卧底的事，他盯着的就只有我一个人，你们会比较安全。但是现在我告诉大家了，就不能更好地观察你们的动向了。而且，如果是我的话，一定会启动机关抓住你们，但是我刚才一直跟江云开在一起，只在后来带着他离开的时候动过机关，其他时间都没碰过。我觉得奚图是故意被他们抓住，好在暗处布置全局。”

秦月明解释完，所有人都陷入了沉默。

过了一会儿，蔡思予又盯着她看了看，十分认真地问：“我可以相信你吗？”

“不相信的话，你就再找找其他线索，看看是不是我分析的这样。其实在我看来，潜伏者所说的无关紧要的事，就是这三个人的故事，他们根本不担心真相被我们查出来。最重要的应该是找出这里的主人，否则我们依旧不算完成了这期节目。”

蔡思予继续问：“所以在你看来，是奚图不想让大家知道这里的主人是谁？”

“对，这样他说不定就赢了。”

事情复杂得霍里翔直挠头，江云开也跟着头疼，两个人对视一眼，确定了他们都是智商不高的人。

蔡思予则是低下头沉思了一会儿，随后半信半疑地说：“那我们还是继续找线索吧。”

他们继续往里走，这回到达的就是总控室了，不过房间也有密码，四位嘉宾和一个被救的探秘者便在周围找起了线索。

这里的走廊设计得同样诡异，门口挂着一排铃铛。

秦月明试着敲了敲铃铛，敲出一段旋律，接着转头问江云开：“是不是我敲的顺序不对？这个顺序可能就是密码。”

“我对音乐……”江云开有点为难，他是零基础出道的，音律、跳舞等等完全不懂，都是这些年才学习的。其实他也算学得不错了，但是依旧没有自信，不敢在公共场合暴露自己的短板。

秦月明看出了他的尴尬，于是自己又琢磨了一会儿，终于打开了密码锁。

走进总控室，蔡思予第一时间提醒："找到线索后，大家都要第一时间告诉所有人，互相盯着点，别再自己藏着线索。"

她说完还伸手点了一下秦月明的额头，秦月明只能无奈地笑笑。

总控室里的资料就非常详细了。根据资料记载，南皮兮读高中的时候，最好的闺密遭遇了校园暴力。当时南皮兮因为害怕，没有帮助闺密，而是选择了回避。

许久后，南皮兮仍然记得闺密被人推进水里、狼狈地爬上岸的样子。闺密爬上来后，长长的头发披散着，她微微抬起头看向南皮兮，目光冰冷。

南皮兮一想起这些事就怕得不行，结果不久后得知了闺密的死讯。她只是被叫去警局配合调查，却被人传成她曾经进过少管所，闺密也是她害死的。

因为这件事，南皮兮经常觉得愧疚，内心难以平静，久而久之便得了癔症。接着，最恐怖的事情发生了——她发现自己接了头发，认为闺密附在她身上报复她。她开始变得疯疯癫癫的，甚至在晚上学着闺密爬上岸时的样子，在地面上爬行，体会闺密曾经的痛苦。

看完故事，秦月明忍不住嘟囔："南皮兮还算是个好人，但是她没有勇气，所以她悔恨了这么多年。"

蔡思予说："其实最大的过错在欺负闺密的那些人那里，他们随心所欲的举动不仅让一个好好的女孩就这么没了，还让另一个女孩悔恨一生。"

江云开一直坐在旁边看着，叹道："我曾经也有一个很好的朋友，他明明什么都没有做错，只是因为太优秀了，就一直被人欺负。我高中的时候也不是什么善茬，他们怎么对付我朋友，我就怎么对付他们。我承认我那时候做得不对，但是如果让我重来一次，我还是会那样做。"

秦月明诧异地看向他，问道："那你们现在的关系一定很好吧？"

江云开难得表现出颓然的样子："没，他已经去世了，我们组合有十一首歌是他作词作曲的，都是他去世前留下的。好在我还能唱歌，还能把他的作品唱给大家听，他就是我进入娱乐圈的理由。"

秦月明怔了一下，不知道该怎么安慰他，只伸手拍了拍他的手臂。

霍里翔立马想起一件事，说："那……你以前是校霸的传闻，是真的？"

江云开笑道："什么啊，我学生时代最大的问题就是上课睡觉、吃零食，外加偶尔迟到。如果别人不惹我，我绝对是好学生一个。”

霍里翔又问：“那你学习好吗？”

江云开白了他一眼。

秦月明拿着档案说：“第二个故事就没有什么隐情了，就是我们看到的那样。第三个故事也差不多，是女儿因为愧疚产生了癔症，觉得自己是母亲。”

蔡思予问：“这里到底是什么地方？”

秦月明耸了耸肩道：“现在就要指认谁是这里的主人了，指认对了，主人就会告诉我们这里是什么地方。”

江云开问：“我们现在要做什么？”

秦月明说：“去救瑶瑶和奚图，我猜另一名探秘者也和他们被关押在一起。”

出了迷宫后，他们故意触碰到红光，接着快速跑开。警报立马响起，趁黑衣人进入迷宫搜索，他们找到了关着奚图和杜拾瑶的房间。房间门口还有两个黑衣人把守，手里拿着“电棍”。

秦月明探头看了一眼，说：“我和云开可以冲过去，一人制服一个，然后你们去救人。”

江云开在她身边蹲着，但他个子高，还是很显眼。他还有心情调侃秦月明：“我说你能不能淑女一点？你没回来之前是我女神，现在简直成了我大哥。”

霍里翔本来紧张地躲在最后面，掩护探秘者，听到江云开这句话就被逗笑了。

江云开回头看他，问道：“你笑什么？这种场合能不能严肃一点？”

“我想起你上次喝醉酒的样子了。”

江云开当即闹了一个大红脸：“闭嘴，不然把你扔进去。”

“好的好的。”

蔡思予提议道：“去拉电闸吧。”

秦月明却摇了摇头：“上一期的小偷你们还记得吗？他应该很早就去打探过地形，我觉得这些人也比我们熟悉地形，如果我们拉电闸了，反而会处于不利的位置。”

蔡思予问：“那现在怎么办？”

秦月明拿出手机来翻了一下通信录，打给了一个叫“保安队长”的人，接着压低声音说：“你们在哪里？”

那人回答："老板，我们在巡逻。"

"怎么还让人混进来了？所有人都去搜捕。"

"好的。"

秦月明挂断电话后，门口守着的黑衣人就都去迷宫找人了。

他们赶紧跑过去，江云开一边跑一边问秦月明："你是怎么发出男声的？"

刚才的秦月明仿佛是个声优，居然发出了男人的声音。

"我不是你的女神吗？你居然不知道我早期给动漫配过音？"

秦月明不仅台词功底深厚，还擅长模仿各种声音，如果不做演员、不做赛车手，估计还真的会是个声优。

江云开愣了一下，居然直截了当地回答："我是颜粉，只喜欢你的脸，你老了我立马脱粉。"

秦月明诧异地看了他一眼，没好气地道："你怎么那么欠打啊？"

这里的门是需要钥匙的，他们只好到处翻找，又怕黑衣人突然回来，简直乱成一团。

奚图在房里说："我来的时候看到他们在鹅卵石里拿了钥匙，你们找找看。"他是后被抓进来的，当时里面已经关了杜拾瑶，他能看到黑衣人是怎么开锁的。

几个人蹲下来在鹅卵石里翻找，江云开无意间碰到了秦月明的手。秦月明没在意，立即移开了。江云开却怔了一下，好在很快就回过神来了，在镜头下也没表现出什么情绪波动。

将奚图和杜拾瑶救出来后，他们进行最后的交流。

奚图听完秦月明的分析，皱眉道："你怀疑我？"

秦月明坦然地回答："对。"

奚图倒是没生气，反而笑了起来："你玩得还挺厉害的。"

秦月明说："我只是说了我知道的证据，以及我的分析。"

奚图说："我一开始的确发现你有点不对劲，主要是你在每个轮回里找线索找得太积极了，但是我真的没办法跟上你的速度，也不知道你究竟隐藏了什么。应该是你知道了自己是这里的主人，担心被我们发现，干脆提前将锅甩给我。"

蔡思予坐在旁边看着他们两个人，继续分析："你们是在互相怀疑，虽说不排除我们其他人也有可能是卧底，但是目前为止，你们两个人的嫌疑是最大的。我知道月明是个很谨慎的人，所以她藏证据这件事一直让我觉得很奇怪。"

所有人里，蔡思予是最了解秦月明的。她不是不信任秦月明，而是秦月明今天的举动实在有点不对劲。

秦月明继续解释："我直接亮出证据岂不是打草惊蛇了？现在这两张纸已经在这里了，你们也看到了，的确涂抹了签名。"

奚图说："有没有可能是你发现线索后故意涂抹的？"

秦月明摇头："怎么可能？第一份资料就放在那里，如果我不是第一个过去的，其他人第一个过去不就直接宣布真相了？这难度也太低了。"

江云开则是给秦月明打包票："我在迷宫里全程跟她在一起，我敢保证没有看到她做手脚。"

江云开的肯定给了所有人一种暗示，因为大家目前都不能确定，只有江云开这么笃定，就会有人愿意跟着他一起选择。

蔡思予想了想，说："奚图，你还可以再最后解释一下。"

奚图仿佛遇到了一个难题，托着下巴思考良久才说："其实我也是刚刚才知道有卧底，真的措手不及。今天我一直在认认真真地寻找寻线索，也有分析，可能还是表现得不够优秀，所以被大家怀疑了……"

接着，他看向秦月明，好像有点想生气，却又拿她没辙，最后也只是说了一句："你确实玩得挺好的。"

霍里翔崩溃了："天哪，我之前觉得奚图是这里的主人，现在又觉得奚图是被冤枉了。"

杜拾瑶也很苦恼："主要这两个人都很聪明，他们做什么我都觉得是个坑。"

蔡思予一直在审视他们，许久没有作出决定。

只有江云开特别坚定地说："我亲哥肯定没问题啊，她虽然藏了东西，但是偷偷告诉我了，还说如果她被抓了的话，我就带着蔡姐去找那个东西，蔡姐也能看懂。"

蔡思予一拍手掌，说："来吧，少数服从多数，我们投票。"

最后，霍里翔投的秦月明，其他三个人都投的奚图。

导演组看到大家已经作出了决定，最后宣布结果："我宣布，这里的主人是……秦月明！"

结果公布的一瞬间，全场哀号。

江云开整个人都僵住了，绝望地看着秦月明说："亲哥，我那么相信你，全程力挺你，你却骗我！”

秦月明双手合掌，对其他人道歉：“抱歉抱歉，都是剧情安排，没办法，别生气。”

江云开难受得直捂脸，有点受不了这个打击。他就算再傻也知道了，秦月明和他一起进迷宫的时候就准备好利用他了。如果不是他一直力挺秦月明，估计一直对秦月明抱有怀疑的蔡思予也会将票投给她，还有杜拾瑶也是被他带着投票的。

秦月明立即走过去安慰江云开，轻轻地拍他的后背。

江云开抬手指了指她，然后又放下了，委屈巴巴地说：“秦月明！你要是再骗我我可就生气了啊！”

霍里翔忍不住笑了：“都叫全名了，江哥是真生气了。”他无疑是开心的，只有自己一个人选对了，算是用运气证明了自己的智商。

蔡思予叹气道：“他的确应该难过，我们至少还怀疑过，就小江同学全程信任月明。”

秦月明走过去跟奚图道歉：“抱歉，我是发现你怀疑我了，没办法，只能甩锅给你。”

奚图摇了摇头：“没事，我的确发现有点不对劲，但是没想那么多，没想到还有隐藏剧情。”

蔡思予摆了摆手，让秦月明详细说一下是怎么回事。

秦月明对着镜头解释：“其实一开始我也不知道我是这里的主人，直到我发现了那张主人签字的档案纸。”

霍里翔疑惑地问：“不应该啊，就这么一张纸，也没多少信息，你就意识到你是这里的主人了？”

“我不确定，但是我看到档案柜的一侧写着一行很小的字——或许你又一次忘记了。我觉得这里可能隐藏着什么，那句话不是对别人说的，而是对我们说的，而且那个字体仿得很像我的。我怕我自己就是那个人，所以一开始没说出来，而是按照第二个货架的提示找到了手机，看到手机里的一个东西才最终确定。”

众人纷纷去看手机，秦月明又说：“我把那个东西删掉了。”

奚图问：“里面写了什么？”

秦月明说：“手机的主人有间歇性失忆症，会留下只有自己能看懂的小标记，提醒自己记住一些事情。我联系那行字再一想，就基本确定是我了。好在那时候你们都在专心走剧情，没有注意到那行字。”

蔡思予都震惊了：“完全没有铺垫，只是随机应变？”

秦月明点头道：“对啊，其实我特别慌张，看到你怀疑我的时候差一点就说错话了。因为我们两个人太熟了，我怕瞒不过你。”

杜拾瑶大声说：“其实我觉得我这一期变聪明了，前面三个故事我基本弄懂了，但是到了最后分析谁是这里的主人的时候，我就蒙了。”

江云开还不高兴呢，幽怨地看着秦月明，问道：“那这里到底是什么地方？快解释清楚！你这个坏人！”

秦月明耸了耸肩道：“我失忆了。”

“想拔你头发。”江云开气哼哼的。

“我是真的不知道啊，设定就是我有间歇性失忆症，这里是什么地方我也不知道。”

这时，导演来解密了：“其实你们错过了关键性的线索。”

大家洗耳恭听。

导演说：“有一条线索是秦月明的真实身份是南皮兮闺密的姐姐，她是故意设置这么一个场所来折磨仇人的。艾云冬的爸爸误会这里是个治疗机构，才将女儿送了过来。”

秦月明问：“所以我们这一期算是探秘失败吗？”

导演摇头：“并不是，这一期算告密者阻拦成功，是秦月明一个人的胜利。”

秦月明并没有多开心，而是再次跟其他人道歉。其他人也知道大家都是在努力完成这期节目，并未较真。

这期节目录制完毕后，探秘团被安排在本地酒店住下，第二天有记者招待会，还有粉丝探班活动。

回去的路上，秦月明一直跟在江云开身后，竭尽所能地哄他：“我陪你玩游戏好不好？”

江云开冷哼了一声。

秦月明继续哄他：“那我一会儿陪你喝酒？”

想起上次喝醉酒丢人的样子，江云开扭头不看她：“戒了。”

秦月明真的有点没辙了，左右看了看，发现旁边居然有娃娃机。她立马跑过去，从自己的包包里掏出几枚硬币丢了进去，接着操作机器抓娃娃，居然一次就成功了。

然后，她拿着娃娃跑过去递给江云开：“喏，送给你，小孔融。”

江云开终于笑了：“还小孔融呢，这叫小恐龙！”

“不生气了好不好？”秦月明再次问他。

秦月明这么近距离地看着他，对他来说简直是颜值暴击。她长得这么漂亮，还是他的理想型，现在好声好气地哄着他，这谁受得住啊！

不过，江云开还是矜持地说：“你是不是觉得我最傻，所以才骗我？”

“没有啊，本来我就想带一个人去，刚巧你说你不敢一个人走，我就顺势带着你了。”

“你以为我是小孩吗？送我这个。”江云开伸手接过小恐龙，来回看了看，还忍不住嘟囔，“怪丑的。”

说归说，他立马就将小恐龙挂在自己裤子的一侧了，走路的时候一晃一晃的。

剧组安排了车，秦月明和蔡思予没有去，而是上了自己的保姆车。

蔡思予现在连团队都没有，就一直跟着秦月明。在车上坐下之后，她问秦月明：“你现在跟江云开关系还挺好的？”

“你不觉得他很可爱吗？”

“以前一直听说他有很多黑料，总觉得这个人品行应该很恶劣，相处了之后却发现他还真的挺有意思的。娱乐圈那些捧高踩低的手段在他身上一点都没体现出来，他跟霍里翔也相处得挺好的，而且没有什么坏心思，只是吧……他对除你以外的女孩子真的很恶劣。”

秦月明也知道江云开和蔡思予第一次见面的时候表现得不太客气，于是，她靠着蔡思予撒娇道：“我还是跟你关系最好啊。”

“滚啊！说好一起到白头，你却偷偷比我小九岁。”

秦月明大笑起来，笑得前仰后合的。

第八章
绯闻女友

下车后，江云开突然看到了南云庭，他先是脚步一顿，然后连忙跑过去，飞起身来踹了南云庭一脚，接着又揽着对方的肩膀走到一边，低声问道："你这家伙下次来能不能提前跟我说一声？搞得我措手不及。"

"我跟瑶瑶说了。"

"你跟她说了有什么用？还不是得靠我掩护？南云庭我告诉你，你别以为我会一直惯着你！"

他们两个人这么打打闹闹的，立刻引来一群粉丝的尖叫声。

杜拾瑶也看到了他们，只瞄了一眼就转头去跟自己的粉丝打招呼，接着迅速上楼了。

江云开拽着南云庭走到自己的粉丝身前，挥手道："来来来，给我的粉丝签名，来都来了，总得留下点什么。"

粉丝匆匆准备东西，江云开又说："没准备就让他签我照片上，能分清是谁签的就行。"

艺人签名，一般不会签在白纸上，像手机壳或者照片则是可以的。

南云庭知道江云开故意刁难他，也不生气，客客气气地给粉丝签名。

江云开还是不爽，指挥道："双手递还回去。"

有粉丝看不下去了，喊道："江滚滚，别欺负云庭弟弟！"

江云开愣住，南云庭放肆地笑了起来。

晚上吃饭的时候，六位嘉宾和南云庭在一个包间，节目组的人识趣地没过来。

霍里翔嘴欠地问："江哥，喝点啊？"

其他人都忍不住笑了起来。

“戒了。”江云开没好气地回答。

秦月明去外边跟刘创打了一个电话，回来的时候刚巧听到蔡思予跟杜拾瑶在聊天。

杜拾瑶说：“思予姐，你给我的感觉和之前完全不一样，之前感觉有点……那个，现在就是御姐范。”

“我之前是为了生计，不得不婊里婊气。现在我不想那么过了，不想让我的孩子看到我那副样子，怕别人告诉他，他的妈妈是一个放荡的女人。”

“你不亲自去看看孩子吗？”

蔡思予笑了笑，没回答。她不是不想看，而是没机会看。

听到这里，秦月明脚步一顿，心里开始难受了。她回来这么久了，还没有仔细问过蔡思予的事情，蔡思予却一直为了他们姐弟忙前忙后的，她是不是太不够意思了？

吃晚饭，江云开张罗大家去他的房间打扑克，蔡思予觉得累了不想去，秦月明有点犹豫，想了想，还是跟着去了。

到了江云开的房间，南云庭拿着扑克嘟囔：“江哥，你要不要这么嚣张，扑克都是爱马仕的？”

“配货，家里一堆。”江云开说着又拿出了一个东西，“来，爱马仕烟灰缸。”

南云庭笑了半天，又问：“这么有仪式感的江哥，请问你腰上这是挂了一个什么东西？这么没品？”

江云开一听就急了：“我们家小孔融（恐龙）不比你这个卧蚕画得比眼睛还大的人强多了？

南云庭立马向杜拾瑶求助：“他欺负我。”

“我也觉得小恐龙很可爱啊！”杜拾瑶凑过去说，“月明姐送的。”

南云庭拉长声音回答：“哦……好看！可爱！上档次！玩偶界的爱马仕。”

秦月明是最后进来的，端着鸭宝准备的果盘，看到水果被拼成了小熊猫的形状，觉得还蛮可爱的，就用手机拍了一张照片。

放下果盘后，她把江云开叫到一边，小声问他：“你知不知道思予的前夫是什么样的人？”

江云开挑了挑眉，说：“她前夫的爸爸和我爷爷有些老交情吧，不过好些年不联系了。据我爷爷说，他们一家都不是什么好东西。”

秦月明脸色一沉，低头看着房间里的装饰画，不说话了。

江云开也不会安慰人，只是说：“你们姐妹也真是有意思，明明都算聪明，怎么就跟渣男干上了呢？找的都是什么玩意儿？”

秦月明摇了摇头：“最开始追求的时候，他们是真心的，也真的拿出了百分之百的诚意，所以我们被这份真心感动，觉得遇到了对的人。然而，时间是感情的杀手，时间久了，感情就变了。”

江云开不太认可这个观点，想了想，却说不出什么反驳的话来。

秦月明继续解释：“就像你每次许诺要减肥，说的时候是认真的，但是你抵抗不住外界的诱惑，或者坚持不下去了，慢慢的就变了。九年的时间，足够让钟嵘忘记我，然后爱上别人。同样，蔡思予的老公最开始也可能是真的爱她，不然也不会和她结婚。”

“照你这么说，世界上没有渣男，他们的渣都是间歇性的。”

“我只是说他们最开始是真心的，没说他们后来不渣啊！”

“跟你说话真绕，你就不能直奔重点？”江云开聊天就喜欢简单粗暴，说话的人要是拐弯抹角，他就不乐意了，要不是看秦月明长得好看……

“重点就是我想了解思予的情况啊，我去网上查过她的消息，发现根本查不到什么，肯定是被清理过了。她自己也不愿意提起她前夫的事，所以我根本不知道她的情况。”

很多豪门都很介意负面消息，就连离婚这种消息都会清理得干干净净。只要蔡思予老老实实的，不出去说，就没人知道出轨这回事，蔡思予就只能背起“豪门弃妇”这种称呼。

江云开说：“我只知道一些大概的情况，无非就是男方出轨，现在又找了一个女人结婚，并且那女人已经有孩子了，也不知道蔡思予的孩子现在情况怎么样。”

秦月明垂着头，又问：“只有这些吗？”

“对，不过我能理解她为什么不跟你说，你现在自己的根基都不稳，就算知道了真相又能怎么样？除了生气什么都做不了。你们家秦夜停倒是有点能耐，跟我杠了这么久，但也对那家人无可奈何，到底是两个层面的人。”

秦月明有点气恼：“我总觉得自己很没用，保护不了自己在意的人。”

“很多人生来就是不平等的，他们出生在豪门，你们几个呢？要不你也嫁到豪门去，说不定就能跟他们斗一斗了。”江云开说完又突然意识到什么，赶紧解释，“我就是……乱出主意，开玩笑的。”

他怕秦月明觉得他是想让她嫁给自己，他家里倒算豪门，可惜他只是个纨绔，真要是跟蔡思予的前夫对上了，还是得搬救兵。当然，他的救兵也都挺厉害的。

秦月明并未多想，从见到江云开开始，她就将他定义为没长大的小孩了。虽然江云开说过她是他的理想型，但她也没在意，因为这种话她听得多了，早就麻木了。

她好几次被人当众表白，但那些人后期也没来追求她，至于醉酒的那次……非常不巧，秦月明喝醉酒之后不记事。

杜拾瑶突然在一边探头说：“我不是故意偷听的，但还是想插一句嘴。”

秦月明笑道：“又不是什么秘密，你说吧。”

“思予姐前夫的弟弟在追求我们组合的一个女孩，我跟那个女孩关系很好，不然她也不会告诉我。”

南云庭坐在一边，双手搭在沙发靠背上，若有所思地说：“我似乎猜到你说的是谁了。”

杜拾瑶和南云庭有着无声的默契，点头道：“对，就是她。”

霍里翔捂住耳朵，一副置身事外的模样：“我不听，我什么都不知道。”

娱乐圈简直就是一个小型的江湖，他一个说相声的，过来就是一门心思打扑克，不想听到什么机密。

杜拾瑶大笑着摆手道：“这也不算什么大秘密，只是追求罢了，我们组合的女孩，追求者都非常多。我还知道别的女生组合内部会互相攀比谁的追求者更厉害、送什么礼物呢。”

南云庭跟着点头：“我们组合除了江哥，其他人的追求者也非常多。”

霍里翔立马来兴趣了，问道：“怎么？瞧不起我们江哥？我们江哥要身高有身高，要脸蛋有脸蛋，怎么就没人追呢？”

南云庭偷偷看了秦月明一眼才回答：“因为他除了天仙谁也看不上，前两年有一个女孩追他，愣是被他气得骂了他好久，别人是立地成佛，人家是就地反目成仇。”

江云开又闹了一个大红脸，他发现他最近就跟个小迷弟似的，总是被别人拿出来开涮。

秦月明居然还跟着说："我觉得云开适合活泼一点的女孩子，这样他们两个人才能玩到一起。"

南云庭似乎很苦恼，接着问秦月明："嘶……你活泼吗？"

江云开立即拿东西砸他："你够了啊！"

秦月明却不介意这样的玩笑，大大方方地道："我是云开的亲哥。"

杜拾瑶特别好奇地问："追周若山的女孩子也多吗？"

在外人看来，周若山跟他们组合里的其他人根本就不是一个画风的。

南云庭一听就很有内涵地笑了："多啊，他是那种一看就体力很好的……"

江云开不服地说："他掰腕子都掰不过我！"

杜拾瑶突然想起了什么，起哄道："亲哥和江哥掰腕子吧，我想看看你们谁厉害！"

两个人还真同意了，走到一个小型吧台前，把椅子搬走，站好后把手握在一起。杜拾瑶拿着手机对着他们录像，南云庭数倒计时。

江云开的手很大，比秦月明的手大一圈。他们两个人的手指都很长，皮肤白皙，握在一起有一种柔软的触感。她的手仿佛被他攥在手心里，指尖连接着两个人的心跳。

江云开跟秦月明真的较量了一会儿。

南云庭凑过去看，发现江云开的脸以肉眼可见的速度红了，耳根也跟着红了。他笑着起哄道："江哥，你这脸是用力憋红的，还是因为握到了女神的手，不好意思才红的？"

江云开连忙解释："用力！她力气真的很大。"

南云庭继续拉长音道："是——耳根都在跟着使劲儿吧！"

杜拾瑶大笑起来，录像的手都在发颤。

江云开闭着眼睛笑了起来，笑得使不上力气，只能跟秦月明示意先暂停。

南云庭指着他问："是不是还想再拉一会儿小手手！"

江云开真想打人，但是碍于秦月明在，还是没动手，走到窗边徒劳地用手对着脸颊扇风，努力做深呼吸。

南云庭嘴欠地问："江哥，不比了？"

江云开回答："让我冷静一会儿。"

其他人齐齐大笑，弄得江云开更不好意思了。秦月明双手环胸站在一侧，看着他不好意思的样子，突然在想，她是不是该和他保持距离了？

江云开回头看了她一眼，接着问她：“亲哥，你劲儿怎么那么大？你看看把我的手给握的，通红通红的。”

秦月明愣了一下，接着说：“我天生神力。”

“不比了！我的右手能做很多事情的！”江云开举起手说，“我可不想它今天就废掉了。”

南云庭也跟着说：“是是是，好了，不闹了，我们打扑克。”

秦月明看了一会儿，觉得可能是自己多想了。她认识江云开才没多久，江云开表现得也不像喜欢她的样子，大家估计只是因为江云开早期的采访才起哄的。

掰手腕比赛告一段落，江云开坐下，看到桌上放着小熊猫的果盘，抬头看了看其他人，感觉他们都没注意到果盘的样子，于是低头给鸭宝发消息：“有外人在的时候不用拼图案，这样显得我特别不成熟。”

鸭宝：“好的。”

鸭宝：“我们江哥长大了。”

江云开发了一个“看看我手里的刀”的表情包。

第二天，节目组安排记者招待会。这次的记者招待会主要是采访真人秀的六位嘉宾，询问一些拍摄期间的事情，还有就是做一下宣传。

在他们这次录制前，真人秀已经播放了第一期，翌日凌晨又播放了第二期，不过只有该视频软件的VIP用户才可以看。据说反响非常不错，嘉宾们倒是还没看过。

采访中，记者问：“江云开和奚图都是当红流量小生，在真人秀里的定位会不会有什么冲突呢？”

江云开说：“不冲突，一点都不冲突，他出脑子我出体力，我们互不干扰。”

奚图也说：“我们在节目里是两种完全不同的风格，而且，我们两个人的性格也完全不同。”

记者又问：“你们两个人私底下关系好吗？”

奚图说：“我这个人比较慢热，跟他们所有人都还在渐渐熟悉中。”

江云开则是笑着摊开手说：“我不一样，我跟谁都自来熟。”

记者：“江云开，你跟你的绯闻女友一起录制真人秀，会觉得尴尬吗？”

江云开："我的绯闻女友？秦月明吗？她现在是我亲哥。"

记者："你们两个人在录制的时候会故意避讳吗？"

江云开："你看过第一期了吗？你觉得避讳了吗？身正不怕影子斜，我们在整期节目里体现的都是感人肺腑的兄弟情。"

秦月明本来都拿起话筒了，想了想又放下了，她觉得江云开一个人就能搞定所有记者。

记者又问："外界一直在传你们两个人炒 cp，请问这是公司的安排吗？"

江云开说："说实话吧，我当初说秦月明是我的理想型，一是因为她确实漂亮，二是因为我觉得说已故之人不会传绯闻。没想到她回来了，我们两个人还真传出绯闻了。当时我真的是心惊胆战，她是人是鬼我都不知道呢，我就跟她成 cp 了。"

秦月明也说："对，而且传绯闻的时候我还没想过要进入玖武娱乐。也正是因为这件事，阴差阳错之下让刘总注意到了我，亲自过来跟我谈签约，并且对我非常重视，我才签约了玖武娱乐，我和江云开的关系绝非公司炒作。"

江云开看向她，用开玩笑的口吻说："我也算是恶名在外，估计当初炒我们 cp 的人是想让我们干一架，没想到反而让亲哥加入我们玖武娱乐了，意外不意外？惊喜不惊喜？"

江云开真的很能掐架，也不怕掐架，这是第一次将大地娱乐故意挑衅的事情放在明面上说。

秦月明笑了笑，跟着说："其实这件事说到底该怪我。"大地娱乐确实是在针对她。

蔡思予也说："你们这么一说，搞得我也开始不安了。"

他们三个人暗示三连，配合得极为完美。

节目组的人没想过要在新闻发布会上搞大新闻，赶紧控场，安排他们熟悉的记者转移话题。

记者问："请问你们拍摄真人秀的时候有没有什么趣事呢？"

秦月明指着江云开说："长得最凶的人表现得最胆小算不算？"

后期的问题都比较平和，记者招待会也算是圆满结束了。不过秦月明与大地娱乐的事肯定会被人深挖，到时候一场恶战是免不了的。

好在几位当事人还算淡定，在记者招待会结束后就去见粉丝了。

到了粉丝探班的地方，江云开诧异地问："怎么还有旅游团？"

下面坐了一群穿着某某旅行社T恤的人，坐得整整齐齐，旁边还放着一些背包、行李箱。看到他们走进来，旅游团的人先是看看其他人的粉丝是什么状态，看到有人举小条幅了，就也跟着举起了他们的条幅。

条幅上写着：仙班与七仙同在！七仙别再瘦了！秦月明你是最美的！

江云开看向秦月明，问："什么情况？"

秦月明也很好奇，还真走过去问粉丝了："参加探班活动是你们旅行的一个环节吗？"

粉丝跟秦月明解释："我们都是仙班群的，大家组织一起来探班。我们想着既然都来这座城市了，就顺便旅个游吧。大家都是一大早从景点过来的，就没来得及换衣服。"

"对，跟团旅游的话，机票和住宿都便宜。"

"我们还买了很多特产，这个大枣挺好吃的，你来一袋。"

秦月明接过大枣后愣了一下，接着就开始放声大笑，笑得极为豪放。她的粉丝的确跟其他人的粉丝不一样。

蔡思予走过来，秦月明的粉丝还爱屋及乌地给了她两盒茶叶，他们都知道她是秦月明最好的朋友。

秦月明看到旅游团里有一个熟悉的身影，正是张天止。

见秦月明在看他，张天止挥了挥手。

"噢！我记得你，我们在机场见过对不对？"秦月明对他印象深刻。

张天止羞涩地笑了笑，说："对，我现在是站哥（明星应援站的男性管理者和经营者），不过我是排球运动员，总有比赛，空闲时间不多。"

其他人纷纷说："小张做得还是很不错的，我们都是他召集来的，第一次追星，还有点小紧张。"

"谢谢你们，我现在要去集合，等我活动结束之后再来和你们聊天。"秦月明对他们客客气气地说完话，挥了挥手后就抱着大枣上台了。

蔡思予则将茶叶交给幺儿帮忙拿着，也跟着上了台。

初期粉丝互动的时候，秦月明全程抱着一袋大枣。天仙一样的人抱着大枣，差点让人以为是她接的代言，大家还很疑惑她怎么代言了一个这么不符合她气质的产品。

粉丝探班会有互动环节，现场江云开的粉丝是最多的，所以会以他为主。

主持人拿着话筒问："你们想让江云开做什么呀？"

粉丝们似乎商量好了，一齐喊道："撒娇！"

江云开一脸嫌弃地道："我还想看你们考清华呢！你们考啊！"

一个粉丝喊道："我是清华的。"

江云开问："你是清华的？我想看你长高，你还能长吗？"

粉丝开始尖叫："耍赖！"

这时，别家的粉丝也跟着起哄，其中有个人叫了声"江家娃娃"，引起了江云开的注意。那位大哥是秦月明家的粉丝，江云开朝他看过去，好脾气地说："欸，大哥您说。"

大哥喊道："要不你翻个跟头吧。"

然而，江云开突然开始撒娇："我不嘛！"他说完还踢了一下小 Jio（脚）。

江云开的粉丝立马开始尖叫，都兴奋得不行。

主持人安排了一个节目，要求江云开用筷子夹麦丽素，喂给台下的粉丝。麦丽素是圆的，不太好夹，考验筷子功夫的时候到了。江云开夹了一颗走过去，看到粉丝们争先恐后地张嘴等他喂。

江云开笑道："我仿佛看到了一群两百来斤的嗷嗷待哺的小猪崽。"

主持人调侃道："江滚滚总是很嫌弃自家粉丝？"

江云开喂了两颗后回头回答："我真正嫌弃的人，根本不会搭理。"

主持人问："真的？"

接下来，江云开就不搭理主持人了。

探班活动后期还有其他的互动，比如让江云开和奚图合唱一首歌。

奚图五音不全，唱歌找不到旋律，江云开试着带他唱一段，完成任务就行了。

结果唱了几句之后，江云开就笑趴下了："带不动，这个真带不动。"

奚图也不好意思继续唱了。

秦月明见奚图十分尴尬，于是拿过话筒说："我来和你合唱吧，不过这首歌我没听过。"

"我的歌你听过吗？"江云开直截了当地问。

秦月明迟疑了一会儿才为难地回答："一首都没听过。"她回来后很少听歌，所以他们组合的歌都没听过。

江云开不高兴了：“巧了，你的戏我也没看过几部。”他就是嘴硬，明明他家影音室里还有她演过的剧的碟片。

蔡思予在一边说：“唱老歌吧，我们月明做练习生的时候差点就选歌手这条路了，现在也是个麦霸。”

“嚯！厉害了，其实我也是个麦霸。”江云开还真来了兴趣。

两个人商量了一下，决定唱某部古装剧里的一首主题曲，这部剧还是秦月明主演的。当初唱主题曲的歌手现在已经成了天王级别的歌手，这首歌也成了金曲。这首歌的旋律非常大气，具有力量感，听着就有一种闯荡江湖、自在逍遥的感觉。歌曲的鼓点与琵琶旋律结合，充满了浓浓的中国风。

伴奏音乐响起，江云开先开始唱。

人们都说江云开明明是个火爆的性子，却有一副温柔的嗓子。他的嗓音是无可挑剔的，唱情歌的时候会让人耳朵痒，唱这种歌的时候更是自带洒脱之风，将那种放荡不羁的感觉表现得淋漓尽致。

现场演唱真的会暴露歌手的很多缺点，如果有现场修音师还好，但在这种粉丝探班活动里，根本不可能专门请修音师，都是即兴演唱。

然而，江云开的演唱现场就仿佛是在放录音。他不会走音，气息极稳，还会控制自己的面部表情，唱高音的时候也不会表情狰狞。现场还有其他人的粉丝，此时却齐齐开始暗叹，江云开唱歌是真的好听。

接着，秦月明开口唱了起来，引来了一片欢呼声。简直是开口跪，看起来身材纤细的女孩，声音却充满了爆发力。她看似脾气温婉，却唱出了巾帼英雄的风范来。她的声音干净透亮，音律很准，同样是现场版巅峰的状态。

同是歌手的杜拾瑶都惊讶得不行，带头鼓掌。

这首歌的原唱是男歌手，也有不少女歌手翻唱过，表现各有千秋。秦月明唱歌不炫技，就是单纯地将这首歌最原始的旋律展现出来，让人听起来就感觉很舒服，恨不得跟着一起哼唱。

江云开听着都眼睛一亮，嘴巴张成了“O”形，跟着鼓掌。

互动结束后，六位嘉宾聚在一起拿着自拍杆合影。他们似乎约好了一起闭着眼睛咧嘴笑，江云开原本不想配合，结果看到其他几个人的样子，还是被逗笑了。于是，最终的照片就是六个人都闭着眼睛大笑的样子，笑容十分灿烂。

探班活动结束后，秦月明真的去和自己的粉丝聊天了。粉丝们见到秦月明也没有过分激动，而是像多年的好友一样，问她累不累，送她一些小礼物，还有就是要一个签名，或者跟她合影。

“多发点微博。”

“注意身体。”

“你太瘦了。”

“可以谈恋爱了，都二十五了。”

“别太在意那个渣男，世上有的是好男人。”

秦月明点头道：“我近期不打算谈恋爱，也没有故意减肥，我跟夜停都是这种不爱胖的体质。”

长辈粉丝问：“你唱歌不错啊，不试试出单曲？”

秦月明思考了一下才回答：“可以考虑。”

这时，张止天走过来问：“我可以和你单独合影吗？我会修好图再发出去的。”

“可以啊！说起来，我有勇气回到娱乐圈，也是因为你呢。”

“真的？”

“对，在机场遇到你的那次真的很开心。”

张止天一下子就脸红了，大男孩不善言辞，又因为是体校生，很少见到女孩，难得跟秦月明这样的天仙说话，多少有点不好意思。

秦月明拿着他的手机，示意他蹲下来一点，他太高了，不然真拍不到脸。

江云开走过来的时候就看到秦月明在跟她的男粉丝聊天、合影，还靠得特别近，便忍不住腹诽：合影用得着靠这么近？

于是，他走过去，硬是挤进镜头里，来了一张三人合影。

张止天顿时一怔，江云开却下意识地后退了一步。江云开身高一米八八，已经很高了，但张止天比他还高，无形中给了他一种压力。

秦月明扭头去凶江云开：“你别捣乱。”

“哦。”江云开老老实实地站在一边看着他们两个人再次合影，一脸不爽。

他心想：还笑！笑那么好看干什么？跟朵花似的！粉丝个子高了不起哦！

秦月明觉得时间差不多了，就跟自己的粉丝道别：“好啦，不跟你们聊了，我之后还有通告，需要赶飞机，拜拜咯。”

粉丝们纷纷跟她说再见，接着就开始商量晚上吃什么了。

张天止左右看了看，追上江云开粉丝团里的站姐，虚心地问：“你好，我可以问你几个问题吗？”

站姐拿着相机正在看今天拍摄的照片，闻言扭头看向张止天，似乎认出了他是谁，不太友善地问：“什么事？”

“我想问一下，你们那个统一印花的袋子是在哪里定制的？”

“网上一大堆啊。”

“我怕质量不好，想问一下你有没有推荐的店铺？我们第一次追星，不太懂这个。”

站姐放下相机抬头看着张天止，觉得自己的颈椎有点受不住。

张天止立即蹲在她的小椅子旁边，对着她尽可能地微笑。

其实站姐心里不太喜欢秦月明，连带着也不喜欢秦月明的粉丝。她是标准的女友粉，跟着江云开跟久了就发现，他对秦月明是很特别的，以前都没见过他还对哪个女生这么好过。所以站姐心里就更加不舒服了，吃醋、不甘又有点羡慕。

她翻了个白眼，接着说：“加微信，我扫你，之后发链接给你。”

“好的好的。”张止天打开微信，又问，“你们的资金也是众筹的吗？我之前也众筹过鸭脖。”

站姐有点无语，秦月明的粉丝好像不太对劲！

“怎么了？”张止天问。

“没事，我还要去机场拍摄，以后有空再说吧。”站姐整理好东西，背上包走了。

秦月明今天没有去剧组，而是去了京市。

下了飞机后，她直奔研究所，到了大厅里就看到了正在等候的秦夜停。

秦夜停向她走过来，问道：“累不累？”

“其实还好，现在的工作强度只抵得上之前的三分之一。”

秦夜停有点不悦，却被姐姐捏了下脸，她还说：“我的温柔小弟弟，怎么总跟老干部似的？”

“提起以前我就生气。”秦夜停没躲开秦月明的手，他也就惯着秦月明一个人，其他人哪有机会碰他的脸？

“为什么不提啊？要提的，这样才会觉得现在的日子是真的好啊，一瞬间干劲十足，特别满足，我们走。”秦月明挽着弟弟的手臂，带着他往里走。

秦夜停十分无奈，走了一段路就挣开了，拽着她往另一个方向走："走这边，不知道路还带路？"

"这不是有你在嘛！我跟你出门不带脑子的。"秦月明倒是理直气壮。

"嘶——"秦夜停忍不住嫌弃起来。

他们在时间研究所做了一系列的检查，研究人员首先是查看秦月明的身体状况，接着分析她的稳定性。

这期间秦夜停都挺紧张的，他怕姐姐回来的事只是南柯一梦，怕她待不了多久就又消失了。如果明明已经得到了，却又突然再次失去，这样的打击无疑是巨大的。研究人员确定秦月明的状况十分稳定，秦夜停这才松了一口气。

接着，研究人员又问秦月明："你觉得身体怎么样？"

"挺好的，没有任何不自在或者不舒服的感觉，都跟我之前一样。"

"每天的睡眠会受影响吗？"

"我之前就睡眠很差，长期服用褪黑素。"

研究人员记录了一下，又问："排便正常吗？"

"呃……正常，挺好的。"

"心态上有什么变化吗？"

"经历这么大的变故肯定有变化啊，自己死掉了又复活。"

"如果有什么特殊情况，你一定要及时跟我们沟通。我们也会随时跟进你的状态，配合你进行后期维护，让你稳定地留在现在这个时间。"

"好的，感谢。"秦月明跟秦夜停对视一眼，又问，"我们约的教授在吗？"

"在的，他也在等你们，我带你过去。"研究人员说着就主动引路。

"好的。"

谭教授看到秦月明无疑是兴奋的，兴致勃勃地问了一堆问题。在他看来，秦月明就是他们的研究成果，这简直是国家科技史上的一大里程碑。

秦月明跟谭教授寒暄几句后，进入正题："您也知道，我现在是艺人了，所以要跟你们谈一件事。"

"你说。"

"我是艺人，身上有代言，轻易不会让别人使用我的名字或者我的照片，所以贵所在宣传研究成果的时候是不能使用我的名字的，这算是一种侵权了。"

"啊？"教授一愣，"可这确实是我们的研究成果啊。"

“一码归一码，你们将我召回了这个时空，我们自然会支付巨额的费用，这都是正常的。但是你们不能再用我的名字来做宣传，这样也是需要费用的。”

谭教授这才回过神来，问道：“你的意思是说，如果我们用你做宣传，就需要支付费用给你？”

“对，就相当于代言，而且我的代言费可不便宜。”秦月明朝谭教授笑笑。

谭教授算是明白她的意思了，都被气笑了，接着问道：“你是打算让我请你代言吧？”

“嗯，毕竟我们已经穷疯了，什么事情都做得出来。”

原本谭教授还有点不高兴，结果听到她这样说，心情反而缓和了一些：“你们要支付的费用确实是一个天文数字，可是我们的科研费用也不低啊，更何况当初你弟弟也是签了字、同意了这个数字的。”

秦月明点头道：“我知道，我们也理解，可是我们回来之后还要继续生活呀，肯定要想一些办法减轻债务。最近我一直在努力工作，也想在您这里讨一份工作。想必在我回来之后，您这里得到的投资越来越多了吧？慕名而来的人也不少吧？这部分收益可比我的代言费多多了。”

“这个代言费，你打算定什么价格？”谭教授好奇地问。

确实，在秦月明回来之后，很多富商主动联系了他们研究所，进行了巨额投资，让他们一下子底气十足。而且，他们是需要用秦月明做宣传的，怎么可能不提及这个名字呢？

“不如就剩余研究费用的一半吧。”秦月明坦然地说。

谭教授震惊地道：“你也真敢开口。”

秦夜停开口说：“我姐姐身份特殊，是你们这里的第一个成功案例，你们可以请别人做代言人，但绝对没有我姐姐有意义，不是吗？”

谭教授气得用手指敲桌面：“但你们要的这个价格简直是天方夜谭！”

“那您觉得什么价位合适？”

谭教授也没了解过明星代言这种事，想了想，说了一个自己觉得还算合理的价格：“两千万？”

“是宣传一次两千万吗？”秦月明问。

“什么？”这位稳重的科学家居然被秦月明气得脸色都变了。

“如果您不同意，我们是可以起诉的，起诉你们侵权。这样的话，你们在宣传期间利用我获得的利益要按比例赔偿，您觉得是请我代言合适，还是打官司后赔偿我合适？”

秦月明他们过来的时候还带了律师，律师这时候就递了一份资料过来。他们甚至大致了解了一下研究所最近的收益，还有部分慕名而来的客户的名单。

最后，秦月明和秦夜停利用他们的无耻，和气得吹胡子瞪眼睛的谭教授谈成了初步的代言合同。代言时间是五年，费用是八亿元。

关于欠研究所的费用，他们还取消了自动扣款的设置，只规定了每年的最低还款额度，姐弟二人一年八千万。这依旧是一个天文数字，好在没有利息了。

走出研究所的时候，秦月明觉得肩上的担子轻了不少。

“一下子少了八亿，感觉跟做梦一样，这是一个天文数字好吗？我以前从来没做过这么厚颜无耻的事！”秦月明对着秦夜停嘟囔。

“可是加上刚刚还上的，我们还欠二十二亿呢……”

“好可怕，听着就觉得心里难受。”

姐弟二人互相安慰了一番，秦夜停提议：“接了一个这么大的代言，我们去买点鸭脖庆祝一下吧。”

秦月明握拳道：“好，去奢侈一把！我粉丝还送了我好多零食，我们一起吃！”

“大枣？”秦夜停都听说了。

“嗯！”

秦夜停无奈地笑了起来，只要姐姐在，怎样都好。

当天的微博上，秦月明的消息又霸屏了。首先是她暗指大地娱乐给她下绊子，其次是她和江云开的合唱传了出来，临时版本堪比专业演唱会水平。

想睡觉的柠檬：“#守得云开见月明#当初大家都说炒cp是秦月明蹭热度，想借机复出，却没想过她这样做对自己有什么好处？她可以蹭弟弟、蹭池闫、蹭胡导演的热度，就是没必要蹭江云开的热度！现在我算是明白了，是老东家给秦月明使坏，想看秦月明被江云开为难，好在江云开没中计。”

本大爷帅上天了：“#守得云开见月明# #大地今天破产了吗#其实事情已经很清楚了，尤其是蔡思予最后那句话，简直是点睛之笔。大地娱乐压榨艺人不是一天两天了，忒不是东西。”

我可以：“看了甜蜜团之后，突然被#守得云开见月明#这对cp圈粉了怎么办？而且我以前一直不喜欢江云开，现在居然觉得他蠢帅蠢帅的，太可爱了！怎么办？呜呜呜……啊我死了！我‘圈地自萌’！别喷我！”

九醉哥哥保护你：“秦月明唱歌怎么那么好听！出专辑我买爆！”

暮舟：“求技术大神把这个合唱版本做出来，去掉杂音，我要单曲循环，好听哭了。”

闹了这一出之后，大地娱乐的股票开始出现小规模的下跌。大地娱乐紧急采取措施，没有道歉，没有放软态度，而是放出了他们现在正在推的组合的新单曲MV预告。看这架势，他们是想借此举挽回一些风评，甚至想趁着这热度发一波广告，来彰显自己的不在乎。

然而，网友却并不看好。

顾咕咕：“哦，新的被害者？”

荀枢：“幸好夜停的合同要到期了。”

新组合的MV没红，新组合的成员却被网友们问候了，大多是劝他们赶紧换公司，或者提前留个心眼。大地娱乐之后就没有其他动作了，让人怀疑他们是在酝酿大招。

江云开当天没有去剧组，而是回去拍了一组代言的广告，然后又被刘创叫去公司训了一顿，主要原因是他在节目里居然被吓得说脏话了。

被骂得头昏脑涨后，江云开回了家。得知秦月明今天也在家，他就订了一堆吃的，拎着下楼去按秦月明家的门铃，打算找她吐槽他舅舅。

门打开后，他拎着食物说：“小龙虾！鸭脖！还有……”声音戛然而止，因为他看到秦夜停臭着一张脸瞪着他。

秦夜停语气不善地问他：“你平时就是这么大晚上敲女生家门的？”

“我……”江云开还在发愣，一时间竟然没回答上来，接着就来气了，“里边不是还有助理和蔡思予吗？又不是孤男寡女的，怎么了？”

“别人可以，我姐不行。”秦夜停说完就“嘭”的一声将门关上了。

江云开下来的时候真没多想，就是想过来和朋友聊聊天。他还叫了周若山一起，周若山现在在楼下买酒呢，他哪里知道会碰到秦夜停？

江云开正纠结要不要回去，秦夜停突然再次打开门，拿走了小龙虾和其他食物，接着又将门关上了。

江云开越来越生气，疯狂按门铃，喊道：“你都不让我进去，凭什么拿我的小龙虾！”

过了一会儿，门打开了，秦月明探头问道：“干吗啊？”

“找你聊天，周若山也会过来。”

“我弟弟在……”秦月明想到两个人的关系，有点为难。

“知道，我一看到他就来气。”

秦月明想了想，还是让江云开进去了。

江云开在门口换鞋子的时候，秦夜停正从冰箱里拿啤酒，白了他一眼后就坐下启开啤酒自顾自地喝了起来，还打开袋子吃他买的零食。

“你这是过气了？居然这么闲？”江云开第一句话就是奔着打架去的。

秦夜停单手提着啤酒，眼皮都不抬一下，说：“我看你倒是一直挺闲的，你是不是一直都不太红？”

“我因为你丢了多少个代言，你心里没点数吗？”

“还不是你自身的问题？”

江云开气得浑身的细胞都在叫嚣，他走到秦夜停对面坐下，按住对方的手，喊道：“不许吃我买的小龙虾！”

“难道你买熟的小龙虾是用来养殖的？”

这时，蔡思予下楼了，刚巧看到这一幕，便问：“这么热闹啊？”

秦月明坐在桌边啃鸭脖，毫不在意地道：“两个小孩吵架，不用理。”

蔡思予也坐过来吃东西，又问：“小江今天不给月明剥虾壳了？”

秦夜停抬头看了江云开一眼，开始剥虾壳：“用不着他。”他剥完一个就把虾仁往秦月明面前一放。

“我剥得比你利索！”江云开说着，也跟着剥了起来，把剥好的虾仁放在另一边。

看着他们两个人默默地比谁剥得快，蔡思予忍不住笑了，和秦月明对视一眼，秦月明同样笑得不行。

幺儿刚下楼就看到了这一幕，吓得赶紧拿出手机发微信跟刘创汇报，生怕江云开待会儿跟秦夜停打得头破血流。

刘创：“蔡思予跟秦月明在吗？”

幺儿：“嗯，在呢。”

刘创："那就没事，江云开那小子一点就炸，一拉架就停。"

幺儿小心翼翼地在一边看着，江云开居然主动跟她搭话了："造型师没跟着？"

幺儿回答："心心回家了，我们难得回来一次，明天早上她再过来。"

"也是，这么小的房子哪能住那么多人？"

秦夜停冷冷地说："我们姐弟从小就在小房子里住惯了，倒也没觉得有什么不好，是你不太习惯吧。"

江云开说话的时候并无恶意，真不知道这么一句无心的话都能刺痛秦夜停，引得秦夜停嘲讽他。

秦夜停看不上江云开，觉得江云开被宠得像傻子一样，不分时候地说秦月明是他的理想型，这是真正触怒秦夜停的点。后来刘创来当说客，他也愿意息事宁人了，江云开却一直不依不饶，一次又一次地来招惹他，他也就奉陪了。

秦夜停越看江云开越觉得不顺眼，谁让他轻而易举就可以得到别人做梦都想得到的东西，而且还不珍惜。最无语的是有一次江云开旁敲侧击地知道了秦夜停的微信号，一个劲地加他，加上他就开始骂他。

江云开发了很多语音消息，估计秦夜停都没点开听，就打视频电话过来。

秦夜停接通电话就把手机放在一边，江云开不休不止地骂了他半个多小时，愣是没骂重样的。

还有一次，秦夜停被大奖提名，最后却没得奖。他的朋友不多，没人来安慰他。等他回到家里，第一个来问候他的居然是江云开，发来一串"哈哈哈"。接着，江云开突然说了一句还算中听的话："不过，你长得比其他几位都帅，还比他们小一轮。"

从那以后，秦夜停就很少对付江云开了，只有江云开惦记着还要还击一次。两个人的关系缓和了一些，却也没握手言和，一直到秦月明回来。

过了一会儿，鸭宝和周若山也来敲门了。

秦月明打开门小声提醒："两个人正剑拔弩张呢。"

周若山脚步一顿，接着看向秦月明说："亲哥，在此之前，我对你都没有冒犯之意。"

"啊？"秦月明都被弄蒙了。

"你弟弟，真的是……谁对您不敬，他就让谁死无葬身之地。我害怕，我脑子不好使，我算计不过他。"

秦月明算是发现了，在她眼里乖巧听话的弟弟，在别人眼里就是一个大魔王，在粉丝眼里就又是另一副样子了。她摆了摆手道："不会的，他没那么可怕。"

这时，秦夜停冷冷地看了周若山一眼，周若山立即说："打扰了，告辞，我就是外卖小哥。"他将带来的零食和啤酒全部放在地面上，扭头要走。

江云开看不下去了，皱眉道："我说，你在电影里什么都不怕，怎么现实里是这个样子？"

周若山理直气壮地道："能用拳头解决的问题都不是问题，但是需要用脑子的地方，我告诉你，谁让我用我跟谁急！"

一个好好的功夫明星，在秦夜停面前怕得不成样子。

秦夜停忍不住笑了："我又不是疯子。"

江云开撇了撇嘴："不，你是。"

秦夜停白了他一眼。

江云开又指着他说："你的人设最假了，明明性格这么糟糕，还非得搞什么温柔少年的人设，你看看你平日里崩成什么样了？我要是把你这副样子拍下来发出去，准让你吃不了兜着走！"

江云开说完就把周若山带来的零食拿过来，取出一块炸鸡，刚吃了一口，突然看到秦夜停取下一次性手套，拿出了手机。

秦夜停举着手机，对大家说："来，看镜头。"

江云开瞪着眼睛举着炸鸡刚要抗议，秦夜停就拍了一张照片了。江云开还在震惊，秦夜停下一秒直接把原图发在了微博上。

江云开赶紧放下炸鸡，拿下一次性手套去看手机："把我拍成什么样子啊你就发？都不修图的？"

秦夜停轻笑着回答："你不是说把我现在的样子拍下来发出去，我会吃不了兜着走吗？那我们一起拍，看看谁比谁强？"

秦月明登录微博去看那张合照，发现还挺好看的，便顺手保存了下来。

照片里，秦夜停举着手机，脸上没有往常在公众面前露出来的清晨朝阳般的笑容，而是表情淡淡的。江云开在他斜后方举着炸鸡叫嚣，看起来也特别自然，脸没有扭曲，反而有点故意搞怪的意思。一边的秦月明捏着小龙虾的虾仁，蔡思予还在比剪刀手。最有意思的是周若山，脸没有上镜，却瞬间撸起袖子，露出他充满力量的手臂。照片一角还有奔月的一条尾巴。

秦夜停的微博文案也特别简单："平日里的样子。"

江云开咬牙切齿地看了半天，把手机一放，没好气地说："你给我删了！"

秦夜停下巴一抬："我不。如果我删了，热门就是#秦夜停秒删#。"

"最起码让我把炸鸡放下吧？我最近对外宣称减肥呢。"

"那你就别吃啊。"

周若山也不走了，坐到秦月明身边，打开微博看了看，嘴里嘟囔："这可真是世纪同框了。"

秦月明说："我觉得很有意思欸。"

这条微博的评论里也是震惊声一片。

不觉晓："同……同框了？"

白白白亭："如果我没看错的话，是@秦月明@江云开@蔡思予，手臂可能是@周若山的，尾巴是我们奔月的。"

我家二饼："破不和言论？"

墙角一枝花："姐姐现在毕竟和江云开在同一个公司了，而且玖武娱乐的老总是江云开的舅舅，哥哥肯定要让步的，现在是握手言和了。"

溶化的星光："哥哥拍照不开滤镜不修图，我只能说，这些人的颜值都好能打啊，蔡思予小姐姐保养得还挺好的。"

娃哈哈："姐姐回来后，老公的心态都不一样了，一派宁静美好，真好啊……"

秦月明的手机弹出一个提示，是刘创发了一串问号过来。

月："就是随便吃个饭，拍了张合照。"

刘创："为什么江云开在吃炸鸡？"

月："摆拍。"

刘创："真的？不许让他喝酒，他的腹肌快没了！"

月："真的。"

秦月明抬头对正在啃炸鸡的江云开说："你快别吃了，刘总给我发消息了。"

"我真不胖，是摄影师的问题。"江云开可怜巴巴地看着她。

"那……这是最后一块。"

"行。"

江云开吃完这块炸鸡之后果然不再吃炸鸡了，而是开始吃小龙虾。

秦月明举着手机说："你再吃我录像给刘总看了啊。"

江云开气得不行："秦夜停气我，你也气我，啊？"

秦月明没辙，指着厨房说："我给你做一份水果捞吧，我家里也有酸奶，我看着做法挺简单的。"她说着就走进了厨房。

江云开跟着走过去，看着她取出水果洗干净，接着开始切，那手法刀刀都是奔着手指去的。他看不下去了，拿过刀说："行了吧你，就你这水平还切水果呢？你进厨房能做的难度最高的事就是洗水果。"

数落归数落，之后的事就全是他亲力亲为了。

秦月明也没走，站在旁边看着，说："这水果糖分太高了，你吃点别的，我给你找找。"

"开冰箱门这种技术活你驾驭得了吗？"江云开扭头问她。

秦月明觉得自己被小瞧了，来回开了好几次冰箱门："你看你看！"

"那你可真棒棒。"

蔡思予看着厨房里一派欢乐的场景，忍不住笑了，对秦夜停说："女孩就是得富养，无论家里什么条件都一样，这样就会像你姐姐一样，虾壳不用自己剥，水果不用自己切，都有人代劳。"

秦夜停站起身来，想进厨房，却被蔡思予拽住了。她劝道："感情是这样的，你越阻止，他们爱得越深，参考梁山伯与祝英台。如果你推着他们在一起，他们心里反而有种逆反感，参考相亲。但是如果顺其自然呢，人就会慢慢清醒过来，等你姐姐发现她和江云开相处太过暧昧的时候，她就会开始回避了。"

蔡思予这个年纪了，什么没见过呢？见的多了，懂的也就多了。江云开是那种心里不会藏事情的男孩，目光会不自觉地追随秦月明，独独对她一个人好。他自己一直没发现，但是别人可以发现端倪。

蔡思予同样了解秦月明，她是一个事业心很重的人，骨子里其实有点自卑。现在的负债情况，会催使秦月明努力工作、努力赚钱，恋爱的事情会放在最后。江云开又是那种标准的地主家的傻儿子，如果秦月明和他在一起，难免会有人觉得她是为了钱。

不想被质疑，就要门当户对，两个人平等相处。

"这种事真让人心烦。"秦夜停觉得很难受，江云开或许人不坏，但是配不上他姐姐。

"我觉得很有意思啊！"蔡思予托着下巴微笑，看着秦月明说，"我又看到我们家月明让人喜欢的样子了。年轻的时候就是这样，好多男孩喜欢她，都是这么笨拙的样子。真好啊，这就是青春。”

秦夜停叹了一口气，继续吃小龙虾。

周若山跟奔月玩得挺好，自告奋勇要去帮秦夜停遛狗。

秦夜停看了看时间，问道：“这么晚出去？”

周若山已经给奔月套上狗绳走到门口了，摆摆手道：“没事。”

江云开捧着水果捞走出来的时候，秦月明的手机刚好响了，是霍里翔打来的电话。

接通后，霍里翔大声道：“月明姐，你在京市吗？最近有业余组的赛车比赛，你来不来？奖金挺高的，最高的有三千万呢！”

“去去去！”秦月明立马激动了，三千万啊！这不就是大风刮来的吗？

霍里翔之后问的问题就直击灵魂了：“不过，你现在有驾照吗？”

秦月明瞬间就蔫了：“过期了。”

霍里翔说：“这样啊……其实我开车老超速，分扣没了，现在也没驾照，没事，这个可以再考。重要的是，你有车吗？”

秦月明问：“我去租车可以吗？”

霍里翔似乎有点纠结：“其实吧……就算是业余组的，人家的车也改装得不错，还有团队，你这租车……”

“其实开保姆车我也能漂移。”

“噗——”

在一边吃水果捞的江云开抬头道：“我知道一个地方可以考驾照，我就是在那里考的，环境比一般的驾校好。你们都有经验，估计也考得快。至于车嘛，我车库里有的是，你随便选一辆去改装呗。”

电话开了免提，霍里翔听到江云开的声音就乐了：“哟，你们两个又大晚上的待在一块儿吗？”

江云开吼道：“不止我们，挺多人呢！”

霍里翔故意说：“是，自从见过月明姐之后，我就觉得我家里晚上挺热闹的，可多人陪着我了，就是我看不到而已。”

江云开倒吸一口凉气：“你说话怎么这么缺德呢？”

霍里翔毫不在意地道：“这叫语言艺术，我还能给你唱一段呢，想听什么？”

蔡思予怕霍里翔说太多会惹秦夜停不高兴，赶紧出声："我也在呢，还有秦夜停。"

霍里翔立马说："哦，思予姐晚上好，一起考驾照啊？"

蔡思予看了看自己的美甲，笑着回答："我有驾照，还是老司机，漂移不比你月明姐差，敢不敢坐小姐姐的车啊？"

"别啊，你们这种灵魂漂移我害怕。"

蔡思予也不再逗霍里翔了，让秦月明仔细问问比赛的事情，她知道秦月明非常心动。

霍里翔说："驾照是必不可少的，车也得自始至终是一辆，要报车牌号的。这边有越野车的比赛，赛道都是那种比较困难的野外赛道，估计你也知道。还有就是赛车，我上次看过你的水平，参加比赛的其他车手我认识不少，水平都互相了解，你进前十名应该是可以的，但要是真想拿第一就有点困难了。"

秦月明立即说："越野车我也可以。"

霍里翔惊讶地道："全能啊我的姐！"

秦月明继续问："怎么报名？越野车那边的奖金是多少？"

"比赛虽然是一起办的，但是奖金不一样，越野车一千万，赛车三千万，这是第一名的，后面的我记不住了。到时候你跟我一起去报名，带着身份证和驾照。我今天先帮你预报名，占一个名额。"

"可以，到时候你联系我，我提前跟剧组打好招呼，尽可能安排时间。"

秦月明挂断电话后，江云开问："剧组没问题吗？他们都有具体的拍摄计划，如果你耽误进度，传出不好的新闻怎么办？"

蔡思予叹气道："真不是我吹，大地娱乐出来的艺人最不怕的就是赶时间，轧戏女神是吹给你听的？"

秦月明赶紧摆手解释："这可不是什么值得骄傲的事，我当年轧戏真的是被公司压榨的，我还是喜欢现在的拍摄状态。而且，只要不耽误其他人的时间，我可以提前拍摄完他们安排的戏份。"

没多久，周若山就牵着奔月回来了，喘得不行，进来后喝了一整杯水，指着奔月问秦夜停："你这狗怎么养的？怎么这么能跑？"他一个常年健身的男人，今天居然被狗给遛服了。

江云开笑道："我第一次见到亲哥的时候她就在遛狗，被狗扯着一下趴地上了，我稳稳地牵住了狗绳。”

周若山听着觉得哪里不对劲，问他：“你牵住了狗绳？”

江云开回答：“对啊。”

周若山继续问：“亲哥呢？”

“呃……摔倒了。”

“你没扶起来？”

江云开不说话了。

周若山都反应过来了，江云开刚才还笑呵呵的呢。江云开自诩厉害，也不如他一个常年举铁的。

秦月明立即告状：“不但如此，他还在我没站起来的时候就又把狗绳给我了。”

一直在吃东西的鸭宝举起手说：“我亲眼所见。”

江云开听完直揉脸，他当时真的……没想那么多啊。

一屋子的人都笑出声来。他们也没怎么喝酒，吃了一会儿东西，聊聊天，鸭宝和周若山就跟着江云开回去了。

秦月明洗漱完毕，趴在床上拿出手机，看到了两个人发来的消息。

刘创：“我让公司的人把你们探班活动的合唱做了个无杂音版，不过还是比不上录制的。你和江云开再去录音棚录一次，可以推到各大平台，提高人气，我有信心把这个推成理发店经典曲目。”

刘创：“那部现代剧的制片方有意让你唱片尾曲，你愿意吗？有没有什么想法？如果可以他们就要准备作词作曲了。”

秦月明打字问：“作词作曲有收入吗？”

刘创没回复，她点开江云开的对话框，看到江云开发“大哭”的表情包发了一屏幕，然后又给她发了不知道多少个红包，她往上拉了半天都没拉到头。

最下边，她终于找到了江云开发的文字消息：“亲哥，请原谅我当时的年少无知吧！我错了。”

月：“现在才想起来道歉？”

月：“哼哼！”

我唱歌挺好听的：“我脑子不好使，他们不提我都忘记了。”

我唱歌挺好听的：“原谅我好不好？”

秦月明根本没生气，当时她和江云开都不认识对方，江云开不帮她也是正常的，她也理解。而且现在的很多艺人都会故意避嫌，江云开又是避嫌避得比较严重的，微信号都不给别人。后来他愿意跟她亲近，这就已经非常不错了。

秦月明看着聊天框笑了，想起江云开的样子就觉得可爱，还是打字回答：“无所谓啦，我没在意。”

她切换到刘创的聊天框，看到了刘创的回复：“怎么，你还会作词作曲？”

月：“就是有点想法，其实很早就想试试了，只是没时间。”

刘创：“这样啊，新剧挺着急的，还是找专业人士比较好，人家也没有耐心跟你磨合，你负责唱就行了。”

刘创：“但你要是对作词作曲感兴趣的话，可以给江云开他们的组合写歌。他们组合比较火的歌都是江云开去世的朋友写的，近期也没什么拿得出手的新歌。我可以按照市场价给你，帮你减轻负担。”

刘创：“不过提前说好啊，我可不会开后门，你要是写得实在不行我也不会用。组合选歌的时候都是他们听小样盲选，不会去看作词作曲是谁。”

月：“这些我都明白，可以的。”

刘创：“你会什么乐器？”

月：“钢琴、小提琴，还有因为拍戏略懂琵琶和古筝。”

秦月明因为外形有古典韵味，经常会拍摄古装剧，其中有些角色就需要弹琵琶和古筝，为了扮演的时候不露馅，她真的去认真学过。至于钢琴和小提琴，这两样是她从小就学过的，家中落魄时放下了，做练习生后才重新开始练习。

刘创：“呃，你的规划里没写这个啊，你写了我也会注意找些资源的。”

月：“我也是突然想到的，抱歉，以后我补充一下资料，保证比现在详细。”

刘创：“好。对了，你有没有兴趣跟江云开合唱一首歌？就是一首主题曲，剧方希望是对唱歌曲。你别看江云开其貌不扬的，其实唱歌真不错。”

月：“可以。”

这边敲定了唱歌的事，那边江云开还在道歉：“亲哥，你收下红包吧，是小弟的一份心意。”

月：“好的。”

她还真的全收了，接着去看自己的钱包，里面多了五千块钱，还真没少给。

我唱歌挺好听的：“那咱们说好了，以后不许生气。”

月：“好的。”

我唱歌挺好听的：“刘创跟你说合唱的事情了吗？”

月：“说了。”

我唱歌挺好听的：“你之前录制过歌曲没有？”

月：“还真没录过。”

我唱歌挺好听的：“那你放心吧，有云开弟弟带你呢，保证让你快速进入录音状态。”

月：“那就合作愉快咯。”

秦月明给江云开转账两千元，说：“来，帮助姐姐的辛苦费。”

我唱歌挺好听的：“借花献佛啊？”

秦月明又给江云开转账两千元，说：“来，今晚小龙虾的费用。”

我唱歌挺好听的：“啧啧。”

秦月明又转过去两千元：“大哥赏的。”

我唱歌挺好听的：“就你那个经济条件还返钱给我？收着吧，晚安。”

第九章
想哄你开心

秦月明第二天乘坐最早的航班去了剧组，进入剧组后并未休息，直接化妆，快速进入拍摄状态。她早就习惯这种高强度的工作了，好在剧组的氛围不算太严肃，导演的脾气也是出奇的好，她在拍摄的间隙能休息一下子。

今天要拍的这场戏是一场雨中的哭戏。电视剧里经常有这种桥段，一到情绪的节点就下雨，雨简直就是如期而至。秦月明扮演的角色因为工作忙碌，错过了见母亲最后一面的机会，看到家人失望的样子，她终于崩溃了。

秦月明的哭戏并没有太大的情绪起伏，她只是在雨里行走，随手撩起头发看向一侧，露出微红的眼眶，又快速低下头。女强人就是这样，不愿意让人看到自己软弱的一面。她努力去塑造这个角色，或许，此时镜头里的女人就是她本人。这种难过才是最有感染力的，哭并不是非要声嘶力竭。

片场非常安静，很多人都在注视秦月明，工作人员还在兢兢业业地撒雨水。

这时，奚图走过来，将伞撑在她头顶。

她下意识地侧过头不看他，听到他低声说："还以为你坚不可摧呢。"

这是剧里的台词。奚图本人是标准的理工男，不善言辞，有点古板。或许是真的入了戏，又或许是因为被秦月明带着，他以惊人的速度成长，还真有了男主角那种玩世不恭的味道。

这场戏拍摄完毕，幺儿立即跑过来给秦月明披上毯子，询问后确定不用重拍了，便去更衣室里换衣服。

拍摄场地是临时搭的，就是一个小型的帐篷，他们甚至没有专门的更衣室。秦月明进去后马上脱了衣服，冷得披着毯子蹲在小太阳旁边。她之后还有戏要拍，头发不能吹干，只能这么一直湿着。

十一月中旬的天气有些湿冷，她有点受不住。

有工作人员过来询问：“秦老师，可以继续拍摄了吗？”

秦月明立即应声：“可以。”她又马上穿上之前那身衣服。

幺儿有点心疼，跟在她身后问：“要不休息一会儿吧？”

秦月明摇了摇头，笑着回答：“没事，习惯了。”

幺儿一直拿着毯子和小手炉守在旁边，看着她继续拍摄。

奚图坐在餐厅里，看着对面的秦月明，她的头发依旧湿漉漉的，身上披着他的外套，手里捧着一杯热咖啡。

奚图问她：“要不要回家换身衣服？”

秦月明沉默片刻后回答：“情绪缓和过来之后我还要去公司。”

接着是一阵沉默。

拍戏的时候，奚图看到秦月明是真的冷得发抖，明明店里有空调，她怎么还会这么冷？等秦月明站起身来，奚图才发现她又换回了那身湿漉漉的衣服。明明披着他的外套，可以遮挡里面的衣服，却还要换回那身衣服保证真实，奚图顿时诧异了。

全部拍摄完毕后，奚图坐到秦月明身边，低声问道：“你看到申请了吗？”

秦月明先是愣了一下，接着拿出手机看自己的微信，这才看到奚图的好友申请。她没有立即点击同意，而是拿着手机说：“之前不加我，现在又来加？我也是有脾气的。”

奚图不擅长跟人来往，尤其不擅长和女生来往，听到这句话后只“哦”了一声，心里多少有点失落。

“不过呢，上期录制的时候我甩锅的事情你不生气，我就原谅你，就当我们扯平了好不好？”秦月明说着，突然凑近奚图，让他愣了一下。

“我没有在意，只是节目而已。”

秦月明点击通过奚图的好友申请，随口问道：“你之前为什么不加我？我是通过你的某种好友审核机制了吗？”

“其实我一直想存够钱了就退圈，也不想跟圈子里的人有什么牵扯，加你好友是觉得……你和其他人不太一样。”

“你进圈子只是为了赚钱，没想红，却突然爆红了，这运气真的……”秦月明不得不感叹天赋这种东西了。

奚图拿着手机，默默地改了秦月明的备注名字。

秦月明拿来自己的包，取出一板药片，挤出两粒放进嘴里，用水送服。

奚图看向她，问道："生病了？"

秦月明摇了摇头，拿着药说："这个只是普通的增强免疫力的药，不推荐乱吃，我只是因为刚才淋了雨，怕生病耽误拍摄才吃的。像我们这种体质的女艺人，常备的药还真不少。"她说着又拿出一些药，"这个是止痛片，特殊时期用的，我这里还有不少养生保健的药……"

秦月明看了看他，随后又把药放了回去："你这个年龄的男孩子也用不到。"

"吃这些不会对身体造成影响吗？"

"多少有点吧，不过这个圈子就是这样，你不拼命，比你拼命的人就会超过你。最好的时光就这么几年，挥霍了就没有了。"

幺儿跑过来给秦月明送手机，说："刘总联系你。"

拍戏的时候，秦月明的手机都是交给幺儿保管的，幺儿也会帮她接听一些重要的电话。

接通电话后，秦月明听到刘创说："两件事，跨年演唱会谈妥了，你和朝九晚五组合一同参加，一起去的还有唐栖。听说……如果你和秦夜停可以同台，价格还可以谈。"

秦月明回来后首次跟弟弟同台，这绝对是最大的噱头。各大电视台都在争抢这个机会，如果秦夜停愿意过来，这次的出场费绝对很高。这样就集齐了如今最红的两位流量明星，广告就可以这么写——你们的老公在我们这里，你们的姐姐也在这里。

秦月明毫不犹豫地说："可以，只要价格合适。"为了钱，让他们姐弟上台耍杂技都行！

刘创笑道："我明白。"

秦月明又问："另一件事是什么？"

刘创回答："之前在谈朝九晚五上春晚的事，但是因为江云开吹了……我把你推出去了，希望朋友能帮忙跟导演推荐推荐，不过也要看看最后能不能收到邀请函。这个还不算稳，再看看吧。"

"哇！"

"先别惊讶，等收到邀请函了再夸我。你先和你弟弟聊聊同台的事，然后联系我。"

春晚和卫视的跨年晚会不一样，春晚要求上台的艺人有一定人气，且人品和作风都挑不出问题。尤其是年轻一辈的，要积极向上、充满正能量。

朝九晚五组合刚刚出道那年，金曲都成了广场舞，人气无疑是最高的。那年他们上过一次春晚，后来就再也没上过了。主要就是因为江云开跟秦夜停对掐，造成了一些负面影响，整个组合都被否定了。

秦月明现在有人气，但也有点其他的问题，就是她突然回来这件事还没能得到公众的认可。所以她今年能不能上春晚也是未知数，刘创还在努力争取。

秦月明也理解这些，挂断电话后就主动联系了秦夜停。

姐弟两个人单独聊天时说的是东州话，奚图完全听不懂，只能低下头继续看剧本。

秦月明原本蜷缩在长椅上，披着毯子，聊天的时候脚露了出来，大脚趾微微上翘，配上那双小脚还挺可爱的。奚图看了一眼，然后快速移开了视线。

秦夜停也听说了跨年演唱会的事，不过没多兴奋，只懒洋洋地说："让刘创去谈吧。"作为一个连续几年跨年演唱会被抢的人，他对这种事真的非常麻木。

秦月明带着点宠溺语气问："你不想签约公司，还做甩手掌柜，你怎么可以这个样子？"

"签约公司不自由，我不喜欢被人管着。"

"自己开工作室你还不管事？"

"嗯，懒得去搞那些。"

秦月明忍不住叹了口气，随后说："那就让思予去帮忙谈一谈吧，她现在工作也不多，不过你得记得给你思予姐姐股份，知道吗？"

"这是肯定的。"

"嗯，最近忙不忙？"

"还可以吧，就是在努力压榨我，又不给我安排什么好工作，不过我已经很淡定了。"

"过完这半年就好了，记得早点睡觉，睡觉前要泡脚，还有得穿秋裤了。"

秦夜停那边沉默了半晌，然后无奈地笑了："好的。"

挂断电话后，秦月明拿出剧本，对奚图说："我们对对戏吧。"

奚图愣了一下："嗯？"

秦月明赶紧改用普通话重新说了一遍，奚图这才懂了她的意思："好。"

新一期真人秀因为现场的布置出现了一些问题，所以比以往的录制迟了一天。节目组提前通知了所有嘉宾，然而很多人的机票都提前定好了，大家在群里聊了一下，其中的四个人决定利用这一天去趟驾校。

蔡思予作为工作室的大股东之一，打算跟刘创一起去见见电视台的人。奚图则是早就有驾照了，没跟着过来，改成了明天的航班。

秦月明背着双肩包，幺儿推着行李箱进入机场，刚走到大厅就听到了一片尖叫声。

秦月明叹气道："江云开在机场里等我们？"

幺儿也无奈了，拿出手机联系临时聘用的保镖过来。

秦月明在群里发消息问："在哪里？"

杜拾瑶："在机场里，哪里最吵我们就在哪里。"

霍里翔："我算是开了眼了，感谢江哥带我见识大场面，虽然我人气低到需要帮忙充当保安。"

月："江滚滚呢？"

杜拾瑶："和粉丝吵架呢，真是娱乐圈的奇景。江哥的粉丝特别爱惹他生气，他一生气，他的粉丝就开始'啊啊啊'，特别兴奋。"

秦月明无奈地走过去，在粉丝的尖叫声中，见到江云开抱着一个印着南云庭图像的长型抱枕正暴跳如雷呢。

"不走吗？"这么大的阵仗，秦月明真觉得给机场的工作人员增加负担了。

江云开随手将抱枕丢给杜拾瑶，说："送你了，不喜欢就丢到垃圾堆里，注意分类，南云庭是不可回收垃圾。"

杜拾瑶抱着南云庭的抱枕看了看，接着就大笑起来，跟着其他人一起朝外走。

秦月明在路上看到了自己的条幅，便对那些粉丝打招呼，边走边提醒："小心一点，看着点前面，不要撞到人。"

这时，保镖拦住了一个想给秦月明递礼物的粉丝，因为阻拦的时候粉丝已经很靠前了，保镖的动作看起来有点粗鲁。

秦月明看到的时候先是一怔，接着赶紧走过去说："大哥，消消气。"

说着，她还拍了拍保镖大哥的肩膀。

保镖原本在认真工作，结果就这样被秦月明给逗笑了。

出了机场，江云开对其他几个人说："我开车带你们，上我的车。"

驾校是江云开介绍的，也是江云开带着他们去，这架势是非常认真了。

上车后，江云开坐在驾驶座，霍里翔坐在副驾驶座，后排坐着杜拾瑶跟秦月明，一众助理都被赶去了后面那辆车。

江云开回头嫌弃地说："那破玩意儿你留着干什么啊？"他指的是南云庭的抱枕。

"多可爱啊。"杜拾瑶还挺喜欢的，一直抱在怀里。

江云开嫌弃地"啧"了一声。

启动车子后，江云开按照导航开车，结果拐了一个弯后导航提示："偏离路线，已为您重新规划路线。"

江云开当即纳闷了："不是在这里拐吗？看着是啊……"

霍里翔凑过去看了看导航，说："原本是要在下个路口拐的，你拐早了，你行不行啊？"

江云开又不开心了："怎么？瞧不起我啊？"

他继续开车，结果还是被霍里翔嫌弃："你看见没有，你开的车可是宾利，别的车还敢超你，你车速是有多慢？"

一般人不敢超豪车，主要是怕刮了碰了赔不起。但是江云开这速度慢的啊……霍里翔都不耐烦了。

江云开不服地反驳："开车要稳懂不懂？你自己都因为超车被吊销驾照了，心里就没点数吗？"

"你车里坐了两个被娱乐圈耽误的赛车手，就问你慌不慌？"

"还行吧。"

"你承不承认自己的车技不行？"

江云开气得直吼："我车技就是行！我车技老好了！你说什么也不能说我车技不行！"

秦月明和杜拾瑶坐在后排，觉得前面的两个人仿佛在说对口相声，笑得不行。

江云开继续开车，同时询问："杜拾瑶你来干什么啊？"

杜拾瑶老老实实地回答："我还没有驾照呢，我也想考。"

到了驾校，江云开开车进去，看到里面的工作人员都在探头往外看。江云开是提前预约了的，并且特别叮嘱过，今天驾校就没有太多人来，来的也都是很有身份的，不会来打扰他们几个。

今年考驾照非常麻烦，报名后还要有练车的录像，必须是本人在教练车里练车的录像，学时够了才可以进行考试。他们今天还不能直接考试，得将前期的学时刷满。

教练知道来的是艺人，有点小期待，探头往外看，看到车来了立即正经起来，显得自己很专业。

四个人下了车，走进去就看到鸭宝和其他几位助理早就到了。鸭宝第一个说："我们本来在跟车，没想到你们开错路了。他们几个慌得不行，我就跟他们解释，放心，我们老大开错路是常事，他拐来拐去还能找到地方。"

"我谢谢你了。"江云开压低声音说。

霍里翔嘴欠地说："哦，常开错路啊……"

江云开死鸭子嘴硬："是导航不行，我下次就把它给换了！"

霍里翔"啧"了一声，又说："你这得换几辆车的导航啊？车多真不好，一换就得换十来个，下次你批发吧。"

江云开瞪着霍里翔说："信不信我薅你头发？"

霍里翔晃晃悠悠地去找秦月明："月明姐……"声音那叫一个飘。

接着，他还回头得意地看着江云开，眼神仿佛在说"我知道谁治得了你"。

江云开气得牙痒痒。

他们登记完后，先去理论教室打卡，然后一起去练车。

这几个人里只有杜拾瑶是来认认真真地学车的，另外两个人的教练都有点不淡定。

江云开手里拿着保温杯，拧开盖子还没喝，看到秦月明开着教练车"嗖"的一下就开入车位了。

真的是"嗖"的一下，怎么说呢？就是一辆车疯狂地飙了过来，都能听到轰鸣声。接着，这辆车又一个神龙摆尾，开出潇洒的一条弧线，漂移进了车位。

江云开不知道车里的教练是什么心情，反正他是不想再坐秦月明开的车了。

这时，车子又开出来了。秦月明重新停了一次车，这回比之前强了点，不漂移了，规规矩矩地倒车入库。但是车子重新开出来后，她又一个神龙摆尾开到要上坡的位置，开始练习上下坡。正经练习的时候，秦月明很听教练的话，但其他时候就忍不住。

至于杜拾瑶，她开车就跟霍里翔、秦月明不是一个画风了。她把车开得“扑哧扑哧”的，没两下就停了，缓缓地行驶一段，又停了。

秦月明练习停车的时候，看到杜拾瑶的车在向前、向后、向左……欸？向左移多了，再回去。她实在看不下去了，下车走到杜拾瑶的车窗边说：“你按照我说的，看着这边的后视镜……”

江云开跟着走过去，递了瓶水给秦月明，还帮她拧开了盖子，说：“你可别教了，你还不如她呢，你停车那架势根本就在说‘让一让！大佬来了’。”

杜拾瑶扭头问教练：“教练，我车停稳了吧？”确定车停稳了，她才探头说，“我的脚好酸啊，一直踩着刹车。”

秦月明轻咳一声，说：“你踩的是离合。”

杜拾瑶震惊地低头去看：“是吗？”

江云开都看不下去了，拉开车门说：“你下来，我给你示范。”

江云开上了车，给秦月明和杜拾瑶表演怎么倒车入库。江云开的驾照考得也挺认真的，开车也认认真真的，虽然总迷路，但是总的来说没有太大的问题。

车停好后，江云开问教练：“我车停得怎么样？”

教练笑呵呵地说：“不错，非常标准。”

江云开找回场子了，非常开心，看向秦月明等夸奖。

秦月明却有些不明所以，又把水递回给他：“水很好喝，谢谢。”

江云开拿着矿泉水看了看，“哦”了一声。

秦月明再次上车刷学时，江云开就拿着水在一边等着。

鸭宝站在江云开身边跟着看，劝道：“江哥，练车有什么好看的啊？去里边待着吧，多暖和。”

“我作为一个有驾照的人，看着他们练车就觉得好爽。”

“这也看不到车窗里的月明姐啊，光盯着车也这么迷恋？”

江云开抬起手来狠狠地薅了下鸭宝的头发，接着就扭头进了大厅。

今天中午，《异闻探秘者》更新了新一期的节目，会员还可以连续看两期。

江云开看到视频的时候就在想，这档真人秀的后期也真够辛苦的，之前需要七天内剪辑出来，这次还少了一天，不知道下一期能不能保质保量。

他点开视频，没看多久就气得将手机丢在了一边。他想了想，又看了一会儿弹幕，接着去微博里看了看，都觉得心塞得不行。

这期节目播完，很多网友骂秦月明太有心机了。

顾咕咕：“#异闻探秘者#新一期甜蜜团我看完了，不明白大家为什么骂秦月明。杜拾瑶帮不上什么忙，你们说她蠢，秦月明全局保持冷静，还能独自取得胜利，你们就说她有心机？最有意思的是，蔡思予质疑秦月明，你们就说她们是塑料姐妹花？霍里翔和江云开一直那么胆小，你们就说是蠢萌，凭什么对女艺人这么苛刻？”

柠檬哆哆：“#异闻探秘者#秦月明给人的感觉就是很心机，尤其是甩锅给奚图的时候，我看到奚图的表情都心疼。”

超凶萝莉：“亏得江滚滚那么相信她，她干的都是什么事啊！好像全世界就她最聪明似的，恶心！”

荀枢：“#秦月明#现在这个世界是怎么了？又开始‘女子无才便是德’了？女孩子聪明一点就要被攻击？”

压脉带：“赶紧关弹幕保智商，我看的时候全程感叹‘我的天！秦月明太厉害了’，结果打开弹幕全是喷秦月明的，简直难以理解。我不管你们说什么，反正我是被她圈粉了，我就喜欢聪明的女孩。”

滚滚勇敢飞：“我猜江滚滚肯定都想把秦大姐拉黑了，只是碍于同公司不好闹僵，心疼哥哥，秦月明你再去死一死吧。”

卷卷利：“江云开的粉丝嘴真脏。”

江云开越看越气，他真不知道秦月明看到这些东西会是什么心情。他没有很生气啊，他真的没有讨厌秦月明啊，这些粉丝怎么回事啊？这样吵下去，万一秦月明不理他了怎么办？

江云开觉得自己脑袋疼，拧开水瓶喝了一口水，却被鸭宝提醒：“江哥，那瓶水是月明姐的。”

江云开动作一顿，低头去看水瓶口浅浅的口红印，突然心里一颤。对，就是心脏一瞬间剧烈地收缩，接着又膨胀起来了，不然他怎么会觉得难以呼吸？

鸭宝起身去理论教室看时间，留下江云开一个人。江云开迟疑了一下，又拿着水瓶喝了一口水。嗯，这水确实挺好喝的。

从驾校开车去酒店的路上，江云开沉默多了，没有了来时的兴奋，有点不知道该怎么处理网民的言论。

他自己也知道，骂秦月明的人里他的粉丝是最多的。他知道他的粉丝战斗力有多强，之前跟秦夜停的粉丝对撕的时候，他也没多在乎，心里还在想，正好教那个小浑蛋做人！但是他的粉丝去撕秦月明，他就开始心虚了。

他不知道他该不该控制一下评论，不敢轻举妄动，因为只要处理不当，秦月明就会被攻击得更厉害。像他们这种女友粉特别多的男偶像，在镜头前和生活中都会尽可能地远离女艺人，尽量不要和别人有身体接触。

这就好比一个男人有个女朋友看着，冷不丁的一个小举动都会惹女朋友生气。

他像是有成千上万的“女朋友”，一直在拿着放大镜看他。如果他帮秦月明说话，会立刻引起“女朋友”们的愤怒，质问他为什么护着她、为什么对她和对别人不一样。接着，“女朋友”们会继续去骂秦月明，骂得更狠，仿佛在骂小三，恨不得她去死。这样的发展，江云开想想就觉得头疼。

车上的另一个人也挺烦恼的，杜拾瑶用她嗑 cp 的小号偷偷进了江云开和秦月明 cp 粉的群。这个群是产糖大群，只有在 cp 阵营里贡献大的人才有机会进入。要是有人稍微表现出对江云开和秦月明谁的爱多一点，还会被各种考察，一个不小心就会被踢出去。

杜拾瑶一进去就看到有人在骂她。

涵子不是很厉害：“那个杜拾瑶怎么回事？”

想养熊猫的胖虎：“她怎么总跟着江云开转？有没有点眼力？”

宣圆：“我努力了，完全无法截图，杜黏黏一直在，这一期云月夫妇只在迷宫里互动多一点。”

绯郁：“拉着媳妇跑那里，啊啊啊！我好想配上 BGM（背景音乐）。”

涵子不是很厉害：“只能嗑那里，我的眼泪流下来。”

杜拾瑶的小号叫“为糖开小号”，她试着加入聊天。

为糖开小号：“其实杜拾瑶也不知道游戏的设置，没想到会这么分组。”

绯郁：“你不会是杜拾瑶的粉吧？”

为糖开小号：“不是的，我并不喜欢她！”

宣圆：“我不粉她，对她个人没有什么意见，只是不喜欢她跟在江云开身边，有种拆 cp 的感觉。”

杜拾瑶看着群里又热火朝天地聊起来了，时不时说她拆 cp、黏着江云开、很碍眼，她看得非常难受。她不是，她没有，她不是故意的！

杜拾瑶抬头去看车里的其他人。秦月明捧着手机戴着耳机在看新一期的视频，弹幕开着，也不知道她看到那些骂她的话是什么心情。霍里翔则是在用手机跟谁聊天，偶尔说一句话，应该是有什么事要处理。江云开安静地开车，有点反常，弄得杜拾瑶都有点不自在了。

下车的时候，江云开回头看了秦月明一眼，看到秦月明刚刚关了新一期的视频。他甚至看到了几条弹幕，便立即忐忑起来了，心想，身为男生，他是不是应该先道歉？

秦月明却没有说什么，而是询问："晚上一起吃饭吗？"

霍里翔叹气道："我得准备新相声，估计不能一起了。"

杜拾瑶一看就他们三个人了，立即拒绝："不了，你们两个一起吧。"

她可不想再被同僚们骂没眼力了，太委屈了。

秦月明点头道："哦，那好，我回去看剧本了。"

江云开跟着下车，手里拿着车钥匙，一直不知道该怎么办，要不……送秦月明一辆车？

回到酒店房间里，秦月明坐在床上，拿着手机查看有没有好吃的外卖。

这时，江云开发来了一条微信消息："来酒店的娱乐区。"

月："干什么啊？"

我唱歌挺好听的："来就行了。"

秦月明站起身来，对着镜子整理了一下头发，重新补了一下口红才走出去，拿着房卡乘坐电梯到了酒店的十三楼。

娱乐区有 VIP 区域，秦月明按照房间号找到江云开待的地方，走进去就看到霍里翔也在。

这里有五台电脑，正好是能开黑的数量。不过霍里翔坐在电脑前快速打字，估计是在想新段子，神情颇为苦恼。江云开则是拿着手机对着电脑在设置什么。

秦月明问："叫我来做什么？"

霍里翔抬头看了她一眼，接着丢过来几袋零食："投喂！"

"谢谢。"秦月明接了零食，坐在江云开旁边。

霍里翔意思了一下就继续工作了。

江云开打开秦月明面前的电脑，点开之前就下载好的软件，然后安装。

秦月明看了看，问道："游戏？"

"嗯，最近刚出的一款网游，据说里面的风景挺好看的。不能带你出去散心，就去游戏里看看风景也挺不错的。"

江云开觉得，心情不好就应该出去走走，旅旅游啊，逛逛街啊，都可以。但他们是艺人，明天还要录制节目，根本不方便到处走动。节目录制结束后，两个人又要各自去工作了，见不到面，更不方便。

江云开绞尽脑汁，终于想到一个办法——带秦月明去游戏里看看风景。为了提高游戏体验，他还特意往里边充了钱，便于到时候买道具。

秦月明不知道江云开要搞什么名堂，进入游戏界面后，便开始创建人物，结果起名成了难题。她输入"月"，系统提示该名字已被占用。

她扭头问江云开："我叫什么名字好呢？"

江云开也是一个起名废（不会起名的人），蹙眉回答："这个问题太难了。"

秦月明想了想，输入了一个名字——不死仙姑。

江云开一看就笑了，跟着输入了一个名字——天山姥爷。

这个游戏是古代背景，里面的角色会轻功，可以飞檐走壁，不过初期武功不高。

江云开刚进入游戏就砸钱买了一匹汗血宝马，为了好看一点，还买了马的整套配饰。

秦月明一手撑着下巴，看着江云开一个大男生选这些花里胡哨的东西，自己一点都不感兴趣。

江云开骑着马在新手村找到了秦月明，跟她加了好友，之后就邀请她同乘。

秦月明上了马之后，江云开都愣了，心说这个游戏里同乘的设定还真是够暧昧的，女玩家居然是坐在男玩家怀里。他看着秦月明的游戏人物羞答答地靠在他的游戏人物怀里，突然有点尴尬。

"这……坐姿也太暧昧了，坐在马鞍沿上，也不嫌硌得慌。"江云开嘟囔。

秦月明低声笑了笑，问他："现在要做什么？"

"做新手任务呗，不然以我们现在的等级都出不了新手村。"

"组队吧。"

"好。"

两个人全程一起做任务。一般来说，任务只要不是杀怪就不用下马。为了方便，江云开特意选择了将军类角色，不用下马就可以使用技能。他负责找地图，找到 NPC 后两个人一起和 NPC 对话，之后他就骑着马带着秦月明去完成任务。秦月明需要做的就是点对话框、接任务、交任务。

“这好像是一个新服（新服务器），大家的等级都不高。”秦月明比江云开悠闲，手撑着下巴看着屏幕上的其他人。

很多人都是步行去完成任务的，可以使用轻功，但是轻功需要蓄力很久，而且速度很慢。所以，当他们两个人骑着马威风凛凛地从一群步行的玩家中经过时，简直浑身都散发着金钱的光芒。

江云开随口回答：“我就是选择了一个推荐度比较高的服，可能是碰上刚开服吧。”

做了一系列任务后，秦月明忍不住感叹：“其实你在游戏里找路还是很厉害的啊，为什么开车就不行呢？”

“我就是偶尔失误，在游戏里找方位特别准。”

“聪明没用对地方。”

“不能这么说，我多开开车、熟悉一下行车记录仪就行了，其他电子设备我就玩得很好。”

两个人终于做完新手任务出了新手村，接下来便要去各自的门派做任务了。他们对这种游戏也上手很快，没多久就分别完成了任务，可以出师了。

“你收一下邮件，我发了点东西给你。”江云开边说边看商城。

秦月明打开邮件，看到江云开给她买了很多东西，有药，还有通行证。有通行证就可以直接在地图上跳转，不用走到传送点去。她点开一把同心锁，点击装备，下一秒，大屏幕上就出现了世界通告：“代郎今宵值千金，愈侣新婚共举眉，恭喜天山姥爷与不死仙姑喜结连理。”

秦月明顿时一怔。

江云开还在逛商城，随口解释：“这个可以当传送符用，一键就能把你传送到我身边来，二十四小时内可以使用三次。”他说得理直气壮。

秦月明见江云开这么坦然，不由得怀疑是不是她自己想多了，便“哦”了一声。

“还有仪仗队呢，要不要买？”

“算了。”她无法想象那个画面。

江云开终于不逛商城了，启用夫妻召唤技能将秦月明召唤到了自己身边。

进度条到头，他们进入了新的地图，秦月明忍不住惊讶地说：“好漂亮啊！”

“漂亮吧？我就是看到这里的风景截图不错，才选择了这个游戏，来，上马。”

江云开再次邀请秦月明同骑，带着她在地图里策马狂奔，到处看风景。

地图上，这里的名称是武昌，周围的景色非常漂亮。武昌有绵延不绝的樱花，有不算陡峭的山坡，到处都是粉红色的海洋。树冠上的樱花一簇一簇的，仿佛一朵朵粉红色的棉花糖，散发着甜腻的味道。他们上了山坡后，还能看到不远处的古城，路边还有小动物。

这款游戏将景色做到了极致，仅仅凭借这份布景，就能吸引很多玩家过来了。如果剧情设计得再有趣一些，估计也能成为一款热门游戏。

秦月明盯着电脑屏幕里的风景，再看着两个人头顶的称号，有些想笑。

不死仙姑的夫君：天山姥爷。

天山姥爷的娘子：不死仙姑。

到了岸边，江云开收起马，两个游戏人物并肩站在岸边看着对面。

“樱花红陌上，杨柳绿池边。”秦月明小声道。

江云开没懂：“什么意思？”

“《春日偶成》里的诗句。”

秦月明觉得景色好看，准备截图的时候，发现江云开又开始逛商城了。看到他又买了一条船，秦月明心里嘀咕，要不要这么烧钱？

江云开把船放到水里，邀请秦月明共乘。秦月明同意后，两个人就可以在湖上游荡了。

[私聊]不死仙姑：“你要干吗啊？”

江云开看到私聊还有点奇怪，却也配合地打字聊天。

[私聊]天山姥爷：“带你散散心，放松一下。”

[私聊]不死仙姑：“为什么啊？”

[私聊]天山姥爷：“怕你生气。”

[私聊]不死仙姑：“可是我没有生气呀。”

[私聊]天山姥爷：“那就缓解一下压力。”

江云开刚回完这句话，突然被人攻击了。

秦月明调转视野，看到大概有五名玩家在攻击江云开。

江云开被攻击后船就消失了，秦月明的游戏人物掉进了水里。在水里游着的时候不能使用技能，她只能使用轻功上岸。她刚刚站稳，回过头就看到江云开的游戏人物已经被杀死了。

那几个远程角色在当前频道打字。

[当前] 厮杀之尊："看着挺有钱的，怎么没爆出来好东西？"

[当前] 咬痕："刚升级过来浪漫的吧，没看到老婆都在旁边吗？"

[当前] 熊本本熊："那就把老婆带走吧。"

[当前] 厮杀之尊："估计老婆也是歪瓜裂枣，倒贴我我都不要。"

江云开看着屏幕气得不行，他的角色只擅长近战，到了水里就无法使用技能了，没上岸时只能任人宰割，都没还手就死了。

他开始怒气冲冲地打字。

[当前] 天山姥爷："你们几个给我老婆提鞋都不配！仙女下凡盲选老公都选不到你们这些小人身上！估计你们只能感叹古代社会好，至少包办婚姻，不然哪有女的肯跟你们？"

秦月明的角色是奶妈，正在使用复活技能，抬头就看到这么一句话，当即又是一阵无语。江云开，你注意点用词好不好？

"瞎叫什么？"秦月明扭头凶他。

江云开还气着呢，边打字边回答："我说别的称呼他们不知道是你啊！我女神是他们能惦记的？"说着，他继续气势汹汹地骂人。

江云开复活之后就开始对五个人进行攻击，那五个账号都只擅长远程攻击，而且没有治疗师。江云开的角色骑上马后跑得飞快，追着其中一个人狠狠地打。

秦月明跟在他后面给他加血，有人攻击她，她还会给对面抛毒，让其他几个人进入中毒状态，行动迟缓。

原本是五打二，但是江云开和秦月明都是那种操作犀利的神级玩家，虽然是第一次在这个游戏搭档，却也配合得不错。江云开每次眼看着要不行了，秦月明都能把他捞回来，她自己也死不了。他们两个人愣是把对面五个玩家都打倒在地，爆出了五件装备。

[当前] 天山姥爷："破装备给我我都不要，直接摧毁。"

接着，他当着那几具"尸体"的面将装备摧毁了，还同时打开商城，给自己买装备。

五个人的"尸体"消失了，江云开再次上马，对秦月明说："上来，我们去复活点堵他们。"

秦月明本来都不想继续玩了，但是看到江云开气鼓鼓的样子，还是跟着他上马，去了复活点。

他们在复活点和那五个人再次相遇，继续拼杀。那五个人真的要哭死了，全程被他们碾压，被江云开反反复复杀得身上都没什么装备了。其中四个人直接下线了，剩下的一个人不复活了，就躺在地上骂人。

最后，江云开退出游戏，不爽地说：“本来是想哄你开心的，结果这碰到的都是些什么破事儿？”

秦月明却笑得很开心：“我反而觉得挺有意思的。”

江云开侧头问她：“你不生气了？”

秦月明了然地问：“你指弹幕的事吧？”其实她多多少少猜到了一点。

江云开点了点头。

秦月明笑了，凑过去小声问他：“怎么？在你看来我就那么脆弱吗？”

“主要是骂你骂得最凶的都是我的粉丝。”

秦月明无所谓地耸了耸肩，然后认真地说：“江云开，我经历过的事情、遭遇过的挫折比你想象的要多，我的心是金刚石做的，坚不可摧。”

江云开怔怔地看着她，看着她从容又充满自信的样子，有点出神。他想说的安慰话全部吞进了肚子里，只是点了点头。他心里突然有种说不清道不明的感觉，感觉秦月明没有他想象中的那么需要保护，或许在她面前，他反而像个小孩。

那一瞬间，他竟然和秦月明产生了距离感，莫名地有些失落。他正准备再次看向电脑，突然看到霍里翔手撑着下巴看着他们两个人。

江云开被他吓了一跳，莫名有些心虚，问：“你不写稿子了？”

霍里翔看着他们说：“我突然发现，没灵感的时候看看你们两个人的脸，心情就能好很多。”

看样子霍里翔不知道他们两个人在游戏里发生的事，江云开故作轻松地笑着问：“俊男美女的组合是不是？”

霍里翔点头道：“女的漂亮，男的也帅，但是完全不搭。明明都长得不错，但是像你们这么不搭的倒是少见。”

江云开内心顿时不爽了，又问：“那得配什么样的？”

霍里翔继续说：“杜拾瑶站在你身边我就觉得很搭，月明姐嘛，就合适池闫那种男人，有男人味、沉稳、有气质。他负责征战天下，月明姐负责倾国倾城。”

听到他提起池闫，秦月明动作一顿，接着拢了拢头发说："我近几年不会谈恋爱。"她话里避嫌的意味非常明显。

江云开也说："我近几年也不会，跟杜拾瑶尤其不合适！"南云庭要是知道了，非跟他拼了不可，光看那小子跑得这么勤，就知道那小子对杜拾瑶有多上心了。

霍里翔看着手机说："奚图来了，我们过去打个招呼？"

江云开想起奚图那不冷不热的样子就想翻白眼，没好气地说："他估计不会愿意理我们。"

霍里翔说："小杜在群里张罗一起吃饭呢，思予姐二十分钟后到酒店。"

秦月明关了电脑，站起身说："那我们过去吧。"

霍里翔笑嘻嘻地跟着站起身来："思予姐来了你就积极。"

他们去了安排好的酒店小包间，坐下后不久奚图就走了进来。

奚图走到秦月明身边，递给她一个纸袋，纸袋上写着"鸭脖"两个字。

他说："给你的。"

霍里翔立即凑过来起哄："我们的呢？"

奚图脱掉外套，解释道："顺路买的，下次给你们带礼物。"

霍里翔戏谑一笑，像火车鸣笛似的"哦"了一声。

秦月明打开纸袋，把鸭脖放在转盘玻璃板上，招呼道："大家一起吃！"

她这算是帮奚图解围了，结果奚图根本没在意，坐下后就开始看手机了。

霍里翔觉得没意思，就坐在一边吃鸭脖。

江云开瞥了奚图好几眼，最后不爽地撇了撇嘴。

杜拾瑶进来后就开始嘟囔："我以为不一起吃了，没想到你们居然在房间里偷偷吃零食了。"她说着就拿起一个鸭脖吃了起来，顺势坐在秦月明身边。

蔡思予来了之后，大家聊了聊下期真人秀录制的事情。等吃完饭，闺密二人结伴离开，私底下聊了跨年演唱会的事。

"你别总压榨刘总，我总觉得他怪可怜的。"秦月明想起秦夜停和蔡思予那副奸商的架势，都有点心疼自己的老板了。

"今天没压榨他，他反而对我印象不错。"

"怎么？"

蔡思予有自己的店，都在深圳。她用离婚时前夫给的钱投资了两家店，一家美容院，一家火锅店，是八竿子打不着的两种产业。她也很少去管店里的事情，都是交给经理处理，她定期收钱就行了。这两家店也让她吃穿不愁了，还能时不时出去打打麻将、旅旅游。

秦月明回来后，蔡思予也算是跟着活过来了，跟着来了京市，帮忙管理秦夜停的工作室，逮到刘创就开始压榨。刘创开始还愿意见她，后来一见到她就躲。

今天白天，因为需要带上她跟电视台的跨年晚会主办方谈秦月明姐弟二人出场的价钱，刘创不得不见她。他们约在一家饭店见面，结果电视台的工作人员还没来，刘创就遇到了他的前女友。

刘创找女朋友的眼光也就那样，他找了一个十八线的小花，身材和脸都还不错，不过人品嘛……刘创刚把她捧得有点眉目了，她就跟投资方爸爸在一起了，刘创就此被甩。

投资方爸爸的确比刘创厉害，在圈子里论起来还是刘创的长辈。刘创见到这位都要客客气气的，真招惹了还会引发不少问题。

前女友见到刘创，挑衅地说："听说你们公司最近挺乱啊，这种情况下你还捧秦月明，怎么？看秦月明漂亮，你有想法了？被钟嵘玩剩下的你也愿意接手。"

刘创听着就不爽了："你以为你能干出来这种事，别人就也能干出来？"

前女友理直气壮地道："怎么？我老公刚给我买了一艘游艇，你当初给过我什么？买辆车都不超过一百万。"

蔡思予原本安安静静地坐在一边，听到这里便起身朝前走。经过刘创前女友的老公旁边时，身体刚巧一歪，倒在那个矮胖男人的肩膀上。

蔡思予的五官不算精致，但是保养得好，身材、气质又是一级棒，整体条件说得上是超模级别。而且她毕竟是嫁入过豪门的女人，穿着打扮是不会输给那种普通十八线的。

她故作慌张地起身，还帮男人整理了一下衣服，说了几句话就走了。女人中的高手，只需要一个眼神就能让那个男人成为自己的俘虏。矮胖男人也不是什么好人，顺利上钩。

刘创前女友这才注意到自己的老公来了，赶紧躲开刘创走过去。然后她就看到她老公追着蔡思予走了，走到相对隐蔽的地方，还跟蔡思予要了微信号。她气得直咬牙，然而她不能闹，她连闹的资本都没有，还得笑着去找她的老公。

论诱惑人的本事，还真没几个人能跟蔡思予比。只要她愿意，小鲜肉也是一招手就一大把。如果不是不想被自己的孩子误会，她也不会收敛那么多。

刘创见证了全过程，笑得不行，等蔡思予重新回来坐下，他才感叹道："真有你的啊。"

"你选女朋友的眼光不行啊……"蔡思予从包包里取出口红补妆。

"你选老公的眼光也不行啊。"刘创不甘示弱。

"我当年就是穷怕了，找了个有钱的就嫁了。"

"攀龙附凤也被你说得这么清新脱俗。"

"我承认啊，我就是这么现实，因为我知道这个社会没有钱就寸步难行。爱情总有一天会燃烧殆尽，只有钱是永恒的。"蔡思予放下口红，整理好包包，又说，"所以他们的出场费不够，绝对不行。"

刘创喝了一口咖啡，放下杯子后慢条斯理地说："对于这一点，我跟你看法一致。"

两个"奸商"就此达成一致。

秦月明听完蔡思予说的出场费，第一感觉就是不合理。她坐在床上，头发都散开了，没有了平时仙女的模样，像个没见识的小孩似的震惊地道："这也太高了吧？"

"通货膨胀，现在的钱和九年前的完全不一样了。而且你之前的片酬会被公司剥削掉一大半，现在的公司厚道，给你的比例很高，所以你还钱的速度会很快。"

秦月明一头倒在床上，说："怎么办？我居然觉得这笔钱我拿得问心有愧。"

"你们姐弟同台也就这么一次，主办方估计还会搞一个煽情的场景，你配合演出就行了。相较而言，主办方从中得到的利益更大，不然他们也不会花大价钱来请你们。"

"我表演个什么节目比较好呢？"

蔡思予开玩笑道："卖点力气，先耍套剑法，再边唱边跳，之后给大家翻个跟头，最后磕头跪谢。"

秦月明立即坐起来挠她痒痒，闺密二人就此闹成一团。

闹累了，秦月明躺在床上看着工作室的规划，说："工作室招两个新人吧，我和夜停都是演戏方面的，可以给点帮助，偶像歌手方面的我们就不擅长了。"

蔡思予点头道："嗯，可以。"

"到时候找资源什么的也是一个问题，所以我们需要重金挖来一个经纪人，最好能力强一些。”

秦月明和秦夜停在圈里这么多年，也有一些人脉，新人想靠着他们的推荐进组也不难。所以如果他们创建工作室，将一个新人捧出一点人气还是可以的。但是让新人大红大紫就是一个坎了，就像奚图的公司，在奚图爆红后就乱了阵脚。

张达群非常努力，跟着艺人到处跑，但是看到刘创就会不自觉地低了一等，带着些许卑微。说到底，如果不能保证新人的未来，秦月明也不敢盲目招收艺人。

蔡思予推了推她的脑门，说：“你啊，就是容易想太多，放心吧，有我呢。”

秦月明立即抱住她，靠在她怀里撒娇，然后嘟囔：“好软哦。”

“喜欢你的人如果知道你这么不正经，会是什么感觉？”

“更爱我了。”秦月明说完就大笑起来。

第十章
云守月夫妇

新一期的真人秀开始录制了。这一期似乎是古代背景，节目组安排他们早上五点就要去化妆。不过呢……精心准备过的造型也不怎么好看。

秦月明有过很多古装造型，觉得这次造型师做得不太好，还叫来心心帮忙调整了一下。她自己也会整理头发，最终效果还可以，气质脱俗，仙气飘飘。不过其他几个人就非常搞笑了，看起来就像请来的群演，还是五十块钱一天的那种。

秦月明做完造型出来还很早，她在大厅等了一会儿，看到江云开和霍里翔同时来了。

江云开看到霍里翔就笑得不敢走路了，实在是怕闭着眼睛会撞到东西。他笑够了，看着霍里翔问道："你是不是把家里的被单披上装英雄了？"

霍里翔指着他说："你看看你头顶那门帘子，还好意思说我呢！二月春风似剪刀是不是？"

霍里翔的造型似乎是大侠，但是衣服不合身，穿着就觉得不好看。江云开则是败在了头发上，两缕毛毛躁躁的刘海在额前飘着，怎么看怎么奇怪。

他们走到秦月明身边站定，秦月明看了看江云开，从自己的头发上找了两个无关紧要的黑色一字夹，对他招了招手。江云开俯下身来，秦月明便帮他把假发的刘海给整理好、固定住，这回看着就舒服多了。

霍里翔连忙问："我的造型还有救吗？"

江云开嘴欠地说："你已经没救了。"

不过，秦月明还是走过去帮霍里翔整理了一下衣服。她以前拍古装剧的时候，咖位不够，剧组不会给她量身定做戏服，给她准备的戏服都是租来的。于是，她慢慢练就了自己整理衣服和发型的本事。

霍里翔身材瘦，尺码最小的戏服给他穿他都撑不起来，看起来特别肥大。秦月明帮他整理好之后，让他看起来精神了不少。

其实节目组是故意把他们打扮成这样的，有整蛊的效果。他们出场后那种效果已经达到了，工作人员也就没阻止秦月明帮忙整理。

杜拾瑶出现后，几个人一起起哄。杜拾瑶的造型应该是古代波斯美女，很有异域风情，弄得她有点不好意思，拎着面纱遮脸，走过来之后站在霍里翔身边。

霍里翔有点错愕，不知道该怎么办。他们的站位其实是有讲究的，按照霍里翔和蔡思予的名气，一般都是站在最外围。秦月明和江云开是前辈，站在最中间，杜拾瑶和奚图要让着，便会站在稍微靠外的位置。

杜拾瑶这次站在他身边，位置一下子乱了，霍里翔都不知道该不该换一下。他当然不知道，杜拾瑶今天就是打算离秦月明和江云开远远的！她是一个有眼力的 cp 粉。

等人聚齐了，大家开始对着镜头聊天。

江云开首先说："其实昨天一起吃饭的时候我们就在说，这一期估计还会搞事。上一期毫无征兆地出现了一个告密者，我们团内部第一次出现了信任崩塌的情况，虽然我们私底下都没有在意，不过警钟还是敲响了，这一期节目我们不会再天真了。"

其实江云开是故意这么说的，表明大家私底下都没有在意卧底的事，让粉丝们别撕了，没必要。

秦月明跟着点头："这一期不但要注意节目组会不会一开始就给我们暗示，还要注意我们之间是不是有人在隐藏证据。"

蔡思予问道："这一期我能相信你吗？"这个问题她上一期就问过。

秦月明大笑着回答："我现在也不能确定。"

这时，导演宣布："今天的第一个任务是，拍摄节目的宣传视频，我们会用作片花。"

众人皆是一愣。

江云开直接崩溃了："就这个造型？造型师还跟我说我像杨过。什么杨过！我最多是他身边的雕！"

霍里翔立即接茬："你对自己的定位还蛮精准的。"

秦月明闻声开口："过儿。"

江云开神配合："姑姑。"

秦月明一摆宽袖，让大家看奚图："你已经比这位买买提先生强多了。"

几个人笑得不行，就连奚图自己都是，帽子都笑歪了。

"甜蜜团"的六位成员真的被带去了摄影棚。进去之后，那架势似乎是真的要拍宣传片，设备十分齐全，还有看起来蛮专业的团队。

几个穿着"丑陋"古装的人站在摄影棚里有点无所适从，不知道该怎么拍。旁边的录像机还继续录制，拍摄期间也会保持录制。

江云开忍不住笑场了："我第一次在摄像机面前这么木，大概是我没有做谐星的潜力。"穿成这样，他真有点受不住，都不好意思在镜头前摆造型，这不得显得憨憨傻傻的？

霍里翔走过去站好，对江云开招手说："在我心里你已经是一个谐星了，跟帅气、优雅完全不沾边。"

几个人也都跟着走过去，在规定的区域站好后，导演说："大家可以开始跳舞了。"导演说着就放了歌，放的还是朝九晚五组合的金曲，也是红成广场舞曲的那一首。

江云开听到歌曲的一瞬间就破功了。有一种歌自己听到吐还不算，还要唱到吐。每次别人见到江云开他们都会提起这首歌，动不动就放出来，让他们展示招牌动作。那种被迫营业的难受感觉只有他们能懂，一把辛酸泪擦不尽。

秦月明却在这个时候惊呼道："这首歌我听过！我之前特意去听过，超好听。"上一次她说没听过江云开的歌，觉得很过意不去，回去之后还真特地听了。

看到秦月明那认真的样子，江云开突然开心了一点，心中似乎有一个声音在说：没有被迫！我要营业！

江云开一瞬间干劲十足，带头说："把偶像包袱丢掉，躁动起来！"他之前明明是最不想录的人，此时却是最活跃的。

江云开和杜拾瑶是混男团女团的，跳舞水平自然不用说，就算穿得不太舒服，依旧跳得很好看。秦月明和蔡思予都做过练习生，底子也还在。只有奚图和霍里翔是零基础，奚图的动作只限于晃悠，霍里翔却跟疯了一样乱跳。

突然，导演喊道："暂停，抓拍。"

六个人虽然有些错愕，却还是同时停下动作看向镜头，抓拍完毕后，音乐继续。

霍里翔不解地问："还有这种设置？"

秦月明赶紧提醒："记住自己被抓拍时的姿势！"

众人纷纷应声。

这时，导演再次指挥："闭着眼睛笑。"

众人都没脾气了，开始跟着音乐闭眼笑着跳舞，看起来就像一群疯子。他们开始还有点被迫营业的感觉，后来是真绷不住了，笑得不行。光看他们穿着这些衣服疯起来的样子，拍摄的工作人员都忍不住笑起来。

导演再次喊道："暂停，抓拍。"

这样的抓拍一共进行了六次，从江云开组合的歌曲换成了杜拾瑶组合的歌曲，到最后几个人跳得直喘。抓拍完毕后，几个人立马冲过去看抓拍的照片。他们分工明确，江云开和霍里翔去拦住导演组的人，三位智商担当来来回回浏览那六张照片，都确定照片里肯定有猫腻。

觉得看得差不多了，秦月明叫江云开和霍里翔过来："你们两个人也过来看看，努力记住动作。"

江云开和霍里翔凑过去看，发现六张图片里奚图和秦月明的姿势基本一样，只是站的角度不同而已。

江云开忍不住夸道："机智啊！"

霍里翔也跟着感叹道："姜还是老的辣。"

江云开立即抽了霍里翔的手臂一下："老什么老？你看谁都老，你永远保持三岁？我告诉你啊，智商多年不成长那叫智障，真当是好事呢？"

霍里翔顿时作揖道："哎哟，我错了，对不住了各位。"

杜拾瑶忍不住对霍里翔说："你知道奚图多大吗？他才二十二岁啊，你就说他老？"

霍里翔笑着说："诸位，虽然我看起来不太像，长得也有点着急，但是我真的是〇〇后，今年十九岁。"

大家都不相信。

霍里翔也挺无奈的，指了指导演，说："你们自己问。"

导演居然点头了，证实了霍里翔的年龄。

江云开半天没回过神来，忍不住问："比我还小五岁？"

杜拾瑶眼睛睁得圆圆的，迟疑地道："我……我还叫过他哥，他还应了！"

霍里翔毫不在意："还有那种十几岁的小演员叫我叔叔呢，我说什么了吗？

我没脾气。”

蔡思予干脆不参与这个话题。

所有人中，秦月明最淡定，江云开好奇地问她：“你之前就知道？”

秦月明淡定地回答：“其实第一期节目拍摄完之后我就特意去看了你们所有人的百度百科，所以知道这件事。”

江云开又问奚图：“你知道吗？”

奚图摇了摇头：“我只是震惊得比较内敛。”

节目组收起电脑，安排他们去吃饭：“由于今天化妆化得比较早，大家没有吃早饭，现在可以一同去吃早饭了。”

到了餐厅，他们六个人坐下的时候还在互相提醒：“饭局也有埋伏。”

秦月明掰着手指叮嘱道：“记住上菜顺序、菜名、每道菜里分别有几个东西，比如一盘水饺有多少个之类的。”

江云开坐在一边揉脸：“这顿饭吃得心累啊。”

蔡思予则是优雅地坐好，嘟囔：“应该不可能一大早就给我们上硬菜吧？”

第一道菜是红烧猪蹄。

江云开一脸认真地问秦月明和蔡思予：“你们东州人是这么吃的吗？”

蔡思予立即反驳：“我们东州人吃东西非常讲究的好吗？”

霍里翔问：“真的什么都吃吗？”

蔡思予摇头：“不，我们只吃北方人。”

秦月明却已经夹了一块肉，一边吃一边说：“其实我们吃得非常少。”

蔡思予也跟着夹了一块，说：“对，吃饱之后我们就不吃了。”

之后的菜个个都是硬菜，一大早吃这么油腻也就算了，最过分的是导演居然要求他们空盘。

杜拾瑶对体重控制得非常严格，不能吃太多，其他人也帮她承担了一些，不过最后还是吃到难受。

吃完饭后，几个人分别上车，准备去拍摄地点，一位嘉宾一辆车。

秦月明的车行驶到半路上的时候，坐在前排的摄影师突然递过来一个信封，还说：“这是你的任务。”

秦月明伸手接过信封，抽出卡片，看到上面写着：请回答早晨两首歌的歌名。

“这个问题很简单欸。”秦月明立即回答出来了。

她又等了一会儿，没等到其他任务，忍不住问道：“没了吗？”

摄影师回答：“没了。”

就在这时，秦月明隐约听到江云开在喊她。她打开车窗大声回应，接着听到江云开又喊了什么，听不太清。她重新坐回车里，问摄影师：“别人的问题不一样吗？”

“不一样。”

“不过这种难度的问题应该不会答错吧？”

江云开拿到卡片读了题之后就崩溃了。

问题：请回答早晨抓拍的第三张照片里，六位嘉宾的嘴巴是否张开（按嘉宾站位，从右到左依次回答）。这是道选择题，一共有四个选项。

江云开的脑袋一瞬间短路了，这是什么鬼问题？他真记不住了。他之前光注意姿势了，然后又被霍里翔的年龄问题转移了注意力。

他忍不住问：“如果答错了会怎么样？”

摄影师回答：“你们之中只要有一个人答错，就会被丢在半路上，只能自己去想办法去拍摄地点。”

江云开看着问题迟疑了十秒钟，然后突然打开车窗，扯着嗓子喊秦月明。好在秦月明真听到了，他立即开始读题，刚读完题目，还没读到选项部分，司机就停了车，然后他就眼睁睁地看着秦月明的车开远了。

江云开心里空落落的，之前只是坐在车里喊，这下干脆探头出去喊，毕竟他坐在靠窗的位置，旁边就是绿化带。

“秦月明！啊啊啊！明啊！明啊！啊啊啊！”他喊得撕心裂肺、荡气回肠的，但是前方再无回应。

江云开绝望地再次坐回车里，看着题目，努力沉思了一会儿，最后回答：“我选C。”

在无从抉择的时候，C总会给人安全感，可惜摄影师回复他：“回答错误。”

江云开直接瘫在椅子上，耍赖道：“我就不下车，除非你们把我给踹下去，但是一般人踹不动我。”

这时，摄影师再次递给他一个信封，说：“你还有弥补的机会。”

江云开接过信封，托着下巴看了里面的内容，差点骂脏话，最后苦恼地说：

“这期不好录啊……”

到了半路，六个人还是都被赶下了车，垂头丧气地会和了。

秦月明特别不解地问：“问你们的是什么问题？为什么会错啊？那么简单。”

江云开反问她：“问你的是什么问题？”

秦月明如实回答，江云开听完就气不打一处来：“他们看人下菜碟！”他说了自己的问题，又说，“不过我蒙对了啊。”

“你们的问题都还好，你猜我的是什么问题？”霍里翔故弄玄虚了一会儿才说，“问题是秦月明在吃第一口猪蹄的时候，一共咀嚼了多少下才咽下去。”

说着，他还把问题卡拿了出来，递给所有人看：“喏！”

江云开突然就觉得心里平衡了，小情绪瞬间没有了，霍里翔的这个问题明显就是在找碴！

奚图拿出自己的答题卡，上面的问题同样简单，他说：“我估计节目组就是故意让我们回答不上来，然后被丢在半路，这是剧情的一部分。”

秦月明说：“从小霍的问题就能看出节目组的刻意了。”

江云开苦恼地道：“这荒郊野外的，我们该往哪儿走呢？”

节目组的车开走之后，只留下了嘉宾们和几名摄像师。无论他们六个人如何询问，摄影师都不会透漏半点信息，他们便只能在这野外到处乱走。

这一次的录制地点温度还算可以，不过到底入了冬，空气有点湿冷。六个人之前还可以穿着外套，但这次的造型比较稀奇，穿着这样的衣服站在空旷的地带吹风，还真有一丝凉意。

这时，一个扛着竹篮的老人走过来了，竹篮里都是干草。

秦月明看着老人，忍不住说：“送线索的来了。”

奚图感叹道：“节目组一点诚意都没有，附近的土壤显然不适合种植他筐里的东西。”

秦月明点头道：“确实很可疑，我们把他抓起来吧。”

江云开一听就乐了：“你可放过NPC吧，现在你人送外号‘NPC杀手’，只要NPC出来就一排弹幕——请秦月明放过可怜的群演吧！”

秦月明不服气地问：“那怎么办？就去问几句？”

江云开抬头望天：“节目组这么对我们，我们就消极地对待他们。”

他们都配合过两期了，听了江云开的话后，几个人一起抬头望天，压根不理那个老人家。

老人家从他们身边走过去，见居然没人跟他搭话，慢慢走远后，又拐了个弯，自己走回来了。接着，老人家慢悠悠地走到他们身边，说："年轻人，能不能帮我背一下竹筐？"

秦月明都准备搭话了，江云开却抢先回答："没力气，有脾气，不高兴。"

群演真是对这群嘉宾无语了，踌躇了一会儿才问："你们几个来这里是干什么的？"

江云开回答："吹吹风，散散心。"

秦月明无奈地笑笑，推开江云开，问老人家："老伯您好，请问这附近有没有什么奇怪的地方？"

老人家终于松了一口气，回答："我在这里住了一辈子了，没有什么奇怪的地方。"

"那附近有没有什么奇怪的传闻？"

"这倒是有。"老人家放下竹筐，严肃地说，"我们这里有一条河，是这十里八村主要的生计来源。河边有一个村庄，有一天，一夜之间整个村子的人都不见了，听说是触怒了河神，被河神给……"

秦月明猜测，这恐怕就是这期节目的主题了，立即问："请问您说的村子在哪个方向？"

"朝着东南方向走，走到河边就是了。不过我劝你们不要去，那里的人都是进去之后就再也没出来了，那个村子现在都改名叫'河神怒'了。"

秦月明见老人家要走，立马抓着他的手腕不松手，继续问："您还知道别的事情吗？"

"别的啊……真没有了。"

老人家拿起竹筐，秦月明又抱着竹筐不松手，继续问："您对那个村子有什么疑问吗？"

"没有。"老人家对秦月明这副刨根问底的样子真的很无奈，他的剧情已经结束了啊！

"那您有没有什么忠告给我们？"秦月明不死心，继续追着老人家问。

"听闻有孩子在附近的林子里失踪了，家里人曾去寻找，可惜找了三年都没找到。"

秦月明指着一处丛林问：“就是这里吗？”

老人家点头：“对。”

“我帮您拎着这个，您能带我们过去吗？”

“不用了，我自己背就行了。”

“走吧！”

老人家真的是被秦月明烦得不行，只好说：“其实我也不知道具体位置，我的剧情到这里就结束了。”

江云开乐了：“你看看把老人家给逼成什么样了？”

秦月明白了他一眼，他这个大尾巴狼刚才更过分好吗？

秦月明终于放过可怜的老人家了，几个人朝着林子走过去。

他们漫无目的地翻找，杜拾瑶回头问秦月明：“月明姐，我们在找什么啊？小孩吗？”

这个问题让江云开都震惊了，杜拾瑶果然是个人才啊，他居然第一次觉得自己还挺聪明的。于是，他理直气壮地说：“找找有没有会让人掉进去的坑，那里或许有线索。”

秦月明赞同地道：“里面也有可能是小孩的尸体。”

全场顿时一静，江云开干脆站住不动了，霍里翔下意识地朝他靠拢。

注意到江云开的神情，秦月明找来一根干枯的木棍，交给他说：“你别用手去碰，用棍子，好不好？”

江云开倒也没贫嘴，接过木棍和他们一起寻找，毕竟是在录节目，他也不能太矫情了。尤其是他害怕的样子已经成为这个节目的一大卖点了，大家的快乐建立在他的痛苦之上，他心里委屈巴巴的。

几个人在附近的林子里翻找了一会儿，终于在灌木丛中找到了一个山洞。山洞入口的边缘很整齐，绝非天然形成的，却又经历过时间打磨，有了腐蚀的痕迹。几个人看着洞口面面相觑，似乎都在迟疑要不要进去。

秦月明探头往里面看了看，山洞深处黑黢黢的，这样贸然进去恐怕不行。

这时，他们突然听到了铃铛和车队的声响，似乎有车马经过。他们下意识地朝着声音传来的方向看过去，看到来了一队商旅。

商旅还在吆喝：“夜明珠，有没有人想要？可遇不可求的夜明珠。”这夜明珠恐怕就是给他们安排的道具了。

几个人走过去，秦月明首先问："我们身上没有钱财，请问怎样才能跟您借夜明珠一用？"

那个人仿佛听了一个笑话，哼道："一分钱不出，就想要我的夜明珠？"

"那你说说，有什么别的方法吗？"

"没有。"

几个人又软磨硬泡了一会儿，商人不但不同意，还总是冷嘲热讽，重要的是他也不走，就待在这里。

江云开气得不行："秦月明，这样的商人咱是不是得用点手段？"

秦月明摇了摇头："不能强买强卖。"她突然想到了一个点子，对商人说，"不如您和我们一起进去吧，全程看着我们，等我们用完了夜明珠还给您，您再出来。"

秦月明说着就上了马车，愣是把商人给架了出来。

江云开会意，立即跟着说："你说的对，我们不能太粗鲁。"

江云开也帮忙去架着商人，杜拾瑶和霍里翔则笑呵呵地去拿夜明珠。商人真的是欲哭无泪，全程脚不沾地，被两个人架着走了，也亏得秦月明一个女孩子力气还这么大。

这个所谓的夜明珠其实就是一个灯具，做成了球形，底部有个小开关，打开它就亮了。最有意思的是，对着阳光看，还能看到里面的电池装置的轮廓。

六位嘉宾带着一个商人进了山洞，秦月明自告奋勇打头阵。

进了洞，他们发现里面别有洞天。这个通道是拱形的，跟现在的火车通过的通道是一样的，只是宽度和高度都不够，只有一米七左右的人才能顺利通过。墙壁有的地方是用砖石砌的，有些则是直接在石壁或者泥土上挖掘的，还经过了打磨，表面平整，看起来十分结实。

进去后走了不到十米，秦月明发现前方出现了一条壕沟。她用夜明珠照着去看，发现下面是一个洞，目测深度可达四五米。她再抬头，又看到上面有吊桥装置，刚巧机关在他们这边。她研究了一下装置，试验了一下，发现吊桥还是很结实的。

奚图蹲在壕沟前查看，随后说："这里应该是一处陷阱，如果我没猜错，入口应该在通道的另一边，从入口跑到这边的人为了甩掉追兵，就会在这边收起吊桥。这里的壕沟有这么深，如果没有吊桥，追兵根本无法通过。"

江云开感叹道："厉害了，剧组没有钱给我们准备服装，原来是把经费都用在这里了吗？”

秦月明却摇头说：“这里应该不是节目组建的，而是很早就有的地方，只是被节目组用来拍摄节目了。”

奚图说：“大部分地道的存在都是因为战争，可是为什么一个村子里会有地道呢？”

秦月明说：“其实我知道，在古代，很多靠水的村庄也都会修建这样的地道。他们经常会被水贼袭击，为了保命，便只会留下很少的财物在村庄里，人就通过地道逃走。地道四通发达，连接着各家各户。”

杜拾瑶问：“可是这种地道也会被水贼发现吧？”

秦月明说：“你想想看，在外面，村民也许没有还手的余地，但是地道里处处都是机关，水贼便不敢贸然进去。水贼只是想得到财物，没必要冒险进入地道。”

江云开猜测道：“这条地道就是通往‘河神怒’的吧？”

听到“河神怒”三个字，商人立即慌了神，惊恐地问：“你们要去‘河神怒’？”

江云开回答：“对。”

“那是个被诅咒的地方，你们居然要去那里，不要命了吗？我才不要跟你们一起送命！”商人骂骂咧咧地跑了，“疯子！一群疯子！”

其实如果没有他们这些嘉宾捣乱，群众演员的演技还是很好的，而且随机应变的能力蛮强的。

看到商人离开，几个人还真有点入戏了。

蔡思予蹲在入口处，小声说：“我最受不了这种狭窄阴暗的地方了。”她有幽闭恐惧症。

秦月明回头一看，发现蔡思予呼吸都有点不顺畅了，额头上也冒出了汗珠，不过情绪还算可以。秦月明转过身蹲在蔡思予身边，一下一下地拍她的后背，问道：“你之前跟节目组说过这件事吗？”

“没有，一般不严重，但是这里面真的……到我承受的极限了。”

秦月明有点着急，询问摄影师：“你能联系节目组吗？她有幽闭恐惧症，可不可以将她直接送到村子里，我们会从通道走过去的。”

摄影师有点为难，想了想，还是去联系导演了。

蔡思予咬牙说：“算了，我试试看，说不定通道并不长。”她能参加这档真人秀，全靠秦月明求情、刘创给面子。如果她真的在真人秀里有很多特例的话，会让秦月明和刘创难堪，她觉得她最好克服一下。

“如果走到深处就很难再出去了，你想好了？”

蔡思予点头道：“我知道。”

“我会一直陪着你。”秦月明拍了拍她的背。

几个人通过吊桥后继续往里走，走了大约十几米后，里面突然宽敞了很多。再往深处走，就见到了很多小型的窑洞。

奚图个子高，走起来非常艰难，却还在边拿着夜明珠照明边分析：“这些小窑洞可以住人，也可以存放一些货物。”

秦月明全程陪在蔡思予身边，走在队伍的最后面，边观察这条暗道边说：“这里应该冬暖夏凉，我们进来后温度明显高了一些。我还注意到顶部有一些小孔，应该是通风孔。就算不用来逃生，在这里短暂地居住和存放东西都是可以的。”

霍里翔跟在江云身边，看着一米八八的江云开在洞穴里走得十分艰难，还有心情开玩笑：“这里这么矮，奚图和江云开走着都费劲，但杜拾瑶就没有这个烦恼了，她甚至可以开心地小跑起来。”

杜拾瑶原本在特别严肃地到处观察，生怕错过什么线索，结果听到这句话就气得不轻，回头反驳：“才没有！”

江云开正规规矩矩地往前走，突然感觉自己踢到了什么东西，低头一看，居然是一些骨头。他吓得大叫一声，一下子想站直，脑袋又“砰”的一声撞到了暗道顶部，疼得他眼泪都流出来了。他真的有种特殊的吸引力，每次灵魂冲击都是他先发现的。

其他人也被江云开突然的惊呼声吓了一跳，秦月明立马抱着蔡思予安慰她。

奚图蹲下来查看这些塑料骨骼，看起来应该是成人的，不是小孩的。他又在附近找了找，最后找到了一封信。这封信写得很讲究，用的还是古文字，奚图只认识一部分，便递给秦月明和蔡思予看。

秦月明曾经对古文字很感兴趣，真的会一些，边看边读：“狗娃，我们恐怕活不了多久了……”读到这里，她突然笑了起来，实在是“狗娃”这个称呼太不走心了。

江云开头还疼着呢，边揉边笑，表情颇为纠结。

霍里翔说：“这个名字听着就好养活。”

秦月明继续读下去：“不要调查真相，我们只想让你好好活着，离开这里，活下去。”

读完信之后，秦月明开始分析：“恐怕连当地的村民都预料到了他们会出事，早早就做好了准备。这个人的孩子应该是在村外生活，他想出去给孩子送信，却还是死在了这里。”

奚图断言：“村子里有幸存者，这个幸存者可能会回来调查真相，所以幸存者可能就在我们之中。”

秦月明问：“这回的幸存者是很早就已经知道自己的身份了？还是也失忆了，需要在调查中发现自己的身份？”

奚图说：“现在还不能确定，而且，如果幸存者真的跟着我们一起调查，应该不会搅局或者隐藏证据，节目组为什么要安排这样的身份？”

秦月明低头看着信，突然来了灵感：“我知道了，如果这个人是村子里的幸存者，恐怕也会有生命危险。所以，我们的任务可能是要保护这名幸存者！我们当中可能还有其他身份的人，比如有一个杀手，杀手在努力观察谁是幸存者，想杀死他。”

江云开听得眼睛都直了，感觉秦月明简直就是神，她说话的时候真应该配上《名侦探柯南》的 BGM。他内心惊讶，却假装感叹道：“这么复杂吗？”

秦月明知道蔡思予不喜欢这个环境，于是对大家说：“我们边走边分析，小心一点，这里有可能有机关。”

众人纷纷应和。

秦月明边走边继续跟大家总结：“所以我们现在的疑问有两个。第一，我们六个人里面是不是有人有特殊身份。第二，这些有特殊身份的人，有没有提前知道自己的身份。”

奚图跟着总结：“现在的剧情也给了我们两个疑点。第一，河神怒的村民为何突然消失？第二，小孩为何离奇失踪？”

走了一段路后，他们发现了一个仅供一人通过的小洞。秦月明主动表示她可以爬进去看一看，江云开走过来举着她，轻轻松松地把她送了上去。

秦月明进入小洞，往里面爬了一段便说：“这个暗道不止一层，上面还有一层。不过节目组立了一块牌子，说这里没有线索了。”

这也很好理解，节目组之前肯定派人进来过，试探这里是否安全。上去查看后觉得没有必要去上层探险，就立了一块牌子，让他们不要去没去过的区域。

秦月明下来后拍了拍身上的灰，继续前行。前面就没有其他证据了，眼看着似乎要到另一边的洞口了，秦月明注意到前面又有壕沟。她正要提醒大家小心，突然看到壕沟里出现了一个人。那人对着她扔出一枚飞镖，然后一个鲤鱼打挺翻上了壕沟的边缘，冲出了洞口。

秦月明躲得很快，还保护了蔡思予。她回头去看飞镖，发现是没有箭头的，并不会伤到人，只是头部是像马桶塞一样的吸座，有点……

江云开本来被突然出现的人吓了一跳，看到这个人攻击秦月明，突然就有些来气，助跑几步竟然直接越过了壕沟，朝那个暗算的人追了过去。他动作干净利落，毫不拖泥带水，没有丝毫犹豫。

“厉害啊！”霍里翔都看呆了，心说江云开这是练过啊，就这身手可以去参加奥运会了吧？

秦月明跟着夸道：“别看他平时挺不正经的，但关键时刻很靠得住。”

众人通过吊桥过了壕沟，走出去就看到江云开拎着一件衣服回来了。

他说：“那小子动作太利索了，还熟悉地形，我都抓到他的衣服了，他还脱下来继续跑，跟条泥鳅似的。”

听到熟悉地形、身手还不错，秦月明忍不住问：“是鬼村那个小偷？”

江云开立马想起来了：“对，是他，就是那小子。”

“他还挺敬业的。”

在鬼村的时候，秦月明就注意到那个小子了，身手不错，虽然是群演，但是非常熟悉地形。那地形绝对不是走一次两次就能熟悉的，他肯定认认真真地走了十几遍甚至几十遍。

那种敬业程度让秦月明忍不住敬佩，这回再次遇到这个男生，她突然心里一动……弟弟的工作室签一个功夫艺人行不行？也不知道这个男生有没有签约经纪公司。

六个人终于来到了河神怒村，这个村子和之前的鬼村都不是节目组搭建的。节目组特地找到这么奇特的地方，也真是用心了。这里是一个非常古朴的小村庄，建筑保存得还算是完好，不过破败感还是有的。

他们一同朝着村庄里走，发现这里的路大多是泥土路，还有就是石头铺的小路，有一段路估计早期铺过木板，此时已经被腐蚀得只能看到些许痕迹了。

上次的村庄空荡荡的，似乎什么都没有，这个河神怒村却有一些生活气息。有的房子门口放着大缸，里面乘着的都是雨水，甚至长了青苔。有的房子门前有一个稻草搭的小棚子，用几根粗大的木棍支撑，只是棚顶已经破败了。

他们首先进入了第一户人家，发现里面的东西都胡乱摆放着，似乎曾经被什么人搜查过。

秦月明在房间里找了一会儿，然后站在门口说："我们要注意一件事，就是村子里埋伏着一个人，虽然这个飞镖有点……但是可以看出他对我们是有'杀意'的，说明这一期是存在危险的。"

众人纷纷点头。

秦月明继续说："你们看这个房子，显然是一种被洗劫过的状态。"

奚图说："如果只是一个村子的人消失，这里还布置成了被水贼洗劫过的样子，可以解释成水贼来过这里，可是为什么会传出'河神怒'的事情呢？"

秦月明猜测道："可能是不想让别的人进村子，那个商人就是的，对这里避之犹恐不及，连夜明珠都不要了。"

奚图点头道："所以这个村子里肯定藏着秘密。"

江云开本来还在认真听，听到这里就忍不住问："不然我们来这里干什么？"

秦月明点头道："你说得对，这一期我们可能没有异闻提示，只能全程靠自己来提出疑问、解决疑问。村子很大，所以我们需要分成两组去搜寻线索。"

说起来，第一期像新手入门指导，第二期最大的问题是突然出现变故，这一期游戏才算正式开始了。

出了封闭的环境，蔡思予已经恢复得差不多了，笑着说："这次的分组有难度了，有特殊身份的人可要谨慎点哦。"

霍里翔左右看了看，提议道："我觉得吧，我要是和江哥、小杜一起，我们这一队基本等同于报废，不如奚图和月明姐一人带一队。"

杜拾瑶心里立马敲响警钟，她绝对不能和江云开一组！于是，她主动说："月明姐要照顾思予姐，江云开可以保护她们，我们剩下的三个人一组。"

霍里翔仿佛听了一个笑话："月明姐需要保护？"

杜拾瑶自己都憋不住笑了。

不过他们还是按照这个分组走了，秦月明带着蔡思予、江云开朝着村子的南方走，另一队和他们方向相反。

秦月明走的时候说：“我目测了一下，这个村子前漳水后丘陵，真要是在古代也是一个风水非常不错的地方。”

江云开笑道：“你还懂风水？”

秦月明突然停下来，闭着眼睛大笑道：“我知识都学杂了。”

这个副本的难点在于，已知的线索太少了，所有人都有点无所适从。

他们走了许多户人家，家里都是被洗劫过的样子，没找到什么线索。直到他们走到村子中部的一栋看起来比较阔气的房子里，看到了一个像小型寺庙一样的地方。

外间有一个小型的屋子，还有一个可以跪拜的箱子，里间摆着供奉的东西，但是上边的石像倒了。石像应该是被硬生生推下来的，头部和身体分开了。

江云开问：“是百家庙那种地方吗？”

秦月明摇头说：“这个雕塑看上去不像佛，估计是河神。”

江云开走过去看壁画，上面画着的是一个祭祀的过程图。虽然没有文字，但他居然看懂了，就跟小时候看漫画书一样。他回头跟另外两个人说：“这里的人居然会给河神进献年轻的女孩，把女孩捆上小船，然后将小船推到河里。”

秦月明也过来看了看壁画，说：“没错，图上还显示了一个信息。如果小船到河中心不翻，就是河神没看上这个女孩。如果小船翻了，就证明河神收了这个女孩。”

江云开气得不行：“什么河神！还不是看浪大不大？河神收什么女孩？就是淹死了！人家手脚都捆住了，根本没办法挣扎。”

虽然现代社会不存在这样的事，但秦月明看着心里也不舒服，垂着头说：“幸好这种事已经杜绝了。靠山吃山靠水吃水，他们供奉河神可以理解，但是送上人命就……”

在镜头前不可以言论过激，秦月明只能点到即止。

蔡思予看着壁画上的图案，目光深沉，想了想后摇头道：“或许不是这样，这可能是一个误导我们的线索。”

这户人家也没有线索，他们离开这里继续挨家挨户地寻找，终于在某户人家找到了一些线索。他们在这家的柜子里找到了两张纸，纸张被水汽侵蚀了，上面的字只有一些模糊的痕迹。

秦月明仔细看了看才说：“这是杀手的信息，杀手有两个人，其中一个男子身手了得、神出鬼没。另一个人擅长伪装，会潜伏进入我们的队伍，将整支队伍彻底瓦解，且可以做到身份决不暴露。”

蔡思予点头说：“这就证明我们之前关于杀手的猜想没错。”

秦月明又说：“潜伏的杀手并不擅长武功，只会刺杀落单的目标。”

江云开恍然大悟：“这是一种设定，我们中的杀手只有跟复仇者单独在一起的时候才能使用技能。如果复仇者被淘汰了，这游戏就输了一半了。”

秦月明突然侧头看向江云开，看着他的眼睛问道：“复仇者？”

江云开顿时一慌，躲开她的目光，站起身说：“村民回来不就是为了复仇？”

秦月明点头：“也对。”

走出这间房子，他们发现这里的地势非常奇怪，越靠近水边的房子地势越低。其实可以理解是因为这里有坡度，但是这种高度真的不适合盖房子，如果下暴雨涨潮，这里就会被淹没。

秦月明蹲在地上研究了一会儿，接着站起身看了看周围，推测道：“这里曾经塌陷过。”

江云开问：“塌陷？”

秦月明点头说：“对，就是塌陷下去了一些，导致这里的地面出现了倾斜。你看看周围的建筑，都有明显的倾斜，要么是盖的时候就是歪的，要么就是地面出现了倾斜，整体歪了。看这个弧度，就是朝着水边的方向一点点塌陷的。”

蔡思予说：“可能是涨潮后水上来了，土壤被水浸泡后变得松软，出现了这样的塌陷。”

“对咯！”秦月明打了一个响指。

江云开看着秦月明，问道：“你这个打响指跟谁学的？”

秦月明兴致勃勃地回答：“看剧啊，男主角在女主角面前打了一个响指，太帅了我的天！”

江云开立马伸出手在她面前打了一个响指，挑眉道：“帅吗？”

秦月明的小心脏还真悸动了一下，于是，她点了点头：“帅。”

江云开再次无奈地笑了：“你这奇怪的萌点。”

他们走到岸边看了看河水，发现这片水域还真挺宽的，也很长，估计在古代是一条运河，这条河还养活了附近的居民。

蔡思予站在水边问：“说是‘河神怒’，传出的消息恐怕就是他们触怒了河神，河神收了整个村子，那么这里被淹没的原因会不会是涨潮？”

没等其他人回答，蔡思予又自顾自地摇头说：“他们都是村里土生土长的人，对这里很熟悉，而且这里还有地道。地道在靠近丘陵的位置，那里是高处，真的发大水他们完全可以逃走，等水势下去后他们再回来，这个理由说不通。”

被水贼屠杀的可能性很低，被水淹没的可能性依旧很低，现在他们毫无头绪。

突然，江云开指着不远处说：“那里有船。”

三个人立即走过去。这里放条船自然不会是做装饰用的。也难怪节目组为了准备今天的场景还延误了一天，就连秦月明他们看到这船都被震撼了。

上了船，两个女生坐在一边，江云开坐在另一边。江云开刚坐稳就说：“看到没有？船往你们那边沉，我真的不重！没到两百斤！不然你们两个人的体重不过百我也应该压得住。”

秦月明调整了一下位置，好不容易坐稳了，三个人又陷入了沉默，因为没有船桨。

江云开撸起袖子试着用手臂划船，但是船纹丝不动。他们只得放弃这条线索，重新上岸。

上岸后，三个人都有点尴尬。这时，他们看到奚图那组的人朝着这边跑过来，跟他们交换信息。

奚图拿着一个东西跟他们说：“我们找到了这个，这个应该是古代非常名贵的凤冠，是女子成亲的时候才会佩戴的东西。这种凤冠一看就跟这个小村子不符，还被藏在了窑洞下面。”

秦月明立马懂了：“这就证明了房子里这么乱绝非是因为附近的水贼来洗劫过。水贼熟悉这个地方，肯定会检查这里的窑洞。而外来人不知道这里有窑洞，所以漏掉了这些东西。”

奚图点头道：“没错。”

杜拾瑶将另一样东西递给秦月明，说：“这里有一份告示，我们看不懂。”

秦月明拿着告示看了看，然后说：“这份告示说，本国公主大婚，计划走水路去和亲。”

众人齐齐惊呼：“这个是公主的凤冠！”

两组人交换了信息后，便开始猜测剧情。

秦月明说：“结合这些线索，我们可以假设，是公主和亲的队伍出现了问题，公主意外落水之后到了这里，被村民所救。然而在公主回去后，护送她的大臣怕上级怪罪下来，为了封锁消息，派人过来屠了村。”

奚图眉头紧锁，稍稍思量之后说：“如果是这样，那公主的凤冠不应该被藏在窑洞中，而是会被她带走。而且你的猜测跟河神献祭无关，所以我在想，是不是村民十分大胆，看到公主是个年轻女子，又无依无靠，就用她来献祭了。后来官府查到了这里，盛怒之下屠了村？”

霍里翔听得一知半解，追问：“那异闻呢？解开了？”

奚图回答：“异闻就是村民突然集体消失，还有就是小孩消失，孩子可能是被牵连的。”

秦月明总觉得有些不对劲：“有些证据可能是起误导作用的。”

奚图却坚定地道：“可是现在根据明面上的证据，故事走向确实是这样的。”

秦月明又问：“会不会太简单了？”

杜拾瑶跟着说：“可能这一期的难点就是要找出我们之中谁是杀手，谁是逃出去的人。”

秦月明还是很坚持，对其他人说：“我再去看一看。”

奚图也不阻止：“我们互换地图，然后去寻找其他的线索。”

秦月明这组朝着奚图他们之前走过的地方走了。

这个村子的面积其实不小，他们一整天的时间大多消耗在了地道里，然后就是在村子里到处找线索。天光渐暗，他们只能再次拿起夜明珠。

这边被奚图他们搜查过，奚图虽然是个男生，但是做事十分仔细，并未遗留其他线索。秦月明却总在想，会不会还有什么隐藏线索。

这时，秦月明突然看到了一个黑影，她心中一惊，边追边喊：“抓住他！问出来杀手是谁。”

江云开立即跟着她朝那名暗处的杀手追过去。

蔡思予拿着夜明珠，看了看荒废的村子，多少有点害怕，狼狈地跟在他们后面：“我害怕啊……你们慢点，慢点也不行啊……”

慢点就抓不到人了，蔡思予只得使出这些年最快的速度跟着跑。

秦月明跟杀手扮演者再次交手了，上一次她还和这个男生聊过，觉得他的长相虽然不是特别帅气，但是十分顺眼，而且身手不错。还有就是他应该很年轻，估计也就二十岁出头的样子。

这一次，男生的目的不是跟他们打斗，而是在暗处刺杀他们，但他手里的飞镖还没扔出来就被秦月明发现了。被发现后他只能赶紧跑，因为他知道秦月明和江云开都很厉害。

男生再次甩开了秦月明，却被江云开缠住了。跟江云开交手后，他明显发现江云开的战斗力比秦月明高出一截，自己完全不是对手。

秦月明追上来后本来还想帮忙，见状便后退两步，举着夜明珠看江云开和男生对打。她还打了一个响指说："帅啊！"

江云开听着来气了："还不来帮忙抓住这条泥鳅！"

秦月明立即扑了过去，结果江云开被男生顺势一甩，还是迎着秦月明扑过来的方向。两个人撞在一起，江云开无心抓人了，赶紧拉住秦月明让她不至于被反弹回去。

秦月明刚站稳就又朝那个男生抓了过去。

杀手扮演者蒋晁真的是欲哭无泪，他其实躲得很好，可惜秦月明的观察力太敏锐了，他就只能跑。接这份工作前他根本没想到这些明星这么能打，也没想过自己有一天会逃得这么狼狈。

他之前就听说过秦月明拍戏从来不用替身，现在看来是真的了，跟他们武替（专门负责武打镜头、高难度动作的演员）都能打成平手的女艺人，也真是罕见了。不过相较之下，江云开才是最让他意外的。一个看起来就很金贵的少爷，上一次是偷袭他才得手的，但这次他可以承认，江云开的武力值跟他师父是同级的。

他才出现两次就被抓到了，这次的群演费用真难拿。蒋晁心里苦，却还是被秦月明按倒在地，还以为秦月明会问一些剧情方面的东西，结果她第一句话却是："你学过几年功夫？"

"没多久，学了几年就去上学了，最近几年才捡回来。"

"不错嘛，你叫什么名字？"

蒋晁有点惊慌，他要是说了真实名字就出戏了。节目组没给他安排剧情里的名字，于是，他赶紧回答："哼！我不会告诉你们的，就算我死了，你们也出不去。"

秦月明知道他在严格走剧情，也不问多余的问题了，而是问："你的同伙在哪里？是谁？"

蒋晁躺在地面上闭着眼睛装死，就是不回答。

秦月明按着他，指挥江云开：“你挠他痒痒。”

江云开乐呵呵地接了这个活，蹲在蒋晁身边挠他痒痒。蒋晁起初还在硬撑，后来就忍不住了，身体动了动，然后说：“我咬舌自尽了，别抓了……”

江云开问他：“自尽了还能说话？”

蒋晁继续闭着眼睛闭着嘴装死，秦月明扒开他的眼睛说：“你等会儿再死，你这里还有没有其他线索？”

蒋晁是真的怕了这两个人了，绝望地小声说：“让我死吧……”

江云开在蒋晁身上摸索，找到了一幅地图，展开看了看，然后说：“优秀！我完全看不懂。”

秦月明又在蒋晁的袖子里找到了一份告示，看了看后将告示折叠收好，接着看向江云开，问道：“你是复仇者吧？”

江云开本来还兴致勃勃地在蒋晁的身上找其他线索，听到这句话便动作一顿，接着站起身来往后退了几步，否认道：“我不知道你在说什么。”

“我们之前根本没有提起复仇者这个称呼，你却说了，估计在剧情里你就是复仇者——狗娃。”

本来挺严肃的一个话题，结果秦月明说完“狗娃”两个字，两个人都笑了起来，剑拔弩张的气氛瞬间消失了。

江云开摇头说：“并没有，我就是记错了。”

秦月明依旧没动，朝他认真地说：“现在就我们两个人，我已经确认你的身份了，如果我是另一名杀手，你现在已经被我杀死了。而且，如果我是杀手，不会这么积极地抓住他。”

江云开看了看蒋晁，又看了看秦月明，没再说什么。现在的情况就是说多错多，他在秦月明面前说谎，简直就是在大佬面前秀技能，根本圆不了，还不如什么都不说。

秦月明继续说：“他出现第一次就主动攻击我，足以证明我和他不是同伙。而且，我可以帮你分析谁是杀手。”

“那你分析分析，我听听。”

“你在车里回答的问题比较难，你真的答对了吗？”

江云开不答。

“或许在问题的难度上就有一些暗示，你和霍里翔的都比较难，我和奚图的都比较简单，基本可以排除我和奚图的嫌疑。因为他们根本不想为难我们，所以后续什么任务都没安排给我们。”

江云开听着就觉得很纳闷，直接反驳：“你这一条就是硬凑线索洗白。”

“好，那我再说说我怀疑的，在我说特殊身份的时候，我观察了你们每一个人的神情。思予和瑶瑶的表现不太对劲，小霍实在是太自然了，我完全看不出破绽，但是奚图也不能完全排除嫌疑，他演技和脑子都在线。”

江云开“哦”了一声。

秦月明又问：“你们复仇者有没有什么特殊技能？”

“你想诈我的话啊？”

“我保证我不是杀手，这一次我真的没有骗你，不然到时候播出了我绝对会被骂死的。我想，这一次我们可以赢，我还可以保护你。”

江云开看了她许久才问：“我能信任你吗？”

秦月明再次发誓：“我要是骗你，我欠的钱就还不上了。”这真的是毒誓了。

江云开想了想，终于说：“我需要找到村民们的尸骨，找到之后，我就可以排除你们其中一个人是不是杀手。”

秦月明笑了起来，特别开心地说：“好，我知道了。”

她拿着告示往回走，准备去和蔡思予会和，同时说：“我们排查了整个村子，暗道也看过了，并未发现村民的尸骨。这里肯定还有我们没找到的地方，地图是个好东西，我们等下就用，先去会和。”

他们往回走了一段路就看到了蔡思予，蔡思予简直欲哭无泪：“你们为什么要把我丢在这个陌生的人世间？”

秦月明赶紧道歉：“抱歉，我们刚才急着要抓住他。”

“要不是有摄像大哥跟着我，还举着一个灯，我就要崩溃了。”

他们在这个地方没有通信设备，秦月明分析，奚图那组也会再找一圈。所以她带着蔡思予和江云开继续寻找线索，最后去地道的入口会和。

路过一户人家的时候，秦月明注意到门口的木头牌匾，举起灯照了照。

江云开凑过来问：“这是什么地方？”

秦月明回答：“是一家杂粮店。”

江云开又问：“这里有什么问题吗？”

秦月明说：“这块牌匾上的字应该是一名女子写的，古代女子的字和男子的字有些许不同。而且，在古代能识字并且字写得这么不错的女子，肯定是富贵人家的小姐。”

江云开不解地问：“为什么一定是富贵人家？”

秦月明解释：“纸贵，笔墨也贵，纸在那时甚至可以用来送礼，连竹简都是如此，普通人家真的没法提供足够的纸墨让孩子练出这样的好字。”

江云开忍不住惊讶了一下，心里感叹：秦月明怎么这么厉害呢？什么都知道。

秦月明并未注意到他震惊的样子，而是一直在将所有已知的线索串联，想着背后会是一个怎样的故事。

走到地道入口附近，他们见到了奚图三人。双方交换了一下信息，发现已知的线索还是一样的。他们往地道里稍微走了一段路，这里的温度舒服一些，深度又不至于太深，蔡思予也不会觉得不舒服。

秦月明打开地图看了一会儿，然后指着一个地方说：“这里应该是河神怒的小村子，不远处有一个大型水闸，如果这里突然放水，就会将下游的整个村子全部淹没。毁灭只在一瞬间，这就解释了为什么村民们没来得及逃走。”

霍里翔忍不住拍手道：“那现在所有问题都解决了吧？村民消失的原因也找到了。”

秦月明却摇头说：“我们目前依旧不知道详细的剧情，而且没有找到村民的遗体，为什么遗体全部消失了？如果真的是被淹死的，尸体是有可能被冲上岸的，但是……完全没有。”

众人都沉默了，秦月明说了一下在杂粮店见到的牌匾，继续分析：“我觉得那块牌匾是公主写的，如果是村民把公主用来祭祀了，公主怎么会还给他们的店铺题字？这里可以证明公主和村民的关系还是很好的。”

杜拾瑶说：“这就推翻了奚图之前的猜测。”

奚图低着头继续思考。

秦月明和蔡思予、杜拾瑶三个女生靠在一起取暖，蔡思予说：“我们现在面临一个问题，如果今天晚上不能找出真相的话，就要留在这里过夜。”

秦月明点头道：“对，上次我还带了许多装备，这次什么都没带。”

这一次剧组没有提前通知，他们一大早就出来化妆，接着就跟着剧组走了，没有任何准备。

秦月明觉得有点冷，抱着膝盖坐在角落里，默默思考。

霍里翔提议道："我去村子里找一找，看看有没有能取暖的东西。"

下一秒，秦月明就打了一个喷嚏。

江云开侧头看向她，问道："很冷？"

秦月明摇了摇头："没事。"

奚图低声说："她在剧组的时候连续拍摄淋雨的戏，到现在没生病已经很不错了。"

江云开低下头看了看夜明珠，小声道："也不知道这个东西防不防水。"

霍里翔好奇地问："怎么，你想扔水里去？"

江云开站起身，边走边对其他人说："我打算去河边试试看，整个村子里都没有尸体，就有可能在河里没有浮上来，不然就只能去附近挖地三尺地找了。"

秦月明赶紧追上他，问道："你不会是想下水吧？"

"去看看情况吧，真想不到其他办法了。"江云开脚步不停，继续往河边走。

"我看到村子里有废旧的渔网，我们可以试试打捞，不一定非得进水里去。"

江云开回头看着她说："放心吧，我还参加过冬泳呢。"

其他几个人自然也不能干坐着，都跟着江云开朝河边走。

这回是三个男生上了小船，还在村子里找到了废旧的船桨，努力划到了湖中心的位置。

江云开脱掉了古代衣衫的外套，里面居然穿着白色的 T 恤。他没有犹豫，拿着灯跳进了河里。

秦月明担心地蹲在河边一直看，她知道江云开是一个很娇气的人，吃不得苦，还非常害怕尸体这些东西，就算知道是塑料制品依旧会非常讨厌。这次敢下去，他一定是豁出去了。

依稀看到水面上浮起了什么，秦月明立即说："那里，小霍你去看看！"

霍里翔赶紧把船划过去，接着就拎起来一顶假发，说："是江哥的头套飘上来了。"

杜拾瑶担心地问："江哥能憋气这么久吗？"

这时，江云开突然冒出了水面，胡乱擦了一把脸，对他们说："水下还有半个村子！"

所有人都震惊了，江云开继续说："水下太黑，我看不太清楚，但是确实还有很多建筑，而且还有塌陷的痕迹，整个河岸应该下沉了三米左右，整片地都在水下。”

奚图紧张地问：“尸体在水下吗？”

江云开说：“我再找找。”他又拿着夜明珠下了水。

秦月明站在岸边什么忙也帮不上，只能着急地等着，看着江云开上来又下去，一次又一次，心里越发紧张。这种季节让人在水下泡这么久一定非常冷，她走过去找节目组的人员，让他们准备好毯子和浴巾，然后抱着回了岸边。

江云开又上来了，对他们说：“下面有一个最大的房子，像是一个礼堂，里面全都是尸骨。门被锁着，他们出不来，尸体也飘不出来，我是通过窗户缝隙看到的。”

蔡思予是个多愁善感的人，听到这里就忍不住红了眼眶。

江云开被奚图扶着上了小船，回到岸边刚下船，秦月明连忙帮他披上浴巾。他顺从地微微俯下身，让秦月明帮他擦头发。

奚图和霍里翔也跟着上了岸。

等整理得差不多了，江云开披着毯子说：“现在我直接坦白身份，我是复仇者，也就是这个村子里的幸存者。”

秦月明跟着点头：“对，就是狗娃。”

霍里翔瞬间笑出了放屁的声音，非常努力才控制住。

江云开被秦月明弄得又气又笑，接着说：“我现在可以跟节目组要求验证一个人的身份，之后我只要不跟任何一个人单独待在一起，就能活下去。”

这就是游戏的规则。

这时，导演出来说：“你可以选择验证一个人的身份，也可以让你们其中的一个人讲述她已经知道的事情。”

江云开冷得裹紧小毯子，惊呼道：“还有别的特殊身份？无间道啊？”

导演点头道：“对。”

江云开立即说：“那就让那人说吧，说完估计就破案了。”

得到了暗示，蔡思予才开口道：“我今天的身份是公主。”

所有人震惊地看向她，杜拾瑶都惊呆了：“我的天啊！”

蔡思予说：“我的身份其实也是守护者，可以保护这位复仇者一次。但是如果我猜错身份了，也会保护错人。不过我还挺幸运的，江云开露馅了，我在他们去抓杀手的时候已经使用了技能，保护了他。如果他之后再被人刺杀，也会免除伤害。”

江云开瞬间心虚了，问道：“我表现得这么明显吗？”

秦月明笑道：“因为你不会撒谎啊，一眼就能看透，特别天真。”

蔡思予继续说：“剧本要求，我之前不可以透露真相，如果被杀手发现，我被杀死就麻烦了。”

导演又说：“其实你已经被杀死了，你现在能说出真相，是狗娃用技能召唤了你的灵魂。”

所有人再次震惊了，蔡思予惊讶地问：“什么时候？”

导演说：“你继续说下去吧，除此之外，你已经没有其他用处了。”

蔡思予掐着腰感叹道：“我这是用命去保护复仇者了，简直是人肉盾牌。”

江云开赶紧点头说：“行行行，谢谢您嘞，赶紧说你的线索，我要去换衣服，冷死了。”

这个狗娃真过分！一点也不知道知恩图报！蔡思予只好继续说：“其实我并不想和亲，一直十分抗拒，因为那边的世子是一个喜欢家暴的男人，打死过几任妻子。”

故事还真挺狗血的，公主不想和亲，但是为了两地的和平，又不得不嫁过去。和亲途中，队伍遭遇了连续几日的暴雨，原本还能短暂地停留一下，但后来为了不耽误吉时，只能冒雨赶路。

结果船只被暴风雨所毁，公主被村民所救，村民同情她的遭遇，收留了她几日，并告诉了她地道的位置，让她从那里逃走。公主非常感谢村民，将自己身上值钱的东西都送给了他们，还帮他们在牌匾上题字。

公主离开一段时间后，突然得知村民离奇失踪的事情，想着恐怕与自己有关，就混进了探秘团跟着来了。

说完这些，蔡思予的任务就全部结束了，她光荣退场了。

江云开则跟着工作人员去换衣服，在这个季节下水那么久，还穿着湿衣服，他真的有些吃不消。

等他们两个人都走了，秦月明看向杜拾瑶，笑着说：“瑶瑶，玩得有点着急哦。”

杜拾瑶立即否认：“我没有。”

秦月明说：“刚才我去找节目组拿浴巾，你趁机对他们下手了对不对？也怪我大意了。”

“真不是我。”

秦月明也不纠结，对着镜头和其他几个人分析：“其实事情已经很明朗了，大体的故事应该是这样的。官兵来调查公主的事，村民自然否认了，说他们从来没有救过任何人。然后，官兵在村子里搜查发现了壁画，误会村民用公主献祭了，就把这件事报了上去。还有一个可能是他们实在找不到公主了，就让另一个女人顶替公主去和亲，然后为了封口，选择了残忍地屠村。”

奚图点头说：“这次的想法要更贴近真相。”

秦月明继续说：“我们可以在狗娃回来之后投票，我这一票投给瑶瑶。这一期瑶瑶真的表现得非常出色，我虽然有在怀疑她，但是始终没有确定。如果最后瑶瑶选中另一个特殊身份的人进行攻击，那她这次就赢了。”

杜拾瑶还在狡辩：“我没有！月明姐又甩锅！”

霍里翔原本在跟着点头，结果听到这里又是一愣：“什么？月明姐怎么就又甩锅了？”

秦月明挑眉道：“她敢说，你敢信？一会儿狗娃来了肯定会选择瑶瑶。”

杜拾瑶说：“月明姐肯定早早就给狗娃洗脑了。”

霍里翔崩溃地大笑道：“狗娃这个名字出现一次我就想笑一次。”

江云开回来后，看到霍里翔跟他招手：“狗娃，来来来，要投票了。”

江云开恨不得用手里的小毯子抽他。

秦月明投杜拾瑶，杜拾瑶投秦月明，现在是平局。

江云开也没犹豫，直接说：“我投小杜，今天我相信我亲哥。”

霍里翔立即说：“我不做决策，我投月明姐，让图图投关键性的一票。”

奚图看了看杜拾瑶和秦月明，迟疑了一下才说：“我投小杜。”

杜拾瑶顿时崩溃了，仰天长叹：“我太难了！”

江云开拉着杜拾瑶的辫子问：“是不是你要杀我？”

杜拾瑶捂着脸道：“节目组太看得起我了，这一期我玩得提心吊胆的，而且思予姐一看就有特殊身份，但是谁能想到有三个人有特殊身份啊！”

霍里翔眨了眨眼，问道：“还真是你啊？”

杜拾瑶点了点头，指着自己的胸口可怜巴巴地说：“心累。”

秦月明赶紧安慰道：“如果不是你后边有些着急，我完全不能断定是你，你已经表现得非常优秀了。”

霍里翔说：“你最后的甩锅我真的信了一半，厉害了。”

杜拾瑶欲哭无泪：“我全程不敢跟月明姐和图哥对视，真的，不能做坏事，会心虚的。”

秦月明向江云开道谢：“感谢我们江哥，让我们避免了露宿荒郊野外。”

其他人跟着感谢。

霍里翔都不得不承认：“这一期江哥简直爆发了，以前又胆小又喜欢捣乱，这期突然有种……男友力！”

江云开一被夸就飘了，笑得见牙不见眼的，还不自觉地晃了晃，嘚瑟得啊……

这一期真人秀拍摄完毕，时间已经是晚上十点三十七分了。几个人坐车回酒店，要将近两个小时才能到达。

秦月明上车的时候累得不行，坐在椅子上就睡着了，后来还是幺儿推醒她的：“月明姐，酒店门口被粉丝包围了，我们回来的消息似乎被泄露了。”

很多私生饭会买明星的行程，节目组和剧组的人都有可能被收买，从而泄露消息。

他们这档节目来的基本是当前的流量明星，江云开一向人气高，奚图是突然爆红的，杜拾瑶也是当红女团的成员。秦月明是最近的头条女王，话题度高，粉丝自然也不少。因为节目的关系，蔡思予和霍里翔的粉丝也在不断增加。

这一次的消息不知道是怎么泄露的，居然在凌晨就聚集了大批粉丝，全堵在酒店门口。

节目组的工作人员首先下车去控场，秦月明也在车里快速整理自己的服装和头发，怕被拍到什么不合适的图，被黑粉嘲讽。

下车后，秦月明刚走两步，就看到江云开在不远处跑了起来，速度特别快。他本来就腿长，跑起来一般人跟不上。

江云开在跑的途中注意到秦月明了，还回头招呼她：“亲哥！走走走。”

秦月明就跟着他一起跑。

霍里翔也跟在后面，一边跑一边问：“我又没有粉丝，我跑什么啊？”

江云开边跑边回答：“赶紧冲啊，吃饭了！”

霍里翔立马来劲了：“对！消夜！”

结果他们跑到离酒店还有一小段距离的地方就被粉丝堵住了，完全进不去酒店的门。他们身边还有助理和工作人员，这些人到底不如保镖，幺儿被挤得帽子都歪了。

这时，一抹光突兀地出现了，直接往秦月明脸上照，是激光笔！众所周知，激光笔会对视网膜造成损伤，严重的甚至会导致失明。江云开开演唱会时就被激光笔扫过，那种激光笔的照射距离特别长，可以从台下扫到台上，更何况此时粉丝和秦月明的距离这么近。

幺儿急忙喊道："不要用激光笔！"她脱掉外套想为秦月明挡住脸，可惜因为身材娇小，下一秒就被粉丝挤开了。

江云开早就换了私服，在车上戴上了渔夫帽和墨镜，也算是早有准备了。发现激光笔后，他也不管自己的发型了，拿下帽子扣在秦月明头顶，顺势将她拉到自己身边护着，一只手一直压着她的帽檐，不让她的眼睛露出来。

接着，他用另一只手随意拨了拨自己的头发，看向前面的粉丝，压低声音说："让开。"

江云开很少对粉丝生气，这一次却公然黑了脸，一直护着秦月明往酒店里走。

秦月明被帽子挡住了眼睛，看不到路，只能跟着他走。注意到江云开的情绪不太对，她拽了拽对方的衣角，适当提醒。艺人公开表现出不合适的情绪是会上新闻的，而且大概率是负面新闻。

江云开消了点气。这时霍里翔也到了他们身边，一边走一边说："谢谢！谢谢你们爱我，再不让开我就要飞吻了！飞吻扫射！"

霍里翔机智地化解了刚才的僵局，帮忙挤开人群，带着两个人进入了酒店。

进了电梯，江云开才拿下帽子问秦月明："眼睛有没有问题？"

"感觉到有什么不对劲我就闭上眼睛了。"秦月明活动了一下脖子，又说，"在车上睡得好不舒服。"

霍里翔还在想着吃消夜："我们一天没吃饭了！我已经够瘦了，再瘦我妈妈会让我退出我还没完全进去的娱乐圈的。"

江云开还真有点好奇，问道："你家里是干什么的啊？你们没出名的相声演员收入也不多吧，你怎么玩得起赛车？"

如果霍里翔真的是名门子弟，他也应该认识才对。

霍里翔毫不在意地回答："我家里有矿，还有岛，是真的有。"他这种家庭一般属于暴发户，跟豪门还不是一个层面上的。

秦月明忍不住小声道："卑微。"

江云开看向她，问道："怎么了？"

"一个豪门子弟，一个家里有矿，而我，欠债几十亿。"

江云开不知道该怎么安慰秦月明，他从来没这个负担，他妈妈装包包的那个房间估计就价值过亿了。于是，他干巴巴地道："想开点，至少你很坚强啊。"

秦月明一点也没被安慰到，走出电梯后，去了房间卸妆、换衣服，幺儿和心心一直跟着她。

等秦月明换好衣服，心心帮她化淡妆的时候，幺儿拿着手机说："工作人员给我们订了消夜，一会儿我们去地下一层，这回没有粉丝了。"

"好的。"

"节目组怎么搞的？这次的消息泄露可以说是事故了。我们进来得还算快，后面的杜拾瑶和奚图被堵了半个多小时，刚刚才上楼。思予姐一直护着杜拾瑶，也被困在那里。大家都累了一天了，还出这种事。"

幺儿身上还被人怼了几下，后背都青了一块。幸好江云开就在身边，不然他们的情况会更糟糕。

秦月明说："消夜加一份小龙虾，我们单独订。"

幺儿点了点头。

秦月明到达地下一层的时候，得知只有霍里翔下来了，他实在是太饿了，已经开始吃了。秦月明打开手机，看到霍里翔早就一个人在群里发了一大堆消息。

霍里翔："我错了！我饿了！我要开吃了！不等你们了！"

霍里翔："是它们主动的，它们诱惑我！啊啊啊！我吃了！"

秦月明没在意，只是找到工作人员询问："群演也在这个酒店休息吗？"

工作人员说："本地的群演已经回家了，跟组的群演还在。"

"那个杀手的演员在吗？"

"在，一会儿他会过来领盒饭。"

"他叫什么？"

"蒋晁。"

秦月明也不着急，就在这里等着，没等到蒋晁，却等到了抱着猫下楼的江云开。

江云开抱着他的猫走到秦月明身边，期待她夸他两句，毕竟他刚才也算是英雄救美了。结果，秦月明却略过他，目光投向他身后。

然后，秦月明还走到蒋晁面前说："我一直在等你呢。"

江云开身体一僵，等这家伙？不是在等他？

蒋晁看到秦月明就有点慌，生怕是自己走剧情的时候伤到人了，人家这是来算账的。他赶紧道歉：“对不起，拍摄的时候都是工作需要，多有冒犯，秦老师，我……我是你粉丝，我……”

“别紧张，我就是想问你几个问题，我们来这边说吧。”秦月明招呼蒋晁过去。

蒋晁思考了一下，问道：“我能先领盒饭吗？很快。”不然一会儿都没了。

秦月明忍不住笑了：“可以啊。”

蒋晁赶紧跑着去领了盒饭，他饭量比较大，还跟着剧组一天没吃，便直接领了两人份的菜，米饭更是领了三盒。他捧着盒饭跟着秦月明走到餐桌边坐下，规规矩矩地将手放在膝盖上，看着秦月明。接着，他看到江云开抱着猫过来了，就坐在不远处。

秦月明对着蒋晁微笑道：“你别紧张，我就是觉得你在录制中表现得挺出色的，第一期真的给我留下了很深刻的印象，这一期表现得也不错。”

“谢谢秦老师的认可。”

“我想问，你有没有经纪公司？”

蒋晁摇头说：“我是武替，一般都是师父帮忙联系活，有活就派我过来了，收入是我和师父分。”

“没有公司啊，那你有没有兴趣签约我弟弟的工作室？”

“干什么的？是中介吗？以后工作多吗？有底薪吗？”

江云开不爽地插话：“就是不做武替了，做演员，还能拿些男三、男四的角色。要是有悟性，你们老板愿意推你，你还能演个小主角，片酬比你做武替高多了。”

蒋晁弱弱地看了江云开一眼，和他对视后又立即收回了目光。江云开此刻看他的眼神实在是太可怕了，简直就是“怨妇盯”。

蒋晁问秦月明：“我行吗？”

秦月明回答：“我是看中了你的认真劲，演技估计还需要培养。不过，你只要有这股认真的劲，估计将来的成就也不会太差，说不定还会有大成。”

蒋晁听完后吞了一口口水，却还是说：“我得问问我师父。”

“可以，如果你有想法，可以联系我，我们加一下微信号。”

江云开立马坐直了，这就加微信号了？

蒋晁简直心虚死了，还要被坐在一边的江云开这么愤怒地盯着，他真有点受不住了。他匆匆忙忙地和秦月明加了微信号，然后就抱着一堆盒饭上楼了。

秦月明终于看向江云开了，问道：“你干什么啊？吓到孩子怎么办？”

江云开心里非常委屈，气鼓鼓的，就是不回答，只紧紧地抱着猫。

“刚才谢谢你。”秦月明突然说。

江云开“啧”了一声，她才想起来啊？

“你超 MAN（有男人味）的！”秦月明又说。

“哼。”他一直特别有男人味。

“我特意给你订了小龙虾，一会儿我们再点两罐啤酒？”秦月明继续哄他。

江云开终于绷不住了，嘴角不自觉地往上扬，回答：“行吧。”

江云开和秦月明一同进入包厢后，霍里翔已经吃了挺久了，还边吃边抬头问江云开：“听说你跟节目组闹去了？”

江云开点了点头，继续逗猫，跟个没事人似的，这种事他都做惯了。

这次的事情确实有点把江云开气到了，他进了酒店之后没有回自己房间，而是去了节目组主要负责人员的房间。他一进去就在单人沙发上坐下，跷着二郎腿看着这些人在组里调查是谁泄露的秘密。

他们早晨离开的酒店和晚上入住的酒店根本就不是一家，晚上这家酒店是节目组临时找的，最开始不确定今天晚上能不能完成拍摄，酒店就没定下来。然而，他们从拍摄场地来酒店的这短短一段时间，这群粉丝就围堵了酒店。

这一次来的粉丝跟普通粉丝完全不同，普通粉丝会跟他们打招呼、给他们送礼物，还会有人组织纪律，不会贸然围上来，更不会用什么激光笔！今晚简直是碰了私生饭的马蜂窝，来了一群极端中的极端。

他们六位嘉宾本来只签了六期三景的合同，之后要不要继续拍得看节目效果。

让人没想到的是，这一档真人秀刚刚播出就极具话题度，到现在已经成为最热门的网络综艺了。节目组正在跟几位嘉宾的团队接触，商量六期三景之后的拍摄时间，肯定是会加拍的！

江云开态度强硬地说：“这件事要是不调查清楚，你们这个节目组真的是没法待了，后面的合同咱们别签了，赞助你们也别想要了。”

节目组也知道是自己工作失误，当然态度很好地道歉，然后开始调查是谁泄露的消息。最开始他们说，是工作人员去酒店送行李被人看到了。江云开就只冷笑不说话，真把他当傻子了？看到工作人员送行李也就只是知道酒店位置，怎么知道他们夜里会回来？

最后，节目组还是把人给找出来了，是车队里的一个司机，之前去送过行李。这个司机的手机里还有几段录音，都是节目组的人聊天的片段，很多都是娱乐圈的八卦内容。

江云开踹了那个人好几脚，接着就离开了。江云开那几脚就跟雷神的大铁锤似的，把那个人踹得够呛，一个劲地说要去医院。节目组说要报警，他才老实下来，又开始求人、道歉。之后节目组肯定不会用他了，估计这个行业也容不下他了，他只能出圈去做普通的司机。

人到得差不多了，吃饭的时候，江云开的手机响了起来。

他看了一眼就说："领导来骂人了。"他就知道刘创会来兴师问罪。

秦月明就坐在江云开身边，试探性地伸手摸了摸猫咪的头，说："这件事的确不适合让你来处理。"

"让刘创来处理怕是笑呵呵的就过去了。"

江云开接通了视频电话，刘创的声音传了出来："你又惹事是吧？我就知道你这家伙不能老实……"

江云开举起手机，让刘创看到一起吃饭的几个人和一只猫。

他们齐齐跟刘创打招呼："舅舅好。"

刘创原本骂人的声音戛然而止，他快速调整视频的角度，勉强地笑笑，接着说："诶诶，大家好。"他刚回应完就发现不对劲，对着镜头道，"蔡思予，你也好意思叫我舅舅，你凑什么热闹？"

被单独点名的蔡思予也挺不爽的，气呼呼地说："我只是在跟你打招呼欸！我现在是小江的朋友，和他不就是平辈？"

"还平辈，你是长辈才对，真论辈分的话你可是我祖母辈的。"

蔡思予之前嫁的男人辈分很大，主要是那家人原本有一个大儿子，后来大夫人去世了，男人娶了个小的，没几年大儿子就死于意外了。小夫人熬到男人都快"不行"了才要了孩子，让这个孩子成了男人的独苗，这孩子就有了极高的辈分。

蔡思予的男人就是这个小儿子的孩子。刘创和江云开家里跟这家人虽然关系不好，却也算得上认识，真论辈分，蔡思予以前确实是刘创的长辈。

听刘创这么说，蔡思予气得不想理他，继续低头吃饭。

刘创也没继续纠结，而是跟江云开说："这件事你去闹不合适，我可以跟他们说，让他们调查，反正他们平时也见不到我。但是你还要跟他们相处很久，闹成这样，合作起来终归不舒服。”

江云开倒是觉得无所谓，继续吃小龙虾，把手机放在一边，随意地说：“我在乎这个？你看我在哪个剧组是快快乐乐离开的。”

刘创恨铁不成钢地问：“你什么时候能懂事？”

“我一直都是舅舅的贴心小棉袄。”

“呵，套上就四面漏风的棉袄。”

“四面漏风的那叫背带裤，我至少把你的大长腿保护得妥妥当当的。”

“我谢谢你了！”刘创说完就挂断了电话。

秦月明此时已经能抱着江云开的猫了，正跟猫玩呢，听到这句话就忍不住笑了，抬头一看，江云开又给她剥了一堆虾仁。

杜拾瑶就坐在他们身边，眼神闪躲，假装看不到他们暧昧的模样，一顿饭吃得十分难受。论如何在喜欢的 cp 面前做一个正经的 cp 粉，这真是一门学问。

蔡思予依旧看破不说破，吃相优雅。

奚图则是侧头看了看他们，想了半天也没想明白什么。对于男女关系，他这个理工男确实不懂，最后什么都没说，继续闷头吃饭。

霍里翔是最早吃完的，拿起手机刷微博，突然说：“云守月夫妇。”

江云开最开始没听懂，便问：“谁啊？离婚了？”

“守得云开见月明，现在成了云守月夫妇。”

江云开动作一顿，问道：“什么鬼？”

霍里翔回答：“就是你刚才护着秦月明的小视频上微博热搜了，在热搜榜靠后的位置。”

杜拾瑶斩钉截铁地说：“涨到三十四位了。”她看到 cp 群里那些人跟过年了似的，正在热烈讨论，实时报数。

江云开取下一次性手套，也拿起手机看，忍不住嘟囔：“这就成夫妇了？小霍也在我们身边，怎么不说他跟我是夫夫呢？”

秦月明看都不看手机，只是问江云开：“猫咪叫什么？”

江云开回答：“高兴。”

“好奇怪的名字。”

“因为它长得不高兴，我想让它高兴起来。”

江云开护着秦月明进酒店的短视频先是被发布在抖音里，之后被一些媒体转到了各大平台，转到微博上的就上了热搜。几乎已经被遗忘的 cp 再次复出，这一次还有了更简短的名字——云守月夫妇。

少女心：“我竟然渐渐吃了 # 云守月夫妇 # 这个毒 cp，不仅仅是因为名字，江云开真的太护着秦月明了！男友力爆棚！搞得我都没那么讨厌他了。”

风的身影：“最开始没看出来是谁，还以为是谁的恋情曝光，男生护住女朋友了呢！结果仔细一看，嚯，江云开和秦月明，真别说，他们还挺般配的。我对不起霍里翔，我把他当成助理了。”

暮舟：“心疼我们七仙啊！为什么激光笔还是可以轻易买到，就不能杜绝吗？还有，我不同意这门婚事。”

暮舟：“仔细看了视频……呃，夫妇就算了，云守月姐弟吧，确实很宠。”

沐子卿：“我去逛了一圈 # 守得云开见月明 # 超话，觉得心都融化了，现在准备重看真人秀。”

你好凶喔：“把真人秀当成偶像剧追，我病了，我不好了，请发糖救我！”

这一次，秦月明和江云开的 cp 粉越来越多了，结果就出现了粉圈管理不善的情况。很多明星的唯粉和 cp 粉是水火不容的，这就导致 cp 粉的立场非常尴尬。为了不惹事，他们采取的都是“圈地自萌”的模式。

结果这一闹，之前原本只是“圈地自萌”的产物突然被人发了出去，还一下子上了热搜。cp 群里的产物有他们两个人互动时慢放的动图、真人秀的精华剪辑视频，还有记者采访、粉丝见面会时两个人互动的画面。

这些东西被发布出来，大家认认真真地去看，还真看出了些许 cp 的味道来。江云开看秦月明的眼神那叫一个温柔！他在真人秀里全程只关心秦月明一个人的安全，对其他人全都不在意。每次秦月明分析的时候，他有点震惊、有点敬佩地看着秦月明的样子，就是一个标准的小迷弟，真的太可爱了。

这条热搜一路过关斩将冲到第五位的时候，江云开和秦月明的一些唯粉看不下去了，纷纷出来澄清。江云开的个别粉丝又开始说秦月明蹭热度，不过后来被自家理智粉拦住了。

这次是江云开的粉丝主动保护秦月明，耐心解释：“他们两个人真的是很好的朋友，江云开是真的坦坦荡荡，跟秦月明没有其他关系才会这样做。希望大家不要再传 cp 的消息了，这样会让两个人非常尴尬。”

《异闻探秘者》六期三景真人秀拍摄完毕后，因为几位嘉宾档期对不上，节目组还在和他们的团队约时间。初步估计，可能要等到明年过完年后才会拍摄后面的。

他们当初谈的时候就说过后几期的事情，答应了不会涨出场费。其他人还好，蔡思予和霍里翔真的是白菜价签的，现在有些人气了，依旧是用白菜价续约。好在他们都拍摄得挺开心的，也就没在乎这些细节。

最近很多媒体都在关注后续拍摄，还有江云开和秦月明的 cp。

真人秀结束后，秦月明和奚图就闭关拍戏了，依旧不发微博，也轻易不在群里聊天，全心全意地工作。据说，这部剧的拍摄有可能提前二十多天收工。

蔡思予在忙工作室的事情，还要跟蒋晁的师父谈签约。

杜拾瑶的档期也特别满，因为外形很不错，她的时尚资源尤其好，还因为这几期真人秀的热度，让她一举超越了对家。对家刚刚拍摄了一部偶像剧，因为演技不行，招来一片骂声，杜拾瑶却因为这个真人秀圈粉一片。

霍里翔则是回去继续说相声了，据说他的场次的票都需要抢了，黄牛将价格炒得翻了几倍。

江云开就更忙了，最近他们组合正在宣传新曲，江云开要跟组合里的其他成员一同去各个发布会。这种场合少不了一些采访，采访到他的时候，话题总会带上秦月明。

记者问江云开："请问，如果秦月明单独约你出去见面，你会去吗？"

江云开拿着话筒反问："单独约我一个人吗？"

记者点头道："对。"

江云开秒回："不会去，我喝不过她，这女的太能喝了。"

记者又问："很多人总结，说你在《探秘者》里全程就是秦月明的小迷弟，你觉得是吗？"

江云开并不否认："对，我觉得她超厉害，好几次在心里感叹'这女的绝了'！"

记者继续挖坑："如果秦月明和你们组合的人一同掉进水里，你会救谁？"

江云开还没回答呢，南云庭就在一边低吼道："江云开不会让秦月明掉进水里的！"

南云庭这一嗓子真的是绝了，让江云开彻底破功，笑得不行。南云庭还拿着话筒补充说："不但如此，如果我掉进水里，那也只可能是他把我给踹进去的！"

记者顺势问南云庭："所以江云开和秦月明的关系是真的很好吗？"

南云庭朝江云开坏笑了一下，接着回答："亲哥真的是我们云开的理想型，样样都符合他的条件，简直就是女神。只是亲哥真的太优秀了，视力正常，所以不会眼瞎看上云开的。他们两个人的关系是真的很不错，但是云开也真的只配做个小迷弟。"

记者又问："江云开，你会追求秦月明吗？"

江云开闻言，理直气壮地回答："别扯了行吗？我们真的就是朋友、兄弟，关系挺好的。笑归笑，闹归闹，这玩意儿真不适合拿来当段子讲。"

记者还是不死心："你们两个人会发展为恋人吗？"

江云开摇头说："不会，我近期都会以事业为重，我想亲哥也没有精力谈恋爱。我们两个人真的只是好朋友，不过她也真的是我女神。"

这时，有人递来稿子，记者问了一个他们没有料到的问题："周午宣最近出了自己的新专辑，听说里面的歌都是你们曾经的经典歌曲翻唱，对于这点，你们有什么看法？"

江云开他们都不知道这件事，不由得面面相觑。周午宣是他们组合的前成员，原本是队长，后来和他们闹得很不愉快，单飞了。现在突然听到这样的消息，四个人都很震惊，朝九晚五组合刚刚出新歌，他却在这个时候出新专辑？

江云开问："怎么个翻唱法？"

记者说："《谢谢你，陌生人》这首歌采用原来的歌词，但旋律改得轻快了很多。"

江云开扯着嘴角笑了笑，心里突然有种气闷的感觉。这首歌是他的已故好友写的，是一首抒情歌曲，意境有些悲凉。好友忍受不住病魔的折磨，好几次选择轻生，最后被陌生人感动，就写了这首歌。

他拿着话筒说："我们组合最近确实没有传唱度很高的歌曲，却一直在努力创作高质量的歌曲，至于他……这位原创型歌手可能真的是山穷水尽了吧？"

其他几位成员听完他的回答就知道这回肯定又要上热搜了，于是努力对着镜头微笑。既然热搜躲不过，那就确保他们在热搜上的视频或者照片帅一点。

在秦月明的带动下，他们整个剧组一直在高效率地完成着工作。主要是秦月明的戏大多可以一条过，其他演员和她搭戏时便十分谨慎，怕拖延进度。他们在秦月明身边只要稍微显得有些不专业，就会自惭形秽，NG 多了都会有种负罪感，怎么可以拖累大神！

奚图是一个非常有悟性的演员，跟秦月明合作后，演技以飞一般的速度提升。他真的灵性十足，只要有人带，教对了方法，他就能飞快地理解。好几次秦月明都感叹，他这种骨骼惊奇的人才却一心想着退圈，多少有点可惜了。

秦月明赶出了一天的假期，打算回驾校刷学时，为自己考驾照做准备。

下了飞机，她刚坐进保姆车，就听到幺儿汇报："月明姐，江哥又惹祸了，刘总大发雷霆，这次肯定不会善罢甘休。"

秦月明奇怪地问："他最近都很老实啊，怎么回事？"

幺儿拿着平板电脑边翻新闻边回答："关于周午宣的事呗，就是朝九晚五的前任队长，两家又撕起来了。"

秦月明不清楚这些八卦，于是问："之前发生过什么？"

"周午宣最开始对外宣传自己是原创型歌手，结果非常尴尬，他们组合红的歌全都是江云开的已故好友写的，周午宣自己的歌没有一首是红的。但是周午宣要面子啊，他的粉丝就撕玖武娱乐，说玖武娱乐只捧江云开，只给江云开好友的歌打榜，对周午宣不公平。于是，后来连续两张专辑都用周午宣的歌做主打，宣传也都做得很到位。结果呢？火的却是作为配菜的歌，丢不丢人？"

秦月明又问："难道他就是因为这个退出组合的？"

"主要是周午宣做作啊，没那个才华就别写歌，老老实实地做队长不就行了？但是我听说是周午宣总诋毁江云开的好友。江云开什么脾气？他护着的人被别人说一句不是他就能跟对方拼命。江云开和周午宣私底下的关系一直非常不好，两个人的粉丝一直在对掐。朝九晚五爆红的那段时间，周午宣就被别的公司挖走了，解约单飞。我觉得朝九晚五组合对他够意思了，一直没选新队长，也没做其他事。"

"周午宣现在怎么样？"

"能怎么样？如果我不提，你平时上网、上微博能看到周午宣这个名字吗？"

秦月明回来后还真是第一次听说这个名字，看样子周午宣确实过气得厉害。

幺儿继续说："周午宣单飞后，那家公司最开始还给他出了两张专辑，跟承诺的一样，用的都是周午宣自己写的歌。但是呢，歌曲传唱度不高，旋律也不怎么样。他们给周午宣约歌吧，他先是不愿意唱，后来愿意唱了，约了大佬的作品，结果大佬嫌弃他唱得难听，为了歌毁约了，扭头就给江哥做了单曲，还红了。”

幺儿说到这里的时候一拍大腿，那种感叹的情绪溢于言表，引得秦月明笑了起来。

“你再看看现在的朝九晚五，哪个成员不是人气爆棚？尤其是江云开，虽然黑红黑红的，但也是真的红啊，别的明星一提他的名字就能上热搜。所以，周午宣被公司雪藏之后就变着法地激怒江云开，这样他就有热度了。”

秦月明问：“这次是因为什么？”

幺儿将事情跟秦月明说了，秦月明坐在车里想了想，然后说：“去公司。”

幺儿边摆弄导航边问：“你要去拉架？”

秦月明笑着说：“去围观。”

“好嘞！”

幺儿开着车，车里还放着朝九晚五的成名曲，一路特别欢乐地到了公司。

秦月明去前台询问，前台小姐都熟悉秦月明了，指着楼上说：“骂着呢，整层楼鸦雀无声，都没人敢上去送水。”

“把水给我，我送上去，估计他也骂累了。”

“月明姐您可真是救星！”

秦月明捧着茶水上了楼。刘创办公室所在的楼层安静得可怕，一个走动的人都没有。刘创这个人吧，一般情况下脾气还是挺好的，但是生起气来是真的可怕，江云开秒认输。

或许是真觉得这一层没别人了，刘创骂人骂得肆无忌惮：“你理那个浑蛋干什么？你没脑子是不是？让他糊死不行吗？他就是烙饼不放油、铲子都铲不起来的那种糊！”

秦月明穿了高跟鞋，走路的时候有“噔噔噔”的声音。她今天的服装是心心兴致勃勃地搭配的，她也不明白去驾校为什么要这么打扮，为了练车还特意带了一双平底鞋，又被心心叮嘱：“一定要偷偷穿，下车就换了，可不能影响整体的造型。”

她走到门口敲了敲门，接着推门走进去。

刘创正骂人呢，扭头看了秦月明一眼，然后继续骂，骂到一半停下来，又看了秦月明一眼，说：“今天挺漂亮的。”

“嗯，幺儿拍了好多照片，打算发到微博上。”

“你要发微博了？”刘创眼睛一亮，卑微老板，员工发微博他都只能偷偷兴奋。

秦月明点了点头，将茶水放在桌面上，又说：“喝点东西。”

长得好看的人，真的是看一眼就能让人消气。刘创拿起茶杯喝了一口红茶，还没忘记瞪江云开。江云开坐在办公桌的另一边，跟个没事人似的伸手去拿橙汁。

刘创立即开骂：“你还有脸喝！”

江云开只能讪讪地收回手，扭头看了看秦月明，刚想跟着夸两句，刘创就又骂他了：“看什么看！人家就一直乖乖的，从来不惹事，不像你！你要是有人家百分之一的脑子，都不能干出这么浑蛋的事情来！”

江云开又蔫了，静静地坐着，继续挨骂。

秦月明坐在江云开旁边的椅子上，没有要走的意思。

刘创有点不解，问她：“你来公司是有什么事吗？”

“上次不是说送来了很多新本子吗？我过来看看，下午去驾校。”

刘创立即找出剧本，送到她跟前，说：“你让幺儿拿回去，你好好看吧。”

“幺儿没敢上来，我在这里看吧。”秦月明打开一个剧本，姿态优雅地看了起来。

别人怕刘创，但秦月明不怕，还非常淡然。本来刘创骂人骂得挺好的，但现在秦月明坐在旁边，他反而放不开了。他在秦月明面前塑造的一直是成熟稳重的霸总形象，这样没形象地骂人可不行啊。

他迟疑了一会儿，问道：“要不你去休息室看？那边还有果盘和零食。”

“不用了，在这里看还能随时问问你的意见，我离开娱乐圈这么多年，眼光肯定没有你准。”秦月明说得特别好听，这副乖巧懂事的模样跟江云开形成了鲜明的对比。

刘创看见秦月明就感叹：你看看咱家闺女，多漂亮，多懂事！

刘创看见江云开就生气：咱家这臭小子什么玩意儿呢？

刘创有个原则，不能在别人面前骂自家孩子，得给孩子留面子。于是，他开始跟江云开讲道理，没了刚才的怒气。

江云开知道秦月明就是过来救场的，忍不住笑了起来，好在笑得还算收敛，不然又得触怒刘创。秦月明是玖武娱乐里第一个敢拉他和刘创的架的，还拉得很聪明。

刘创骂人的间隙，江云开手臂搭在椅子扶手上，一手撑着下巴，脚后跟稍微用力转动转椅，让自己能看到秦月明看剧本时的样子。

今天她的长发披散着，身上的衣服搭配得非常好看，不愧是刘创重金请来的造型师搭配的，非常符合她的气质，还将她的优点放大了。阳光透过落地窗洒进来，给她整个人蒙上了一层光晕，让她仿佛散发着一股仙气。她面容恬静，鼻子弧度完美，侧脸看起来毫无瑕疵，好看得让江云开忍不住扬眉。

秦月明微微侧头看向他，和他四目相对，温柔地对他微笑，接着继续看剧本。

秦月明一笑，江云开就觉得自己的心情彻底好了。他正开心呢，刘创突然瞪着他说："二位，我骂人呢，严肃点好吗？当着我的面这么眉来眼去的，当我瞎是不是？"

江云开心情好了，也不倔了，点头说："你说的都对。"

"我说什么了？"

"周午宣浑蛋。"

刘创也骂累了，于是说："我去一趟公关部，看看情况怎么样了，你给我老老实实地待在这里，别想跑。"

刘创一走，江云开就从自己的包里摸出一盒烟，想去休息室吸烟。

"你是唱歌的，总吸烟喝酒好吗？"秦月明放下剧本看着他。

"以后要是成了烟酒嗓，我就唱摇滚。"

"可是我喜欢你现在的声音。"

江云开动作一顿，想了想，又把烟盒放回去了，拉着椅子坐到秦月明面前，问她："你是不是特意来拉架的？"

秦月明也不否认："对啊，怕你这个幼稚鬼继续惹事。"

"你觉得我做错了吗？那首歌的意境只有我懂，我知道我朋友在写歌的时候经历过什么，我能把那种难过的感觉唱出来。但是周午宣改完之后唱得跟狂欢似的，这不是找骂吗？我能不气？"

"写歌的人是你最好的朋友对不对？"秦月明问。

"也不算最好，不过……也挺好的，我朋友多。"

"我不是这个意思，我是说，如果你们两个人是好朋友，那么他就不会想看到你因为他卷入这种纷争。你不觉得周午宣是刻意的吗？他这么做就是为了激怒你，结果你真的中招了。他高兴得不得了，你却在这里挨骂，你不觉得很气吗？”

江云开重新坐好，低下头不说话了。

“不过，有热度就要蹭嘛……双赢的事儿，还可以加把火。”秦月明在江云开面前打了一个响指，又说，“新歌唱给我听听。”

江云开看向她，突然笑得有点迷人，温柔地说：“我唱给你听。”

没有伴奏，没有合适的环境，江云开现场哼唱，声音干净好听，旋律婉转动人，看着秦月明的眼神还有那么点……撩。

秦月明——一个发微博都能上热搜的女人，今天的热搜就是“秦月明终于发微博了”。

心心给秦月明精心设计了造型，然后幺儿就拿着单反一个劲地拍，拍了百八十张照片，奋斗许久后，就留下了九张精修照。

这九张照片发布到微博上，配上的文案居然是朝九晚五组合的新歌歌词：“已是耄耋之年，她如水中月，梦若云中花。”

当天的评论就炸了。

暮舟：“公……公布恋情？不可以！妈妈不许你这样！你还小！”

用户没空取名字：“水中月，云中花？暗示什么呢！不单独发出来我还真没注意歌词。”

云销雨霁：“云守月夫妇锁了。”

赫尔：“#江云开滚滚而来#澄清一下，歌词不是江云开写的，这首歌创作的时候秦月明还没回来，所以真的只是巧合！”

蝴蝶雪鱼：“这是什么样的缘分啊……”

雪碧鸡翅翅：“官方发糖，啊我死了！”

（未完待续）